Bridget Jones

Louca pelo garoto

FSC
www.fsc.org
MISTO
Papel produzido
a partir de
fontes responsáveis
FSC® C019498

A marca FSC© é a garantia de que a madeira utilizada na fabricação do papel deste livro provém de florestas que foram gerenciadas de maneira ambientalmente correta, socialmente justa e economicamente viável, além de outras fontes de origem controlada.

HELEN FIELDING

Bridget Jones

Louca pelo garoto

TRADUÇÃO
Ana Ban
Julia Romeu
Renato Prelorentzou

Companhia Das Letras

Grafia atualizada segundo o Acordo Ortográfico da Língua Portuguesa de 1990, que entrou em vigor no Brasil em 2009.

Título original
Bridget Jones: Mad About the Boy

Capa
Design @ Suzanne Dean
Fotografia @ Chris Frazer Smith

Projeto gráfico
Rita da Costa Aguiar

Caligrafia
Bebel Abreu

Preparação
Lígia Azevedo

Revisão
Luciana Baraldi
Adriana Bairrada

Dados Internacionais de Catalogação na Publicação (CIP)
(Câmara Brasileira do Livro, SP, Brasil)

Fielding, Helen, 1958 –
Bridget Jones : louca pelo garoto / Helen Fielding ; tradução Ana Ban, Julia Romeu, Renato Prelorentzou. — São Paulo : Companhia das Letras, 2013.

Título original : Bridget Jones : Mad About the Boy

ISBN 978-85-359-2331-5

1. Jones, Bridget (Personagem fictício) — Ficção 2. Romance inglês I. Título.

13-11033 CDD-823

Índice para catálogo sistemático:

1. Romances : Literatura inglesa 823

[2013]

EDITORA SCHWARCZ S.A.
Rua Bandeira Paulista, 702, cj. 32
04532-002 – São Paulo – SP
Telefone: (11) 3707-3500
Fax: (11) 3707-3501
www.companhiadasletras.com.br
www.blogdacompanhia.com.br

Para Dash e Romy

Sumário

Prólogo

QUINTA-FEIRA, 18 DE ABRIL DE 2013

14h30 A Talitha acabou de me ligar, naquele tom de urgência que ela sempre usa, com voz de "vamos ser discretas, mas muito dramáticas". "Querida, eu só queria que você soubesse que meu aniversário de sessenta anos vai ser no dia vinte e quatro de maio. Não vou REVELAR que vou fazer sessenta anos, é claro. E não comente com ninguém, porque não vou chamar todo mundo. Eu só queria que você não marcasse nada no dia."

Entrei em pânico. "Vai ser ótimo!", exclamei, num tom pouco convincente.

"Bridget. Você NÃO PODE deixar de ir."

"Bom, o problema é que..."

"O quê?"

"O Roxster vai fazer trinta anos no mesmo dia."

Silêncio do outro lado da linha.

"Bom, a gente provavelmente não vai mais estar junto até lá, mas, se estiver, seria..." fui diminuindo a voz.

"Eu acabei de colocar no convite da festa que não é para levar criança."

"Ele já vai ter trinta anos!", eu disse, indignada.

"Estou só brincando, querida. É claro que você precisa trazer seu garotão! Eu alugo um castelinho inflável pra ele! A gente vai entrar no ar de novo! Tenhoqueirumbeijotchau!"

Tentei ligar a televisão para ver se a Talitha tinha telefonado do programa ao vivo, enquanto a produção passava um video, como já fizera tantas outras vezes. Apertei um monte de botões, confusa, como se fosse um macaco usando um celular. Por que para ligar uma televisão hoje em dia precisamos de três controles remotos com noventa botões? Por quê? Suspeito que seja obra de nerds tecnopatas de treze anos, que ficam em seus quartos sórdidos competindo uns com os outros, fazendo com que todas as outras pessoas pensem que são as únicas no mundo que não entendem para que servem os botões e causando danos psicológicos em escala global.

Joguei os controles no sofá, irritada, e a TV ligou sem querer, mostrando a Talitha com a aparência perfeita, uma perna sensualmente cruzada sobre a outra, entrevistando aquele jogador de futebol moreno do Liverpool que não sabe controlar sua raiva e costuma morder as pessoas. O rapaz estava com cara de quem queria morder a Talitha, mas por outros motivos.

Muito bem. Sem pânico. Vou simplesmente avaliar os prós e os contras da festa de uma maneira calma e madura.

PRÓS DE LEVAR O ROXSTER À FESTA

- Seria péssimo não ir ao aniversário da Talitha. Ela é minha amiga desde a época em que eu trabalhava no *Atenção Grã-Bretanha*, quando ela era uma âncora incrivelmente glamorosa e eu era uma repórter incrivelmente incompetente.
- Seria bem divertido levar o Roxster e um motivo de orgulho, porque ele fazer trinta anos no dia em que a Thalita faz sessenta poria um fim a toda essa coisa de peninha-da-mulher-solteira-de-certa-idade, como se estivessem todas condenadas a permanecer solteiras, enquanto os homens dessa idade são agarrados antes de terem tempo de concluir o divórcio. E o Roxster é lindo e tem uma pele de pêssego que, até certo ponto, nega a realidade do processo de envelhecimento.

CONTRAS DE LEVAR O ROXSTER À FESTA

- O Roxster é um homem que pensa por si próprio, e sem dúvida não gostaria de ser tratado como uma atração ou um aparato antienvelhecimento.
- Talvez ele deixe de gostar de mim no momento em que se vir cercado de gente velha numa festa de sessenta anos, e isso também pode destacar de maneira completamente desnecessária o

quanto sou velha, embora, é claro, eu seja muito mais nova que a Talitha. E, francamente, me recuso a aceitar minha idade. Como disse Oscar Wilde, trinta e cinco anos é a idade perfeita para uma mulher, tanto que muitas decidem adotá-la pelo resto da vida.

- É provável que o Roxster dê sua própria festa, com gente jovem aglomerada na varanda, fazendo churrasco e ouvindo música disco dos anos setenta como uma ironia retrô. Agora mesmo ele deve estar pensando em como não me convidar, para que seus amigos não descubram que está saindo com uma mulher que tem literalmente idade para ser sua mãe. Na verdade, com a puberdade precoce, por causa dos hormônios no leite, tecnicamente seria possível que eu fosse avó dele. Ai, Deus. Por que pensei nisso?

15h10 Aargh! Tenho que buscar a Mabel em vinte minutos e ainda não preparei os biscoitos de arroz. Aargh. Telefone.

"Brian Katzenberg vai falar com você."

Meu novo agente! Um agente de verdade! Só que eu ficaria MAIS do que atrasada para pegar a Mabel se ficasse conversando.

"Posso ligar para o Brian depois?", perguntei, tentando passar margarina nos biscoitos e colocá-los num Ziploc com uma mão só.

"É sobre o seu roteiro especulativo."

"É... que... estou numa reunião!". Como eu podia estar numa reunião e ao mesmo tempo falar no telefone para avisar que estava numa reunião? Os assistentes é que devem dizer que alguém está em reunião, não a pessoa em si, que supostamente não devia poder dizer nada, porque está numa reunião.

Corri para a escola, desesperada para retornar a ligação e descobrir o que o Brian queria. Ele já mandou meu roteiro para duas produtoras, mas as duas o recusaram. Será que agora um peixe mordeu a isca?

Controlei uma vontade absurda de ligar para ele e dizer

que minha "reunião" tinha acabado de repente. Mas é muito mais importante chegar na hora para pegar a Mabel, porque eu sou o tipo de mãe amorosa que põe os filhos em primeiro lugar.

16h30 A ida até a escola foi ainda mais caótica que o normal. Uma versão de *Onde está Wally?*, com milhões de mulheres magricelas, bebês em carrinhos, homens em vans brancas desafiando donas de casa com doutorado em seus carros enormes, um homem numa moto com um baixo acústico nas costas e mães naturebas em bicicletas com cestas cheias de crianças na frente. A rua estava completamente engarrafada. De repente, uma mulher veio correndo freneticamente e gritando: "Voltem, VOLTEM! VAMOS LÁ! NINGUÉM ESTÁ AJUDANDO AQUI!".

Percebendo que algum acidente horrível tinha acontecido, eu e todos os outros começamos a dar ré loucamente, subindo com os carros na calçada e nos jardins alheios para que os paramédicos pudessem passar. Quando a rua estava livre, espichei o pescoço, assustada, esperando ver uma ambulância e/ou um banho de sangue. Mas não tinha nada disso, só uma mulher muito chique rebolando até um Porsche preto e depois correndo furiosamente pela rua desimpedida, olhando feio para todo mundo, com uma criança pequena de uniforme no banco do passageiro.

Quando finalmente cheguei à escolinha da Mabel, ela era a única criança que havia sobrado nos degraus da entrada, com exceção do Thelonius, que estava prestes a ir embora com a mãe.

A Mabel me olhou com seus olhos enormes, muito sérios.

"Vamos embora, amiguinha", ela disse com doçura.

"Estávamos nos perguntando aonde você tinha ido!", disse a mãe do Thelonius. "Esqueceu a escola de novo?"

"Não", eu disse. "A rua estava completamente engarrafada."

"A mamãe tem tinquenta e um!", gritou a Mabel de repente. “A mamãe tem tinquenta e um. Ela diz que tem tlinta e cinco, mas tem tinquenta e um.”

“Psiu. Hahahaha!”, eu disse, diante dos olhos arregalados da professora. “Vamos logo pegar o Billy!”

Consegui enfiar a Mabel — que ainda gritava “A mamãe tem tinquenta e um!” — rapidamente dentro do carro, me inclinando no tradicional movimento de retorcer o corpo todo, que fica mais difícil a cada ano, e coloquei o cinto de segurança depois de tatear por toda a bagunça entre o banco e a cadeirinha.

Cheguei à escola fundamental para pegar o Billy e encontrei a Nicolette, uma das mães da escola (casa perfeita, marido perfeito, filhos perfeitos; a única leve imperfeição é o nome, presumivelmente escolhido por seus pais antes da invenção do Nicorette, o popular substituto do cigarro), rodeada por um bando de mães. A perfeita Nicolette estava perfeitamente vestida e com o cabelo perfeitamente escovado, segurando uma bolsa perfeitamente gigantesca. Eu me aproximei, ofegante, para ver se conseguia descobrir qual era o mais novo problema da escola, bem na hora em que a Nicolette jogou o cabelo para trás, irritada, quase atingindo meu olho com a ponta da bolsa gigante.

“Eu perguntei por que o Atticus ainda está no time reserva de futebol — o menino tem chegado em casa literalmente às lágrimas — e o sr. Wallaker simplesmente disse: ‘Porque ele é muito ruim. Mais alguma coisa?’.”

Dei uma espiada naquele que era o mais novo problema da escola: o novo professor de educação física — atlético, alto, um pouco mais jovem do que eu, cabelo bem curto, parecido com o Daniel Craig. Ele estava pensativo, observando um grupo de meninos bagunceiros, quando de repente apitou e gritou: “Ei! Vocês aí. Para o vestiário agora ou vão levar uma advertência”.

“Estão vendo?”, continuou a Nicolette conforme os meninos formavam uma fila maluca e tentavam entrar na escola marchando e gritando “Um, dois! Um, dois!”, como civis assustadiços recrutados para participar de um levante, enquanto o sr. Wallaker apitava para marcar o ritmo de um jeito ridículo.

"Mas que ele é gato, é", disse a Farzia. Ela é minha preferida entre as mães da escola, sempre com as prioridades certas.

"Gato, mas casado", disse a Nicolette, irritada. "E com filhos, apesar de ser difícil de imagina isso."

"Ele não é amigo do diretor?", perguntou outra mãe.

"Exatamente. Nem sei se ele é formado em educação física", disse a Nicolette.

"Mamãe." Virei o rosto e vi o Billy com seu blazerzinho, os cabelos escuros desalinhados e a camisa para fora da calça. "Não fui escolhido para a equipe de xadrez." Os mesmos olhos, aqueles mesmos olhos escuros, transpassados pela dor.

"Ser escolhido ou ganhar não tem importância", eu disse, dando um abraço furtivo nele. "O que conta é quem você é."

"É claro que tem importância." Aargh! Era o sr. Wallaker. "Ele tem que treinar. Tem que merecer." Quando o professor se virou, eu o ouvi murmurando "As mães desta escola acham que os filhos são os reis do mundo, não dá pra acreditar."

"Treinar?", eu disse sarcasticamente. "Que coisa! Eu nunca ia pensar nisso! Você deve ser muito inteligente, sr. Wallaker! Digo, comandante!"

Ele me fitou com seus olhos azuis e frios.

"E o que isso tem a ver com educação física?", continuei, num tom muito doce.

"Eu dou aula de xadrez também."

"Que maravilha! E você usa o apito?"

O sr. Wallaker ficou desconcertado por um momento e então disse: "Eros! Saia desse canteiro. Agora!".

"Mamãe", disse o Billy, puxando minha mão. "Os que foram escolhidos podem faltar na aula dois dias para ir ao torneio de xadrez."

"Eu treino com você."

"Mas, mamãe, você é muito ruim no xadrez."

"Não sou, nada! Sou ótima no xadrez. Já ganhei de você!"

"Não ganhou nada."

"Ganhei!"

"Ganhou nada."

"Bom, eu estava perdendo de propósito porque você ainda é criança", eu disse, sem pensar. "E além do mais não é justo, porque você faz aula de xadrez."

"Talvez você deva entrar na aula de xadrez, sra. Darcy." AI, MEU DEUS. Por que o sr. Wallaker ainda estava escutando? "É preciso ter no máximo sete anos, mas eu acho que deve valer idade mental. O Billy contou a outra novidade?"

"Ah!", disse o Billy, se alegrando. "Estou com piolho!"

"Piolho!" Eu olhei para ele horrorizada, colocando a mão instintivamente no meu cabelo.

"É, piolho. Todos eles estão." O sr. Wallaker olhou para baixo com um leve brilho zombeteiro nos olhos. "Sei que isso vai ser uma calamidade pública para as mães peruas de Londres e seus cabelos arrumados, mas você só precisa passar um pente fino no cabelo deles. E no seu, é claro."

Ai, Deus. O Billy vinha coçando a cabeça recentemente, mas eu meio que deixei para lá, porque tinha coisas demais com que me preocupar. Comecei a imaginar várias perninhas rastejando na minha cabeça e fiquei zonza. Se o Billy estava com piolho, então era provável que a Mabel estivesse, e eu também, o que significa que... o Roxster estava com piolho.

"Está tudo bem?"

"Não, sim, claro!", eu disse. "Tudo bem, maravilhoso, tchauzinho então, sr. Wallaker."

Eu me afastei, segurando a mão do Billy e da Mabel, e ouvi um ping de mensagem de texto. Imediatamente coloquei os óculos para ler. Era do Roxster.

Se atrasou muito hoje de manhã, linda? Que tal eu pegar o ônibus pra sua casa hoje e levar uma torta?

Aargh! O Roxster não pode ir lá para casa e vou ter que

passar pente fino em todo mundo e lavar todas as fronhas. Não é muito normal ter que pensar numa desculpa para cancelar um encontro com seu garotão porque a casa inteira está com piolho. Por que eu sempre me enrolo tanto?

17h Chegamos atabalhoados na nossa casinha geminada, carregando as mochilas, desenhos e bananas amassados de sempre, além de mais uma sacola enorme cheia de produtos para piolho que comprei na farmácia, e descemos a escada no maior alarde, passando pela sala/ escritório (cada vez mais obsoleta, exceto pelo safá-cama e pelas caixas vazias da John Lewis), até chegar ao porão/ cozinha/ sala de estar, onde a gente passa a maior parte do tempo. Coloquei o Billy para fazer a lição de casa e a Mabel para brincar com seus coelhinhos enquanto eu preparava o espaguete à bolonhesa. Agora não tenho a menor ideia do que vou responder ao Roxster quanto a nos vermos hoje à noite e não sei se devo falar dos piolhos.

17h15 Talvez não.

17h30 Ai, Deus. Tinha acabado de mandar: Eu ia amar, mas tenho que trabalhar hoje à noite, então melhor não, a Mabel de repente deu um pulo e começou a cantar a música que o Billy mais odeia perto dele. "Forgeddaboudermoneymoneymoney, wedon' needyermoneymoney, money!" Então o telefone tocou.

Agarrei o aparelho. O Billy deu um salto, gritando "Mabel, pare de cantar Jessie J!" quando a voz da recepcionista ronronou: "Brian Katzenberg vai falar com você".

"Hum... Será que eu poderia retornar a ligação para o Brian em..."

"Berbling berbling!", cantou a Mabel, correndo em volta da mesa atrás do Billy.

"O Brian está na linha agora."

"Nããão! Será que você podia..."

"Mabel! Paaaaaaaareeee!", gritou o Billy.

"Psiu! Eu estou no TELEFONE!"

"Oiiii!", soou a voz apressada e alegre do Brian. "Então! Ótima notícia! A Greenlight escolheu seu roteiro."

"O quê?", eu disse, com o coração dando um salto. "Isso quer dizer que ele vai virar um filme?"

O Brian deu uma sonora gargalhada. "O cinema não funciona assim! Eles só vão lhe dar uma pequena quantia para ficar com os direitos de produzir o roteiro e..."

"Mããããeeee! A Mabel pegou uma faca!"

Coloquei a mão no fone e sussurrei com fúria: "MABEL! Dê essa faca aqui! Agora!".

"Alô? Alô?", dizia o Brian. "Laura, acho que a ligação caiu..."

"Não! Eu estou aqui!", eu disse, me atirando sobre a Mabel, que agora estava se atirando sobre o Billy com a faca em punho.

"Eles querem fazer uma reunião preliminar segunda-feira ao meio-dia."

"Segunda! Ótimo!", eu disse, tentando arrancar a faca das mãos da Mabel. "Essa reunião preliminar é como se fosse uma entrevista...?"

"Mããããeeeeeeee!"

"Psiu!" Arrastei os dois para o sofá e comecei a lutar com os controles.

"É que eles têm algumas questões com o roteiro e querem discutir isso antes de decidir se vão mesmo seguir em frente."

"Entendi, entendi."

De repente, estava me sentindo magoada e indignada. Quer dizer que eles *já tinham* questões com meu roteiro? Mas que questões poderiam ser?

"Então lembre que eles não vão..."

"Mãããeee, eu estou sangrando!"

"Quer que eu ligue de volta daqui a pouco?"

"Não! Imagine!", perguntei, desesperada, enquanto a Mabel gritava "Chame a ambulância!".

"O que você estava dizendo?"

"Eles não vão querer uma roteirista inexperiente que também seja difícil. Você vai ter que dar um jeito de aceitar o que eles quiserem."

"Entendi, entendi, então não é para ser uma mala?"

"Isso!", disse o Brian.

"Meu irmão vai morrer!", gritou a Mabel, aos soluços.

"Hum, está tudo...?"

"Não, ótimo, incrível, segunda ao meio-dia então!", eu disse, no mesmo segundo em que a Mabel gritou: "Eu matei meu irmão!".

"Certo", disse o Brian, nervoso. "Vou pedir à Laura para te passar os detalhes por e-mail."

18h Quando a algazarra estava sob controle, depois de eu ter colocado um curativo do Super-Homem no minúsculo corte no joelho do Billy, marcado alguns pontinhos pretos na coluna da Mabel na Tabela das Consequências e enchido os dois de espaguete à bolonhesa, flashes variados passavam pela minha cabeça, como quando alguém está se afogando, só que de maneira mais otimista. O que eu ia vestir para ir à reunião, e será que eu ia ganhar um Oscar de melhor roteiro adaptado? E aquela história de que a aula da Mabel ia acabar mais cedo na segunda e como é que eu ia buscar os dois? O que eu ia vestir no Oscar e será que devia contar ao pessoal da Greenlight que o Billy estava com piolho?

20h *9 piolhos encontrados: 2 adultos, 7 lêndeas (m.b.)*

Acabei de dar banho nas crianças e de passar pente fino nelas, o que na verdade é muito legal. Encontrei dois piolhos no cabelo do Billy e sete lêndeas atrás das orelhas — duas atrás de uma e uma magnífica leva de cinco atrás da outra orelha. É tão satisfatório ver os pontinhos pretos aparecerem no pente branco. A Mabel ficou chateada por não estar com piolho, mas se alegrou depois que deixei que eles passassem o pente em mim e ela viu que eu também não tinha nenhum. O Billy ficou balançando o pente e dizendo, muito orgulhoso: "Eu tinha sete! Eu tinha sete!". Mas, quando a Mabel começou a chorar, ele carinhosamente colocou três lêndeas dele no cabelo dela, e a gente teve que passar o pente nela de novo.

21h15 Crianças na cama. Estou animadíssima com a reunião. Sou uma profissional de novo e vou a uma reunião! Vou usar o vestido de seda azul-marinho e fazer uma escova no cabelo, apesar do desdém do maldito sr. Wallaker por cabelos arrumados; e apesar da incômoda sensação de que essa mania crescente das mulheres por escovas está transformando todas elas naqueles homens do século XVIII (ou XVII?), que só se sentiam confortáveis em situações públicas quando usavam perucas empoadas.

21h21 Ah, mas será que é moralmente errado fazer uma escova quando eu talvez tenha lêndeas não detectadas no início de seu ciclo de vida de sete dias?

21h25 Sim. É moralmente errado. Será que o Billy e a Mabel não podem ir à casa dos amiguinhos?

21h30 Também acho que devia falar dos piolhos para o Roxster, já que mentir é ruim em um relacionamento. Mas talvez nesse caso seja melhor mentir do que passar piolho para ele.

21h35 Os piolhos parecem estar criando um número inacreditável de dilemas morais modernos.

21h40 Aargh! Acabei de procurar em todas as minhas roupas (ou seja, na pilha que está em cima da bicicleta ergométrica) e em todos os armários e não encontro meu vestido de seda azul-marinho. Não tenho nada para vestir para a reunião. Nada. Como é que eu posso ter todas essas roupas atoladas no armário e aquele vestido ser o único que posso usar em qualquer ocasião importante?

Resolução para o futuro: em vez de passar as noites devorando monte de queijo ralado e tentando não tomar vinho, vou pegar peça por peça de roupa calmamente, dar tudo o que não uso há um ano para os pobres e organizar o resto num guarda-roupa compacto, fácil de combinar, para que o processo de me vestir se torne uma alegria tranquila em vez de uma bagunça histérica. E também vou passar vinte minutos andando na bicicleta ergométrica. Uma bicicleta ergométrica, é claro, não é a mesma coisa que um guarda-roupa.

21h45 Se bem que talvez não seja um problema usar o vestido de seda azul-marinho o tempo todo, como o dalai-lama faz com as vestimentas dele. Se eu conseguisse encontrar mais vestidos desses para comprar. Imagino que o dalai-lama tenha diversas roupas iguais ou alguém que possa lavar aquela a qualquer hora, e que não as deixe no fundo de um armário cheio de roupas que ele comprou na Topshop, na Oasis, no ASOS, na Zara etc., e que não usa.

21h46 Ou em cima da bicicleta ergométrica.

21h50 Acabei de subir para ver como estão as crianças. A Mabel estava dormindo, com todo o cabelo na cara, como sempre, de um jeito que parece que ela está com a cabeça virada para trás, e segurando a Saliva. Saliva é a boneca dela. O Billy e eu achamos que ela confundiu o nome com a Sabrina, Aprendiz de Feiticeira, mas a Mabel acha o nome perfeito.

Beijei a bochechinha quente do Billy, todo aninhado com

o Mario, o Cavalinho, o Puffle Um e o Puffle Dois, quando a Mabel ergueu a cabeça, disse "O tempo anda lindo, não é mesmo?" e voltou a se deitar.

Fiquei observando os dois, tocando seus rostinhos macios e ouvindo a respiração de seus narizes entupidos quando tive o pensamento fatídico — aquele "Se ao menos..." invadiu minha cabeça sem pedir licença. A escuridão, as lembranças, a tristeza cresciam e me levavam como um tsunami.

22h Corri lá para baixo, para a cozinha. Pior ainda: tudo no maior silêncio, desolado, vazio. "Se ao menos..." Pare. Não posso me dar ao luxo de fazer isso. Ponha a chaleira no fogo. Não vá para o lado negro.

22h01 Campainha! Graças a Deus! Mas quem poderia ser a essa hora da noite?

Gorfe

QUINTA-FEIRA, 18 DE ABRIL DE 2013 (CONTINUAÇÃO)

22h45 Era o Tom e a Jude, completamente bêbados, cambaleando no corredor e rindo.

"Podemos usar seu laptop? A gente estava no Dirty Burger e..."

"... eu *tarra* tentando entrar no POF no meu iPhone, só que a gente não conseguiu baixar uma foto do Google, então..." A Jude foi descendo as escadas até a cozinha no maior estrondo com seu salto alto e seu terninho, enquanto o Tom — que ainda é moreno, forte, lindo e supergay — me dava um beijo exagerado.

"Smack! Bridget! Você está TÃO mais magra!"

(Ele disse isso toda vez que me viu nos últimos quinze anos, até quando eu estava no nono mês de gravidez.)

"Ei, tem vinho aqui?", gritou a Jude da cozinha.

Eles contaram que a Jude — que hoje em dia praticamente comanda o centro financeiro de Londres, mas continua a transferir sua paixão pela montanha-russa do mercado de ações para a vida amorosa — foi encontrada ontem num site de relacionamentos por seu horrível ex: Richard, o Vil.

"E, sim!", anunciou o Tom, enquanto ia até a cozinha. "O babaca do Richard, o Vil, apesar de toda a fobia de compromisso dele e de ter bagunçado a vida dessa mulher incrível de um jeito horrendo por CEM anos, apesar de ter se casado com ela e depois de dez meses ter dado um pé nela, teve a CORAGEM de mandar uma mensagem indignada sobre o POF... encontre aí, Jude... encontre..."

A Jude mexeu no telefone, confusa: "Não consigo achar. Merda, ele deletou. Você pode deletar uma mensagem depois de ter...?".

"Ai, me dê isso aqui, querida. Bom, a questão é que Richard, o Vil, mandou uma mensagem ofensiva para ela e depois BLOQUEOU as mensagens dela, por isso..." O Tom começou a rir. "Por isso..."

"A gente vai inventar uma pessoa no POF", concluiu a Jude.

"BOFE, isso sim", disse o Tom, com uma risada saindo pelo nariz.

"GORFE, isso sim, e aí a gente vai usar a menina inventada para torturar o Richard!", disse a Jude.

Nós nos esprememos no sofá, e a Jude e o Tom começaram a pesquisar fotos de ficha criminal de loiras de vinte e cinco anos no Google e a tentar colocar uma delas no site de relacionamentos, ao mesmo tempo que inventavam respostas safadinhas para as perguntas do perfil. De repente, senti saudades da Shazzer e quis que ela estivesse aqui para fazer um discurso feminista, em vez de estar no Vale do Silício sendo uma gênia da informática com seu marido-inesperado-do--mundo-da-computação-após-anos-de-feminismo.

"De que tipo de livro ela gosta?", perguntou o Tom.

"Escreve 'Faz MESMO diferença para você?'", disse a Jude. "Os homens adoram as vadias."

"Ou 'Livro? O que é isso?'", sugeri, para logo depois lembrar. "Esperem! Isso não é completamente contra as Regras do Namoro? Número quatro: se comunique de maneira autêntica e racional."

"Sim! É INCRIVELMENTE errado e doente", disse o Tom, que é um psicólogo bastante renomado, "mas isso não conta com gente babaca."

Estava tão aliviada de me ver livre do tsunami, mergulhando na criação da menina inventada para a vingança no POF que quase me esqueci de contar minha novidade. "A Greenlight vai fazer o meu filme!", eu disse de repente, animada.

Eles ficaram me olhando atônitos, mas, depois do espanto, explodiram de alegria.

"Arrasou, menina! Garotão, roteirista, você está com tudo agora!", disse a Jude, enquanto eu os convencia a ir embora para poder dormir.

Enquanto a Jude cambaleava até a rua, o Tom hesitou, me olhando, ansioso. "Tudo bem com você?"

"Tudo", eu disse. "Acho que sim, é só que..."

"Cuidado, querida", ele disse, ficando subitamente sóbrio e profissional. "Vai ser bastante coisa para fazer se você tiver que ir a reuniões de verdade, cumprir prazos etc."

"Eu sei, mas você disse que eu devia voltar a trabalhar e escrever e..."

"É. Mas você vai precisar de um pouco mais de ajuda com as crianças. Agora, você está numa espécie de bolha. É fantástico como conseguiu superar tudo, mas no fundo você ainda está vulnerável e..."

"Tom!", gritou a Jude, que estava caminhando, vacilante, até um táxi que vira numa rua movimentada ali perto.

"Você sabe onde nos encontrar se precisar", disse o Tom. "A qualquer hora do dia ou da noite."

22h50 Pensando naquela história de "se comunicar de maneira autêntica e racional", decidi ligar para o Roxster e contar sobre os piolhos.

22h51 Embora esteja um pouco tarde.

22h52 Além do mais, essa mudança sem aviso de mensagem de texto para comunicação telefônica com ele seria drástica demais, e daria um peso e uma importância indesejados a toda a questão dos piolhos. Em vez disso, vou mandar uma mensagem.

Roxster?

Um brevíssimo instante.

Sim, Jonesinha?

Sabe quando eu disse que ia trabalhar hoje à noite?
Sim, Jonesinha.
Tinha outro motivo
Eu sei, Jonesinha, você mente muito mal, mesmo por mensagem. Está tendo um caso com um homem mais jovem?
Não, mas é igualmente constrangedor. Está relacionado ao seu amor pela natureza. No caso, insetos.
Percevejos?
Quase...
chorando e coçando a cabeça histericamente Não me diga que é... piolho!!!
Você me perdoa e tal?

Após uma breve pausa, meu celular fez um barulho de mensagem de texto.

Quer que eu passe aí agora? Tô em Camden.

Inebriada com essa gentileza, respondi.

Quero, mas você não se importa com os piolhos?
Não, eu pesquisei no Google. Eles são alérgicos a testosterona.

A arte da concentração

SEXTA-FEIRA, 19 DE ABRIL DE 2013

60 kg, 3482 calorias (ruim), número de vezes que vi se o Roxster estava com piolho: 3, número de piolhos encontrados no Roxster: 0, número de larvas encontradas na comida do Roxster: 27, quantidade de larvas encontradas na casa: 85 (ruim), 2 mensagens para o Roxster, 0 mensagens do Roxster, 36 e-mails trocados pelos pais das crianças da escola, 62 minutos passados vendo e-mails, 360 minutos passados obcecada com o Roxster, 20 minutos passados decidindo me preparar para a reunião sobre o roteiro, 0 minutos passados me preparando para a reunião sobre o roteiro.

10h30 Muito bem. Vou realmente começar a trabalhar na apresentação do meu roteiro, que é uma versão atual da famosa tragédia norueguesa *Hedda Gabler*, de Anton Tchékhov, só que passada no bairro de Queen's Park, em Londres. Estudei *Hedda* para uma prova final do curso de letras em Bangor, e tirei nota baixa. Mas talvez eu esteja prestes a me redimir!

10h32 Preciso me concentrar urgentemente.

11h Acabei de fazer café e de comer os restos do café das crianças, então comecei a enrolar e lembrar coisas que aconteceram durante a visita do Roxster ontem à noite: a chegada dele, às 23h15, lindo de jeans e malha escura, com os olhos brilhando, sorrindo, carregando uma torta da Waitorose, duas latas de feijão e um bolo de gengibre.

Humm. O rosto dele quando está em cima de mim, a barba por fazer naquele maxilar lindo, a frestinha entre os dentes da frente, que só dá para ver de baixo, aqueles ombros largos nus. Acordar sonolenta no meio da noite e sentir o Roxster me beijando bem de leve, no ombro, no pescoço, no rosto, na boca, sentir o pau duro dele contra a minha coxa. Ai, Deus, ele é tão lindo e sabe beijar e... Hum, hum. Bom, preciso pensar nos temas feministas, pré-feministas e antifeministas do... Mas, ai, meu Deus. É tão delicioso, me deixa tão feliz, como se eu estivesse numa bolha de felicidade. Bom, tenho que continuar.

11h15 De repente, dei uma gargalhada ao lembrar a conversa maluca que tivemos no meio do sexo ontem à noite.

"Ai, seu pau está tão duro."

"É por sua causa, linda."

"*Tão* duro."

"Você me deixa de pau duro."

E aí, por algum motivo, eu, entusiasmada, sussurrei: "Você ME deixa de pau duro".

"O quê?", ele disse e começou a rir. Nós dois nos desfizemos em risadas e então tivemos que começar tudo de novo.

O Roxster, com seu jeito tranquilo de sempre, não pareceu preocupado com os piolhos, embora nós dois tenhamos concordado que, para fazer sexo seguro, precisávamos passar o pente fino um no outro antes. Ele foi tão engraçado, penteando meu cabelo e fingindo que estava encontrando piolhos e comendo, e beijando minha nuca de tempos em tempos. Mas quando chegou minha vez de passar o pente fino nele, eu não quis chamar atenção para a minha idade colocando meus óculos de leitura, por isso acabei penteando com grande minúcia seus lindos e fartos cabelos sem conseguir ver nada. Felizmente, o Roxster estava tão ansioso para acabar com aquilo e ir logo para a cama que nem notou minha cegueira. Mas não deve ter tido problema, por causa da testosterona dele. Certamente não é normal ser vaidosa demais para colocar os óculos de leitura para passar pente fino no seu garotão.

11h45 Bom. Meu roteiro! Quer saber, *Hedda Gabbler* na verdade é muito relevante para a mulher moderna porque é sobre os perigos de viver através dos homens. Por que o Roxster ainda não respondeu minha mensagem? Espero que não seja por causa da questão das larvas.

Hoje cedo, excepcionalmente, nós tomamos café juntos, pois Chloe, a Babá, levou as crianças para a escola. A Chloe, que trabalha aqui em casa desde pouco depois de tudo acontecer, é como uma versão melhorada de mim: mais jovem, mais magra, mais alta, mais boazinha, sabe cuidar das crianças melhor do que eu e tem um namorado chamado Graham que não é nem jovem demais, nem velho demais para ela. No entanto, eu prefiro que o Roxster não conheça nem a Chloe nem as crianças por enquanto, então ele sempre fica escondido no quarto até eles saírem para a escola.

O Roxster estava comendo alegremente sua primeira tigela de cereal quando cuspiu tudo o que tinha na boca sobre a mesa. É claro que eu estou acostumada com esse tipo de coisa, ainda que não vinda do Roxster. Mas aí ele me mostrou a tigela. O cereal estava repleto de insetinhos se debatendo e se afogando no leite.

"É piolho?", perguntei, horrorizada.

"Não", ele disse sombrio, "São larvinhas."

Infelizmente, minha reação foi começar a dar risada.

"Você tem ideia do que é colocar uma colher cheia de larvas na boca?", ele perguntou. "Eu podia ter morrido. E, o que é mais importante, eles também".

Então, quando estava jogando o conteúdo da tigela na lata de lixo orgânico, o Roxster exclamou: "Formigas!". Havia uma fileira de formigas indo da porta que dá no porão até a lata de lixo orgânico. Quando o Roxster tentou mexer na cortina para se livrar delas, uma pequena nuvem de mariposas saiu voando.

"Aargh! Parece que as nove pragas do Egito estão aqui!", ele disse.

E, embora tenha rido e me dado um superbeijo no hall de entrada, ele não mencionou nada sobre o fim de semana, e eu tenho a sensação de que alguma coisa está errada, nem que seja o simples fato de ter insultado três grandes paixões dele de uma só vez: insetos, comida e reciclagem.

Meio-dia Aargh! Já é meio-dia e eu não preparei nenhuma das minhas ideias.

12h05 O Roxster ainda não mandou nenhuma mensagem. Na verdade, embora tecnicamente o cavalheiro deva mandar a primeira mensagem para a dama depois de transar, é possível que todo o sistema social de etiqueta entre em pane se há uma praga de insetos na história.

12h10 Bom. *Hedda Gabbler.*

12h15 Acabei de mandar: Sinto muito pelas nove pragas do Egito e por ter dado risada. Vou fumigar a casa e todos os seus ocupantes antes da sua próxima visita. Tudo bem com você?.

12h20 Bom. Muito bem. *Hedda Gabler.* O Roxster não respondeu.

12h30 O Roxster não respondeu ainda. Ele não é assim.

Talvez eu deva olhar meu e-mail. Às vezes, o Roxster muda de meio eletrônico só para se mostrar.

A caixa de entrada está entupida de e-mails do supermercado, de lojas, do lugar onde eu imprimo fotos, do site que aluga casinhas em Cotswold, de links para videos engraçados no YouTube, de ofertas de Viagra mexicano, de lembretes da festa da Cosmata, amiguinha da Mabel, em que as crianças vão poder montar seu próprio ursinho de pelúcia, além de uma avalanche de pais falando sobre o sapato perdido do Atticus.

Remetente: Nicolette Martinez

Assunto: Os sapatos do Atticus

O Atticus chegou em casa usando um pé de sapato do Luigi, mas o outro também não é dele e não está com nome. Eu gostaria que me devolvessem ambos os sapatos do Atticus, já que os dois estavam com o nome escrito bem visível.

12h35 Decidi me incluir na troca de e-mails para mostrar solidariedade e parar um pouco de pensar no trabalho.

Assunto: Re: Os sapatos do Atticus

Remetente: Bridget mãeBilly

Só para esclarecer, o Atticus e o Luigi voltaram da natação usando só um sapato cada um?

12h40 Hihi, acabei dando início a uma avalanche de e-mails engraçados: piadas sobre as crianças chegando em casa sem calça, sem calcinha etc.

Assunto: A orelha do Billy

Remetente: Bridget mãeBilly

O Billy chegou em casa do futebol ontem à noite com uma orelha só. Alguém está com a outra? O nome dele estava escrito BEM visível e eu gostaria muito que a devolvessem imediatamente.

12h45 Hehehe.

Remetente: Nicolette Martinez

Assunto: Re: A orelha do Billy

Alguns pais parecem achar que pedir que os meninos cuidem do que é deles e que os pais escrevam os nomes dos filhos nas suas coisas é motivo de piada, quando, na verdade, é importante para que se tornem indivíduos independentes. Se fossem os sapatos do filho deles que estivessem perdidos, talvez vissem a questão de outra forma.

12h50 Ai não, ai não. Ofendi a Mãe Perfeita e provavelmente deixei todos os outros horrorizados. Vou mandar um superpedido de desculpas agora mesmo.

Remetente: Bridget mãeBilly
Assunto: Os sapatos do Atticus, a orelha do Billy etc.
Desculpe, Nicorette. Estava tentando trabalhar, entediada, e só quis fazer uma brincadeira. Desculpe mesmo.

12h55 Aawrgh!

Remetente: Nicolette Martinez
Assunto: Bridget Jones
Bridget, é possível que você tenha escrito meu nome errado devido a um ato falho. Acho que todo mundo sabe que você às vezes não se aguenta e fuma um cigarro. Caso tenha sido intencional, você me magoou com sua grosseria. Talvez precisemos conversar sobre tudo isso com o orientador pedagógico da escola.
NicoLette

Merda! Chamei a mulher de Nicorette! Bom. Não se meta mais nisso. Deixe para lá e se concentre!

13h47 Que ridículo! Me deu um branco COMPLETO!

13h48 Todas as mães da escola me odeiam e o Roxster não respondeu.

13h52 Desabada na mesa da cozinha.

13h53 Olhe só. Nada de ir para o lado negro da força. Grazina, a Faxineira, vai chegar daqui a pouco e não pode me ver assim. Vou deixar um bilhete sobre a praga de insetos e vou ao Starbucks.

14h16 No Starbucks com um panini de presunto e queijo. Bom.

15h16 Uma multidão de mães metidas, conversando bem alto sobre seus maridos, tomou conta do café com seus carrinhos de bebê.

15h17 Está tão barulhento aqui. Odeio gente que fala no telefone dentro de... Uuh, telefone! Quem sabe é o Roxster?

15h30 Era a Jude, claramente no meio de uma reunião, sussurrando furtivamente: "Bridget. Richard, o Vil, está completamente apaixonado pela Isabella!".

"Quem é Isabella?", sussurrei de volta, no mesmo tom de urgência.

"A menina que a gente inventou no POF. Ele vai se encontrar com ela amanhã!"

"Mas ela não é real."

"Exatamente. Ela sou eu! Mas ele combinou de encontrar com ela, quer dizer, comigo, no Shadow Lounge, e ela vai dar um bolo nele!"

"Brilhante", sussurrei. No mesmo instante, a Jude disse, num tom imperativo: "Então envie uma ordem de dois milhões de ienes a cento e vinte e cinco e espere pelos lucros do trimestre". E depois sussurrou: "E o cara que eu conheci no MédicosSolteiros vai tomar um drinque comigo a dois quarteirões dali, no Hotel Soho!".

"Legal!", eu disse, confusa.

"Não é? Tenhoqueirtchau."

Espero que no fim o homem do MédicosSolteiros não seja uma invenção do Richard, o Vil.

15h40 O Roxster ainda não mandou nenhuma mensagem. Não consigo me concentrar. Vou para casa.

16h Cheguei e me deparei com um cheiro horroroso de casa de velha. A Grazina seguiu fielmente as instruções do bilhete que eu deixei, jogou fora toda a comida e passou água, desinfetante e pesticida em tudo, além de ter colocado bolinhas de naftalina em todas as fendas e buracos possíveis no piso, nas paredes, nas portas e nos móveis. Vou levar o fim de semana todo, talvez o resto da vida, para encontrar e destruir todas as bolinhas de naftalina. Nenhum inseto poderia sobreviver a isso. E, o que é crucial, nem um garotão. Mas isso é irrelevante, já que ainda não chegou NENHUMA MENSAGEM do Roxster.

16h15 Aargh! Estrondos e vozes dos meninos chegando em casa. É sexta-feira, está na hora da Chloe ir embora e eu ainda não preparei o que vou dizer na reunião.

16h16 Como o Roxster pôde não responder? Apesar de a minha última mensagem ter sido uma pergunta? Ou não foi? Vou dar uma olhadinha na minha última mensagem.

> Sinto muito pelas nove pragas do Egito e por ter rido. Vou fumigar a casa e todos os seus ocupantes antes da sua próxima visita. Tudo bem com você?

Fiquei consternada. Não apenas havia uma pergunta, um fim de mensagem com uma pergunta, como a inegavelmente presunçosa presunção de que eu ia ver o Roxster de novo.

18h Desci para a sala tentando ocultar meu ataque de nervos do Billy e da Mabel (que, graças a Deus, como é fim de semana, estão absortos jogando *Plants vs. Zombies* e vendo *Perdido para cachorro 2*) enquanto esquento o espaguete à bolonhesa (na verdade é queijo à bolonhesa, pois a Grazina jogou fora todo o macarrão). Por fim, depois do jantar, alguma coisa no ato de colocar os pratos na máquina me fez perder o controle e mandar uma mensagem falsamente alegre para o Roxster, dizendo: Hoje é sexta-feeeeiraaaa!

Então tive convulsões de agonia tão fortes que tive que deixar o Billy matando suas plantas com zumbis por tempo indeterminado e a Mabel vendo *Perdido para cachorro 2* de novo, agora pela sétima vez, para que eles não notassem. Sabia que isso era irresponsável e coisa de mãe preguiçosa, mas decidi que não era tão ruim quanto os danos emocionais causados por ver a mãe tendo um ataque de nervos por causa de alguém cuja idade era mais próxima do — Aargh! Será que o Roxster realmente é mais próximo em idade da Mabel do que de mim? Não, mas acho que talvez do Billy sim. Ai, Deus. O que eu tenho na cabeça? Não é à toa que ele parou de mandar mensagem.

21h15 Nenhuma mensagem ainda. Finalmente pude me atirar de cabeça num poço de tristeza e insegurança, tendo o suporte emocional arrancado de debaixo dos pés etc. Namorar um homem mais jovem faz com que você pense que conseguiu voltar milagrosamente no tempo. Às vezes, quando estamos transando no banheiro, eu vejo a gente no espelho e não consigo acreditar que aquela sou eu, fazendo aquilo, com o Roxster, na minha idade. Mas, agora que acabou, eu estourei como uma bolha. Será que estou usando toda essa história para bloquear o desespero existencial de estar envelhecendo e o medo de que talvez eu tenha um derrame, e o que vai acontecer com o Billy e a Mabel?

Era pior quando eles eram bebês. Eu tinha um pavor constante de morrer no meio da noite, ou de cair da escada e ninguém aparecer, eles ficarem sozinhos e acabarem me comendo. Mas aí, como disse a Jude: "É melhor do que morrer sozinha e ser comida por um pastor-alemão!".

21h30 Preciso me lembrar do que diz o livro *Zen e a arte de se apaixonar*: "quando ele vem, recebemos com alegria; quando ele se vai, deixamos que vá". Além do mais, quando os aprendizes do zen sentam na Almofada eles fazem amizade com a Solidão, que é diferente da Solitude. A Solidão é Transiente e é a maneira como as pessoas que nós amamos entram em nossas vidas e depois saem, o que é simplesmente parte da Vida, ou talvez isso seja a Solitude e a Solidão seja... Nenhuma mensagem.

23h Não consigo dormir.

23h15 Ai, Mark. Ai, Mark. Eu sei que fiquei nessa história de "será que ele vai me ligar ou não?" quando a gente estava saindo, antes de a gente casar. Mas mesmo naquela época era diferente. Eu o conhecia tão bem, desde o tempo em que corria pelada pelo jardim da casa dos pais dele.

Ele costumava conversar comigo dormindo. Era quando eu sabia o que ele realmente estava sentindo.

"Mark?" Aquele rosto moreno e bonito dormindo no travesseiro. "Você é lindo?"

Suspirando enquanto dormia, com cara de triste, envergonhado, balançava a cabeça.

"Sua mãe ama você?"

Muito triste agora, tentando dizer "não" dormindo. Mark Darcy, o famoso e poderoso advogado de direitos humanos era, por dentro, um menininho magoado que foi mandado para o colégio interno aos sete anos.

"Eu amo você?", perguntava. E aí ele sorria dormindo, feliz, orgulhoso, assentia com a cabeça e me puxava para perto, me aninhando embaixo do braço.

A gente se conhecia até do avesso. O Mark era um cavalheiro, eu confiava completamente nele e era a partir daquele lugar seguro que eu saía para encarar o mundo. Era como explorar as profundezas perigosas do oceano com um submarino inviolável. E agora... tudo dá medo e nada vai voltar a ser seguro nunca.

23h55 O que estou fazendo? O que estou fazendo? Por que comecei isso tudo? Por que não fiquei como estava? Triste, sozinha, sem trabalho, sem sexo, mas pelo menos sendo mãe e fiel ao... fiel ao pai deles.

Noite escura da alma

SEXTA-FEIRA, 19 DE ABRIL DE 2013 (CONTINUAÇÃO)

Cinco anos. Já faz mesmo tudo isso? No começo, era só uma questão de chegar até o fim do dia. Ainda bem que a Mabel era novinha demais para entender qualquer coisa, mas, ai, lembrar o Billy correndo pela casa e dizendo "Eu perdi o papai!"... O Jeremy e a Magda na porta, com um policial atrás, a expressão no rosto deles, eu correndo instintivamente para perto das crianças, abraçando os dois, aterrorizada. "O que foi, mamãe? O que foi?" Funcionários do governo dentro de casa, alguém acidentalmente ligando no noticiário, o rosto do Mark na televisão com uma legenda:

Mark Darcy 1956-2008

As lembranças são confusas. Amigos, parentes me envolvendo como um útero. Os amigos advogados do Mark resolvendo tudo: o testamento, os impostos sobre a herança, tudo parecia inacreditável, como um filme que uma hora ia acabar. Os sonhos com o Mark. E as manhãs, ao acordar às cinco, purificada pelo sono por um décimo de segundo, achando que tudo estava igual, e então lembrar: a dor me golpeando como uma machadinha, como se uma estaca enorme me cravasse na cama, passando direto pelo meu coração. Eu ficava sem conseguir me mover, com medo de perturbar a dor e espalhá-la, sabendo que em meia hora as crianças iam acordar e eu ia ter que lidar com fraldas e mamadeiras, tentando fingir que estava tudo bem ou pelo menos mantendo tudo sob controle até que alguém chegasse para ajudar, e então eu podia ir chorar no banheiro e depois passar um pouco de rímel e segurar a onda de novo.

Mas a questão de ser mãe é: você não pode desmoronar;

tem que seguir em frente; FNP: Força na Peruca. O exército de psicólogos e especialistas em terapia de luto ajudou com o Billy e, mais tarde, com a Mabel: "versões possíveis da verdade", "honestidade", "conversa", "nada de segredos", uma "base segura" a partir da qual eles pudessem lidar com aquilo. Mas, para a dita "base segura" (ou seja — tente não rir —, eu), foi diferente.

A principal coisa que eu me lembro daquelas sessões era a grande pergunta: "Você vai conseguir sobreviver?". Eu não tinha escolha. Todos aqueles pensamentos que me invadiam — nosso último momento juntos, a sensação do terno do Mark contra a minha pele, eu de camisola, nosso último beijo, que a gente não sabia que ia ser o último, a lembrança incerta da expressão dos olhos dele, a campainha tocando, os rostos na porta. Os pensamentos "Eu nunca", "Se ao menos...", tinham que ser bloqueados. O processo de perda cuidadosamente orquestrado, supervisionado por especialistas com voz suave e muxoxos de solidariedade ajudaram menos do que ter que descobrir como trocar uma fralda ao mesmo tempo que esquentava *nuggets* de peixe no micro-ondas. Manter o navio flutuando, ainda que não exatamente sem oscilar, foi, acho, noventa por cento do processo. O Mark tinha cuidado de tudo de forma perfeita: os detalhes financeiros, as apólices de seguro. A gente saiu do casarão cheio de lembranças em Holland Park e veio para a nossa casinha em Chalk Farm. Todas as questões práticas haviam sido resolvidas: matrícula na escola, a casa, a renda, eu nem precisava trabalhar, só cuidava da Mabel e do Billy, meu Mark em miniatura — tudo o que me restava dele para que eu o mantivesse vivo, para que me mantivesse viva. Uma mãe, uma viúva, dando um passo de cada vez. Mas por dentro eu era uma casca vazia, arrasada, não era mais eu.

Depois de quatro anos, porém, meus amigos não aceitaram mais aquilo.

PARTE 1

Virgem de novo

Um ano atrás...

Estes são os trechos do meu diário do ano passado, começando há exatamente um ano, quatro anos depois da morte de Mark, que mostram como eu vim parar nesta confusão.

Diário de 2012

QUINTA-FEIRA, 19 DE ABRIL DE 2012

79 kg, 4 unidades alcoólicas (bom), 2822 calorias (mas é melhor comer comida de verdade fora do que pedaços de queijo velho e nuggets de peixe em casa), 0 possibilidades de ter vontade de fazer sexo de novo.

"Ela PRECISA transar", disse a Talitha com firmeza, bebericando um vodca martíni e olhando de forma alarmante à sua volta, em busca de candidatos.

Era uma das saídas semirregulares das quais a Talitha, o Tom e a Jude insistem que eu participe, num esforço para "me tirar de casa", como as pessoas fazem quando levam a vovó para passar o fim de semana na praia.

"Precisa mesmo", disse o Tom. "Eu contei? Consegui uma suíte no Chedi em Chiang Mai no LateRooms.com, só duzentas libras por noite. Tinha uma suíte júnior por cento e setenta e nove no Expedia, mas não tinha terraço."

O Tom, nessa fase da vida, vem se tornando cada vez mais obcecado por passar as férias em hotéis chiques e tentar adaptar nossas vidas ao que manda o blog da Gwyneth Paltrow.

"Cale a boca, Tom", murmurou a Jude, erguendo os olhos do iPhone, onde estava logada no MédicosSolteiros. "Isso é sério. A gente tem que fazer alguma coisa. Ela se tornou virgem de novo."

"Vocês não entendem", eu disse. "É completamente impossível. Não quero mais ninguém. Além do mais, mesmo que eu quisesse, e eu não quero, estou indisponível, completamente assexuada e ninguém mais vai me querer, nunca, nunca, nunca."

Olhei para a minha barriga, protuberante sob a blusa preta. Era verdade. Eu era virgem de novo. O problema do mundo moderno é que você é bombardeado com imagens de sexo e sexualidade o tempo todo — a mão na bunda no outdoor, os casais se beijando na praia no anúncio do Sandals, casais de verdade enroscados no parque, as camisinhas perto do caixa na farmácia —, e há todo um mundo mágico do sexo, ao qual você não pertence mais e nunca voltará a pertencer.

"Não vou tentar lutar contra isso, é apenas parte da viuvez, parte do processo de virar uma velhinha", eu disse, melodramática, torcendo para que eles imediatamente começassem a insistir que eu era a Penélope Cruz ou a Scarlett Johansson.

"Ah, querida, não seja assim ridícula", disse a Talitha, chamando o garçom para pedir mais um drinque. "Você vai ter que perder um pouco de peso, pôr botox e mudar o cabelo, mas."

"Botox?", perguntei, indignada.

"Ai, Deus", disse a Jude de repente. "Esse cara não é médico. Ele também estava no site AmantesDaDança. É a mesma foto!"

"De repente ele é um médico que também é amante da dança e está atirando para todos os lados", encorajei.

"Jude, cale a boca", disse o Tom. "Você está perdida num pântano de ciberpresenças nebulosas, sendo que a maioria delas não existe e simplesmente se conecta e desconecta de forma aleatória."

"Botox pode matar", eu disse, muito séria. "Dá botulismo. Vem das vacas."

"E daí? Melhor morrer de botox do que de solidão por estar tão enrugada."

"Pelo amor de Deus, cale a boca, Talitha", disse o Tom.

De repente, senti saudades da Shazzer de novo, e quis que ela estivesse ali para dizer: "Porra, será que todo mundo pode parar de mandar todo mundo calar a porra da boca?".

"É, cale a boca, Talitha", disse a Jude. "Nem todo mundo quer ficar com a cara repuxada."

"Querida", disse a Talitha, colocando a mão sobre a testa, "eu NÃO estou com a cara repuxada. Luto à parte, a Bridget perdeu, ou digamos, não sabe onde colocou, sua visão de si mesma como um ser sexual. E é nosso dever ajudá-la a reencontrá-la."

E, com uma jogada de seus cabelos fartos e sedosos, a Talitha se acomodou na cadeira enquanto nós três a olhávamos em silêncio, sugando nossos drinques com canudinhos como se fôssemos crianças de cinco anos.

A Talitha começou a falar de novo. "O segredo para não parecer ter a idade que você tem é alterar os sinais. O corpo precisa ser forçado a rejeitar o posicionamento de gordura da meia-idade, as rugas são completamente desnecessárias e belos cabelos sedosos e saudáveis..."

"Comprados por uma ninharia de virgens indianas miseráveis", interrompeu o Tom.

"... obtidos e colados não importa como, são tudo o que se precisa para voltar no tempo."

"Talitha", disse a Jude, "por acaso ouvi você falar as palavras 'meia' e 'idade' juntas?"

"Bom, não posso", eu disse.

"Olhe. Isso me deixa realmente muito triste", disse a Talitha. "Mulheres da nossa idade..."

"Sua idade", murmurou a Jude.

"... são as únicas culpadas quando se colocam como inviáveis, falando sem parar sobre como não saem com ninguém há quatro anos. A "mulher invisível" da Germaine Greer precisa ser brutalmente assassinada e enterrada. É preciso, pelo seu bem e pelo bem de outras como você, criar um ar de autoconfiança e sedução misteriosas, se repaginar..."

"Como a Gwyneth Paltrow", disse o Tom alegremente.

"A Gwyneth Paltrow não é 'da nossa idade' e é casada", disse a Jude.

“Não, eu quis dizer que não posso transar com ninguém”, esclareci. “Não seria justo com as crianças. Já tenho coisa demais para fazer e os homens dão muito trabalho.”

A Talitha me examinou melancolicamente, vendo a calça preta de cintura larga e a blusa longa que eu usava sempre e que ocultavam as ruínas do que já fora o meu corpo. Bom, pelo menos ela tem autoridade para falar, afinal, já foi casada três vezes e, desde que a conheci, jamais esteve sem um homem completamente apaixonado atrás dela.

“Uma mulher tem desejos”, rosnou a Talitha dramaticamente. “De que serve uma mãe para seus pobres filhos se ela sofre de baixa autoestima e frustração sexual? Se você não transar com alguém logo, vai literalmente se fechar. E, o que é pior ainda, vai murchar. E ficar amarga.”

“Mas...”, comecei.

“O quê?”

“Não ia ser justo com o Mark.”

Fez-se um silêncio por um momento. Foi como se um balde de água fria tivesse sido jogado no clima bem-humorado da noite.

Mais tarde, o Tom, bêbado, me seguiu até o banheiro das mulheres e ficou encostado na parede enquanto eu abanava as mãos em volta da torneira para tentar fazer a água sair.

“Bridget...”, ele disse enquanto eu tateava embaixo da pia, procurando algum pedal.

Olhei para cima de debaixo da pia. “O quê?”

O Tom estava no modo profissional de novo.

“O Mark. Ele ia querer que você encontrasse alguém. Não ia querer que desistisse...”

“Eu não desisti”, disse, irritada, ficando ereta com alguma dificuldade.

“Você precisa trabalhar”, ele disse. “Precisa viver. E precisa de alguém para estar com você e te amar.”

"Eu já vivo", disse. "E não preciso de um homem, tenho as crianças."

"Bom, no mínimo você precisa de alguém para te mostrar como abrir as torneiras." Ele esticou o braço até a coluna quadrada onde ficava o cano e girou algo na base, o que fez a água começar a jorrar. "Dê uma lida no *goop*", ele disse, de repente voltando a ser o Tom engraçado e irônico de sempre. "Veja o que a Gwyneth fala sobre sexo e a maneira como os franceses criam os filhos!"

23h15 Acabei de dar boa-noite para a Chloe, tentando esconder um leve porrezinho.

"Desculpe pelo atraso", murmurei, envergonhada.

"Cinco minutos?", ela disse, franzindo o nariz gentilmente. "Que bom que você se divertiu um pouco!"

23h45 Na cama agora. Acho que é significativo eu estar usando, em vez do pijama de cachorrinho de sempre, que é igual ao das crianças, a única camisola mais ou menos sensual que ainda cabe em mim. De repente, sou tomada pela esperança. Quem sabe a Talitha tem razão?! Se eu murchar e ficar amarga, de que vou adiantar para as crianças? Elas vão ficar manhosas, exigentes, dois reizinhos. E eu, uma velha boba, negativa e rouca, que vai se agarrar numa garrafa de xerez e gritar: "POR QUE VOCÊS NUNCA FAZEM NADA POR MIIIIIIMMMMMMM?".

23h50 Talvez eu esteja passando por um longo túnel escuro, ao fim do qual há uma luz. Talvez alguém possa me amar. Não existe motivo para não poder trazer um homem para cá! Posso botar um trinco na porta do quarto, para as crianças não entrarem e pegarem a gente, criando um mundo adulto e sensual de... aargh! Um grito da Mabel vindo do quarto.

23h52 Corri até lá e encontrei uma figurinha descabelada sentada no beliche de baixo, desabando na cama rapidamente que nem uma tora de madeira, que é o que ela sempre faz, já que ela sabe que não pode ficar acordada no meio da noite. A Mabel então se levantou de novo, olhou para o pijama, que estava praticamente gritando "diarreia", abriu a boca e vomitou.

23h53 Coloquei-a na banheira e tirei o pijama dela, tentando não vomitar.

23h54 Lavei e sequei a Mabel, coloquei-a sentada no chão e fui pegar outro pijama, tirar a roupa de cama e tentar encontrar outra.

Meia-noite Choro vindo do quarto das crianças. Ainda com a roupa de cama suja, desviei para lá e então ouvi outro choro ressurgindo do banheiro. Pensei em beber um vinho. Lembrei que sou uma mãe responsável, não uma piranha de boteco.

0h01 Cambaleei, em estado de fuga dissociativa, entre o quarto das crianças e o banheiro. O nível de seriedade do choro do banheiro subiu. Corri para lá, presumindo que a Mabel estava comendo uma gilete, tomando veneno ou algo similar, e a encontrei fazendo cocô no chão com expressão de culpa e espanto. Tomada de amor pela Mabel. Levantei minha filha. Diarreia e vômito agora não só nos lençóis, no tapete do banheiro, na Mabel etc., mas também na camisola vagamente sensual.

0h07 Fui para o quarto das crianças, ainda segurando a Mabel e todo o conjunto diarreia, e encontrei o Billy com o cabelo todo emaranhado, olhando para mim como se eu fosse um Deus benigno que tem a resposta para todas as perguntas. Ele continuou a me olhar enquanto vomitava num jato, como em *O exorcista*, mas, ainda bem, com a cabeça no lugar, e não girando.

0h08 Diarreia em erupção no pijama do Billy. Sua carinha de susto me fez ser tomada de amor por ele. Acabei num "abraço coletivo", só que repleto de diarreia/vômito, agarrando o Billy, a Mabel, os lençóis sujos, o tapete do banheiro, os pijamas e a camisola vagamente sensual.

0h10 Queria que o Mark estivesse aqui. Tive uma súbita lembrança dele com seu pijama formal de advogado, à noite, o vislumbre do pelo no peito, depois uma súbita lembrança do bom humor diante do caos dos bebês, dele todo general, tentando organizar nós todos, como se aquilo fosse uma espécie de crise internacional, depois vendo o absurdo de tudo e nós dois morrendo de rir.

Ele está perdendo todos esses momentos, pensei. Perdendo os filhos crescendo. Até isso seria engraçado em vez de confuso e assustador. Um de nós ia ter ficado com eles enquanto o outro lavava os lençóis, depois a gente ia voltar para a cama e rir de tudo e... como qualquer outra pessoa vai se deliciar com eles e amá-los como ele amaria, até quando estão sujando tudo de cocô e...

0h15 "Mããããee!" O Billy me arrancou do devaneio. Era uma situação difícil, sem dúvida: todo mundo sujo de cocô e vômito, assustado e passando mal. O ideal seria separar crianças e tecidos, colocar a Mabel e o Billy num banho quente e encontrar lençóis limpos. Mas e se o cocô/vômito continuar? E aí? A água pode ficar tóxica e talvez cheia de cólera, que nem esgoto a céu aberto em campo de refugiados.

0h16 Encontrei uma solução provisória: coloquei um "tapetinho de brincar" de plástico no chão do banheiro com travesseiros, toalhas etc. espalhados.

0h20 Resolvi descer e ir até a máquina de lavar (ou seja, até a geladeira pegar vinho).

0h24 Fechei a porta e corri lá para baixo.

0h27 Depois de espairecer as ideias com um gole de vinho, percebi que era bobagem lavar lençóis etc. O único objetivo essencial, sem dúvida, era manter as crianças vivas até de manhã, e o ideal seria evitar um colapso nervoso.

0h45 Percebi que o vinho, apesar de ter feito bem para a cabeça, teve efeito oposto no estômago.

0h50 Vomitei.

2h O Billy e a Mabel estão dormindo no chão do banheiro, em cima ou embaixo das toalhas, limpos até certo ponto. Resolvi simplesmente dormir do lado deles na camisola vagamente sensual coberta de cocô e vômito.

2h05 Estou com uma agradável sensação de triunfo, tal qual um general que evitou um massacre, um banho de sangue etc., e chegou a uma solução pacífica. Até comecei a ouvir a música do *Gladiador*, me vendo no lugar do Russell Crowe, parcialmente oculta pelas palavras: "Um herói surgirá".

Ao mesmo tempo, no entanto, sou incapaz de evitar a sensação de que tentar criar qualquer espécie de cenário erótico com esse tipo de coisa acontecendo não é uma ideia muito boa.

Um novo começo! Uma nova mulher!

SEXTA-FEIRA, 20 DE ABRIL DE 2012

78 kg, 20 minutos reservados para meditação, 0 minutos passados meditando

14h Muito bem. Tomei uma decisão. Vou mudar completamente. Vou voltar ao meu estudo de livros Zen/ New Age/ autoajuda e à ioga etc., começando de dentro e não de fora, meditar regularmente e perder peso. Já estou com tudo pronto, com uma vela e um tapete de ioga no banheiro, e vou meditar com tranquilidade e aquietar a minha mente antes de levar as crianças ao médico, lembrando de alocar um tempo para a) pegar os lanches e b) localizar a chave do carro, que sumiu.

Além disso, vou fazer mais o seguinte:

EU VOU

- Perder quinze quilos.
- Entrar no Twitter, no Facebook, no Instagram e no WhatsApp em vez de ficar me sentindo velha e ultrapassada só porque todo mundo menos eu está no Twitter, no Facebook, no Instagram e no WhatsApp.
- Parar de ter medo de ligar a televisão e, em vez disso, simplesmente localizar e ler os manuais da TV, do gravador de vídeo digital, do DVD e dos controles, para que a TV se transforme numa fonte de entretenimento e prazer em vez de um ataque de nervos.
- Fazer uma arrumação regular, tirando da casa todos os itens desnecessários, especialmente do armário embaixo da escada, passando a ter um lugar para cada coisa e cada coisa em seu

lugar como num zendô budista ou na casa da Martha Stewart. Com isso em mente, pedir à minha mãe para parar de me mandar caixas com bolsas novas, xales, sopeiras da Wedgwood etc., lembrando que a era dos racionamentos já passou e que agora é o espaço, e não os bens materiais, que são raros (pelo menos no mundo ocidental urbano).

- Começar a escrever minha adaptação de *Hedda Gabbler* para voltar a ter uma vida profissional adulta.
- Escrever mesmo esse roteiro em vez de passar metade do dia indo procurar alguma coisa e então vagando de cômodo em cômodo e me preocupando com e-mails que não respondi, mensagens de texto, contas, festas em que as crianças andam de kart, depilação da perna, consultas médicas, reuniões de pais e professores, horários da babá, ruídos estranhos vindos da geladeira, o armário embaixo da escada, motivos por que a televisão não funciona, e então me sentar de novo e perceber que esqueci o que havia me levantado para procurar.
- Não usar as mesmas três peças de roupa toda vez, mas organizar meu guarda-roupa e montar looks baseados em celebridades fotografadas no aeroporto.
- Arrumar o armário embaixo da escada.
- Descobrir por que a geladeira está fazendo aquele barulho.
- Entrar no e-mail durante apenas uma hora por dia, em vez de passar o dia todo num cibercírculo desesperado, indo do e-mail para as notícias, o calendário, o Google e sites de compras e de viagens enquanto mando mensagens de texto e depois não responder nenhum dos e-mails.
- Não incluir o Twitter, o Facebook, o WhatsApp ou sei lá mais o que no cibercírculo.
- Resolver todos os e-mails imediatamente, para que o e-mail se torne uma forma de comunicação eficiente em vez de uma aterradora caixa de entrada inexplorada, repleta de indutores de culpa e bombas-relógio prestes a explodir.
- Ser melhor em cuidar das crianças do que a Chloe, a Babá.

- Estabelecer uma rotina regular com as crianças, para cada um saber o que deve estar fazendo, especialmente eu.
- Ler livros sobre educação dos filhos, incluindo *Um, dois, três dos pais mais calmos* e *Crianças francesas não fazem manha* para poder ser melhor em cuidar das crianças do que a Chloe.
- Ser mais gentil com a Talitha, a Jude, o Tom e a Magda, em retribuição à gentileza deles comigo.
- Ir ao pilates uma vez por semana, à zumba duas vezes por semana, à academia três vezes por semana e à ioga quatro vezes por semana.

EU NÃO VOU

- Beber tanta Coca Zero antes da ioga senão a coisa vira um grande exercício para tentar não peidar.
- Chegar atrasada para levar ou buscar as crianças na escola.
- Mostrar o dedo do meio para as pessoas quando estiver dirigindo.
- Ficar irritada com a lava-louça, a secadora ou o micro-ondas quando eles apitam para chamar minha atenção e avisar que terminaram, ou perder tempo imitando a lava-louça, dançando pela cozinha e dizendo: "Ai, ai, olhem para mim, eu sou a lava-louça, eu lavei a louça".
- Perder a paciência com a minha mãe, a Una ou a Nicolette, a Mãe Perfeita.
- Chamar a Nicolette de Nicorette.
- Mascar mais de dez unidades de Nicorette por dia.
- Esconder garrafas de vinho vazias da Chloe.
- Comer queijo ralado de pé diante da geladeira aberta e deixar cair um monte no chão.
- Gritar ou perder a cabeça com as crianças, mas sim falar o tempo todo com uma voz tranquila e serena de secretária eletrônica.
- Beber mais de uma lata de Red Bull e Coca Zero por dia (cada).
- Beber mais de dois cappuccinos com cafeína por dia. Ou três.
- Comer mais de três Big Macs ou paninis de presunto e queijo do Starbucks por semana. Ficar falando "Um... dois..." numa

voz autoritária para as crianças antes de decidir o que vou fazer quando chegar ao "três".

- Ficar na cama de manhã tendo pensamentos mórbidos ou eróticos, mas sim levantar imediatamente às seis e me maquiar para levar as crianças na escola como a Stella McCartney, a Claudia Schiffer ou similar.
- Ficar histérica e sem rumo quando as coisas dão errado, mas sim atingir a aceitação e a tranquilidade, mantendo-se como uma árvore sólida em meio a toda a confusão.

Mas como eu posso aceitar o que aconteceu?... Olhe, eu não posso... Aargh! Está na hora de levar as crianças ao médico e eu não preparei os lanches, não escrevi, não meditei e não descobri onde está a FDP DA CHAVE DO CARRO! MERDA!

Virgem em mídias sociais

SÁBADO, 21 DE ABRIL DE 2012

77,5 kg, 0 minutos passados na bicicleta ergométrica, 0 minutos passados organizando armário, 0 minutos passados vendo como funcionam os controles remotos, 0 resoluções seguidas.

21h15 Crianças dormindo e a casa toda escura e silenciosa. Ai, Deus, ESTOU TÃO SOZINHA. Todas as outras pessoas de Londres estão às gargalhadas com os amigos em restaurantes e mais tarde vão fazer sexo.

21h25 Olhe só. Não tem problema nenhum estar sozinha no sábado à noite. Vou simplesmente organizar o armário debaixo da escada e depois ir malhar na bicicleta ergométrica.

21h30 Acabei de dar uma olhada no armário. Talvez não.

21h32 Acabei de olhar na geladeira. Acho que vou tomar uma taça de vinho e comer um saquinho de queijo ralado.

21h35 Melhor agora. Vou entrar no Twitter! Graças ao advento da mídia social, nunca mais vou me sentir isolada e sozinha.

21h45 Entrei no Twitter, mas não entendo nada. Só tem conversas sem sentido e pela metade, um monte de baboseira com @isso e @aquilo. Como é que alguém entende isso?

DOMINGO, 22 DE ABRIL DE 2012

21h15 Muito bem. Abri uma conta no Twitter. Preciso de um nome. Algo que soe jovem: BridgetMtoGata?

21h46 Acho que não.

22h15 JonesinhaBJ!

22h16 Mas por que ele me chama de @JonesinhaBJ? Arroba? Arroba de quê?

SEGUNDA-FEIRA, 23 DE ABRIL DE 2012

79,5 kg (ai, Deus), 0 seguidores no Twitter.

21h15 Não consigo entender como colocar uma foto. Tem só um ovo vazio. Tudo bem! Pode ser uma foto minha antes do nascimento.

21h45 Muito bem. Vou esperar alguém me seguir.

21h47 Ninguém me seguindo.

21h50 Na verdade não vou esperar ninguém me seguir, porque quando a gente fica olhando as coisas não acontecem.

22h Será que já tem alguém me seguindo?

22h02 Ninguém me seguindo.

22h12 Ninguém me seguindo ainda. Humpf. Toda a ideia do Twitter é você conversar com as pessoas, mas não tem ninguém para conversar.

22h15 Seguidores: 0. Estou com uma sensação terrível de vergonha e medo: talvez estejam todos falando uns com os outros e me ignorando porque eu não sou popular.

22h16 Talvez estejam até falando sobre como eu não sou popular pelas minhas costas.

22h30 Ótimo. Agora não apenas estou isolada e sozinha como claramente não sou popular.

TERÇA-FEIRA, 24 DE ABRIL DE 2012

79 kg, 4827 calorias, 127 minutos passados mexendo furiosamente em aparelhos eletrônicos, 0 aparelhos eletrônicos que consegui que fizessem o que tinham de fazer, 0 minutos passados fazendo qualquer coisa legal além de comer 4827 calorias e mexer em aparelhos eletrônicos, 0 seguidores no Twitter.

7h06 Muito animada por estar no Twitter. Sinto que sou parte de uma imensa revolução social e que sou jovem. Ontem à noite não deu tempo! Talvez da noite para o dia tenham aparecido milhares de pessoas me seguindo! Milhões! Provavelmente sou um viral. Mal posso esperar pra ver quanta gente apareceu para me seguir!!

7h10 Ah.

7h11 Ninguém me seguindo ainda.

QUARTA-FEIRA DIA 25 DE ABRIL DE 2012

81 kg, número de vezes que vi se tinha algum seguidor no Twitter: 87, 0 seguidores no Twitter, 4932 calorias (ruim, mas a culpa é dos seguidores não existentes no Twitter).

21h15 Ninguém me seguindo ainda. Comi tudo isso:

- 2 croissants de chocolate

- 7 queijos Babybel pequenos (mas um estava meio comido)
- ½ saquinho de queijo mussarela ralado
- 2 cocas zero
- 1,5 salsicha que sobrou do café da manhã das crianças
- ½ cheeseburguer do McDonald's que estava na geladeira
- 3 doces de marshmallow cobertos com chocolate
- 1 barra de chocolate ao leite Cadbury (grande)

TERÇA-FEIRA, 1º DE MAIO DE 2012

23h45 Acabei de ser colocada na lista especial do Twitter por checar se tinha alguém me seguindo cento e cinquenta vezes em uma hora.

QUARTA-FEIRA, 2 DE MAIO DE 2012

79 kg, 0 seguidores no Twitter.

21h15 Eu não vou mais acessar o Twitter ou me preocupar com meu número de seguidores. Talvez tente o Facebook.

21h20 Acabei de ligar para a Jude e perguntar como entrar no Facebook. "Cuidado", ela disse. "É um jeito legal de manter contato, mas você vai acabar vendo um número interminável de fotos de ex-namorados abraçando as namoradas novas para depois descobrir que não é mais amiga deles."

Humpf. É pouco provável que isso aconteça comigo. Vou experimentar o Facebook.

21h30 Talvez eu espere um pouco antes de experimentar o Facebook.

A Jude acabou de me ligar, rindo. "Olhe, não entre no Facebook por enquanto não. Acabei de receber um negócio que dizia que o Tom estava 'dando uma olhada em perfis de quem queria namorar'. Ele deve ter clicado em algo por engano. Todo mundo que ele conhece consegue ver, inclusive os pais dele e os professores da faculdade de psicologia."

Diafragma flácido

QUARTA-FEIRA, 9 DE MAIO DE 2012

79,5 kg, 0 seguidores no Twitter.

9h30 Emergência! É o fim das minhas costas. Não literalmente, claro, como se meus ombros estivessem ligados diretamente à minha bunda. Mas eu estava olhando o Twitter para ver se tinha alguém me seguindo, então fechei o laptop com força, atirando a cabeça para trás com desprezo e dizendo "argh!", e tive um espasmo muscular em toda a parte superior das minhas costas. É como se antes eu não notasse que tinha costas e agora estou em agonia total. O que vou fazer?!

11h Acabei de voltar da osteopata. Ela disse que não foi culpa do Twitter, e sim dos anos levantando as crianças. E disse que eu devia usar as pernas para me levantar, e não as costas — ou seja, me agachar como uma mulher de uma tribo africana —, o que não me parece muito elegante, sem querer insultar a graciosidade das mulheres de tribos africanas, que são, é claro, muito graciosas.

A osteopata perguntou se eu tinha outros sintomas e respondi "acidez estomacal". Ela cutucou minha barriga e exclamou: "Nossa! Esse é o diafragma mais flácido que eu já vi".

Parece que, por causa da minha idade, tudo que tem ali dentro se recusou a voltar para o lugar onde ficava e meus intestinos estão largados, frouxos. Não é à toa que minha barriga cai por cima da cintura da minha calça de moletom preta como se fosse um pudim.

"O que eu faço?"

"Você precisa começar a trabalhar essa barriga", ela disse.

"E vai ter que perder um pouco de gordura. Tem uma nova clínica de obesidade muito boa no hospital St. Catherine's."

"CLÍNICA DE OBESIDADEEEEEEEE?", eu disse, indignada, pulando da cama e me vestindo. "Pode ser que tenha sobrado um pouco de gordura da minha gravidez, mas eu não sou obesa!"

"Não, não", ela disse bem rápido. "Você não é obesa. Só que é um jeito bastante eficaz de perder peso direito. É muito difícil quando se tem filhos."

"Eu sei", tagarelei. "Claro que você sabe o que devia comer, mas quando se vê cercada de sobras de *nuggets* de peixe e batatas fritas todos os dias às cinco da tarde, você come tudo e ainda faz seu próprio jantar depois..."

"Exatamente. A clínica vai colocar você num programa com substitutos de refeição, e aí não tem conversa", disse a osteopata. "Você simplesmente não vai botar mais nada na boca."

Não sei bem o que o Tom, a Jude e a Talitha iam dizer sobre isso, hohoho.

Saí de lá irritada, mas tive uma vontade súbita de voltar lá e dizer: "Quer me seguir no Twitter?".

21h15 Cheguei em casa e me examinei, horrorizada, no espelho. Estou começando a parecer uma garça. Minhas pernas e braços ficaram iguais, mas toda a parte de cima do meu corpo é como um grande pássaro com um depósito de gordura no meio, que, quando coberto por roupas, parece pronto para ser servido no Natal com molho e batatas; sem roupa, parece que passou a noite toda numa panela dentro daquelas caixas cheias de feno que cozinham a comida sem precisar de fogo e que vai ser servido para uma enorme família escocesa no primeiro dia do ano. A Talitha tem razão. O segredo é alterar o posicionamento automático de gordura da (expressão inaceitável e *démodé* se aproximando) meia-idade.

QUINTA-FEIRA, 10 DE MAIO DE 2012

79 kg, 0 seguidores no Twitter.

10h Acabei de falar com a clínica de obesidade. Foi encorajador, porque houve certa dúvida sobre se eu era obesa o suficiente para ser aceita lá! Pela primeira vez na vida, menti o peso para cima em vez de para baixo.

10h10 Vou transformar meu corpo completamente, numa coisa muscular e esguia com uma faixa de músculo no meio, segurando os intestinos.

10h15 Sem pensar, comi os restos do café da manhã das crianças.

QUINTA-FEIRA, 17 DE MAIO DE 2012

79,5 kg, 0 seguidores no Twitter.

9h45 Estou indo para a clínica de obesidade. Acho que atingi o fundo do poço. Vou ser como uma daquelas pessoas que se vê no noticiário, envergonhada, vestindo uma camisola de hospital com alguém tirando a pressão delas enquanto uma repórter linda fala para a câmera num tom grave e preocupado sobre a epidemia de obesidade.

10h A clínica de obesidade foi FANTÁSTICA. Após o constrangimento inicial de ter que repetir "Onde é a clínica de obesidade?" cada vez mais alto para a recepcionista, acabei achando o lugar e vi um homem tão imenso que levava sua gordura num carrinho à sua frente. Uma mulher só um pouco menos gorda parecia estar paquerando ele, dizendo numa voz sedutora: "Você teve obesidade infantil?".

As pessoas me olhavam com uma admiração que eu não sentia desde que tinha vinte e dois anos e saía com uma camiseta psicodélica amarrada com um nó na cintura, revelando minha barriga reta. Me dei conta de que eles deviam achar que eu era um dos sucessos da clínica, quase no fim do programa. Senti uma autoconfiança enorme, com a qual não estou acostumada. Percebi que isso era errado e desrespeitoso com os outros pacientes.

Além disso, o fato de ter visto gordura anexa ao corpo sendo levada em um carrinho me fez começar a vê-la como uma coisa real. Compreendi que até então eu via a gordura como algo completamente ilógico e aleatório da natureza, e não um produto direto de coisas-postas-na-boca.

"Nome", disse o homem na recepção que, para minha preocupação, era muito gordo. Quem trabalha na clínica não devia ter aprendido como funciona?

Foi tudo muito clínico e complexo: exames de sangue, eletrocardiogramas e consultas. Depois que passamos do momento constrangedor em que tentaram colocar no formulário que eu era uma "mãe geriátrica", tudo correu lindamente. Parece que a questão de se pesar não é o mais importante. O mais importante é diminuir o número que visto. E as pessoas que estão muito, muito gordas — tipo vinte e cinco ou cinquenta quilos acima do peso — podem perder bastante peso — tipo seis quilos de gordura em uma semana! E vai ser de gordura mesmo. Mas se você só quer perder dez ou quinze por cento do seu peso, perder mais do que um ou dois quilos por semana não é perder gordura, é (horrivelmente) perder outras coisas.

Sabe, a questão não é quanto você pesa, mas a percentagem de gordura em relação à de músculo. Se você entra numa dessas dietas malucas sem fazer musculação, você só perde músculo, que é mais pesado que gordura. Então você perde peso, mas se torna mais gorda. Ou algo do tipo. Resumindo: eu preciso fazer academia.

Minha dieta vai ser inteira composta de pudins de proteína de chocolate e barras de proteína de chocolate com uma porção pequena de proteína e vegetais à noite, então eu não posso colocar nada além disso na minha boca. (Além de um pênis. Por que isso me passou pela cabeça? Até parece, se bem que depois de hoje talvez seja uma possibilidade.)

De cara nova

QUINTA-FEIRA, 24 DE MAIO DE 2012

81 kg (ops), 0 kg perdidos, 0 seguidores no Twitter, 28 barras de proteína de chocolate consumidas, 37 pudins de proteína de chocolate consumidos, 0 refeições substituídas por barras ou pudins de proteína de chocolate, número médio de calorias ingeridas por dia, combinando a comida normal com os produtos da clínica de obesidade: 4789.

Acabei de ir à clínica de obesidade para me pesar e ver como me saí depois da primeira semana.

"Bridget", disse a enfermeira, "você tem que substituir as refeições pelos produtos proteicos, não acrescentá-los a elas."

Olhei emburrada para os gráficos que ela mostrava e disse sem pensar: "Quer me seguir no Twitter?".

"Eu não estou no Twitter", ela respondeu. "Muito bem, semana que vem esqueça o Twitter e coma só os produtos. Mais nada. Está bem?"

21h15 As crianças estão na cama. Ai, Deus, estou tão sozinha, sem seguidores no Twitter, gorda, faminta e de saco cheio dessas porcarias de produtos proteicos. Odeio esta hora da noite quando as crianças estão dormindo. Devia ser um momento relaxante e divertido, em vez de ser só tão solitário. Bom. Não vou chafurdar na tristeza. Nos próximos três meses, vou:

- Perder 30 kg
- Ganhar 75 seguidores no Twitter
- Escrever 75 páginas do roteiro
- Aprender a mexer na televisão
- Encontrar uma amiga com filhos da mesma idade que more

perto, para que minhas noites sejam divertidas em vez de um caos seguido de horas só comendo queijo ralado.

Isso! É disso que eu preciso. Não é natural que crianças fiquem isoladas em casa com um ou dois adultos dando atenção demais à felicidade delas, sem deixá-las brincar na rua com medo de pedófilos. Certamente devia haver pedófilos quando eu era pequena, mas o medo criado pela mídia mudou toda a maneira de educar as crianças. Preciso de outros pais com quem conversar e beber vinho enquanto as crianças brincam. Seríamos como uma grande família italiana reunida para jantar embaixo de uma árvore. Pois, como diz o ditado: "É preciso uma aldeia inteira para criar uma criança".

E também para aprontar uma celebridade para o Oscar.

Na verdade, tem uma mulher simpática que eu já vi do outro lado da rua e que parece ter filhos. Talvez "simpática" não seja a palavra certa. Ela é superdescolada, com cabelos negros e desalinhados, sobre os quais usa coisas que a gente encontra mais em jardins e *pet shops* do que em penteados. O visual talvez ficasse estranho se não fosse pela beleza igualmente exótica, descolada e morena dela. Já a vi entrando e saindo com diferentes pessoas — que não sei se são babás ou amantes —, com um homem bonito e machão, que talvez seja o marido ou um artista qualquer, e, de tempos em tempos, com um bebê. Será que ela tem filhos da mesma idade que os meus?

Estou me sentindo mais alegre agora. Amanhã vai ser melhor.

QUINTA-FEIRA, 31 DE MAIO DE 2012

79 kg.

Ebaa! Perdi dois quilos desde a semana passada. Estou de volta ao peso que estava antes de começar a dieta. Só que a enfermeira disse que boa parte disso não é gordura mesmo, mas "outras coisas". E também disse que eu preciso começar a me exercitar na bicicleta ergométrica em vez de passar o dia todo sentada.

QUINTA-FEIRA, 7 DE JUNHO DE 2012

77,5 kg.

10h Resolvi comprar essa ideia de pegar bicicletas públicas emprestadas tida pelo nosso excêntrico (ou seja, sensato) prefeito, Boris Johnson. Comprei o cartão que dá direito a usar as bicicletas e já peguei uma! De repente, sinto que faço parte dos ciclistas modernos de Londres: todo um mundo de jovens despreocupados evitando carros e sendo saudáveis e ecológicos! Vou pedalando para a clínica de obesidade.

10h30 Acabei de voltar, traumatizada pela pedalada. Foi completamente apavorante. Toda hora achava que tinha esquecido o cinto de segurança e morria de medo sempre que um carro passava. Acho que vou andar na ciclovia do canal.

11h30 Acabei de voltar de um passeio de bicicleta na ciclovia. Tudo ia muito bem até que alguém atirou um ovo em mim de uma ponte. Ou talvez tenha sido um pássaro que entrou subitamente em trabalho de parto. Vou limpar o ovo, não vou mais pegar as bicicletas públicas e vou para a clínica de obesidade de ônibus. Apesar de sedentária, pelo menos vou estar viva e limpa, em vez de morta e toda suja de ovo.

QUINTA-FEIRA, 14 DE JUNHO DE 2012

75,5 kg!

Toda hora eu tiro a roupa e subo na balança, então tiro o

relógio, a pulseira etc., olhando deliciada para o ponteiro. Só me dá vontade de fazer mais dieta.

QUARTA-FEIRA, 20 DE JUNHO DE 2012

13h Comecei a frequentar a academia — o que é bom —, mas qual é a lei que diz que, quando o vestiário estiver completamente vazio com exceção de você e mais uma pessoa, o armário dela vai sempre ser aquele que fica logo acima do seu?

Agora, vou voltar a entrar no Twitter e encontrar pessoas.

13h30

> **@dalailama** Assim como a cobra deixa sua pele antiga para trás, nós também devemos deixar o passado para trás, repetidas vezes.

Está vendo? Estamos conectados. Deixei minha gordura para trás, como uma cobra.

QUARTA-FEIRA, 27 DE JUNHO DE 2012

9h30 Comecei a escrever meu roteiro baseado em *Hedda Gabbler*. É um texto muito relevante, porque é sobre uma mulher que mora na Noruega — mas vou mudar o cenário para o bairro de Queen's Park, em Londres — e percebe que seus dias de festa acabaram e ninguém vai se casar com ela, por isso decide se casar com um cara chato — como quem corre para sentar na última cadeira quando a música para numa dança das cadeiras. Talvez eu também a faça perder bastante peso e arrumar milhões de seguidores no Twitter.

10h Talvez não. 0 seguidores no Twitter.

QUINTA-FEIRA, 28 DE JUNHO DE 2012

72 kg. 9 quilos perdidos!

Meu Deus, eu perdi nove quilos! O estranho é que, apesar de centenas e centenas de dietas ao longo dos anos terem falhado ou durado cinco dias, esta está mesmo...

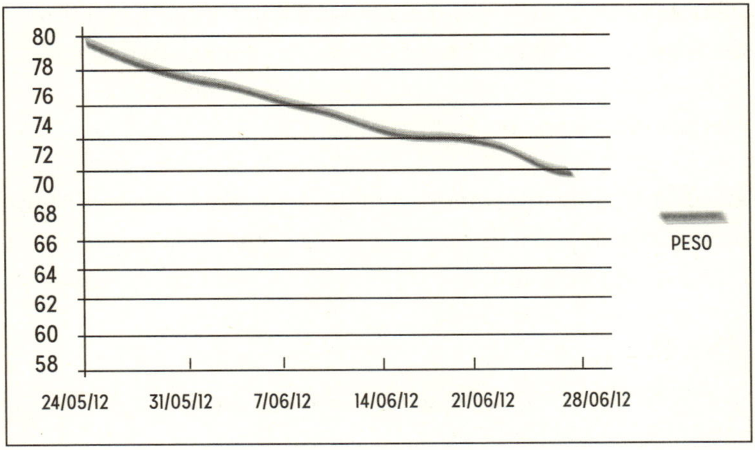

... funcionando! Tem algo a ver com ter que ir lá toda semana, ser pesada, ter meu índice de gordura corporal medido e saber que não posso roubar e dizer que estou fazendo a Dieta de Hay quando quero uma batata assada e Vigilantes do Peso quando quero um chocolate. Toda hora descubro que consegui entrar em mais e mais roupas que tinha antes de engravidar, e isso me causou um otimismo frenético.

QUINTA-FEIRA, 12 DE JULHO DE 2012

70 kg. 11 quilos perdidos. 10 páginas do roteiro escritas. 0 seguidores no Twitter.

21h15 Ai, Deus, estou tão sozinha. Bom. Agora vou mesmo usar o Twitter.

21h20 O dalai-lama tem dois milhões de seguidores, mas ele não segue ninguém. Está certo. Um deus não pode seguir os outros. Será que ele mesmo escreve no Twitter ou manda um assistente fazer isso?

21h30 Colapso nervoso. A Lady Gaga tem trinta e três milhões de seguidores! Por que fui me dar ao trabalho? O Twitter só serve para ver quem é mais popular, e eu estou fadada a ser a menos popular de todas.

21h35 Mandei uma mensagem de texto para o Tom explicando que a Lady Gaga tinha trinta e três milhões de seguidores e eu não tinha nenhum.

21h40

Você é que tem de seguir as pessoas. Se não, como elas vão saber que você está no Twitter?

Mas o dalai-lama não segue ninguém.

Você não é um deus e nem a Lady Gaga, querida. Precisa ser mais proativa. Pode me seguir: **@TomKat37**.

22h

@TomKat37 tem 878 seguidores. Como é que ele conseguiu?

SEXTA-FEIRA, 13 DE JULHO DE 2012

22h15 Tenho um seguidor! Oba! Um seguidor! Meu primeiro seguidor! Veja bem. As pessoas estão começando a reparar no meu estilo.

22h16 Ah. @TomKat37 Está vendo? Ganhou um seguidor. Continue assim.

É só o Tom.

SEXTA-FEIRA, 17 DE JULHO DE 2012

Meio-dia Dia glorioso e histórico. Estava fazendo compras na H&M e pedi para a vendedora me trazer um tamanho quarenta e quatro, e ela me olhou como se eu fosse maluca e disse: "Você é quarenta e dois".

Eu fiz pfff e disse: "Eu nunca vou caber num quarenta e dois". E ela trouxe e coube. Sou tamanho quarenta e dois!

E tenho um seguidor! Sou praticamente viral.

QUINTA-FEIRA, 26 DE JULHO DE 2012

67,5 kg, 25 páginas do roteiro escritas, 1 seguidor no Twitter.

Eeba! Já estou com menos de setenta quilos (embora talvez seja porque eu estava de pé numa perna só e me inclinando de leve em cima da pia).

Além disso, estou escrevendo sem parar. Decidi que o título do meu roteiro vai ser *As folhas no cabelo dele*, que é a fala mais famosa de Hedda em *Hedda Gabbler*. Embora só seja famosa porque ninguém entende o que ela quis dizer.

SEGUNDA-FEIRA, 30 DE JULHO DE 2012

67 kg, 50 001 seguidores no Twitter.

21h15 Ganhei mais um seguidor! Mas é um cara estranho. Ele tem 50 000 seguidores.

21h35 O que é? Ele só fica pairando ali que nem uma nave espacial, observando em silêncio. Parece que eu devia atirar nele ou algo assim.

21h40 O nome é XTC Communications.

22h Mandei um tuíte contando tudo sobre meu estranho seguidor para o Tom, que respondeu:

> **@TomKat37** É um *spambot*, querida. É só marketing.

22h30 Hehe. Acabei de responder:

> **@JonesinhaBJ** @TomKat37 Já arrumei um *spambot*. Você não imagina a maravilha que é acordar ao lado dele.

TERÇA-FEIRA, 31 DE JULHO DE 2012

50 001 seguidores no Twitter.

14h CINQUENTA MIL E UM SEGUIDORES. Estou me sentindo incrível! Acabei de comprar gloss para deixar os lábios volumosos! É meio esquisito, mas parece que funciona mesmo!

15h Será que se eu colocar gloss na mão vou ficar com os dedos gordos?

QUARTA-FEIRA, 1º DE AGOSTO DE 2012

1 seguidor no Twitter de novo.

7h Humpf. O *spambot* simplesmente sumiu, levando seus malditos 50000 seguidores consigo. Aargh! As crianças acordaram.

21h15 Vou só dar uma olhadinha no Twitter.

21h20 O Tom "retuitou" meu comentário sobre o *spambot* e surgiram sete seguidores.

21h50 Mas e agora, o que eu faço? Dou um alô para eles? Boas--vindas?

21h51 Ou será que sigo esse povo?

22h Estou com tanta vergonha que fiquei paralisada e muda. Acho que não vou mais tuitar nada.

QUINTA-FEIRA, 2 DE AGOSTO DE 2012

64 kg. 17 quilos perdidos, 5% de massa muscular a mais (seja lá o que isso signifique!).

13h Eufórica e radiante! Acabei de voltar da clínica de obesidade e a enfermeira disse que eu estou com menos peso do que a minha meta e que sou uma paciente modelo. Depois, fui na H&M de novo e descobri que sou tamanho quarenta.

Sou magra e não sou uma garça! Sou a Uma Thurman! Sou a Jemima Kahn!

14h Acabei de comprar uma torta musse da Marks & Spencer para celebrar e comi inteira, que nem um urso-polar pescando com sua pata enorme.

SEXTA-FEIRA, 3 DE AGOSTO DE 2012

66 kg (emergência).

10h A torta musse, juro, foi diretamente da minha boca para a minha barriga, e está ali, bem debaixo da minha pele, como a sacola de papel-laminado que vem dentro de uma daquelas caixas de vinho baratas. Preciso abandonar roteiro, carreira etc. e ir à academia.

Meio-dia Nunca mais eu vou na academia. Nunca vou perder esse peso — nunca — e não estou nem aí. Fui tomada pela fúria na academia num momento em que estava deitada de barriga para baixo com a bunda para o ar, tentando erguer uma barra com os calcanhares. Olhei em volta e vi um monte de gente se contorcendo nas máquinas, como numa pintura do Hieronymus Bosch.

Por que os corpos são tão difíceis de gerenciar? "Ah, olhe só para mim, sou um corpo, vou explodir de gordo a não ser que você, tipo assim, MORRA DE FOME e ande de bicicleta e saia de casa na chuva para ir a humilhantes CENTROS DE TORTURA, e você não pode comer nada de gostoso ou ficar bêbado". Odeio dieta. É tudo culpa da SOCIEDADE. Vou ser uma pessoa velha e gorda e comer o que eu quiser e NUNCA MAIS TRANSAR e andar por aí CARREGANDO A MINHA GORDURA NUM CARRINHO.

DOMINGO, 5 DE AGOSTO DE 2012

Peso (não sei, não ouso me pesar).

23h Hoje, consumi os itens abaixo:

- 2 muffins "integrais e saudáveis" (ou seja, com 482 calorias cada)
- café inglês completo com salsicha, ovos mexidos, bacon, tomate e pão
- pizza congelada
- banana-split
- 2 pacotes de drágeas de chocolate com caramelo
- ½ cheesecake de chocolate da Marks & Spencer (para ser honesta, 1 cheesecake de chocolate da Marks & Spencer inteiro)
- 2 taças de vinho
- 2 pacotes de batata sabor queijo e cebola
- 1 pacote de queijo ralado
- 1 bala de 30 cm em forma de cobra comprada no cinema Odeon
- 1 saco de pipoca (grande)

- 1 cachorro-quente (grande)
- restos de 2 cachorros-quentes (grandes)

HAHAHAHAHA, DANE-SE! Tomou, sociedade?

QUINTA-FEIRA, 9 DE AGOSTO DE 2012

69 kg, 5 quilos ganhos desde a semana passada (embora talvez o cheesecake de chocolate ainda esteja inteiro no meu estômago, quem sabe?).

14h Quase não tive coragem de ir à clínica de obesidade, de tão envergonhada que eu estava.

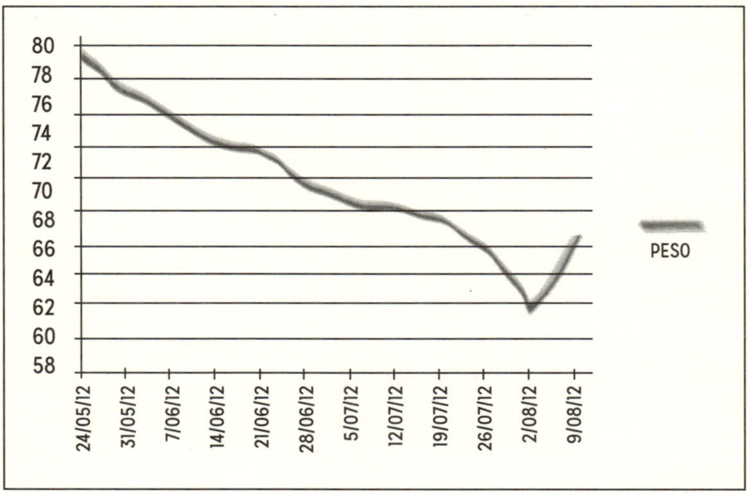

A enfermeira viu a balança, me fez marchar até o médico e depois me obrigou a ir na terapia de grupo, onde todo mundo conta sobre suas "recaídas com comida". Na verdade, foi ótimo. A minha história era uma das melhores e todo mundo ficou muito impressionado.

21h15 Apesar do sermão da enfermeira, que disse que leva três dias para criar um hábito e três semanas para sair dele, ou talvez como prova de que o sermão é verdade, estou louca para comer bolo e queijo de novo e voltar na semana que vem para impressionar ainda mais as pessoas.

21h30 Liguei para o Tom com queijo ralado caindo da boca e expliquei tudo.

"Nãããão! Não comece a querer ter recaídas piores que as das pessoas obesas!", disse ele. "E o Twitter? Você seguiu seus seguidores? Siga a Talitha."

21h45 O Tom tuitou para mim o endereço da Talitha.

21h50 **@Talithaluckybitch** tem 146000 seguidores. Odeio a Talitha. Odeio o Twitter. Estou com vontade de comer queijo de novo. Ou de engolir a Talitha.

21h52 Acabei de mandar um tuíte para o Tom.

@JonesinhaBJ @TomKat37 A Talitha tem 146 000 seguidores.

@TomKat37 @JonesinhaBJ Não se preocupe, querida, a maior parte é gente com quem ela foi para a cama ou com quem foi casada.

22h A Talitha respondeu ao tuíte.

@Talithaluckybitch @TomKat37 @JonesinhaBJ Queridos, é a MAIOR vulgaridade mostrar o tamanho do olho-gordo de vocês no Twitter.

SEXTA-FEIRA, 10 DE AGOSTO DE 2012

75 seguidores no Twitter, depois 102, depois 57, e agora provavelmente nenhum.

7h15 Setenta e cinco seguidores apareceram da noite para o dia, silenciosa e misteriosamente.

21h15 São cento e dois agora. Estou zonza de tanta responsabilidade, como se fosse a líder de um culto e, se disser a coisa errada, todos vão pular em um lago ou coisa assim. Acho que vou beber uma taça de vinho.

21h30 Claramente, preciso mostrar que tenho espírito de liderança e me dirigir aos seguidores:

> **@JonesinhaBJ** Olá, seguidores. Eu sou sua líder. Vocês são bem-vindos no meu culto.
>
> **@JonesinhaBJ** Mas não façam nada de estranho como pular em um lago, mesmo que eu sugira, pois posso estar bêbada.

21h45 **@JonesinhaBJ** Aargh! 41 de vocês desapareceram de forma tão súbita e silenciosa quanto haviam aparecido. **@JonesinhaBJ** Voltem!

QUINTA-FEIRA, 16 DE AGOSTO DE 2012

62 kg, 45 páginas do roteiro escritas, 97 seguidores no Twitter.

16h30 Meus seguidores no Twitter voltaram e se multiplicaram, como a vassoura do Pinóquio. Claramente, isso é um sinal ou um mau augúrio. Voltei a perder peso, já terminei o segundo ato do roteiro, mais ou menos, e acabei de ver a vizinha descolada.

Estava tentando estacionar o carro, o que é impossível, já que nossa rua é estreita, curva e cheia de carros dos dois lados. Tinha acabado de sair e entrar da vaga umas catorze vezes quando apelei para a Baliza do Cego, que é simplesmente forçar o carro a entrar batendo no da frente e no de trás. Não tem problema fazer isso na nossa rua, porque todo mundo faz isso, e aí, quando uma van de entrega passa correndo, arranhando todos os carros, todo mundo anota a placa e o seguro paga os amassados.

"Mamããããee!", disse o Billy de novo. "Tem uma pessoa no carro que você bateu."

A vizinha estava sentada no banco da frente, gritando alguma coisa para as crianças atrás. Eu sabia que nós éramos supercompatíveis. Ela saiu do carro, seguida por seus dois filhos morenos e de aspecto selvagem. Eles parecem ter a mesma idade do Billy e da Mabel, o menino mais velho e a menina mais nova! A vizinha descolada olhou para o para-choque dela, deu um sorriso para mim e sumiu para dentro de casa.

Já fizemos um primeiro contato e estamos no caminho de nos tornarmos amigas. Tomara que ela não seja que nem o robô de spam.

QUINTA-FEIRA, 23 DE AGOSTO DE 2012

60 kg, 20 kg perdidos (inacreditável), 3 números de roupa a menos.

Dia histórico e jubiloso. Não engordei nem um pouco. Inacreditável. O pessoal da clínica de obesidade disse que agora estou num peso saudável e que devo fazer "manutenção". Perder mais peso seria só por motivos estéticos e não porque eles acham que eu preciso!

E, para provar, acabei de ir à H&M de novo e sou tamanho trinta e oito!

Já escrevi metade do roteiro e pelo menos me certifiquei de que tenho uma vizinha com filhos da mesma idade que os meus, tenho setenta e nove seguidores no Twitter e faço parte da geração antenada da mídia social e sou TAMANHO TRINTA E OITO. Viu só? Talvez eu não seja uma porcaria de pessoa, no fim das contas.

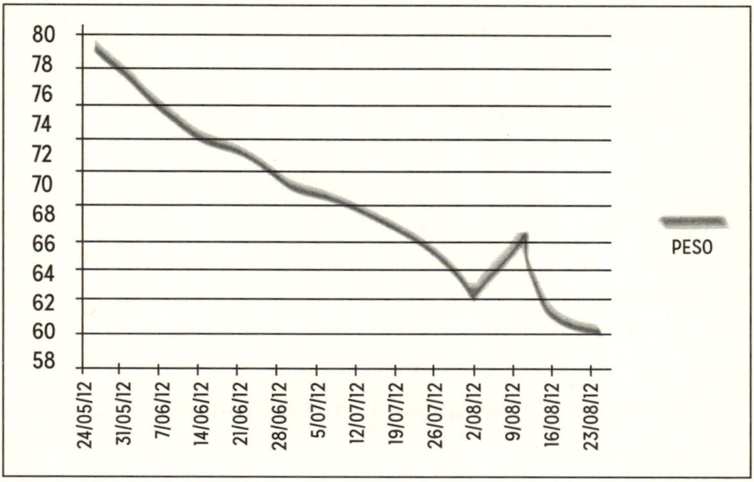

SEGUNDA-FEIRA, 27 DE AGOSTO DE 2012

2,25 partes do roteiro escritas, 87 seguidores no Twitter.

A Mabel é tão engraçada. Ela estava sentada olhando para a frente, de um jeito sobrenatural.

"O que você tá fazendo?", perguntou o Billy, seus olhos castanhos observando-a atentamente, achando aquilo um pouco engraçado. Ai, Deus. Mark Darcy. Mark Darcy em forma de criança.

"Blincando de sélio."

"Com quem?"

"Com a cadeila, ola", disse a Mabel, como se fosse a coisa mais óbvia do mundo.

O Billy e eu começamos a rir, e então, de repente, ele parou e me olhou. "Você tá rindo de novo, mamãe?"

O inferno dos casados convencidos

SÁBADO, 1º DE SETEMBRO DE 2012

61 kg, 0 pensamentos positivos, 0 possibilidades na vida amorosa.

22h Enorme passo atrás. Acabei de voltar da festa de aniversário da Magda e do Jeremy. Me atrasei porque levei vinte minutos tentando fechar o zíper, apesar de todo o tempo que passei na ioga me esforçando para cruzar as mãos entre as omoplatas e não peidar.

Diante da porta deles, as lembranças tomaram conta de mim novamente: os anos em que estive ali com o Mark, a mão dele nas minhas costas; o ano em que eu tinha acabado de descobrir que estava grávida do Billy e a gente ia contar para todo mundo; o ano em que a gente levou a Mabel, toda embrulhadinha, na cadeirinha. Era tão maravilhoso sair com o Mark. Eu nunca me preocupava com a roupa que estava usando, porque ele me via experimentando tudo antes de sairmos, me ajudava a escolher, me dizia que eu não estava gorda e abria e fechava todos os zíperes. O Mark sempre tinha algo gentil e engraçado a dizer quando eu fazia uma coisa idiota, sempre me protegia daqueles comentários água-viva (que surgem do nada e queimam você de repente no meio de um oceano tranquilo de conversa).

Dava para ouvir a música e as risadas lá de dentro. Tive vontade de sair correndo. Mas então a porta abriu e o Jeremy estava lá.

Vi o Jeremy sentindo o que eu estava sentindo: o enorme buraco ao meu lado. Onde estava o Mark, o velho amigo dele?

"Ah, você chegou! Muito bom", ele disse, passando por cima

da dor como tinha feito constantemente desde que tudo ocorrera. É isso que acontece quando a pessoa estuda em escolas de elite. "Entre, entre, ótimo! Como estão as crianças? Crescendo?"

"Não", eu disse, me rebelando. "Elas ficaram raquíticas por causa da dor e vão ser anãs pelo resto da vida."

É óbvio que o Jeremy nunca leu nenhum livro sobre o zen e nunca ouviu falar de simplesmente estar ali e deixar que a outra pessoa esteja ali, como ela é. Mas, por um décimo de segundo, ele parou com esse negócio de passar por cima do acontecido e ficamos simplesmente ali como estávamos, ou seja: muito tristes por causa da mesma coisa. Aí ele tossiu e começou de novo, como se nada tivesse acontecido.

"Entre! Quer uma vodca com tônica? Me dê seu casaco. Você está tão magra!"

Ele me levou até a sala de estar que eu conheço bem e a Magda acenou alegremente da mesa onde estavam as bebidas. A Magda, que eu conheci na Universidade Bangor, é minha amiga mais antiga. Olhei em volta, para todos os rostos que conheço desde que tenho vinte e poucos anos, para aquelas pessoas que já haviam sido jovens e estilosas e que estavam mais velhas agora. Todos os casais que, quando tinham trinta e um anos, pareciam ter subido ao altar um atrás do outro ainda estavam juntos: o Cosmo e a Woney, a Pony e o Hugo, o Johnny e a Mufti. E lá estava a mesma sensação que eu sempre tivera — de ser um peixe fora d'água, sem conseguir participar da conversa deles porque estava num estágio diferente da vida, apesar de ter a mesma idade. Era como se tivesse havido um abalo sísmico no tempo, e minha vida acontecesse anos após a deles, do jeito errado.

"Oi, Bridget! Que bom te ver. Você emagreceu! Como andam as coisas?"

Aí vieram os olhares de pânico, quando eles lembraram a história da viuvez e mudaram de assunto. "E as crianças? Como elas estão?"

Mas não foi o caso do Cosmo, marido da Woney, um gestor de investimentos autoconfiante, apesar de parecer um ovo, e que veio me atropelando como um ônibus com suas gafes.

"E aí, Bridget? Ainda está sozinha? Você parece bem alegrinha. Quando é que você vai se casar de novo?"

"Cosmo!", disse a Magda, indignada. "Fica quieto!"

Uma vantagem de ser viúva é que — ao contrário de quando você é uma solteira com mais de trinta anos, que possibilita que os Casados Convencidos digam tudo o que querem, já que a culpa é obviamente toda sua — essa situação em geral introduz certo cuidado nas conversas. A não ser, é claro, que você seja o Cosmo.

"Bom, já faz bastante tempo, não faz?", ele insistiu. "Não dá para ficar de luto para sempre."

"É, mas o problema", disse a Woney, "é que é muito difícil para uma mulher de meia-idade que fica solteira."

"Por favor, não fale em 'meia-idade'", ronronei, tentando imitar a Talitha.

"... por exemplo, olhe o Binko Carruthers. Ele não é nenhum galã. Mas no segundo em que a Rosemary o largou, ele foi atacado por mulheres! Atacado! Todas se jogando em cima dele."

"É, se atirando", disse o Hugo, entusiasmado. "Jantares, ingressos para o teatro. A maior vida boa."

"É, mas elas todas têm uma certa idade, não têm?", disse o Johnny.

Grrr. "Uma certa idade" é ainda pior do que "meia-idade", com suas insinuações condescendentes e aplicáveis apenas a mulheres.

"E?", disse a Woney.

"Ah, você sabe. Se o cara recebe uma segunda chance, vai querer uma mulher mais nova, firme e fecunda e..."

Eu vi a rápida expressão de dor nos olhos da Woney. A Woney, que não segue a escola da Talitha de repaginação, permitiu que a gordura da meia-idade se posicionasse livremente em suas costas e abaixo do sutiã: sua pele caía exausta nas dobras dos anos, sem o verniz das limpezas, peelings ou bases com acabamento luminoso. Ela deixou que seus cabelos, que já foram longos, negros e sedosos, ficassem grisalhos, e cortou-os bem curtos, o que serve apenas para enfatizar o desaparecimento de seu maxilar (o que, como diz a Talitha, pode ser rapidamente resolvido com pinceladas que emolduram o rosto), usando a versão da Zara do vestido preto estruturado com gola alta de babados que a Maggie Smith veste em *Downton Abbey*.

Eu senti que a Woney fez isso, ou melhor, não fez uma repaginação, não exatamente por ser uma feminista, mas, em parte, por causa da velha honestidade pessoal dos britânicos, e em parte porque não teve saco, e em parte porque não acreditava e confiava em si mesma, e em parte porque não se definia por sua aparência ou sexualidade; e, talvez, acima de tudo, por sentir que recebia um amor incondicional por ser quem era, ainda que esse amor venha do Cosmo, que, apesar de ter um corpo esférico, dentes amarelos, ser careca e possuir sobrancelhas incontroláveis, obviamente achava que receberia o amor incondicional de qualquer mulher que tivesse a sorte de agarrá-lo.

Mas, por um segundo, ao ver aquela dor nos olhos da Woney, senti uma onda de empatia, até que ela continuou:

"O que eu quero dizer é que, para um homem solteiro da idade da Bridget, o mercado está em alta. Não tem ninguém batendo na porta dela, tem? Se fosse um homem de meia-idade, com casa e renda próprias e dois filhos indefesos, estaria inundada de mulheres querendo tomar conta dela. Mas olhem só para a Bridget."

O Cosmo me olhou de cima a baixo. "Bom, é, a gente tem que arrumar um namorado para ela", disse. "Só não sei quem ia, entende, nessa idade..."

"Muito bem", explodi. "Cansei! O que vocês querem dizer com 'meia-idade'? Na época da Jane Austen já estaríamos todos mortos. Vamos viver até os cem anos. Não estamos no meio da nossa vida. Ah. Sim. Bom, na verdade é o meio, sim.

Pensando bem. Mas a questão é: a expressão 'meia-idade' faz pensar em certa aparência." Olhei de soslaio para a Woney e entrei em pânico, sentindo que estava mergulhando num buraco cada vez mais fundo. "Numa ideia de que você já passou, não é mais viável. Não precisa ser assim. Ora, por que vocês estão presumindo que eu não tenho um namorado, só porque não saio falando nisso? De repente tenho vários namorados!"

Eles me olharam fixamente, quase babando.

"E tem?", perguntou o Cosmo.

"Você tem vários namorados?", disse a Woney, como se estivesse perguntando "Você transa com um astronauta?"

"Tenho", menti calmamente.

"Bom, e cadê eles então?", perguntou o Cosmo. "Por que a gente nunca vê nenhum?"

"Não quero trazer meus namorados aqui porque eles iam achar vocês todos velhos demais, cheios de manias e grossos", era o que eu estava prestes a dizer sobre meus namorados, embora eles fossem imaginários. Mas não disse isso porque, ironicamente, como vinha acontecendo nos últimos vinte anos ou mais, não queria magoá-los.

Então usei a manobra social imensamente habilidosa que venho empregando há duas décadas e disse: "Preciso ir ao banheiro".

Eu me sentei sobre a tampa da privada, dizendo: "Tudo bem. Tá tudo bem". Então coloquei um pouco mais de gloss para dar volume aos lábios e voltei lá para baixo. A Magda estava voltando para a cozinha e tinha nas mãos algo bastante simbólico — um prato de salsichas vazio.

"Esqueça os tontos do Cosmo e da Woney", ela disse. "Eles estão péssimos porque o Max saiu de casa e foi para a faculdade. O Cosmo está prestes a se aposentar, então eles vão ficar sentados à mesa frente a frente, como um casal dos anos setenta, olhando um para a cara do outro pelos próximos trinta anos."

"Obrigada, Mag".

"É sempre legal quando as coisas dão errado para os outros. Principalmente quando eles acabaram de ser grossos com você."

A Magda é um amor.

"Então, Bridget", ela disse, "não ouça essa gente. Mas você tem mesmo que começar a se mexer. Não pode continuar se sentindo assim. Conheço você há muito tempo. Você vai conseguir."

22h25 Será que vou conseguir mesmo? Não consigo ver uma maneira de parar de me sentir assim. Não no momento. As coisas estarem boas não tem nada a ver com o lado de fora, só com o que você está sentindo por dentro. Uuh, oba! Telefone! Quem sabe não é... um pretendente?

22h30 "Ah, oi, querida" — minha mãe. "Só dei uma ligadinha para saber o que você vai fazer no Natal. A Una não quer fazer a massagem facial dela no spa porque acabou de fazer o cabelo, e o horário dela é daqui a quinze minutos — agora, por que ela fez um permanente se tem uma massagem facial e uma aula de aqua zumba de manhã eu não tenho ideia."

Tentei dar algum sentido ao que ela estava dizendo. Desde que a mamãe e a tia Una se mudaram para a Casa St. Oswald, os telefonemas são sempre os mesmos. A Casa St. Oswald é uma casa de repouso chique perto de Kettering, mas nós não podemos chamá-la de "casa de repouso".

A casa-que-não-é-de-repouso foi construída em torno de uma mansão vitoriana, quase um palácio. Como o site deles explica, tem um lago e um jardim onde há "uma variedade de animais raros" — ou seja, esquilos; o bar/bistrô Brasserie 120, o Cravings, que é o restaurante mais formal, e o Chats, que é o café, além de salas de reuniões, "suítes para hóspedes" para as famílias que vão visitar, uma coleção de casas e bangalôs "lindamente decorados" e, como minha mãe jamais deixa de me lembrar, "um jardim italiano projetado por Russell Page em 1934".

Além de tudo isso tem a Viva — um lugar com piscina, spa, academia, aulas de ginástica e salão de beleza e que é a fonte da maioria dos problemas

"Bridget? Você está me escutando? Você não está chafurdando na tristeza, está?"

"Sim", eu disse, tentando falar no tom alegre e positivo de alguém que não está chafurdando em nada.

"Bridget. Você está chafurdando. Sei pela sua voz."

Grrr. Eu sei que a mamãe passou, sim, por um período difícil depois que o papai morreu. Um câncer de pulmão o levou em seis meses, do diagnóstico ao enterro. A única coisa positiva foi que o papai teve a chance de ver o Billy nascer e pegá-lo no colo antes de morrer. Foi muito difícil para a mamãe enquanto a Una ainda tinha o Geoffrey. A Una e o Geoffrey eram os melhores amigos dela e do papai havia cinquenta e cinco anos e, como nunca se cansavam de me dizer, me conheciam desde que eu corria pelo gramado pelada. Mas depois que o Geoffrey teve um ataque cardíaco, ninguém mais segurou as duas. Se elas ainda sentem alguma tristeza pelos maridos, quase nunca demonstram. Existe alguma coisa nessa geração que viveu a Segunda Guerra que faz com que eles tenham a capacidade de sempre seguir adiante, com coragem e alegria. Talvez tenha alguma coisa a ver com os ovos em pó ou a carne de baleia.

"Você não pode ficar se arrastando depois que fica viúva, querida. Tem que se divertir! Por que não passa aqui e vem fazer uma sauna com a Una e comigo?"

Mamãe estava sendo gentil, mas o que ela imaginou que eu fosse fazer? Sair correndo de casa, abandonar as crianças, dirigir por uma hora e meia, arrancar minhas roupas, fazer um permanente e depois uma sauna?

"Então! Natal! A Una e eu estávamos nos perguntando se você vai vir para cá ou..."

(Você já notou que, quando as pessoas lhe dão duas opções, a segunda é sempre a que elas querem que você faça?)

"A questão, querida, é que vai ter o cruzeiro da St. Oswald este ano! E nós queríamos saber se você quer vir! Com as crianças, é claro. É para as Ilhas Canárias, mas não vai ter só gente velha. Eles vão visitar alguns lugares superdescolados."

"Tá, tá, um cruzeiro, ótimo", eu disse, lembrando de repente a maneira como a clínica de obesidade me fizera sentir magra e pensando que ir num cruzeiro para pessoas com mais de setenta anos talvez me fizesse sentir jovem.

Mas, enquanto isso, minha mente também projetava a imagem de mim mesma correndo atrás da Mabel pelo deque do navio em meio a um pântano de permanentes e cadeiras de roda elétricas.

"Você se sentiria em casa, já que o cruzeiro é para pessoas com mais de cinquenta anos", ela acrescentou, sem querer destruindo em um átimo qualquer possibilidade de eu ir.

"Na verdade eu acho que temos outros planos", disse, alegremente. "Você pode vir, é claro, mas vai ser um caos, e se a outra opção é um cruzeiro no calor, aí..."

"Ah, não, querida. Não queremos deixar você sozinha no Natal. Eu e a Una adoraríamos ir passar com você! Vai ser maravilhoso passar o Natal com as crianças, é uma época tão difícil para nós duas."

Aargh! Como seria possível lidar com a mamãe, a Una e as crianças sem ajuda, já que a Chloe ia para um retiro de tai chi em Goa com o Graham? Eu não queria que fosse como no ano passado, comigo tentando impedir meu coração de se partir em um milhão de pedaços por ter que fingir que era o Papai Noel sem o Mark e soluçando no balcão da cozinha enquanto minha mãe e a Una discutiam por causa do molho empelotado e faziam comentários sobre a maneira como eu educo as crianças e cuido da casa, como se, em vez de convidar as duas para o Natal, eu tivesse contratado seus serviços de analistas de sistemas.

"Eu vou pensar", disse.

"Mas a questão, querida, é que a gente tem que reservar a cabine até amanhã."

"Então reserve, mãe, porque para falar a verdade eu ainda não decidi..."

"Bom, você pode cancelar com duas semanas de antecedência", ela disse.

"Tudo bem, então", eu disse.

Ótimo, Natal num cruzeiro para gente com mais de cinquenta anos. Tudo parece sombrio e lúgubre.

23h Ainda estava usando meus óculos escuros de grau. Agora melhorou.

Talvez eu estivesse como uma onda, subindo, subindo, e agora quebrei, mas daqui a pouco vou subir de novo! Pois, como se diz em *Homens são de Marte, mulheres são de Vênus*, as mulheres são como ondas e os homens são como elásticos que se escondem em suas cavernas e depois voltam.

Só que o meu não voltou.

23h15 Olhe só, pare com isso. É como diz o dalai-lama no Twitter:

> **@dalailama** Nós não podemos evitar a dor, não podemos evitar a perda. O contentamento vem da nossa serenidade e flexibilidade diante das mudanças.

Quem sabe eu não faço ioga para ficar mais flexível?

Ou quem sabe não saio com os meus amigos e encho a cara?

Um plano

DOMINGO, 2 DE SETEMBRO DE 2012

5 unidades alcoólicas (mas com mojitos nunca se sabe, talvez 500).

"Está na hora", disse o Tom, começando a tomar o quarto mojito no Quo Vadis. "Vamos te levar ao Stronghold."

O Stronghold recentemente se tornou uma parte constante do microuniverso do Tom. Um paciente dele é o dono. É um bar ilegal em Hoxton, tipo aqueles bares americanos da época da Lei Seca.

"É como estar num clipe incrivelmente bem dirigido", disse o Tom entusiasmado, com os olhos brilhantes. "Tem de tudo: jovens e velhos, negros e brancos, gays e héteros. A Gwyneth já foi vista lá! E é um bar temporário."

"Pelo amor de Deus," disse a Talitha. "Tudo o que é temporário é um problema."

"Enfim", disse a Jude. "Quem ainda conhece gente na vida real hoje em dia?"

"Mas, Jude, tem gente de verdade lá dentro. E bandas americanas e sofás. Você pode conversar e dançar e beijar alguém."

"Por que você faria tudo isso antes de descobrir com apenas um clique se eles são divorciados/ separados/ têm filhos, gostam mais de fazer bungee jump do que de ir ao cinema, usam a ortografia correta, sabem que não se deve escrever "lol" nem "amizade colorida" sem ironia e acham que o mundo seria um lugar melhor se não fosse permitido a quem tem QI baixo se reproduzir?"

"Bom, pelo menos você vai saber que eles não são uma fotografia de quinze anos atrás", disse o Tom.

"A gente vai", disse a Talitha.

A conclusão é que todos nós vamos ao Stronghold na quinta-feira.

QUARTA-FEIRA, 5 DE SETEMBRO DE 2012

2,5 partes do roteiro escritas, 5 tentativas de encontrar uma babá, 0 babás encontradas.

21h15 Desastre. Esqueci de perguntar a Chloe se ela podia ficar com as crianças amanhã e ela vai assistir ao Graham competir na semifinal de tai chi do sul da Inglaterra.

"Queria pode ajudar, Bridget, mas o tai chi é muito importante para o Graham. Eu posso levar as crianças na escola na manhã de sexta, para você poder dormir mais um pouco."

O que eu vou fazer?

Não posso pedir para o Tom, pois ele vai comigo ao Stronghold. A mesma coisa com a Jude e a Talitha, e além do mais a Talitha não cuida de crianças, diz que já cuidou e que só usa as dela quando precisa de alguém para acompanhá-la a um leilão de caridade.

21h30 Liguei para a minha mãe.

"Ah, querida, eu adoraria, mas amanhã é o jantar do Viva! Vamos fazer presunto na coca-cola. Está todo mundo cozinhando coisas com coca-cola agora."

Estou desabada na mesa da cozinha, tentando não imaginar o que eles estão fazendo com coca-cola no spa Viva. É tão INJUSTO. Estou fazendo de tudo para me redescobrir como mulher, mas agora estou na maior merda e sem... Ah! E o Daniel?

Um Daniel vestido de príncipe

QUARTA-FEIRA, 5 DE SETEMBRO DE 2012 (CONTINUAÇÃO)

"Jones, sua diabinha", Daniel resmungou quando liguei. "O que está vestindo, qual é a cor da sua calcinha e como vão os meus afilhados?"

É preciso dizer que Daniel Cleaver, meu ex-mais-ou-menos-namorado e ex-arqui-inimigo do Mark, tem realmente feito todo o possível para ajudar desde que o Mark morreu. Depois de anos de disputas ferrenhas para um superar o outro, quando o Billy nasceu os dois finalmente fizeram as pazes e o Daniel, aliás, é padrinho das crianças.

Todo o possível do Daniel não é todo o possível de outras pessoas: da última vez que as crianças estiveram na casa dele, descobri que o Daniel só queria impressionar uma mulher qualquer, exibindo o fato de que tinha afilhados e... basta dizer que ele deixou os dois na escola com uma hora e meia de atraso e, quando fui buscar a Mabel no fim do dia, o cabelo dela estava arrumado em um coque todo trançado, absolutamente complexo.

"Uau, que cabelo bacana", eu disse, imaginando que o Daniel tinha contratado o John Frieda para fazer cabelo e maquiagem completa na Mabel às sete e meia da manhã.

"Foi a professora que fez", a Mabel respondeu. "O Daniel penteou meu cabelo com um garfo." E completou: "Tinha calda de panqueca nele".

"Jones? Você ainda está aí, Jones?"

"Estou", respondi, sobressaltada.

"Está precisando de uma babá, Jones?"

"Você poderia..."

"Claro que sim. Quando você estava pensando?"

Apertei os olhos em suspense. "Pode ser amanhã?"

Houve uma leve pausa. Ele claramente estava fazendo outra coisa.

"Amanhã à noite está ótimo. Estou no fim da linha, depois de ter sido rejeitado por todas as mulheres humanas abaixo dos oitenta e quatro anos." Fofo.

"Pode ser que a gente chegue tarde, tem problema?"

"Minha querida, eu sou um animal noturno."

"Você não vai... Tipo, trazer uma modelo pra casa ou..."

"Não, não, não, Jones. Eu vou *ser* um modelo. A mais perfeita babá. Vamos jogar ludo e ler livros infantis. Só coisas saudáveis e educativas. Aliás..."

"O quê?", perguntei, desconfiada.

"Que tipo de calcinha você está usando? Neste momento? É uma calcinha de mamãe? A linda calcinha de mamãe da mamãe? Você mostra para o papai amanhã?"

Continuo adorando o Daniel, apesar de não a ponto de me envolver com as bobagens dele, claro.

A babá perfeita

QUINTA-FEIRA, 6 DE SETEMBRO DE 2012

60,5 kg (m.b.), 4 unidades alcoólicas, 0 relações amorosas nos últimos cinco anos, 2 relações amorosas nas últimas cinco horas, 2 relações amorosas constrangedoras nas últimas cinco horas.

O dia da ida ao Stronghold havia chegado. O Billy estava loucamente animado em ver o Daniel. "A Amanda vem?", ele perguntou.

"Quem é a Amanda?"

"A moça de peito grande que estava na casa dele da outra vez."

"Não", eu disse. "Mabel, o que você está procurando?"

"Minha escova de cabelo", ela disse sombriamente.

Apesar da excitação, consegui não sei como dar banho nos dois, colocá-los para dormir e me arrumar antes de o Daniel aparecer.

Eu tinha escolhido uma calça jeans (de uma marca horrivelmente chamada Você Não É Sua Filha) e uma camisa de caubói, achando que ia combinar com a temática do lugar.

O Daniel chegou atrasado, com o terno de sempre, o cabelo mais curto, ainda muito bonito, com aquele sorriso irresistível, segurando um punhado de presentes inapropriados para as crianças — armas de brinquedo, Barbies seminuas, sacos gigantes de balas, donuts do Krispy Kreme — e tentando esconder um DVD suspeito, que eu decidi ignorar, já que estava catastroficamente atrasada.

"Eeei! Jones", ele disse. "Você fez uma dieta? Achei que nunca mais ia te ver desse jeito."

É horrível quão diferente algumas pessoas tratam você quando está gorda e quando não está. E quando você está toda produzida ou simplesmente normal. Não é à toa que as mulheres são tão inseguras. Sei que os homens também são. Mas quando você é uma mulher moderna, com todas as ferramentas disponíveis, pode ficar completamente diferente num espaço de meia hora.

Mesmo assim, você acha que não tem a aparência que deveria. Às vezes vejo outdoors com modelos lindas e as pessoas de verdade embaixo, e é como se a gente estivesse num planeta onde todas as criaturas fossem baixas, verdes e gordas. A não ser pouquíssimas delas, que são altas, magras e amarelas. E todos os anúncios mostram as altas e amarelas, com Photoshop para parecerem ainda mais altas e amarelas. Aí, todas as criaturas espaciais pequenas e verdes passam o tempo todo se sentindo tristes por não serem altas, magras e amarelas.

"Jones? Você ainda está entre nós? Perguntei se uma trepadinha está fora de questão."

"Está!", eu disse, voltando ao presente com um tranco. "Está, sim. Embora isso não seja de forma alguma um sinal de falta de gratidão por você ter vindo cuidar das crianças." Tagarelei um monte de instruções e agradecimentos e saí correndo porta fora, indignada, enquanto feminista, com a cantada do Daniel, que mostrava preconceito contra as gordas, mas radiante enquanto mulher.

Mas, quando eu cheguei na casa da Talitha, o Tom deu uma gargalhada. "Sério? Dolly Parton?"

"Na nossa idade, não dá para confiar na bunda num jeans", disse a Talitha num tom eficiente, surgindo com uma bandeja de mojitos. "Você precisa de outro atrativo."

"Não quero parecer um pernil", eu disse. "Ou uma prostituta."

"Bom, claro, mas você precisa sugerir a ideia da sexualidade. Ou pernas, ou peitos. Os dois não."

"Que tal uma perna e um peito?", disse o Tom.

Acabei com uma túnica de seda curta, preta e de mangas

compridas e com uma bota Yves Saint Laurent que subia até as coxas.

"Mas eu não consigo andar com elas."

"Você não precisa andar, querida", disse a Talitha.

No táxi, comecei a pensar no quanto o Mark ia gostar daquelas botas.

"Vamos parando", disse o Tom, vendo a minha cara. "Ele ia querer que você curtisse a vida."

Depois, comecei a entrar em pânico por causa das crianças. A Talitha, que conhece o Daniel desde os tempos de *Atenção Grã-Bretanha,* pegou o telefone e escreveu uma mensagem dizendo:

Daniel. Por favor, diga à Bridget que as crianças estão dormindo e bem e que você manda uma mensagem no mesmo segundo se acontecer alguma coisa.

Nenhuma resposta. Nós todos ficamos olhando nervosamente para o telefone.

"O Daniel não vê mensagem de texto", eu disse, lembrando. E acrescentei, dando uma risadinha: "Ele é velho".

Talitha colocou o telefone no viva-voz e ligou para ele.

"Daniel, seu safado sem-vergonha."

"Talitha! Minha caríssima! Só de pensar em você, fiquei súbita e inexplicavelmente excitado. O que está fazendo neste momento e de que cor é a sua calcinha?"

Grrr. Isso porque ele está CUIDANDO DAS CRIANÇAS.

"Estou com a Bridget", ela disse secamente. "Queremos saber como estão as coisas. E então?"

"Tudo maravilhoso, esplêndido. As crianças estão dormindo. Eu estou patrulhando as portas, janelas e corredores como um sentinela. Serei uma babá impecável."

"Ótimo."

Ela desligou o telefone. "Viu? As crianças estão dormindo. Não vai ter problema. Agora, pare de se preocupar."

O Stronghold

O Stronghold ficava num galpão de tijolinhos com uma porta de metal sem nada escrito e um interfone com código. O Tom digitou o código e nós, nos equilibrando em cima dos saltos insanos, começamos a subir uma escada de concreto que cheirava a xixi.

Depois que a gente entrou e o Tom deu nossos nomes para a moça da lista de convidados, senti uma onda louca de animação. As paredes eram de tijolo, havia montes de feno encostados nelas, o que me fez sentir uma pontada de vontade de ter continuado com minha roupa de Dolly Parton, e sofás usados. Tinha uma banda tocando e um bar no canto com barmen jovens que contribuíam para a atmosfera olhando nervosamente em volta, como se o xerife fosse amarrar seu cavalo, entrar com seu chapéu de caubói e mandar todo mundo ir para casa. Era difícil discernir as pessoas naquela luz artística, mas instantaneamente percebi que não eram todos adolescentes e que tinha alguns...

"... caras muito gatos aqui", murmurou a Talitha.

"Vamos lá, garota", disse o Tom. "Vamos sacudir essa poeira."

"Estou velha demais!", eu disse.

"E daí? Está um breu."

"Sobre o que vou conversar?", tartamudeei. "Não sei mais nada de música."

"Bridget", disse a Talitha, "nós estamos reunidos aqui para redescobrir a mulher sensual que você tem dentro de si. Isso não tem absolutamente nada a ver com conversar."

Foi como voltar a ser adolescente, com aquele mesmo frio na barriga que mistura dúvida e possibilidade. Eu me lembrei das festas que costumava frequentar com dezesseis anos, quando, assim que os pais nos deixavam, as luzes eram apagadas e todo mundo sentava no chão e começava a beijar qualquer pessoa com quem havia feito apenas o mais superficial contato visual.

"Olhe aquele cara", disse o Tom. "Ele está olhando você! Ele está olhando você."

"Tom, cale a booca", eu disse pelo canto da boca, cruzando os braços em cima do peito e tentando puxar a túnica para que ela chegasse até a altura das botas.

"Controle-se, Bridget. FAÇA ALGUMA COISA!"

Eu me forcei a olhar, tentando ser sensual. Mas o carinha agora estava se agarrando com uma menina linda que vestia um short curtíssimo e um suéter que deixava o ombro à mostra.

"Ai, meu Deus, que nojo, ela é um embrião", disse a Jude.

"Talvez eu seja antiquada, mas li na *Glamour* que o short de uma mulher sempre deve ser mais comprido que a altura da vagina dela", murmurou a Talitha.

Ficamos arrasados, e nossa autoconfiança desmoronou como um castelo de cartas. "Ai, meu Deus. Será que a gente parece um bando de travestis idosas?", o Tom disse.

"Aconteceu o que eu sempre temia", eu disse. "Acabamos virando velhos bobos, que caímos no conto do vigário só porque ele mencionou o órgão dele."

"Queridos!", disse a Talitha. "Proíbo vocês de continuar a falar desse jeito."

A Talitha, o Tom e a Jude foram dançar e eu fiquei sentada num monte de feno, emburrada e pensando "Eu quero ir para casa agarrar meus bebês, ouvir a respiração tranquila deles e saber quem eu sou e no que eu acredito", deslavadamente usando as crianças para não ter que admitir que estava velha e acabada.

Aí, um par de pernas em uma calça jeans sentou no monte de feno ao meu lado, mudando bastante minha impressão básica da questão. Senti o cheiro de um "HOMEM, querida", como teria dito a Talitha, quando ele se inclinou na direção do meu cabelo. "Quer dançar?"

Foi simples assim. Não tive que fazer um plano, decidir o que dizer nem fazer nada além de olhar os belos olhos castanhos dele e assentir. Ele pegou minha mão e me levantou com um braço forte. Ficou com a mão na minha cintura enquanto a gente andava até a pista de dança, o que foi bom por causa das botas. Graças a Deus era uma música lenta ou eu teria quebrado o tornozelo. Ele tinha um sorriso franco e, no escuro, parecia o tipo de homem que aparece em anúncios de carrões. Usava uma jaqueta de couro. Colocou a mão na minha cintura e me puxou para perto dele.

Quando coloquei o braço sobre o ombro dele, de repente entendi o que o Tom e a Talitha estavam falando. Sexo é apenas sexo.

Lampejos e pulsos de um tesão há muito esquecido começaram a percorrer o meu corpo, assim como aconteceu com o monstro do Frankenstein quando ele foi plugado na eletricidade, só que de forma mais romântica e sensual, e eu me vi instintivamente escorregando os dedos para sentir os pelinhos no pescoço daquele homem, a pele da nuca dele. Ele me puxou para mais perto, fazendo com que se tornasse inegável que estava a fim de fazer sexo com alguém. Giramos devagar ao ritmo da música e vi o Tom e a Talitha me olhando com uma mistura de reverência e espanto. Eu me senti como uma menina de catorze anos que arrumou o primeiro cara. Fiz uma careta para impedi-los de fazer qualquer coisa estúpida e senti o homem movendo os lábios devagar e de maneira irresistível na direção dos meus, como um herói daqueles romances baratos vendidos em banca.

E, então, nós estávamos nos beijando. De repente, tudo começou a ficar louco, como se eu estivesse dirigindo um carro muito veloz usando um sapato de salto agulha. Nada havia parado de funcionar, apesar dos anos estacionado na garagem. Num minuto eu encontrava um obstáculo a cada esquina, e de repente não havia nenhuma restrição e o que eu estava fazendo? E as crianças? E o Mark? E quem era esse homem impertinente, afinal de contas?

"Vamos para algum lugar mais tranquilo", ele murmurou. Era tudo um plano. Por que outro motivo teria me chamado para dançar? Ele estava planejando me matar e me devorar!

"Eu tenho que ir! Agora!"

"O quê?"

Olhei para ele, aterrorizada. Era meia-noite. Eu era a Cinderela e tinha que voltar para os berços e as babás, para a falta de sono e a sensação de ser completamente assexuada e de ver diante de mim uma vida de solteira se estendendo até os fins dos dias... mas será que isso não era melhor do que ser assassinada?

"Sinto muito! Preciso ir. Muito legal! Obrigada!"

"Ir?", ele disse. "Ai, meu Deus. Que rostinho."

Mesmo tropeçando pela escada que cheirava a xixi abaixo, eu já estava começando a ficar convencida com a última frase dele. "Que rostinho!" Eu era a Kate Moss! Eu era a Cheryl Cole! Mas, assim que entrei no táxi, explicando a história toda, uma olhada para minha expressão de maluca e meu rosto inchado de bebida e sujo de rímel estragou um pouco aquele conceito.

"Ele quis dizer que rostinho atormentado de uma mãe geriátrica que decidiu que ele está querendo assassiná-la só porque ganhou um beijo!", ganiu o Tom.

"Assassiná-la e depois devorá-la", acrescentou a Talitha. Todos caíram de rir.

"O que te passou pela cabeça?", perguntou a Jude, rindo histericamente. "Ele era gato!"

"Não tem problema", disse a Talitha, recobrando a compostura e tentando se acomodar de forma elegante no banco do táxi, que cheirava a curry. "Eu peguei o telefone dele."

0h10 Acabei de entrar pé ante pé em casa. Tudo está escuro e silencioso. Cadê o Daniel?

0h20 Na ponta dos pés, fui lá para baixo e acendi a luz. O porão parecia ter sido atingido por uma bomba. O video game ainda estava ligado, havia coelhinhos dispostos numa fileira ao longo de todo o cômodo, Barbies, dinossauros, armas de brinquedo, almofadas, caixas de pizza, caixas de donuts e embrulhos de chocolate espalhados pelo chão, além de um pote enorme de sorvete Häagen-Dazs de chocolate virado em cima do sofá. Eles provavelmente iam vomitar em algum momento da noite, mas pelo menos tinham se divertido. Mas onde estava o Daniel?

Fui até o quarto das crianças. Elas estavam dormindo profundamente com as caras todas sujas de chocolate, mas bem tranquilas. Nada do Daniel. Comecei a entrar em pânico.

Corri até o sofá-cama na sala de estar. Nada. Corri até o meu quarto, abri a porta e emiti um ruído. O Daniel estava na minha cama. Ele ergueu a cabeça e apertou os olhos para ver melhor na escuridão.

"Meu Deus, Jones", ele disse. "Essas botas vão mesmo... até seus joelhos? Posso ver mais de perto?"

Ele jogou o lençol para o lado. Estava seminu.

"Deite aqui, Jones. Prometo que não encosto um dedo em você."

A combinação de estar levemente bêbada, excitada devido ao beijo recente e de ver o Daniel seminu e diabólico à meia-luz me fez lembrar como era ser uma solteira de trinta e poucos anos. Um décimo de segundo depois, eu estava rindo e deitando na cama com as botas que iam até as coxas.

"Bem, Jones", disse o Daniel. "Essas botas são muito, muito safadinhas, e essa túnica é muito, muito bobinha." E, após outro décimo de segundo, voltei ao presente e lembrei... bem, de tudo.

"Aargh! Não posso! Sinto muito mesmo. Muito legal!", tagarelei, pulando para fora da cama.

O Daniel me olhou atônito e depois começou a rir. "Jones, Jones, Jones, você continua completamente doida."

Esperei no corredor enquanto ele se levantava e se vestia e depois, enquanto eu pedia desculpas e agradecia a ele por cuidar das crianças, houve outro momento em que me senti tão confusa e cheia de tesão que quase pulei em cima do Daniel de novo e comecei a devorá-lo como um animal. Mas, aí, o celular dele tocou.

"Desculpe, desculpe", ele disse ao telefone. "Não, minha delícia, eu fiquei completamente atolado no trabalho. Olha, eu sei, MERDA!" Era o Daniel irritado agora. "Pô! Nossa! Eu disse que tinha uma reunião, é uma questão superimportante para um projeto e... Tudo bem, tudo bem, eu chego em quinze minutos, isso... isso... huumm... Que saudades desse seu brilho de estrela..."

Brilho de estrela??

"... eu quero muito mergulhar em..."

Respirando aliviada por não ter sucumbido ao velho papo, consegui colocá-lo para fora de casa e depois tirar as botas da Talitha. Arrumei a sala o suficiente para impedir a Chloe de pedir demissão amanhã e desabei na minha cama vazia.

0h55 Mas agora estou toda inquieta e excitada. É como se eu estivesse num Deserto de Homens e, após apenas uma noite, estivesse literalmente chovendo na minha horta.

O dia seguinte

SEXTA-FEIRA, 7 DE SETEMBRO DE 2012

7h Estou completamente nua, com uma dor de cabeça acachapante, e tenho que levar as crianças na escola.

7h01 Não! Não tenho que levar as crianças na escola. Era para ser uma manhã especial em que eu poderia dormir até mais tarde, mas acordei de qualquer jeito.

7h02 Aargh! Acabei de me lembrar do que aconteceu ontem à noite com o Cara-da-jaqueta-de-couro. E o Daniel.

7h30 Traumatizada pelos ruídos abafados da Chloe no andar de baixo, fazendo todas as coisas que eu deveria estar fazendo: dando só uma barrinha de cereal Weetabix para a Mabel, na qual ela pode colocar uma colher de chá de açúcar sozinha, fazendo as duas fatias de bacon do Billy, com ketchup, mas sem pão.

7h45 Estou me sentindo horrivelmente culpada, uma bêbada estilo Joan Crawford, prestes a deslizar escada abaixo com um casaco velho e batom borrado na cara, dizendo: "Olá queridos, é a mamãe, lembram? Como é mesmo o nome de vocês?".

8h Porta bate, barulhos param.

8h01 Porta abre, barulhos recomeçam: procura pela mochila da Mabel.

8h05 Porta bate de novo.

8h15 Silêncio. Cama fresquinha e branca. É gostoso ficar aqui deitada, nua, sem fazer nada. Parece que um feitiço foi quebrado; que nem a Bela Adormecida — bom, não exatamente a Bela Adormecida, está mais para pessoa-bem-velha-com--dois-filhos-adormecida —, despertada com um beijo. A primavera tocou os galhos secos e gelados das árvores. Folhas e botões estão nascendo e se abrindo por toda parte.

8h30 Ping de mensagem de texto! Talvez seja a Talitha! Mandando o telefone do Cara-da-jaqueta-de-couro! Talvez seja o próprio Cara-da-jaqueta-de-couro, fazendo uma piada para quebrar o gelo e me convidando para sair! Sou sexualmente viável!

Era a escola da Mabel.

Favor se lembrar de trazer o formulário de autorização para a excursão ao zoológico esta tarde.

Mulheres mudam de ideia

SÁBADO, 8 DE SETEMBRO DE 2012

74 aparelhos eletrônicos irritantes dentro de casa, 7 aparelhos eletrônicos que apitam, 0 aparelhos eletrônicos nos quais eu sei mexer, 12 aparelhos eletrônicos que exigem uma senha, 18 senhas, 0 senhas que eu lembro, 342 minutos passados pensando em sexo.

7h30 Acabei de acordar de um delicioso sonho erótico com o Daniel misturado ao Cara-da-jaqueta-de-couro. Subitamente, me sinto diferente: sensual e feminina. Isso me faz sentir culpada, como se eu estivesse sendo infiel ao Mark, mas... é tão sensual me sentir uma mulher sensual com um lado sensual que é sensualmente... ah. As crianças acordaram.

11h30 A manhã toda foi perfeitamente sensual e tranquila. Comecei o dia com nós três na minha cama, enroscadinhos, vendo televisão. Depois, tomamos café. Então brincamos de esconde-esconde. Aí, ficamos colorindo os Moshi Monsters da Mabel, depois brincamos de corrida maluca ainda de pijama, tudo isso enquanto um frango assado emanava uma fragrância deliciosa de dentro do fogão.

11h32 Sou a mãe perfeita e uma mulher sensual com possibilidades sensuais. Bom, bem que um homem como o Cara-da--jaqueta-de-couro podia entrar neste cenário e...

11h33 Billy: "Posso brincar no computador? É sábado."

11h34 Mabel: "Quero assistir o *Bob Esponja*."

11h35 De repente, fui tomada pela exaustão e por uma vontade de ler os jornais num silêncio sepulcral. Só por dez minutos.

"Mamããeee! A TV tá queblada!"

Percebi, horrorizada, que a Mabel havia pegado os controles remotos. Comecei a apertar furiosamente os botões, mas aí apareceram pontinhos brancos na tela e a TV emitiu uns estalidos bem altos.

"É neve!", disse a Mabel excitada, bem na hora em que a lava-louça começou a apitar.

"Mamãe!", disse o Billy. "A bateria do computador acabou."

"Ligue na tomada de novo!", eu disse, enfiando a cabeça no armário cheio de fios que fica embaixo da TV.

"Ficou de noite!", disse a Mabel quando a tela da TV ficou toda preta e a secadora começou a apitar também.

"Esta bateria não funciona."

"Bom, então vai jogar video game!"

"Não tá funcionando."

"Talvez seja a conexão da internet."

"Mamãe! Eu tirei o computador da tomada e agora não consigo enfiar de novo."

Percebendo que meu termostato estava se aproximando perigosamente do vermelho, subi a escada aos saltinhos, dizendo: "Vamos nos vestir e fazer uma coisa especial! Vou pegar as roupas de vocês". Aí, corri para o banheiro e disse: "Odeio a porra da tecnologia. Por que todo mundo não CALA A PORRA DA BOCA E ME DEIXA LER O JORNAL?!".

De repente, para meu horror, vi que a babá eletrônica estava ligada! Ai, Deus, Ai, Deus. Devia ter me livrado dela há séculos, mas sou uma mãe solteira paranoica, com medo de morrer etc. etc. Corri lá para baixo e encontrei o Billy aos soluços.

"Ai, Billy, me desculpe, eu não estava falando sério. Foi a babá eletrônica?"

"Nããããooooo!", ele gritou. "O video game está congelado."

"Mabel, você escutou a mamãe falando na babá eletrônica?"

"Não", ela disse, olhando deliciada para a televisão. "A TV consertou."

A TV mostrava uma tela que pedia a senha da TV a cabo.

"Billy, qual é a senha?", perguntei.

"Não é a mesma do seu cartão do banco? 1066?"

"Tudo bem, eu cuido do video game e você coloca a senha", eu disse, no mesmo instante em que a campainha tocou.

"A senha não tá funcionando."

"Mamãããeee!", disse a Mabel.

"Psiu, vocês dois!", sussurrei, furiosa. "TEM ALGUÉM TOCANDO A CAMPAINHA!"

Corri escada acima com uma barafunda de pensamentos culpados na cabeça: "Sou uma mãe horrível, os dois estão tentando preencher um buraco dentro deles com a tecnologia", e abri a porta.

Era a Jude, que estava muito chique, mas também de ressaca e aos prantos.

"Ai, Bridge", ela disse, caindo nos meus braços. "Eu simplesmente não vou suportar passar outra manhã de sábado sozinha."

"O que aconteceu? Conte para a mamãe", eu disse, e aí lembrei que a Jude era uma adulta e executiva poderosa.

"Sabe o cara que eu conheci no Match e com quem saí um dia antes da gente ir no Stronghold? Aquele que eu beijei?"

"Sei", eu disse, tentando vagamente lembrar qual era esse.

"Ele não me ligou. E aí, ontem à noite, ele me incluiu numa mensagem de grupo dizendo que sua esposa havia acabado de ter uma menina de três quilos e cem."

"Minha Nossa Senhora. Que nojo. É desumano."

"Durante esses anos todos eu não quis ter filhos e as pessoas ficavam dizendo que eu ia mudar de ideia. Elas tinham razão. Vou descongelar meus óvulos."

"Jude", eu disse. "Você fez uma escolha. Só porque um cara foi babaca, não significa que foi a escolha errada. Foi a escolha certa para você. Filhos são... são..." Olhei lá para baixo com uma expressão assassina.

Ela me mostrou no celular uma foto no Instagram do Babaca segurando o bebê. "... Fofa, doce e linda, com três quilos e cem, e tudo o que eu faço é trabalhar e ficar com uns caras, e estou sozinha no sábado de manhã e..."

"Vamos lá para baixo", eu disse num tom lúgubre. "Vou mostrar para você como as crianças são fofas e doces."

Descemos a escada aos solavancos. O Billy e a Mabel estavam como dois querubins segurando um desenho que dizia "Nós Amamos a Mamãe".

"A gente vai tirar a louça da máquina, mamãe", disse o Billy. "Para ajudar você."

Merda! O que havia de errado com eles?

"Obrigada, crianças", ronronei, levando a Jude depressa lá para cima e saindo com ela da casa antes que eles fizessem algo pior, como esvaziar a lata do lixo reciclável.

"Vou descongelar meus óvulos", disse a Jude aos soluços enquanto a gente sentava nos degraus diante da porta da frente. "A tecnologia era primitiva naquela época. Chegava até a ser tosca, mas talvez dê certo se... Tipo, eu posso conseguir um doador de sêmen e..."

Subitamente, a janela do andar de cima da casa em frente foi aberta com força e dois controles remotos de video game foram atirados para fora, aterrissando com estrondo ao lado das latas de lixo.

Segundos depois, a porta da frente foi aberta e a vizinha descolada apareceu, usando pantufas de salto cor-de-rosa de pelúcia, uma camisola de estilo vitoriano e um pequeno chapéu-coco, e carregando um monte de laptops, iPads e iPods.

Ela desceu os degraus se equilibrando no salto e enfiou os aparelhos no lixo, com o filho e dois amigos dele seguindo-a e que gritando: "Nããããoooo! Eu não terminei aquele níveeel!".

"Ótimo!", ela gritou. "Quando eu decidi ter filhos, NÃO concordei em ser escrava de uma coleção de objetos pretos inanimados e de um bando de VICIADOS EM TECNOLOGIA que se recusam a fazer qualquer coisa além de olhar para uma tela e mexer os polegares, enquanto exigem que eu OS SIRVA, como se fosse uma mistura de técnico de computador e recepcionista de hotel cinco estrelas. Quando eu ainda não tinha tido vocês, todo mundo dizia o tempo todo que eu ia mudar de ideia. E quer saber? Eu tive vocês. Criei vocês. E MUDEI DE IDEIA!"

Fiquei olhando para ela, atônita, e pensando: *Tenho que ser amiga dessa mulher.*

"Na Índia, crianças da idade de vocês se dão muito bem mendigando na rua", ela continuou. "Então fiquem aí sentados e, em vez de QUEIMAR O CÉREBRO DE VOCÊS só pensando em passar de nível no MINECRAFT, vocês podem tentar ME FAZER MUDAR DE IDEIA em relação a deixar vocês entrarem na casa. E não ousem tocar naquela lata de lixo ou eu faço vocês entrarem para os JOGOS VORAZES."

Então, com uma jogada de cabeça com chapéu-coco e tudo, ela voltou muito digna para dentro da casa e bateu a porta.

"Mamãããee!" Gritos e choros irromperam no meu porão. "Mamãããeee!"

"Quer voltar lá para dentro?", eu disse para a Jude.

"Não, não, tudo bem", ela disse, ficando de pé com uma cara de feliz. "Você tem toda a razão. Eu fiz a escolha certa. Só estou com um pouco de ressaca. Vou tomar café, beber um bloody mary na Soho House e ler o jornal e tudo vai ficar bem. Obrigada, Bridge. Te amo. Tchauzinho!"

E ela saiu, cambaleando em sua sandália estilo gladiador da Versace, que ia até o joelho, de ressaca e glamorosa.

Olhei para o outro lado da rua. Os três meninos estavam sentados em fila nos degraus da frente da casa.

"Tudo bem?", perguntei.

O filho de cabelos escuros sorriu. "Tudo. Ela fica assim de vez em quando. Daqui a pouco passa."

Ele olhou para trás para ver se a porta ainda estava fechada e tirou um iPod do bolso. Todos os meninos começaram a dar risadinhas, sentaram no degrau e se inclinaram sobre o iPod.

Senti uma imensa onda de alívio. Voltei alegremente para casa e de repente me lembrei que a senha de tudo era 1890, o ano em que o Tchékhov escreveu *Hedda Gabbler*.

"Mamãaeee!"

Agarrei o controle do video game e da TV a cabo, digitei 1890 nos dois e as duas telas milagrosamente ganharam vida.

"Pronto!", eu disse. "Aí estão as suas telas. Vocês não precisam de mim. Só precisam de telas. Eu. Vou. Fazer. Um. Café. Para. Mim."

Atirei os controles na poltrona e, tão digna quanto a vizinha descolada, fui andando na direção da cafeteira até que o Billy e a Mabel começaram a rir.

"Mamãe!", disse o Billy rindo. "Você desligou tudo de novo."

20h30 Acabou tudo bem. O Billy jogou video game, a Mabel assistiu ao *Bob Esponja* e ficou enroscadinha comigo no sofá, nós três fomos ao parque Hampstead Heath e eu pensei várias vezes no Cara-da-jaqueta-de-couro e em como foi maravilhoso aquele beijo, e me sentir sensual de novo, e pensei que talvez o Tom tenha razão e eu precise mesmo ser uma mulher e ter alguém na minha vida, e talvez não seja errado, e quem sabe eu não ligo para a Talitha e pego o telefone dele?

As mulheres são como ondas que quebram

DOMINGO, 9 DE SETEMBRO DE 2012

61 kg, 3250 calorias, número de vezes em que vi se o Cara-da-jaqueta-de-couro havia me mandado uma mensagem: 27, 0 mensagens do Cara-da-jaqueta-de-couro, 47 sentimentos de culpa.

2h Está tudo horrível. Mandei uma mensagem para a Talitha. Ao que parece, ela não apenas pegou o telefone do Cara-da-jaqueta-de-couro como DEU O MEU PARA ELE. Senti uma pontada de insegurança no estômago. Se ela deu meu telefone para ele, então por que ele não me ligou?

5h Não devia nunca, nunca ter me metido com homens de novo. Eu tinha me esquecido completamente do pesadelo que é essa história de "por que ele não me ligou?".

21h15 As crianças estão dormindo e prontas para a manhã de segunda. Mas eu estou tendo um colapso nervoso. Por que o Cara-da-jaqueta-de-couro não me mandou nenhuma mensagem? Por quê? Claramente, ele acha que sou maluca e velha. É tudo culpa minha mesmo. Eu devia ser mãe apenas; as crianças deviam voltar da escola todos os dias e encontrar um cozido borbulhando no fogo e rocambole de sobremesa. Eu leria livros infantis para elas, colocaria elas na cama e aí... e aí o quê? Assistir a *Downton Abbey*, ter fantasias com o Matthew e começar tudo de novo na manhã seguinte com o cereal matinal?

21h16 Liguei para a Talitha e contei tudo. Ela vai passar aqui.

21h45 "Eu queria um drinque, por favor."

Preparei a vodca com soda que ela toma sempre.

"Tudo isso começou só porque um cara com quem você ficou durante cinco segundos não te mandou nenhuma mensagem. Você se abriu para a possibilidade da vida e agora parece que ela foi arrancada das suas mãos. Por que você não manda uma mensagem para ele?"

"Jamais corra atrás de um homem, isso só vai fazer você infeliz", eu disse, recitando nosso mantra de quando éramos solteiras na casa dos trinta para fazê-la esquecer a ideia: "A Anjelica Huston nunca, nunca ligava para o Jack Nicholson".

"Querida, você tem que entender que não tem ideia do que está falando. Tudo mudou desde que você era solteira. Ninguém mandava mensagem de texto. Ninguém mandava e-mail. As pessoas falavam no telefone. Além do mais, as mulheres jovens são mais sexualmente agressivas agora, e os homens estão, naturalmente, mais preguiçosos. Você tem que, no mínimo, encorajar."

"Não mande nada!", eu disse, em pânico, me atirando para pegar meu celular das mãos dela.

"Não vou mandar. Mas não tem problema. Quando eu troquei telefones com ele, expliquei discretamente que você era viúva..."

"Você O QUÊ?"

"É melhor que ser divorciada. É tão romântico e original!"

"Então você basicamente está usando a morte do Mark para arrumar homem para mim?"

Ouvi o barulho surdo de passos na escada. O Billy apareceu com seu pijama listrado.

"Mamãe, eu não fiz minha lição de matemática."

A Talitha olhou rapidamente para ele e depois voltou a mexer no celular.

"Diga 'Olá, que bom ver você de novo' para a Talitha e olhe nos olhos dela", eu disse, no piloto automático. Por que os pais fazem isso? "Diga 'por favor'", "Diga 'oi'!", "Diga 'obrigado por me receber'". Se você não tiver treinado a criança para fazer isso antes que esteja naquela situação social, então realmente não faz sentido...

"Oi, Talitha."

"Oi, querido", disse a Talitha, sem tirar os olhos do telefone. "Ele é lindo."

"Você fez, sim, a lição de matemática, Billy. Lembra — aqueles problemas? A gente fez quando você chegou da escola na sexta."

"Muito bem. Que tal isso?", disse a Talitha, erguendo os olhos e logo voltando a fitar o telefone.

"Mas tinha outra folha", disse o Billy. "Olha. Aqui. É de AD."

Ai, Artesanato e Design, não. O Billy passou as últimas seis semanas construindo um camundongo com pequenos pedaços de feltro, e agora eles mandam "folhas" com misteriosas perguntas conceituais. Peguei a última folha e li: "O que você deseja realizar construindo esse camundongo?".

Billy e eu nos olhamos em desespero. Quão abrangentes eles esperam que você seja na hora de responder a uma pergunta dessas, no sentido filosófico? Entreguei um lápis para o Billy. Ele se sentou à escrivaninha, escreveu a resposta e me entregou a folha.

"Construir um camundongo."

"Bom", eu disse. "Muito bom. Agora, vamos voltar para a cama?"

Ele assentiu, me deu a mãozinha e disse: "Boa noite, Talitha".

"Dê boa noite para a Talitha."

"Mamãe, eu acabei de dar."

A Mabel estava dormindo no beliche de cima com os cabelos no rosto, agarrada à Saliva.

"Você me abraça?", pediu o Billy, deitando no beliche de

baixo. Pensei na Talitha, que devia estar ficando cada vez mais impaciente lá embaixo, e me aninhei ao lado dele, do Puffle Um, do Mario e do Cavalinho.

"Mamãe?"

"O que foi?", eu disse com o coração trêmulo, com medo de ele perguntar sobre o pai ou sobre a morte.

"Qual é a população da China?" Ai, Deus, ele parece tanto com o Mark quando se preocupa com todas essas coisas. O que eu estava fazendo pensando naquela bobagem de mandar mensagem para um estranho barbado de jaqueta de couro que provavelmente...?

"Mamãe?"

"Quatrocentos milhões", menti tranquilamente.

"Ah. Por que a Terra está encolhendo um centímetro por ano?"

"Hum..." Fiquei pensando. O mundo está mesmo encolhendo um centímetro por ano? Tipo, o planeta inteiro? Ou só as partes que contêm terra? Será que tem a ver com o aquecimento global? Ou com o poder das marés, ou... Então eu senti o pequeno suspiro de relaxamento que significava que o Billy estava caindo no sono.

Corri lá para baixo, ofegante. A Talitha me olhou com uma expressão de grande satisfação. "Muito bem. Espero que você me agradeça por isso. Foi muito difícil."

Ela me passou o celular.

Finalmente me recuperei da vergonha de ter fugido do Príncipe Encantado no Stronghold. Foi tudo tão insanamente sensual que tive medo de sofrer uma combustão espontânea ou virar abóbora. O que você anda fazendo?

"Você não mandou isso, mandou?"

"Ainda não. Mas é bom. A gente precisa cuidar do ego deles. Como acha que o coitado se sentiu quando você saiu correndo daquele jeito, sem explicar nada?"

"Mas não parece meio...?"

"Você está fazendo uma pergunta e restabelecendo contato. Não pense demais, só..."

Ela pegou meu dedo e apertou "enviar".

"Nããoo! Você disse que não ia..."

"Eu não fiz nada. Foi você que enviou. Será que você poderia me dar outra vodcazinha bem pequena?"

Estarrecida, fui até a geladeira, mas assim que abri a porta o celular fez ping. A Talitha agarrou-o. Um sorriso de autossatisfação se abriu em seu rosto perfeitamente maquiado.

Oi. É a Cinderela?

"Olhe, Bridget", ela disse com um ar severo, vendo a confusão de sentimentos no meu rosto. "Você tem que ser corajosa e sacudir a poeira pelo bem de todo mundo, incluindo..." Ela inclinou a cabeça na direção do andar de cima da casa.

No fim das contas, a Talitha estava certa. Mas as coisas não poderiam ter sido piores com o Cara-da-jaqueta-de-couro. Como ela mesma disse, quando estávamos sentadas no meu sofá, depois do banho de sangue:

"A culpa é toda minha. Esqueci de avisar você. Depois que a gente sai de um relacionamento longo, o primeiro é sempre o pior. Tem coisa demais na balança. Você acha que vai ser salva por alguém. Mas não vai. E você acha que eles são os barômetros que indicam se você ainda é viável. E você é, mas eles não vão provar isso para você."

Quebrei todas as Regras Essenciais do Namoro com o Cara-da-jaqueta-de-couro. Mas, em minha defesa, naquela época eu ainda não sabia que as Regras do Namoro existiam.

Como não namorar alguém

QUARTA-FEIRA, 12 DE SETEMBRO DE 2012

60 kg (perdi um quilo de tanto fazer exercício com os polegares mandando mensagem), 347 minutos passados sonhando acordada com o Cara-da-jaqueta-de-couro, número de vezes que vi se o Cara-da-jaqueta-de-couro tinha mandado mensagem: 37, 0 mensagens do Cara-da-jaqueta-de-couro, número de vezes em que vi se o Cara-da-jaqueta-de-couro tinha mandado um e-mail, apesar de ele não ter o meu e-mail: 12 (louca), 27 minutos acumulados de todos os atrasos para levar ou buscar as crianças na escola.

14h30 Humm. Acabei de voltar do almoço com o Cara-da--jaqueta-de-couro em Primrose Hill. Ele estava parecendo mais ainda com um modelo de anúncio de carro, com uma jaqueta de couro marrom e óculos tipo aviador. Era um dia de outono extraordinariamente quente, o céu estava azul e o sol estava brilhando, e por isso nós pudemos sentar numa mesa na calçada.

COISAS BOAS.

Eu amo ele. Amo ele.

COISAS RUINS.

Ele tem mais ou menos a minha idade, é divorciado e tem dois filhos. E se chama Andy um nome legal.

ANDY??

Quando sentei na mesa, ele tirou os óculos escuros. Seus olhos pareciam dois espelhos d'água bem, bem clara, como um mar tropical...

NÃO SE EMPOLGUE DEMAIS.

... só que castanhos. Eu amo ele. Os Deuses do Namoro sorriram para mim.

TENTE CONSERVAR ALGUM RESQUÍCIO DE OBJETIVIDADE.

Ele REALMENTE compreende os problemas de uma pessoa que tem que criar os filhos sozinha. Disse coisas como "Que idade têm os seus filhos?".

Durante o almoço inteiro, eu me senti como um cãozinho perigosamente excitado que estava prestes a transar com a perna dele.

NÃO TIRE CONCLUSÕES PRECIPITADAS OU FANTASIE.

Vai ser tão legal transar com ele no domingo de manhã e depois tomar café com todas as crianças, rir, ir morar junto, vender minha casa e a dele e mudar para uma outra, de onde todos vão poder ir andando para a escola. E, bem na hora em que eu estava pensando "... aí a gente pode ter um carro só e nem vai precisar se preocupar com vaga de garagem", ele interrompeu e perguntou: "Você quer café?".

Olhei para ele, desorientada, quase a ponto de dizer: "Você acha que vai dar certo se a gente tiver um carro só?".

NO PRIMEIRO ENCONTRO, DEIXE QUE ELE PAGUE.

Quando a conta chegou, fiz questão absoluta de pegar meu cartão de crédito e dizer "Não, deixe que eu pago" e "Vamos dividir?".

"Eu pago", ele disse, me olhando de um jeito esquisito. Será que ele já sabia que me amava também?

REAJA AO QUE REALMENTE ESTÁ ACONTECENDO, NÃO AO QUE VOCÊ GOSTARIA QUE ESTIVESSE ACONTECENDO.

Depois do almoço, não pude suportar a ideia de ter que ir embora e sugeri que a gente fosse dar uma caminhada na colina. Foi tão lindo. Quando a gente chegou no carro dele, eu estava torcendo, sem muita esperança, para que me desse outro beijo, mas ele só me deu uma bitoquinha na bochecha e disse: "Cuide-se".

Entrei em pânico total. "Você acha que a gente devia se encontrar de novo?", perguntei, sem pensar.

Talvez tenha sido um pouco atirado, mas eu ACHO que não teve problema.

TEVE, SIM.

"Claro", ele respondeu, sorrindo. "É que eu estava esperando você sair correndo e gritando." Aí deu um sorriso largo daqueles de anúncio de utilitário e entrou no carro.

Ele é tão engraçado!

NÃO PERMITA QUE ELE PERTURBE SUA VIDA OU SEU EQUILÍBRIO.

Olha, não tem jeito. Não posso simplesmente passar o dia inteiro na cama ME MASTURBANDO quando tenho um roteiro para escrever e crianças para cuidar.

QUINTA-FEIRA, 13 DE SETEMBRO DE 2012

NÃO FIQUE OBCECADA NEM FANTASIE ENQUANTO DIRIGE.

8h30 Humm. A questão é que quando eu disse "Você acha que a gente devia se encontrar de novo?" ele não respondeu "não", respondeu "Claro".

Isso quer dizer "sim", não quer? Mas então por que ele não disse nada sobre o próximo encontro quando a gente se despediu? E por que não mandou nenhuma mensagem? AARGH!

9h30 Virei uma esquina e descobri que um táxi havia acabado de parar na minha frente de maneira completamente egoísta, sem motivo nenhum. Uma fila enorme de carros atrás de mim.

Parei do lado do táxi, olhando irritada para o motorista. Então me dei conta, olhando para a frente, de que havia outro carro vindo a toda na minha direção com um homem apontando e falando bem alto "Você. Volte. Vol-te!", como se eu fosse uma idiota ou coisa assim.

"Sinceramente, homens ao volante!", eu pensei, mostrando o dedo do meio para ele, (Com exceção do Cara-da-jaqueta-de-couro, que eu tenho certeza de que é muito respeitoso). Eles são todos "Ai, ai, olhe para nós! Somos machos-alfa! Vamos simplesmente atacar mulheres indefesas, querendo obrigá-las a dar a volta...".

"Mamãe", disse o Billy, "o táxi parou para o outro carro poder passar."

De repente, me dei conta do que ele estava querendo dizer. O carro que vinha na minha direção JÁ ESTAVA ALI, e o taxista, que afinal de contas é um motorista experiente, estava parado para deixar que o outro carro passasse. E agora eu estava que nem uma fêmea-alfa dessas que dirigem utilitários (só que sem o utilitário) que desviara do experiente taxista e tentara obrigar o outro carro a dar ré como um limpa-neve raivoso, vociferando contra ele como aluna nota dez no curso de filosofia, política e economia de Oxford ou Cambridge (só que com uma nota sete no curso de letras de Bangor).

Tentei gritar "Desculpeee!" ao mesmo tempo que dava ré, mas todos os homens me olharam furiosos, com exatamente a mesma expressão incrédula de "onde esse mundo vai parar?" que eu própria estou tão acostumada a adotar ao levar as crianças na escola de manhã.

"Muito bem!", eu disse alegremente assim que havíamos dobrado a esquina. "Que aula você vai ter hoje, Billy? Educação física?"

"Mamãe."

Eu olhei para ele. Os mesmos olhos. O mesmo tom de quando não estou exatamente no meu melhor momento.

"O que foi?", perguntei.

"Você está falando isso só porque fez papel de boba?"

SEXTA-FEIRA, 14 DE SETEMBRO DE 2012

NÃO PERMITA QUE ELE A DESCONCENTRE OU ENLOUQUEÇA DURANTE A MAIOR PARTE DO TEMPO.

Acabei de fazer contato com o meu ídolo, a Vizinha Descolada, e estava tão desconcentrada que estraguei a porra toda. Estava saindo do carro quando a vi entrar em casa vestindo um gorro de lã com bolinhas, botas Doc Martens de plataforma e uma peça que parecia a mistura de um casaco de oficial alemão da Segunda Guerra com uma anágua com babadinho na barra.

"Olá", ela disse, subitamente. "Meu nome é Rebecca. Você não mora do outro lado da rua?"

"Sim", eu disse, deliciada, e então comecei a tagarelar num monólogo, nervosa. "Parece que seus filhos são da mesma idade que os meus! Quantos anos eles têm? Que gorro lindo!..."

Tudo foi muito bem, e a conversa terminou com a Rebecca dizendo "Bom, quem sabe a gente bate uma na porta da outra e as crianças passem a tarde brincando — nossa, só de pensar em marcar um programa desses não dá vontade de se matar? — em breve?".

"Hahaha! Dá. Dá, sim", eu disse, fazendo mímica de quem dava um tiro na cabeça de um jeito superconstrangedor. "Seria ótimo. Tchaau!" Atravessei a rua e entrei em casa pensando *Ebaa! A gente pode ser amiga e vou poder apresentá-la para o Cara-da-jaqueta-de-couro e...*

"Espere!", gritou a Rebecca.

Eu me virei.

"Aquela não é a sua filha?"

Merda! Tinha me esquecido completamente que a Mabel estava comigo. Ela estava diante da casa da Rebecca com um ar intrigado, abandonada na calçada.

NOTE COMO ELE FAZ VOCÊ SE SENTIR: NUMA LISTA, ENTRE "COM VONTADE DE TRANSAR" E "TOMANDO REMÉDIO PARA GASTRITE DE TANTA ANSIEDADE" DEVE ESTAR A PALAVRA "FELIZ".

21h15 Nenhuma mensagem de texto até agora. Toda essa história do Cara-da-jaqueta-de-couro está me deixando horrivelmente ansiosa e com um enjoo horrível.

A primeira regra essencial do namoro

SÁBADO, 15 DE SETEMBRO DE 2012

SE BEBER, NÃO MANDE MENSAGEM DE TEXTO.

20h15 Ebaa! Telefone!

21h "Olá, querida!" — minha mãe. Merda! Entrei em surto, fiquei me perguntando se o Cara-da-jaqueta-de-couro conseguiria me mandar uma mensagem mesmo se eu estivesse falando com ela no telefone.

"Bridget? Bridget? Você está me ouvindo? Já decidiu se vai querer fazer o cruzeiro?"

"Hum, bom, acho que talvez seja um pouco..."

"Quer dizer, quase todo mundo da St. Oswald vai estar com os netos. É uma época especial do ano, que as pessoas passam com os netos. A Julie Enderbury e o Michael vão levar a família toda para Cabo Verde."

"Bom, e os netos da Una?", retruquei.

"É a vez dos outros avós."

"Entendi, entendi."

Os outros avós. O almirante Darcy e a Elaine são incrivelmente doces com o Billy e a Mabel, e fazem a coisa certa, convidando um de cada vez para ocasiões bem planejadas e curtas que eles sempre adoram. Mas acho que não iam aguentar nos receber para o Natal. Mesmo quando o Mark estava vivo era ele quem os convidava para a casa enorme em Holland Park, mas o Mark sempre contratava um cozinheiro de bufê para fazer o jantar de Natal e dizia que isso não tinha nada a ver com os meus dotes culinários, mas era só para todo mundo poder relaxar e aproveitar o fato de estar junto. Mas por que eles não iriam "relaxar" se eu cozinhasse? Talvez tivesse a ver com os meus dotes culinários.

"Bridget? Você está me ouvindo? Só não quero que você fique sozinha", disse minha mãe. "Ainda dá tempo de vir."

"Ótimo! Então depois a gente resolve", eu disse. "Ainda falta muito para chegar o Natal."

E lá se foi ela para a aqua zumba. Queria que o meu pai estivesse aqui para suavizar a mamãe, rir de tudo comigo e me dar um abraço. Queria poder encher a cara com uma garrafa inteira de vinho.

21h15 Uh, acabei de ouvir a Chloe chegar de Camden. Ela vai dormir no sofá-cama para ir no tai chi amanhã cedo.

21h30 Acho que vou beber só uma tacinha de vinho agora que ela está aqui, para me animar um pouco.

ALERTA! ALERTA! NUNCA ABRA UM VINHO SEM ANTES EMBRULHAR SEU CELULAR NUM BILHETE QUE DIZ "NÃO MANDE MENSAGENS" E COLOCÁ-LO NUMA PRATELEIRA ALTA.

21h45 Muito melhor agora. Vou pôr uma música. Talvez "Play the Game", do Queen. O ponto de vista gay sempre é bom, especialmente em formato musical. Humm, Cara-da-jaqueta-de-couro. Queria que ele me mandasse uma mensagem, aí a gente ia poder se ver e ter um encontro sensual...

22h Acho que só maizum vinhozim.

ALERTA! ALERTA!

22h05 Amo Queen.

22h20 Humm. Dançar...

"This is your life!
Don't play hard to get..."

22h21 Tá vendo? É real. ... "love runs through my head down to my toes... pumping through my veeeeeiiiiins!" Eu amo o Cara-da-jaqueta-de-coro. Não possssso ficar toda na defensiva. O amorr é como um rio.

NÃO USE PALAVRAS DE MÚSICAS POP PARA GUIAR SEU COMPORTAMENTO, PRINCIPALMENTE QUANDO ESTIVER BÊBADA.

22h22 Viuo? Não xe faxa de difícill. Entaum por que eu não poxo mandarr mensaxi...?...

Aargh! Tá vendo, esse é o problema com o mundo moderno. Se ainda estivéssemos na época das cartas, eu não ia nem ter começado o processo de encontrar uma caneta, uma folha de papel, um envelope, um selo e o endereço da casa do Cara-da-jaqueta-de-couro e saído às 23h30 da noite com duas crianças dormindo dentro de casa para encontrar uma caixa de correio. Já uma mensagem de texto pode ser enviada com um toque, como se fosse uma bomba nuclear ou um míssil.

22h35 Aperrtei "ENVIAR". Que bobaxem, não tem problema.

SE BEBER, NÃO MANDE MENSAGEM DE TEXTO.

A incompetência amorosa continua

DOMINGO, 16 DE SETEMBRO DE 2012

60 kg (não expressando meus sentimentos).

"Tem!", disse a Talitha, que estava sentada na minha sala com o Tom, a Jude e comigo. "Tem problema, sim!"

"Por quê?", eu disse, olhando espantada para a minha mensagem.

Foi tão legal te ver quarta-fira. Vams nos encotrar de novo logo!, leu o Tom em voz alta, fazendo *pfff*.

"Bom, em primeiro lugar, você estava claramente bêbada", disse a Jude, erguendo rapidamente os olhos do OKCupid.

"Em segundo lugar, eram onze e meia da noite", disse o Tom. "Em terceiro lugar, você já disse para ele que gostaria de vê-lo de novo, então está parecendo desesperada."

"Em quarto lugar, você usou um ponto de exclamação", disse a Jude, devagar.

"E não é emocionalmente autêntico", disse o Tom. "Tem o tom venerador e falsamente informal de uma menina de colégio que convenceu a capitã do time de basquete a se sentar do seu lado durante o recreio e está tentando forçá-la a ser amiga dela, mas querendo parecer casual."

"E ele não respondeu", acrescentou a Jude.

"Será que eu estraguei tudo?"

"É o que acontece quando se deixa um ingênuo coelhinho recém-nascido no meio de uma matilha de coiotes famintos", disse o Tom.

Um segundo depois meu celular emitiu um ping de mensagem.

Como está sua programação com a babá? Mais bem resolvida que suas habilidades ortográficas? Que tal sábado à noite?

Olhei para eles com a expressão de alguém que protestava contra a guerra do Iraque após ouvir o anúncio de que não havia armas de destruição em massa, e então comecei a flutuar numa nuvem — não bioquímica — de excitação.

"Como está sua programação com a babá?", eu disse, fazendo uma dancinha. "Ele é TÃO atencioso."

"Ele quer te comer", disse a Jude.

"Ande logo", disse o Tom, excitado. "Responda a mensagem!"

Pensei um pouco e mandei:

Sábado à noite é perfeito, só preciso arrumar uma corda bem forte para amarrar as crianças.

Prefiro fita adesiva, respondeu ele bem rápido.

"Ele é engraçado", disse o Tom. "E tem aquela pontinha sadomasô. O que é legal."

Nós todos nos olhamos alegremente. O triunfo de um era o triunfo de todos.

"Vamos abrir outra garrafa", disse a Jude, andando até a geladeira com seu macacão soltinho e suas meias bem grossas. No meio do caminho, ela parou para me dar um beijo na cabeça. "Parabéns, pessoal, parabéns."

Incompetência amorosa crescente

QUARTA-FEIRA, 19 DE SETEMBRO DE 2012

60,5 kg, 0,5 kg ganho, 2 regras do namoro violadas.

NO PRIMEIRO ENCONTRO, FAÇA O QUE ELE SUGERIR.

21h15 A Chloe não podia ficar com as crianças no sábado à noite e, em vez de focar minhas energias em encontrar outra babá, fiquei tão obcecada fantasiando sobre o jantar, o que eu ia vestir e a maneira como ele ia me olhar quando eu aparecesse no vestido azul de seda que não organizei nada. Aargh, mensagem do Cara-da-jaqueta-de-couro!

Quer ver um filme no sábado? Argo?

21h17 *Argo*? *Argo*? Ir ao cinema não é um ENCONTRO direito! E *Argo* é um filme de menino! O vestido azul de seda é arrumado demais para ir ao cinema. Além do mais, a Chloe não pode no sábado e...

21h20 Acabei de mandar: Que tal jantar? Quero conhecer você melhor.

NÃO FIQUE FALANDO NA BABÁ.

21h21 EU: Além disso, a babá não pode sábado à noite. Será que rola sexta??

22h Ai, Deus, ai, Deus. O Cara-da-jaqueta-de-couro não respondeu. Será que ele saiu? Com outra mulher?

23h CARA-DA-JAQUETA-DE-COURO: Sexta não dá. E na semana que vem? Sexta? Ou sábado?

23h05 Respondi: Sim! Sábado! e desabei. Ele quer esperar uma semana inteira? Como ele pode aguentar?

DOMINGO, 23 DE SETEMBRO DE 2012

21h15 Quero morrer. O Cara-da-jaqueta-de-couro me ignorou o fim de semana todo. Claramente, ele perdeu o interesse. Se é que já esteve interessado.

22h Vou tentar dar uma esquentada nas coisas de novo.

NÃO PLANEJE COM ANTECEDÊNCIA QUANDO VOCÊ VAI TRANSAR PELA PRIMEIRA VEZ.

Desculpe ter adiado o encontro. Vou usar um sapato de salto no sábado para compensar! E a babá vai passar a noite com as crianças.

SEGUNDA-FEIRA, 24 DE SETEMBRO DE 2012

62 kg, 1 kg ganho, 0 mensagens do Cara-da-jaqueta-de-couro (possivelmente um resultado dos quilos que ganhei, embora ele não tenha visto ainda).

21h15 O Cara-da-jaqueta-de-couro não respondeu. Ele acha que sou uma piranha desesperada.

TERÇA-FEIRA, 25 DE SETEMBRO DE 2012

62 kg, 1 mensagem do Cara-da-jaqueta-de-couro (ruim).

11h Ele acabou de responder!
Legal. Que tal o ENO em Notting Hill? 19h45? Tô louco para ver esse salto.

Ele me odeia.

SÁBADO, 29 DE SETEMBRO DE 2012

Número de vezes que troquei de roupa antes de sair: 7. 25 minutos atrasada, 0 pensamentos positivos durante o encontro, 12 mensagens enviadas para o Cara-da-jaqueta-de-couro, 2 mensagens do Cara-da-jaqueta-de-couro, 13 regras do namoro violadas, 0 resultados positivos da experiência .

SEJA PONTUAL, LEMBRANDO QUE CHEGAR NA HORA É MAIS IMPORTANTE DO QUE FICAR EXPERIMENTANDO ROUPA E SE MAQUIANDO, ASSIM COMO QUANDO VOCÊ TEM QUE PEGAR UM AVIÃO.

19h Passei tanto tempo pondo e depois tirando roupas que o táxi que eu havia chamado foi embora, não voltou e eu agora não consigo achar outro na rua. Mandei uma série de mensagens histéricas e a única resposta dele foi:

Tem vários táxis aqui.

20h Estou no bar Electric. Acabei vindo de carro, mas estava tão atrasada que tive que largá-lo numa vaga de morador, e com certeza vou levar uma multa. O Cara-da-jaqueta-de-couro não está aqui.

TENHA CERTEZA DE QUE VOCÊS ACHAM QUE ESTÃO INDO PARA O MESMO LUGAR NO MESMO HORÁRIO.

20h10 Ai, merda! Ai, merda! Ele não tinha falado Electric. Tinha falado ENO.

20h15 Enlouquecida. Acabei de mandar uma mensagem dizendo que tinha ido para o lugar errado e agora tenho que correr para o ENO.

QUANDO VOCÊ CHEGAR, ESTEJA RELAXADA E SORRIA, COMO UMA DEUSA DE LUZ E TRANQUILIDADE.

Cheguei no ENO com quarenta minutos de atraso e fui abordada por uma moça na porta que claramente achou que eu era uma pessoa maluca que tinha que ser retirada dali.

Percebi que não estava vendo o Cara-da-jaqueta-de-couro e nem conseguia me lembrar do nome dele.

Acabei conseguindo localizá-lo e ele estava, para o meu horror, completamente absorto em uma mesa de pessoas moderninhas com cara de quem trabalha em publicidade. Tive que me aproximar e pôr a mão no ombro dele para chamar sua atenção quando ele tentou me apresentar aos outros, mas obviamente não conseguiu lembrar meu nome.

Ele tentou me convencer a sentar com eles. Mas o restaurante não podia colocar outra cadeira naquela mesa, então tivemos que ir para uma mesa para dois, e o Cara-da-jaqueta-de-couro olhou várias vezes para seus amigos sofisticados, claramente pensando que eles eram muito mais divertidos do que eu.

Quando estávamos indo embora, os amigos sofisticados convidaram a gente para uma festa e eu pensei *nããããooo!* e falei "Sim! Que legal!".

Na festa assustadora, imediatamente me perdi dele e me escondi no banheiro.

NÃO FIQUE BÊBADA NEM USE DROGAS.

Quando eu o encontrei, ele estava fumando maconha. Eu não fumava maconha havia quinze anos e, mesmo naquela ocasião, dei só dois tragos que tinham me deixado tão paranoica que achei que as pessoas estavam me ignorando, quando, na verdade, estavam falando comigo. Ainda assim, cedi à pressão do Cara-da-jaqueta-de-couro e dei dois tragos no baseado. No mesmo segundo, fiquei completamente doidona e paranoica.

Talvez notando isso, ele sussurrou "Vamos ali dentro?", indicando uma porta fechada. Assenti, muda.

Estávamos num quarto cheio de casacos. Ele fechou a porta e me empurrou contra ela, beijando meu pescoço e enfiando a mão no meu vestido, murmurando: "Você disse que sua babá vai passar a noite lá?".

Assenti, muda.

NÃO TENTE FAZER SEXO ANTES DE ESTAR PREPARADA.

Eu não apenas estava doidona, não apenas estava paranoica, como não transava havia quatro anos e meio e estava completamente apavorada. E se ele achasse que eu era nojenta pelada? E se eu transasse com ele e ele não me ligasse mais? E se eu não lembrasse como é que se fazia?

"Tudo bem?"

NÃO ENTRE NO BANHEIRO E SUMA DURANTE ANOS OU ELE VAI ACHAR QUE VOCÊ USA DROGAS OU TEM PROBLEMAS DE DIGESTÃO.

Assenti, muda, e consegui dizer com esforço: "Vou dar só um pulinho no banheiro".

Ele me olhou de um jeito estranho e sentou na cama.

Quando reapareci, ele ainda estava sentado. Ele se levantou e fechou a porta de novo, começou a beijar meu pescoço de novo e a enfiar a mão no meu vestido de novo.

"Vamos para a minha casa?", ele disse.

Assenti, muda, dizendo com esforço: "Mas...".

NÃO CONFUNDA O CARA.

"Olha, se você não quiser fazer isso..."

"Não, não, não, eu quero, sim. Mas...".

VOCÊ DECIDE QUANDO VAI TRANSAR, NÃO ELE. DECIDA E SEJA CLARA.

"Você disse que a babá ia passar a noite lá."

NÃO PRESSIONE.

"É que faz quatro anos e meio que eu não transo com ninguém."

"QUATRO ANOS E MEIO?? Jesus. Sem pressão."

"Eu sei. É que finalmente conheci alguém de quem gostei."

"O quê??"

NÃO EXPRESSE SUAS VULNERABILIDADES, ESPERE ATÉ QUE ELE CONHEÇA VOCÊ O SUFICIENTE PARA ENTENDÊ-LAS.

"Quer dizer, eu conheci você, mas mal te conheço, e se você não gostar de mim quando eu estiver sem roupa? E talvez eu não consiga lembrar como se faz, e eu sou viúva, e posso achar que estou sendo infiel e começar a chorar e então ter que esperar o telefone tocar e pode ser que você não ligue!"

"E eu? Também conheci alguém de quem gostei."

SEMPRE SEJA CLASSUDA, NUNCA MALUCA.

"Quem?", perguntei, indignada. "Você conheceu outra pessoa nas últimas duas semanas? Quem é ela? Como pôde fazer isso?"

"Eu estava falando de você. Olhe. Pense nisso do ponto de vista do homem. Será que ela quer que eu ligue? Será que ela quer transar comigo?"

"Eu sei, eu sei, eu quero..."

"Legal. Então..." Ele começou a me beijar de novo. Estava tentando me puxar de volta para cama, agora comigo sentada muito desajeitada em cima da coxa dele.

NUNCA FAÇA COM QUE ELE SE SINTA ENCURRALADO.

"Mas", eu disse, sem conseguir me controlar de novo, "se a gente transar, você promete que vai me ligar e me ver de novo, ou quem sabe a gente pode marcar o próximo encontro agora? Aí, não temos que nos preocupar mais com isso."

"Olhe." Por um segundo, juro que ele não conseguiu lembrar meu nome de novo. "Você é uma mulher linda. Só acho que não está preparada para isso. Não quero ser responsável por deixar ninguém mal. Deixe que eu coloco você num táxi agora e, sim, eu vou ligar pra você."

"Tudo bem", eu disse, arrasada, e fui atrás dele, assentindo muda enquanto ele se despedia das pessoas na festa. Ele me colocou num táxi. Eu me virei para acenar e vi que ele estava voltando para a festa.

CRIE LEMBRANÇAS LINDAS.

Vi meu reflexo no espelho do táxi. Meu cabelo estava todo despenteado, eu estava com os mesmos olhos do Alice Cooper com rímel borrado e a mesma expressão insana que tinha no rosto quando o deixei no Stronghold.

23h20 Acabei entrando de fininho em casa para que a Chloe não descobrisse que meu encontro tinha sido um desastre.

DOMINGO, 30 DE SETEMBRO DE 2012

60 kg, 0 minutos passados dormindo, 1 kg perdido por causa de estresse e sofrimento, 245 libras gastas com multas e o guincho do carro.

5h Passei a noite toda acordada. Sou um fracasso, revoltante, velha e péssima com os homens.

8h Acabei de tentar sair de fininho para ir pegar o carro antes que fosse rebocado, mas fui flagrada pela Mabel, pelo Billy e pela Chloe, que estavam subindo da cozinha para ir ao parque.

"Mamãe", disse o Billy, "eu achei que você ia passar a noite fora."

"Então, não foi tão legal?", disse a Chloe, solidária, com uma aparência jovem e perfeita.

O carro tinha mesmo sido rebocado e eu tive que ir até um pátio horrível entre a estrada A40 e a principal ferrovia que vai para Cornwall para pagar mais do que o salário de uma semana da Chloe e liberá-lo. Estou tão triste, a única vez que encontrei alguém de quem gostei acabei estragando tudo. Nunca mais vou encontrar ninguém. Não apenas espanto os homens como sou incompetente. Mas quem sabe ele não manda uma mensagem. Ou me liga?

SEXTA-FEIRA, 5 DE OUTUBRO DE 2012

61,5 kg, 0 telefonemas do Cara-da-jaqueta-de-couro, 0 mensagens do Cara-da-jaqueta-de-couro.

9h15 Ele não ligou nem mandou mensagem.

SEGUNDA-FEIRA, 8 DE OUTUBRO DE 2012

61 kg (definhando e com cara de velha), 0 telefonemas do Cara-da-jaqueta-de-couro, 0 mensagens do Cara-da-jaqueta-de-couro.

7h Ele ainda não ligou nem mandou mensagem. Preciso me jogar de cabeça no trabalho e continuar com o roteiro.

TERÇA-FEIRA, 9 DE OUTUBRO DE 2012

1 mensagem para o Cara-da-jaqueta-de-couro, 0 mensagens do Cara-da-jaqueta-de-couro, 0 palavras escritas no roteiro, 2 regras do namoro violadas.

Ele ainda não ligou nem mandou mensagem.

SE ELE SE AFASTAR, NÃO LUTE CONTRA ISSO. DEIXE A COISA DEGRINGOLAR.

11h De repente eu mando uma mensagem para o Cara-da-jaqueta-de-couro.

COMUNIQUE-SE DE MANEIRA AUTÊNTICA.

2h30 EU: Oi. Obrigada pela festa incrível no sábado passado. Eu me diverti muito.

QUARTA-FEIRA, 10 DE OUTUBRO DE 2012

0 mensagens do Cara-da-jaqueta-de-couro.

Nenhuma resposta.

SEXTA-FEIRA, 19 DE OUTUBRO DE 2012

1 mensagem do Cara-da-jaqueta-de-couro. 0 mensagens do Cara-da-jaqueta-de-couro que me deram alguma esperança. 0 palavras escritas no roteiro.

10h CARA-DA-JAQUETA-DE-COURO: Ei, não se preocupe. Todo mundo já passou por isso.

SÁBADO, 27 DE OUTUBRO DE 2012

Nenhum sinal do Cara-da-jaqueta-de-couro.

DOMINGO, 28 DE OUTUBRO DE 2012

NÃO MANDE MENSAGENS EM HORÁRIOS ESTRANHOS DO DIA OU DA NOITE COMO SE ESTIVESSE PERSEGUINDO O CARA.

5h30 Acho que vou mandar uma mensagem para o Cara-da-jaqueta-de-couro!

Como você está?

Uma alma buscando a outra, pensei, em meio aos restos fumegantes da bagunça tola que havíamos acidentalmente criado, como dois bobinhos que sentem um elo profundo e inquebrável: o Adão do Leonardo da Vinci naquele quadro, se esticando para tocar a ponta do dedo de Deus.

SEXTA-FEIRA, 2 DE NOVEMBRO DE 2012

0 possibilidades de alguma coisa voltar a acontecer com algum macho da minha espécie algum dia.

11h30 Mensagem do Cara-da-jaqueta-de-couro.

Tô ótimo, mas muito enrolado. Vou para Zurique amanhã, talvez fique um tempo por lá. Feliz Natal.

E foi o fim da história.

"Você tem que rir disso", disse a Talitha. "Não permita que ele tome posse da sua autoestima. Ou da sua viabilidade sexual. Ou de qualquer outra coisa."

Mas estava claro que alguma coisa precisava ser feita.

Intensivão sobre namoro

Noite após noite, quando as crianças estavam na cama, eu estudava, como se estivesse fazendo uma matéria na faculdade sobre como me dar bem. As crianças pareceram sentir que havia um grande projeto em desenvolvimento, e o trataram com o respeito apropriado. A Mabel, ao entrar no meu quarto à meia-noite, agarrada à Saliva e dizendo que tinha tido um sonho ruim, sussurrava "Desculpe, mamãe, mas uma folmiga zigante está comendo minha olelha", olhando com reverência por entre o emaranhado de cabelo para as pilhas de volumes épicos que se espalhavam pela cama. Claro que eu ia tuitando conforme eu avançava, o que surpreendentemente elevou meu número de seguidores para 437.

Bibliografia:

Comecei com meu arquivo histórico — os clássicos óbvios de quando eu tinha trinta anos:

Homens são de Marte, mulheres são de Vênus
Encontrando o amor que você quer
Deixe o amor encontrar você
O que os homens querem
O que os homens secretamente querem
O que os homens querem mesmo
O que os homens querem na verdade
Como os homens pensam
O que os homens pensam quando não estão pensando em sexo

Mas, por algum motivo, isso simplesmente não era o suficiente. Entrei na Amazon e havia setenta e cinco páginas de livros de autoajuda sobre namoro.

- *A armadilha dos solteiros: Um guia em dois passos para escapar dela e encontrar um amor duradouro*
- *Os três perfis mais bem-sucedidos da história dos sites de namoro*
- *Quadruplique seus pretendentes*
- *Você precisa dos 5: O guia da mãe solteira para encontrar o amor da sua vida*
- *Faça com que ele implore para namorar você em 6 passos simples*
- *100% amor: 7 passos para encontrar o verdadeiro amor da sua vida de forma científica*
- *Amor sem medo: 8 regras simples que vão mudar seu jeito de namorar, transar e se relacionar*
- *As leis do amor: 9 regras essenciais para se ter uma parceria duradoura e amorosa*
- *10 regras do namoro de* Sex and the City
- *Ímãs de atração: Os 12 melhores assuntos para conversar com alguém que você paquera*
- *As 20 regras do namoro pela internet*
- *As regras do alarme: 50 regras para saber se você deve ficar com ele ou dar um beijo e tchau*
- *As 99 regras do namoro on-line*
- *As novas regras: O que fazer e o que não fazer no namoro na era digital* (dos mesmos autores de *As regras originais*)
- *As velhas regras do namoro* (de autores que não escreveram *As regras originais)*
- *As regras que ninguém sabe*
- *As regras que ninguém diz*
- *As regras espirituais para namorar, se relacionar e transar*
- *Mudando as regras*
- *O amor não tem regras*
- *Quebrando as regras*
- *Namorar, fornicar e romance: Existem regras, quem diria?*
- *As antirregras: Agora que você está com ele, como se livrar dele?*
- *30 dias para se desintoxicar do seu namoro*
- *Zen e a arte de se apaixonar*

- *Os segredos das gueixas*
- *Por que os homens amam as mulheres poderosas*
- *Você é irresistível*
- *Ele não está tão a fim de você*
- *A estratégia*
- *O segundo encontro automático: Tudo o que você precisa dizer e fazer no primeiro encontro para garantir o segundo*
- *Conseguindo um terceiro encontro*
- *A menina dos sonhos dos encontros: O terceiro e além*
- *Chegando no quinto encontro após fazer sexo no quarto*
- *E agora? Ultrapassando a confusão do quinto encontro*
- *Quando Marte e Vênus se chocam*
- *A arte da guerra para o namoro*
- *O guia para sobreviver à pior situação possível: Namoro*
- *Namorando homens mortos*
- *Suicídio romântico*
- *Namorar: Não é complicado*

Talvez pareça confuso, mas na verdade não é! Havia mais consenso do que discordância entre os mestres do namoro. Estudei com afinco, sublinhando os livros e fazendo anotações, procurando pontos em comum como quem estuda as principais religiões e princípios filosóficos do mundo, destilando todas e chegando a um núcleo de princípios essenciais:

AS REGRAS DO NAMORO

- Não mande mensagens quando estiver bêbada.
- Sempre seja classuda, nunca maluca.
- Seja pontual.
- Comunique-se de maneira autêntica.
- Não vá ao lugar errado.
- Não confunda o cara, seja racional, congruente e constante.
- Não fique obcecada nem fantasie.
- Não fique obcecada nem fantasie quando estiver dirigindo.

- Reaja ao que realmente está acontecendo, não ao que você gostaria que estivesse acontecendo.
- No primeiro encontro, aceite a sugestão dele (a não ser que seja ir dançar quadrilha, ver briga de cachorro, só sexo etc.).
- Esteja segura de que ele faz você feliz.
- Tente manter um resquício de objetividade.
- Quando ele vem, recebemos com alegria; quando ele se vai, deixamos que vá.
- Não fique doidona nem bêbada ao ponto da loucura.
- Seja uma deusa sorridente de luz calma.
- Permita que as coisas desabrochem como uma pétala, em seu próprio ritmo — ou seja, não exija que ele marque o terceiro encontro durante uma transa no segundo encontro por causa de um ataque de pânico e insegurança.
- Vista algo sensual, mas que te faça sentir confortável.
- Fique calma, confiante e centrada durante todo o processo — considere meditação, hipnoterapia, psicoterapia, remédios antipsicóticos etc.
- Não seja agressiva demais, mas faça coisas sensuais como acariciar a haste da taça de vinho com a mão, indo para cima e para baixo.
- Não planeje com antecedência quando você vai fazer sexo pela primeira vez.
- Não tente fazer sexo cedo demais.
- Não faça com que ele se sinta encurralado.
- Nunca mencione: ex-namorados, como você está gorda, como você é insegura, problemas, dilemas, dinheiro, celulite, botox, lipo, peelings, lasers, microdermoabrasão ou outros tratamentos de pele, cintas para segurar a barriga, a possibilidade de vocês terem só um carro quando forem casados, a organização das mesas na festa de casamento, babás, casamento/religião (a não ser que você tenha acabado de se dar conta de que ele é um mórmon polígamo — nesse caso, fique bêbada como um gambá e mencione todos os anteriores num jato de tagarelice histérica e

depois vá embora, dizendo que está se sentindo gorda e tem que voltar por causa da babá).

- Crie lembranças lindas.
- Se beber, não mande mensagem de texto.

É claro que esse vasto conhecimento era inteiramente teórico: assim como acontece com um filósofo que fica numa torre de marfim (atenção, numa torre de marfim de verdade, não no site de namoro Torre de Marfim.net), desenvolvendo teorias sobre como a vida deveria ser vivida, porém sem vivê-la.

A única experiência que eu podia usar era aquela com o Cara-da-jaqueta-de-couro. Examinar os erros que cometi com ele a partir da minha nova perspectiva erudita e bem informada permitiu que eu me curasse da sensação de que sou incompetente, nojenta, fracassada e impossível de ser amada, e me deu a esperança de que, mesmo que tudo esteja perdido, se é que algum dia não esteve, com o Cara-da-jaqueta-de-couro, talvez não esteja perdido com todos os outros machos da minha espécie para todo o sempre.

No entanto, havia outra seção — REGRAS PARA ARRUMAR NAMORADOS — que estava completamente vazia.

Chafurdando na tristeza

SEGUNDA-FEIRA, 26 DE NOVEMBRO DE 2012

59,5 kg, 468 seguidores no Twitter impressionados com todo meu conhecimento sobre livros de autoajuda, 0 pretendentes.

12h30 Acabei de voltar da Oxford Street. Tudo ali passou por uma mutação, tomado por uma avalanche de luzes, bolinhas coloridas, vitrines românticas e musiquinhas de Natal que repetem sem parar, dando a sensação de pânico de que o Natal de repente se acelerou e chegou, e eu me esqueci de comprar o peru. O que vou fazer? Não estou preparada para a iminente prova histérica do gosto dos outros, a sensação de precisar fazer tudo o que você já tem que fazer e mais uma camada duas vezes maior de coisas natalinas por cima. E, o que é pior, ver os outros esfregarem a família nuclear perfeita na minha cara, as imagens de todos reunidos em volta da lareira, as emoções trágicas, as inevitáveis lembranças de outros natais, ter que se vestir de Papai Noel sozinha e...

13h A casa parecia escura, vazia e lúgubre. Como é que eu posso continuar a escrever o roteiro me sentindo assim?

13h05 Melhorou, eu estava com meus óculos escuros de grau de novo. Mas ainda não consigo encarar a ideia de montar a árvore e todas as decorações que eu e o Mark compramos juntos e... pelo menos nós vamos no cruzeiro da Casa St. Oswald, vai ser bom...

13h20 Ai, Deus. O que eu vou fazer em relação a isso? Preciso responder para a minha mãe em quatro semanas. As crianças vão se afogar, vai ser impossível, mas, se eu não for, vou ficar sozinha com eles, tentando fazer tudo certo, só que sozinha. Soziiiinhaaaa!

DOMINGO, 2 DE DEZEMBRO DE 2012

21h15 Acabei de ligar para a Jude e explicar o meu drama. "Você tem que tentar encontrar alguém pela internet".

21h30 Fiz uma inscrição gratuita para testar o site EncontrodePaisSolteiros. Segui o conselho da Jude e diminuí um pouco a minha idade, pois, como ela diz, ninguém vai querer nem olhar o perfil de alguém com mais de cinquenta anos — mas a Talitha não pode saber que isso sequer tenha passado pela minha cabeça. Ainda não coloquei uma foto no perfil nem nada.

21h45 Uuh, recebi uma mensagem! Uma mensagem! Já! Tá vendo, tem SIM gente no mundo que...

Ah. É de um homem de quarenta e nove anos que chama "5xpornoite".

Bom, isso é... é...

Acabei de clicar na mensagem: Oi, gostosa! lol

Acabei de clicar na foto. É de um homem todo tatuado, gordinho, com um vestido de couro preto e uma peruca loira.

Mark, por favor me ajude. Mark.

21h50 Vamos lá, vamos lá. Força na Peruca. Eu preciso, PRECISO superar isso. PRECISO parar de pensar "Ah, se o Mark estivesse aqui". Preciso parar de pensar na maneira como ele costumava dormir com o braço em cima do meu ombro, como se estivesse me protegendo, na intimidade física, no cheiro da axila, na curva do músculo, na barba por fazer. Na maneira como eu me sentia quando ele atendia o telefone e era alguma coisa de trabalho e ele entrava no modo homem ocupado e importante, e aí me olhava no meio do telefonema com aqueles olhos castanhos sensuais, mas vulneráveis. Ou no Billy falando "quebla-cabeça?" e o Mark e o Billy passando horas montando quebra-cabeças incrivelmente complicados porque os dois são tão inteligentes. Não posso continuar tingindo de tristeza cada coisa boa que acontece com as crianças. A Saliva sendo escolhida para fazer o papel do menino Jesus na primeira peça de Natal da Mabel (a Mabel foi uma galinha), a primeira apresentação de gente grande do Billy no coral. O Billy e a Mabel comprando a máquina Nespresso que eu queria (com a ajuda da Chloe) de "surpresa" para o Natal e a Mabel me contando antes da hora num sussurro furtivo. Não posso passar outro Natal assim. Não posso passar outro ano assim. Não posso continuar desse jeito.

22h Acabei de ligar para o Tom. "Bridget, você tem que sentir essa perda. Você não fez isso direito. Escreva uma carta para o Mark. Chafurde. Cha-fur-de."

22h15 Acabei de ir lá para cima. Encontrei o Billy e a Mabel enroscadinhos no beliche de cima. Subi a escadinha meio desengonçada e deitei ao lado deles. O Billy acordou e disse: "Mamãe?".

"Oi", sussurrei.

"Cadê o papai?" Sentindo minhas entranhas se contorcendo de dor pelo Billy. Eu o puxei para perto de mim, aterrorizada. Por que estávamos nos sentindo assim hoje?

"Eu não sei", comecei a dizer. "Mas..." O Billy tinha voltado a dormir. Fiquei espremida na cama de cima, apertando eles bem forte.

23h Agora estou às lágrimas, sentada no chão e cercada por recortes e fotografias. Não quero saber do que a minha mãe disse, vou chafurdar mesmo.

23h15 Acabei de abrir a caixa de notícias recortadas e tirar uma de dentro.

Mark Darcy, advogado de direitos humanos, foi morto na região de Darfur, no Sudão, quando o veículo blindado no qual estava passou sobre uma mina terrestre. Darcy, uma autoridade mundialmente reconhecida em litígio internacional e resolução de conflitos, e Anton Daviniere, representante suíço do Conselho de Direitos Humanos da ONU, morreram no incidente, de acordo com a Reuters.

Mark Darcy era um dos expoentes mundiais em representação de vítimas, resolução de crises internacionais e justiça transicional. Ele era chamado regularmente por organizações internacionais, governos, grupos de oposição e figuras públicas para dar seu parecer sobre uma grande gama de questões e era um dos principais apoiadores da Anistia Internacional. Sua intervenção, pouco antes de morrer, garantiu a libertação dos voluntários britânicos Ian Thompson e Steve Young, que eram reféns do regime rebelde havia sete meses, e cuja execução acreditava-se iminente.

Inúmeros pêsames foram expressos por chefes de Estado, agências humanitárias e personalidades.

Ele deixa uma viúva, Bridget, um filho de dois anos, William, e uma filha de três meses de idade, Mabel.

23h45 Estou soluçando agora. A caixa, os recortes e as fotos caíram no chão, e as lembranças estão me sugando.

Querido Mark,

Sinto tantas saudades de você. Te amo tanto.

Ai, meu Deus, isso parece tão clichê. É como quando você tenta escrever uma carta para alguém que está de luto. "Sinto muito pela sua perda." Mesmo assim, quando as pessoas escreveram para mim depois que você morreu, fiquei feliz, ainda que elas não soubessem o que dizer e se atrapalhassem.

Mas a questão, Mark, é que eu não consigo fazer isso sozi-

nha. Não consigo mesmo. Sei que tenho as crianças, e os meus amigos, e estou escrevendo As folhas no cabelo dele, *mas estou muito sozinha sem você. Preciso de você para me confortar, para me aconselhar, como a gente falou no nosso casamento. Para me abraçar. Para me dizer o que fazer quando me perco. Para me dizer que sou uma pessoa boa quando acho que sou uma droga. Para fechar meu zíper. Para abrir meu zíper... ai, Deus, a primeira vez que você me beijou e eu disse "Caras bonzinhos não beijam assim", e você disse "Beijam, sim, porra". Sinto tantas saudades de você, e sinto uma puta saudade de transar com você.*

E eu queria que a nossa vida... não suporto saber que você não está vendo os dois crescerem.

preciso seguir em frente e fazer o melhor que eu posso. A vida não acontece do jeito que todo mundo quer, e eu tenho muita sorte de ter o Billy e a Mabel e de você ter se certificado de que a gente ia ficar bem com a casa e todo o resto. Eu sei que você teve que ir para o Sudão, sei o quanto trabalhou para tirar os reféns dali, sei que fez tudo para ter certeza de que seria seguro. Você não teria ido se tivesse achado que havia algum risco. Não foi culpa sua.

Queria que a gente pudesse fazer isso juntos e compartilhar todos os pequenos momentos. Como o Billy vai entender o que é ser um homem sem o pai dele? E a Mabel? Eles não têm um pai. Eles não conhecem você. E a gente podia ter passado o Natal juntos em casa, se ao menos... pare com isso. Nunca diga "poderia", "deveria" ou "se ao menos?".

Desculpe por ser uma mãe tão ruim. Por favor, me perdoe. Desculpe se passei quatro semanas estudando livros sobre namoro e criando uma versão falsa de mim na internet, disponível para um homem de vestidinho de couro, e por me chatear com qualquer coisa que não seja não ter mais você. Eu te amo.

Beijos,

Bridget

23h46 Acabei de ouvir um barulho surdo. Um deles levantou da cama.

Meia-noite A Mabel havia descido do beliche e só se via a silhueta dela, em pé, de pijaminha, contra a janela. Fui me ajoelhar ao lado dela.

"Olha a Lua", ela disse. A Mabel se virou para mim solenemente e segredou: "Ela tá me seguindo".

A Lua pairava, cheia e branca, sobre nosso jardinzinho. Comecei a dizer "Bom, Mabel, a questão é que a Lua...".

"E", ela interrompeu, "aquela coluja."

Olhei para o ponto que ela estava indicando. Lá, no muro do jardim, estava uma coruja, branca à luz do luar, olhando fixamente para nós, sem piscar. Eu nunca tinha visto uma coruja antes. Achei que estavam extintas, ou que só existiam em zoológicos ou no campo.

"Feche a coltina", disse a Mabel, e começou a fechar a cortina de um jeito mandão e deliberado. "Não se pleocupe. Elas estão nos plotegendo."

A Mabel subiu no beliche de cima. "Fale o velsinho da plincesa bebê."

Ainda assustada com a coruja, segurei a mão dela e disse o versinho de ninar que o Mark inventou assim que ela nasceu:

"A princesa bebê é doce e bonita, gentil e linda, boa e bela. E, onde quer que ela vá, e o que quer que faça, a mamãe e o papai sempre vão amá-la. Só porque ela é linda e porque é..."

"A Mabel!", ela concluiu.

"E os pensamentos", disse o Billy, sonolento.

Eu podia ouvir a voz de Mark enquanto sussurrava. "Todos os pensamentos estão indo embora. Assim como os passarinhos que vão para o ninho e os coelhinhos que entram na toca. Os pensamentos não precisam do Billy e da Mabel esta noite. O mundo vai girar sem eles. A Lua vai brilhar sem eles. E o Billy e a Mabel só precisam descansar e dormir. E o Billy e a Mabel só precisam..."

Os dois estavam dormindo. Abri a cortina para ver se a coruja estava mesmo lá. Ela ainda estava ali, me fitando sem piscar. Fiquei olhando-a por um longo tempo e fechei a cortina.

Natal

SEXTA-FEIRA, 7 DE DEZEMBRO DE 2012

602 seguidores no Twitter (passei dos 600), 5 palavras escritas no roteiro (melhor, embora todas sejam ruins), 1 convite para o Natal (quando o dia começou), 10 convites para o Natal (quando o dia acabou), 0 ideias sobre o que fazer com a súbita abundância de convites para ir a lugares em sua maioria não adequados para crianças pequenas.

9h15 Muito bem, resoluções de Natal.

EU VOU

- Parar de me sentir triste e de pensar em homens ou tentar viver através deles, e só pensar nas crianças e no Natal.
- Fazer um Natal bem natalino e um novo começo.
- Deixar tudo bem natalino e curtir o Natal.
- Não ter medo de não ter um Natal bem natalino e legal.
- Ser mais budista em relação ao Natal. Embora seja um feriado cristão e, por sua própria natureza, não budista.

EU NÃO VOU

- Comprar pilhas de porcarias de plástico na Amazon que são impossíveis de abrir em suas embalagens a vácuo, com doze arames prendendo cada peça ao fundo de papelão. Em vez disso, vou encorajar o Billy e a Mabel a escolher um ou dois presentes significativos cada um para ganharem do Papai Noel. Talvez feitos de madeira.
- Ir no cruzeiro de Natal da Casa St. Oswald, e sim tomar providências para fazer um Natal bem natalino.

15h15 Muito bem! Providências! Acabei de mandar um e-mail para praticamente todo o mundo que eu conheço: a Magda, a Talitha, o Tom, a Jude, os pais do Mark e diversas das mães da escola perguntando "O que vocês vão fazer no Natal?".

16h30 Voltei com as crianças da escola e estava organizando todo mundo quando Rebecca, a vizinha, tocou a campainha. Ela estava usando uma bermuda xadrez, um blusa decotada e cheia de babados, um cinto de couro pesado com correntes e tachinhas e, no cabelo, um passarinho no ninho que eu reconheci da vitrine de Natal da loja de móveis Graham and Green.

"Olá. Vocês querem ir lá para casa?"

Todos ficamos loucos de excitação! Finalmente! Marchamos escada abaixo para a cozinha da Rebecca, que parece a de *Downton Abbey*: chão de madeira escura, teto com vigas enormes, uma velha mesa de madeira parecida com aquelas que havia nas escolas, fotos, chapéus, quadros, uma imensa estátua de um urso e velhas portas de vidro que se abriam para um mundo secreto de aleias calçadas com tijolinhos, um jardim de grama comprida como nos campos, uma estátua de uma vaca com uma coroa na cabeça em tamanho real, uma placa de motel dizendo "Temos quartos" e velas penduradas nas árvores.

Passamos um fim de tarde ótimo, sentadas na mesa da cozinha bebendo vinho e enfiando pedaços de pizza na boca das crianças enquanto as meninas colocavam vestidos de boneca e lenços no gato da Rebecca e os meninos tinham ataques quando a gente pedia que largassem o video game.

"É normal ter medo demais do próprio filho para pedir para ele se acalmar?", disse a Rebecca, olhando distraída para eles. "Ah, saco. PARE DE JOGAR A DROGA DO VIDEO GAME!"

Não existe nada mais legal que uma amiga que insiste que os filhos dela se comportam pior que os seus.

Expliquei minha teoria de que criar filhos seria melhor se fôssemos uma grande família italiana jantando sob uma árvore enquanto as crianças brincam. Ela serviu mais vinho e explicou sua teoria sobre educar crianças, que é: você deve se comportar da pior maneira possível para que eles se rebelem contra você e acabem que nem a Saffron do *Absolutely Fabulous*. Fizemos planos de jantar juntas e ir a lugares aonde jamais iremos, como pegar uma balsa para conhecer as ilhas gregas com uma espécie de passagem apenas para balsas, e com todo mundo — incluindo as crianças — levando *apenas* uma escova de dentes, uma roupa de banho e um sarongue soltinho.

Finalmente, quando estávamos prestes a ir embora, às nove da noite, a Rebecca disse: "O que vocês vão fazer no Natal?".

"Nada!"

"Passem com a gente!"

"Claro!", eu disse, num impulso.

22h Aargh! Acabei de olhar meu e-mail. Deixei meus amigos e conhecidos megaculpados e passei de não ter nada para fazer no Natal para diversas sugestões impossíveis. Temos as seguintes possibilidades:

Tom: levar as crianças ao Mercado de Natal das Drag Queens em Berlim.

Jude: levar as crianças para a casa da mãe dela, que é uma minúscula casinha num conjunto habitacional na parte perigosa de Nottingham de onde ela se recusa a sair (não pergunte) e ir caçar pássaros com o pai da Jude (isso mesmo) e seus amigos no norte da Escócia.

Talitha: levar as crianças para passar o Natal com, como ela disse, "um grupo indefinido de lavadores de dinheiro russos num barco cheio de vodca no Mar Negro".

O almirante Darcy e Elaine: cancelar o Natal em Barbados e passá-lo com as crianças estragando as coleções de louça dos Darcy e procurando por uma conexão de internet em todos os cantos de sua imaculada casa estilo rainha Anne em Grafton Underwood.

Daniel: passar um fim de semana romântico numa cidade

europeia a ser escolhida, num quarto com ele e uma mulher chamada Helgada.

A mãe do amigo do Billy, Jeremiah: comemorar o Chanucá com o Jeremiah e o pai, o avó, quatro tias, dezessete primos e o rabino em Golders Green, embora eles pretendam passar bastante tempo na sinagoga.

A mãe da Cosmata: ver os filhos mais velhos dela tocando Wagner em Berlim.

Mamãe e Una: o cruzeiro de Natal para pessoas com mais de cinquenta anos da Casa St. Oswald.

Bom, talvez o Billy e a Mabel gostem do Mercado de Natal das Drag Queens.

Ai, Deus, ai, Deus. Eu mal fiquei amiga da Rebecca direito e já estou me saindo uma furona.

22h15 Acabei de ligar para a Magda.

"Venha passar com a gente", ela disse com firmeza. "Você não pode fazer nenhuma dessas coisas com crianças, nem ficar em casa com uma vizinha que acabou de conhecer... Venha com a gente para Gloucestershire. Eu chamo o casal da fazenda ao lado — eles têm filhos da mesma idade que os seus e criança não precisa de mais nada. Além do mais, não tem nada para quebrar e a gente ainda tem os video games. Deixe os outros para lá. Responda logo dizendo que encontrou um lugar perfeito e que vai ser bom para as crianças. Diga à sua mãe que vocês vão ter um Natal especial na Casa St. Oswald quando vocês voltarem. Vai ser ótimo."

SEGUNDA-FEIRA, 31 DE DEZEMBRO DE 2012

O Natal foi ótimo. Minha mãe ficou perfeitamente satisfeita com a ideia de um Natal pós-Natal e se divertiu muito no cruzeiro, me ligando e tagarelando sobre o "Pôle", o chefe confeiteiro do navio, e um homem que deitava na cama de todo mundo. A Rebecca achou que a história de eu ter um monte de compromissos no mesmo dia era hilária e disse que nós três definitivamente devíamos ir ao Mercado das Drag Queens ou ao barco dos lavadores de dinheiro e que, se não fizéssemos isso, ela estaria disponível para beber vinho e comer comida queimada conosco.

E a véspera de Natal e o Natal em si, que passamos na casa da Magda e do Jeremy, foram muito agradáveis. A Magda fez tudo comigo na véspera, enchendo as meias penduradas na lareira e me ajudando a embrulhar a pilha gigantesca de porcarias de plástico que o Papai Noel, é claro, acabou pedindo na Amazon e colocando embaixo da árvore. E não ficou tentando me fazer não ficar triste. Eu realmente acho que o Billy e a Mabel adoraram. O Billy não se lembra de como era o Natal com o Mark e a Mabel nunca passou nenhum — o Billy só passou dois com ele, e era tão pequenininho... E o resto do tempo nós passamos na casa da Rebecca, atravessando a rua com panelas cheias de comida queimada, reclamando dos jogos de computador, e ela e os filhos passaram um tempão na nossa casa, e no ano que vem vai ser tudo muito melhor!

PARTE 2

Louca pelo garoto

Um novo começo! Uma nova mulher!

TERÇA-FEIRA, 1º DE JANEIRO DE 2013

636 seguidores no Twitter, 1 resolução feita sobre não fazer resoluções, 0 resoluções cumpridas, 3 resoluções tomadas.

21h15 Tomei uma decisão. Vou mudar completamente. Este ano, não vou fazer nenhuma resolução de Ano-Novo, vou me concentrar em ser grata por ser como sou. Resoluções de Ano-Novo implicam expressar insatisfação com o status quo em vez de gratidão budista.

21h20 Na verdade, talvez eu faça algumas minirresoluções, mais ou menos como o miniguarda-roupa que em breve vou ter.

EU VOU

- Me concentrar em ser mãe em vez de pensar em homens.
- Colocar as Regras do Namoro em prática e ser uma namoradora exemplar, se por um acaso improvável esbarrar com algum homem atraente.
- Ah, dane-se. Encontrar alguém maravilhoso para transar, que seja legal, faça eu me sentir linda (e não uma merda), e fazer sexo com ele.

Mãe perfeita

SÁBADO, 5 DE JANEIRO DE 2013

9h15 Muito bem! Cuidar de duas crianças vai ser fácil já que eu li *Um, dois, três dos pais mais calmos*, que ensina que tudo depende de simplesmente dar dois avisos e uma consequência, e também *Crianças francesas não fazem manha*, que explica que as crianças francesas funcionam dentro de um *cadre*, que é um pouco como na escola, com um círculo interno estruturado onde elas sabem quais são as regras (e se não cumprirem você simplesmente faz como manda o *Um, dois, três dos pais mais calmos*) e, quando você está fora dele, não precisa se preocupar muito e pode usar roupas francesas elegantes e fazer sexo.

11h30 A manhã toda foi perfeitamente maravilhosa. Comecei o dia com nós três na minha cama, enroscadinhos. Depois, tomamos café. Então brincamos de esconde-esconde. Aí, ficamos desenhando e colorindo as plantas e os zumbis do jogo *Plants vs. Zombies*. Tá vendo?! É fácil! Você só precisa se dedicar completamente aos filhos e ter um *cadre* e, e...

11h31 Billy: "Mamãe, joga futebol comigo?".

11h32 Mabel: "Nãaoo! Mamãe, você me levanta e me gila?".

11h40 Tinha acabado de escapulir para o banheiro e sentado na privada quando os dois gritaram "Mamãe!" simultaneamente.

"Eu tô no BANHEIRO!", gritei. "Esperem um minuto."

Eles começaram a gritar.

"Muito bem!", eu disse com animação, me controlando e saindo do banheiro. "Vamos sair de casa!"

"Não quero sair de casa."
"Quero usar o computadoorrrrrr."
As duas crianças desataram a chorar.

11h45 Voltei para o banheiro, mordi minha mão com força, sussurrei com raiva "Odeio tudo, tudo é completamente intolerável, eu me odeio, sou uma droga de mãe", rasguei um pedaço de papel higiênico com furor inútil e, na falta de um gesto mais impressionante, atirei-o na privada. Dei uma ajeitada na aparência e saí de novo, sorrindo alegremente. Nesse ponto, vi muito bem a Mabel andar até onde estava o Billy, bater na cabeça dele com a Saliva e se sentar com um ar inocente para brincar com seus coelhinhos enquanto ele desatava a chorar de novo.

11h50 Meu DEUS. Eu queria muito, MUITO viajar no fim de semana com alguém e transar.

11h51 Voltei para o banheiro, coloquei a toalha em cima do rosto e murmurei vergonhosamente dentro dela "CALEM A BOCA todos vocês!".

A porta abriu com força. A Mabel me olhou com uma expressão espantada e solene. "O Billy está me cansando", disse, e depois voltou correndo para a sala gritando: "A mamãe tá comendo uma toalha!".

O Billy veio a toda, sorrindo ansiosamente, mas de repente se lembrou: "A Mabel me bateu com a Saliva".

"Não bati."

"Bateu."

"Mabel, eu vi você batendo no Billy com a Saliva", eu disse, entrando na conversa.

A Mabel me encarou com o cenho franzido e então disse, descontrolada: "Ele me bateu com um... com uma MALTELO!".

"Não bati", gemeu o Billy. "A gente nem tem um martelo."

"Temos, sim!", eu disse indignada.

Os dois desataram a chorar de novo.

"Não pode bater", eu disse, desesperada. "Não pode bater. Vou contar até... até... Bater não é legal."

Que expressão ridícula: "Não é legal". Parece que sou preguiçosa ou passiva-agressiva demais para definir o que bater é (muito ruim, chato pra cacete etc.), então bater simplesmente tem que se contentar em ser excluído de uma imensa generalização do que "é legal".

A Mabel, sem se importar com o que é ou não legal, pegou um garfo na mesa, enfiou no Billy e depois correu e se escondeu atrás da cortina. "Mabel, essa foi a primeira bola fora", eu disse. "Dê esse garfo aqui."

"Sim, mestle", ela disse, atirando o garfo no chão e correndo para a gaveta para pegar mais um.

"Mabel!", eu disse. "Essa foi a SEGUNDA...!"

Entrei em pânico, pensando o que eu ia fazer quando chegasse na terceira.

"Vamos ao parque", eu disse alegremente, decidindo que não estava na hora de atacar essa questão de bater.

"Nãããooo! Eu quero jogar *Wizard 101*."

"Não vou entlar no calo! Quelo ver o *Bob Esponja*!"

De repente, fiquei completamente indignada ao perceber quão errados estavam os valores das crianças: tudo por causa dos desenhos animados, jogos de computador americanos e da cultura do consumo em geral. Tive uma súbita lembrança da minha própria infância e vontade de inspirar e ensinar com a canção das escoteiras.

"Há tendas brancas na montanha e a bandeira a voaaaar!", cantei.

"Mamãe", disse o Billy, com uma severidade estilo Mark.

"Há tendas brancas na montanha e é lá que eu quero estar", insisti. "Façam as malas, meninas, em forma, para uma vida de saúde e alegria!"

"Pale!", disse a Mabel.

"Vamos, vamos acampar e barracas montar!"

"Mamãe, pare!", disse o Billy.

"Acampar!", finalizei com um gesto largo.

Olhei para baixo e vi os dois me olhando nervosos, como se eu fosse um zumbi do *Plants vs. Zombies.*

"Posso ir para o computador?", perguntou o Billy.

De forma calma e deliberada, abri a geladeira e peguei o enorme estoque de chocolate que havia na prateleira de cima.

"Chocolate!", eu disse, dançando com os bombons numa tentativa de imitar uma animadora de festa infantil encarnando uma fada. "Sigam a trilha de bombons e vejam aonde ela vai!! Duas trilhas", acrescentei, para impedir qualquer conflito, fazendo duas trilhas de chocolate exatamente iguais que subiam a escada e seguiam para a porta da frente, ignorando o fato de que talvez houvesse traços de cocô de cachorro no carpete.

Os dois subiram a escada obedientemente atrás de mim, enfiando os bombons, que sem dúvida estavam sujos de cocô de cachorro, na boca.

A caminho do carro, pensei no que devia fazer em relação à questão de bater. Havia ficado claro que, de acordo com o *Crianças francesas não fazem manha,* isso estava fora do *cadre* (mas, para falar a verdade, fazer uma trilha de bombons para que eles saíssem da casa também) e, de acordo com *Um, dois, três dos pais mais calmos,* deve haver uma política estilo hecatombe nuclear, tolerância zero, Donald Rumsfeld.

"Mabel?", eu disse, preparando o terreno conforme a gente seguia no carro.

Silêncio.

"Billy?"

Silêncio.

"Alô, aalô, Mabel e Billy?"

Os dois pareciam estar numa espécie de transe. Por que isso não tinha acontecido dentro de casa, para eu poder me sentar um minuto e ler o suplemento de moda do *Sunday Times* da semana passada enquanto fingia que lia as notícias?

Decidi simplesmente deixar o transe rolar: seguir com o fluxo e aproveitar ao máximo qualquer momento de calma para organizar as ideias. Foi bem legal dirigir, o sol estava brilhando, as pessoas estavam na rua, os namorados se abraçavam e...

"Mamãe?"

Rá! Agarrei aquela oportunidade, adotando um tom de estadista ao estilo Obama. "Sim, muito bem. Tenho algo a dizer. Billy e, em especial, Mabel: bater não é permitido na nossa família. E eu digo isso a vocês: todos os dias em que uma pessoa não bater, nem enfiar um garfo em ninguém, ela ganha uma estrela dourada. E digo a vocês: toda vez que uma pessoa bater, ela ganha um pontinho preto. E digo a vocês, como uma pessoa não violenta e como mãe de vocês: qualquer pessoa que tiver ganhado cinco estrelas douradas até o fim de uma semana vai ganhar um pequeno prêmio de sua escolha."

"Um coelhinho?", perguntou a Mabel, excitada. "Uma família de fodas?"

"Isso, uma família de focas", eu disse.

"Ela não disse foca. Disse quase um palavrão. Posso ganhar coroas no *Wizard 101*?"

"Pode."

"Espere. Quanto custa uma família de focas? Posso ganhar o mesmo valor em coroas?" Mark Darcy, grande negociador, renascido numa criança. "Quanto dinheiro a Mabel perde por dizer um palavrão?"

"Eu não disse um palavlão."

"Disse, sim."

"Não disse. Disse FODA."

"Quantas coroas do *Wizard 101* a Mabel perde por ter dito palavrão de novo?"

"Chegamos no parque, legal!", falei animadamente, entrando no estacionamento.

Impressionante como tudo se acalma quando a gente está ao ar livre, sob um céu azul e um sol de inverno. Indo na direção das árvores, de olho enquanto o Billy e a Mabel ficam pendurados de cabeça para baixo, imóveis, nos galhos que, para nossa conveniência, são largos e baixos. Pareciam lêmures.

Durante um breve segundo, me peguei desejando que eles *fossem* lêmures.

13h De repente, senti uma vontade enorme de ver quantos seguidores eu tinha no Twitter e peguei meu iPhone para dar uma olhada.

13h01 "Mamãaee! A Mabel ficou presa na árvore!"

Olhei, horrorizada. Ai, meu Deus. Como é que eles subiram até lá em trinta segundos se logo antes estavam pendurados quietinhos de cabeça para baixo? A Mabel agora estava lá em cima, agarrada ao tronco não como um lêmure, mas como um coala, e deslizando para baixo de forma alarmante.

"Esperem, eu já vou."

Tirei minha parca e me pendurei desajeitadamente na árvore, me colocando embaixo da Mabel e pondo a mão com firmeza sob a bunda dela, lamentando estar usando uma calça jeans de cintura tão baixa e uma calcinha tão cavada.

"Mamãe, eu também não consigo descer", disse o Billy, que estava agachado e se balançava num galho à minha direita como um pássaro vacilante.

"Hum", eu disse. "Espere."

Apoiei todo o meu peso contra a árvore, colocando um dos pés num galho um pouco mais baixo para me erguer até onde estava o Billy e coloquei a mão na cintura dele enquanto mantinha a outra embaixo da bunda da Mabel, ao mesmo tempo que senti a calça de cintura baixa descobrindo a minha. "Todo mundo calmo! Segurem bem e..."

Nenhum de nós três podia se mexer. O que eu ia fazer?

Será que a gente ia ficar nessa árvore para sempre, que nem um trio de lagartos?

"Tudo bem aí em cima?"

"É o sr. Waleque", disse a Mabel.

Espiei toda desengonçada por cima do ombro.

Era mesmo o sr. Wallaker, correndo de calça de moletom e camiseta cinza, parecia que estava numa maratona.

"Tudo bem?", ele perguntou, parando bem embaixo de nós. O sr. Wallaker era extraordinariamente musculoso para um professor, mas estava nos olhando com aquela expressão desagradável e cheia de desprezo de sempre.

"Sim, não, tá tudo ótimo!", trinei. "A gente só está subindo na árvore!"

"Sim, estou vendo."

Ótimo, pensei. Agora ele vai contar para todo mundo na escola que sou uma mãe completamente irresponsável que deixa os filhos subirem em árvores. Meu jeans estava escorregando abaixo da minha bunda e a parte de cima da minha calcinha cavada de renda preta estava bem à mostra.

"Bom. Muito bem então. Vou indo. Tchau!"

"Tchau!", eu disse alegremente por cima do ombro, mas então mudei de ideia. "Hum... sr. Wallaker?"

"Siiimmm?"

"Será que o senhor poderia...?"

"Billy", disse o sr.Wallaker. "Solte sua mãe, agarre o galho e depois sente nele."

Tirei meu braço que segurava o Billy e abracei a Mabel pelas costas.

"Muito bem. Atenção. Olhe para mim. Quando contar até três, quero que você faça o que eu mandar."

"Tá!", disse o Billy alegremente.

"Um... dois...pule!"

Eu me inclinei para trás e quase gritei quando o Billy pulou da árvore. O que o sr. Wallaker estava fazendo?

"Eeeeeeeeee... role!"

O Billy aterrissou, deu uma estranha cambalhota estilo militar e ficou de pé com um sorriso radiante.

"Agora, sra. Darcy, se me dá licença..." O sr. Wallaker se alçou até os galhos mais baixos. "Eu vou pegar...." Em mim? Na minha calcinha? "... a Mabel", ele disse, esticando os braços e colocando as mãos grandes em volta do corpinho dela. "Aí a senhora se desenrosca e pula."

Tentando ignorar o exasperante frisson causado pelo cheiro e a proximidade do maldito sr. Wallaker, fiz o que ele disse e pulei no chão, tentando puxar o jeans para cima. Ele pegou a Mabel com um gesto másculo, apoiou-a sobre o ombro, desceu da árvore e colocou-a na grama.

"Eu disse foda", contou a Mabel, olhando para ele com gravidade.

"Eu quase disse também", disse o sr. Wallaker. "Mas estamos todos bem agora, não estamos?"

"Quer jogar futebol comigo?", pediu o Billy.

"Sinto muito, mas tenho que ir para casa", ele disse. "Para ver, é... a família. De agora em diante evitem os galhos mais altos."

Ele voltou a correr, jogando os braços para cima e para baixo com as palmas estendidas. Quem pensava que era?

De repente, gritei para ele: "Sr. Wallaker?".

Ele se virou. Fiquei sem saber o que tinha pensado em dizer. Pensando freneticamente, gritei "Obrigada!". E então acrescentei, sei lá por quê: "Quer me seguir no Twitter?".

"De jeito nenhum", ele disse com indiferença, e começou a correr de novo.

Humpf. Ele é um chato rabugento. Apesar de ter nos ajudado a descer da árvore.

Uma agulha num monte de tuítes

SÁBADO, 5 DE JANEIRO DE 2013 (CONTINUAÇÃO)

652 seguidores no Twitter, 1 seguidor no Twitter de quem eu talvez goste.

16h A história toda com o sr. Wallaker, a árvore, isso de "tenho que ir encontrar minha mulher e as crianças", fez com que eu me sentisse uma aberração, achando que o resto do mundo tem uma família nuclear que passa as tardes de sábado junta enquanto o Pai joga pingue-pongue com o filho e a Mãe faz compras e vai à manicure com a filha vestida de maneira impecável. Aah, campainha!

21h Era a Rebecca! Passamos um fim de tarde ótimo sentadas à mesa da cozinha enquanto as crianças corriam de um lado para o outro. Ainda estava me sentindo um pouco anormal, já que ela tem um marido, ou, pelo menos, um "companheiro", porque eles não são casados. Ele é alto e bonito, embora muitas vezes esteja com cara de acabado, sempre se vista de preto e seja músico. Contei à Rebecca sobre a paranoia de que o-resto-do-mundo-tem-família-nuclear, da qual ela desdenhou.

"Família nuclear? Eu vejo o Jake uma vez por mês, quando muito. Ele está sempre tocando em algum lugar ou em turnê e, quando aparece, frequentemente é como ter um adolescente maconheiro dentro de casa."

Daí voltamos para casa e assistimos a *Britain's Got Talent* enquanto eu fazia pipoca no micro-ondas. Agora as crianças estão dormindo. O Billy e o Finn estão na casa da Rebecca e a Mabel e a Oleander estão aqui.

DOMINGO, 6 DE JANEIRO DE 2013

469 seguidores no Twitter (vontade de mandar um tuíte para os que deixaram de me seguir dizendo "Por quê? Por quê?").

20h Outro dia delicioso com a Rebecca e as crianças. Outra noite deliciosa. Eu, a Mabel e o Billy ficamos na minha cama assistindo aos resultados de *Britain's Got Talent* enquanto eu olhava o Twitter no meu iPhone e escrevia comentários inteligentíssimos sobre o programa para os meus seguidores (227), tais como:

@JonesinhaBJ. Óóó. #Chevaune mto emocionante, um ahazo!

20h15 Uuh. Uma resposta ao meu comentário de alguém chamado @_Roxster!

@_Roxster @JonesinhaBJ #Chevaune "Um ahazo"? Estou chorando e vomitando ao mesmo tempo.

"Mamãe", o Billy disse.

"Hummm?", respondi, sem prestar muita atenção.

"Por que você tá sorrindo desse jeito?"

Se beber, não tuíte

QUINTA-FEIRA, 10 DE JANEIRO DE 2013

652 seguidores no Twitter, 1 seguidor no Twitter que voltou, 2 novos seguidores no Twitter, nem quero pensar em quantas unidades alcoólicas (mas, digo com a voz trêmula, será que não mereço um pouco de felicidade?).

21h30 A Chloe vai dormir aqui de novo depois da noitada com o Graham em Camden. É gostoso me acomodar no fim do dia para me atualizar sobre as notícias do momento com o Twitter, tomando uma ou duas merecidas taças de vinho branco.

22h Uau! História fantástica: "Lasanha tem 100% de carne de cavalo".

22h25 Hehe. Acabei de postar no Twitter.

@JonesinhaBJ Cuidado: Descobriram que os nuggets de peixe têm 90% de carne de cavalo-marinho.

É certeza que vou ser retuitada e ganhar mais seguidores, igual ao tuíte sobre o robô de spam!

Talvez eu tome mais uma taça de vinho. Afinal, a Chloe está aqui, então tudo bem.

Amo que o tom do meu feed no Twitter seja tão delicioso e simpático. Não é como o de algumas pessoas, que ficam se detonando. De verdade, é como voltar ao tempo do Robin Hood com tantas disputinhas e, ah...

22h30 Todo mundo está me detonando. E o meu tuíte também.

@SorrisoLuminoso @JonesinhaBJ Você acha que essa piada

é nova? Não lê nada além do seu próprio Twitter? É obcecada por si mesma ou o quê?

Agora eu realmente preciso de outra taça de vinho.

22h45 Certo, vou responder o tuíte de @Sorriso sei lá o que e detoná-lo. Então as pessoas não têm mais direito de fazer a piada que quiserem?

23h

@JonesinhaBJ @SorrisoLuminoso Se você continuar sendo maldosa, vou parar de seguir você.

23h01

@JonesinhaBJ @SorrisoLuminoso Só estou no Twitter para espalhar alegria & pensamento positivo. Como um passarinho.

23h07

@JonesinhaBJ "Eles não trabalham, mas também não tuitam." Hum. Não, tuitam sim. O símbolo do Twitter é um passarinho.

23h08

@JonesinhaBJ Bom, eles que se f****. Passarinhos idiotas, voando por aí e tuitando sem parar. Ah, olhe só pra mim! Sou um passarinho!

23h15

@JonesinhaBJ Detesto passarinhos. Que nem *Os pássaros!* Eles COMEM GENTE.

23h16

@JonesinhaBJ Arrancam os olhos de pessoas com penteados dos anos 60. Malditos pássaros.

23h30

@JonesinhaBJ Aargh! 85 seguidores se foram. Pir quê? O que ela tem qeu não tenho? Volte!m

@JonesinhaBJ Nãão! Seguidores indo pelo ralo.

@JonesinhaBJ Nãããão! Odeio passarino OdeioTwitter Odeio seguidors que vao peloralo. E vou dprmir!

O dia seguinte dos tuítes bêbados

SEXTA-FEIRA, 11 DE JANEIRO DE 2013

551 seguidores no Twitter perdidos, 101 seguidores no Twitter restantes, 0 palavras de As folhas no cabelo dele *escritas.*

6h35 Só vou conferir o meu Twi... Aaargh! Acabo de lembrar que tuitei um papo de bêbada sem noção ontem à noite, falando mal de passarinhos inocentes para centenas de desconhecidos completos. Ai, Deus. Estou com uma ressaca daquelas e preciso levar as crianças à escola. Ah, tudo bem, porque a Chloe vai levar as crianças à escola. Vou voltar a dormir.

10h Isto aqui tem salvação, como qualquer outro desastre de RP. Com exceção talvez do atual desastre de RP do Lance Armstrong.

10h15 Certo. *As folhas no cabelo dele.* Preciso continuar.

11h15 Na verdade, talvez eu pudesse fazer carreira em RP! Ah, merda, são 11h15, preciso continuar com o roteiro. Mas, primeiro, é óbvio que preciso fazer rapidamente um pedido de desculpas público completo e cheio de franqueza para os seguidores do Twitter que restaram.

> **@JonesinhaBJ** Sinto muito ref #tuítesbêbados ontem à noite ref. pássaro.

11h16 **@JonesinhaBJ** Passarinhos são uma alegria para os ouvidos e os olhos, com suas penas e seu canto! E controlam as minhocas. Deixem os passarinhos em paz!

11h45 Talvez eu jogue uma citação do dalai-lama para garantir:

@JonesinhaBJ @dalailama Assim como a cobra deixa sua pele antiga para trás, nós também devemos deixar o passado para trás, repetidas vezes.

21h15 Bom. As crianças estão dormindo. Vou dar outra olhada no Twitter.

21h16 Ai, Deus. Um tuíte de @_Roxster! Oba! Pelo menos ele não me abandonou de desgosto.

@_Roxster @JonesinhaBJ @dalailama depois que a ressaca passou? Você se ligou que estão te zoando? #sacanagem

21h17

Ai, Deus. Todo mundo está me ridicularizando e retuitando meu comentário bêbado sobre os pássaros. Preciso tentar controlar os danos.

@JonesinhaBJ #TuítesBêbadosSobrePássaros Olhem, desculpem, eu realmente não queria ter postado — como é o particípio de tuitar? Tuitado?

@_Roxster @JonesinhaBJ Acredito que o termo apropriado seja "twat".

@JonesinhaBJ @_Roxster Você está sendo purista com a gramática ou só grosso mesmo?

@_Roxster @JonesinhaBJ A primeira opção. *tom pretensioso* Do latim, Twitto, Twittarse, Twittat.

Ele é engraçado. E bonito pela foto do perfil. E tem cara de jovem. Quem será que ele é?

@JonesinhaBJ @_Roxster Se continuar assim, os 103 twitterati que restaram vão exigir saquinhos de vômito.

@_Roxster @JonesinhaBJ Por quê? Estão todos de ressaca também por tuitar bêbados sobre pássaros ontem à noite?

Hummmmmmm. Jovenzinho atrevido.

@JonesinhaBJ @_Roxster Por favor, pare de ser tão impertinente, ou vou ter que tuistar você.

@_Roxster @JonesinhaBJ Tuistar ou tostar? Você acabou de perder mais 48 seguidores.

@JonesinhaBJ @_Roxster Ah, não! Talvez estejam achando que sou uma tuiteira das mais chatas e feia.

@_Roxster @JonesinhaBJ Você quis dizer "e fedida"?

@JonesinhaBJ @_Roxster Não, Roxster, eu disse "e feia". Você parece ter uma obsessão insalubre por fedor e vômito.

Ele acaba de retuitar para mim uma mensagem de um dos seguidores dele.

@RaefP @Rory A gente se vê daqui a pouco. Na frente do Fartage?

@_Roxster @JonesinhaBJ Riquinhos canalhas, estão esquiando na França.

@JonesinhaBJ @_Roxster Mas o que é Fartage?

@_Roxster @JonesinhaBJ Cera.

22h Cera? França? De repente, estou com o maior medo de que Roxster não seja um homem mais novo fofo que me acha divertida, mas sim um gay que se atrai por mim e pela Talitha como se fôssemos uma inspiração trágica, irônica e acabada para um número de drag queen, igual à Lily Savage.

22h05 Acabo de ligar para a Talitha para saber a opinião dela.

"Roxster? Acho que já ouvi falar. É um dos meus seguidores?"

"Ele é MEU seguidor!", respondi, indignada, então admiti: "Mas talvez tenha me visto por sua causa".

"Ele é um amor. Roxster. Roxby qualquer coisa. Um cara que fazia cestos de lixo reciclável foi ao meu programa, e Roxby foi com ele. Trabalha para alguma ONG ecológica. É um rapaz jovem e querido. Bem bonito. Mande ver!"

22h15

@JonesinhaBJ @_Roxster Você vai para a França fazer depilação com cera, Roxster?

@_Roxster @JonesinhaBJ *tom profundamente masculino* Jonesinha, estou muito longe de ser gay, e estou falando de cera de *snowboard*.

@JonesinhaBJ @_Roxster "Ai, ai, olhe para mim, sou uma pessoa jovem. Ando de *snowboard* com calça larga, mostrando a cueca."

@JonesinhaBJ @_Roxster Em vez de usar um capuz elegante forrado de pele".

@_Roxster @JonesinhaBJ Você gosta de homens mais novos, Jonesinha?

@JonesinhaBJ @_Roxster *gélida, quase na temperatura de uma calota polar* Oi? O que você quer dizer EXATAMENTE?

@_Roxster @JonesinhaBJ *escondido atrás do sofá* Quantos anos você tem, Jonesinha?

@JonesinhaBJ @_Roxster Oscar Wilde: "Nunca confie em uma mulher que lhe conta que idade tem. Se ela diz isso, é capaz de dizer qualquer coisa".

@JonesinhaBJ @_Roxster Quantos anos você tem, Roxster?

@_Roxster @JonesinhaBJ 29.

Roteirista

SEGUNDA-FEIRA, 14 DE JANEIRO DE 2013

793 seguidores no Twitter (sou uma #heroínaDoTuíteBêbado), 17 tuítes, 1 ocasião social desastrosa à qual concordei comparecer (ou talvez 3 em 1), 0 palavras do roteiro escritas.

10h Muito bem, preciso trabalhar!

10h05 Acho que vou dar só uma olhadinha no noticiário.

10h15 Uuh, adorei o novo corte de cabelo com franja da Michelle Obama. Será que eu devia cortar uma franja? Além disso, é claro que estou radiante com o segundo mandato do Obama.

10h20 Está começando mesmo a parecer que tem gente legal no poder: o Obama, o arcebispo de Canterbury, que tinha um emprego de verdade antes e que denuncia a ganância das pessoas, e o William e a Kate. Bom, vamos trabalhar. Uuh, telefone!

11h Era a Talitha. "Querida! Você terminou seu roteiro?"

"Sim!", eu disse. "Bom, mais ou menos." A verdade era que, com toda a história do Cara-da-jaqueta-de-couro, e o intensivão do namoro, e o Twitter, *As folhas no cabelo dele* meio que tinha virado pó. Mas será que folha vira pó? Talvez adubo.

"Bridget? Você ainda está aí? O roteiro já está mais ou menos estruturado?"

"Sim!", menti.

"Então mande para mim. O Sergei tem 'negócios' na indústria cinematográfica e acho que posso usar o texto para arrumar um agente para você."

"Obrigada", eu disse, emocionada.

"Você pode mandar hoje?"

"Hum. Sim! Pode ser daqui a um ou dois dias?"

"Tudo bem", ela disse. "Mas escreva isso logo, tá? Quando não estiver tuitando com o garotão. E lembre-se, o Twitter não pode virar uma obsessão."

11h15 Certo. É absolutamente imperativo não tuitar hoje e terminar o roteiro. Só preciso escrever o fim. Ah, e o meio. E dar um jeito no começo. Talvez eu só dê uma olhadinha rápida no Twitter para ver se o @_Roxster tuitou de novo. Aargh! Telefone.

"Ah, oi, querida" — minha mãe. "Só liguei para falar da apresentação de fotos do cruzeiro e da cerimônia de tirar os capacetes de segurança no sábado que vem. Foi tão agradável fazer o Natal-depois-do-Natal no Chats, e eu pensei..."

Tentei resistir à tentação de tuitar sobre como era hilária a conversa com a minha mãe sobre o evento do cruzeiro enquanto ainda estava vivendo aquilo. Minha mãe nunca entraria no Twitter, por isso nunca ia ficar sabendo...

"Bridget!"

"Oi, mãe", respondi, tentando me arrastar para longe do Twitter.

"Ah! Então você vem MESMO?"

"Hum", respondi. "Você pode repetir como vai ser?"

Ela suspirou. "É a cerimônia em que se tiram os capacetes de segurança para comemorar a finalização do novo prédio da St. Oswald! Todos os estabelecimentos aqui fazem isso quando terminam de construir algo. Usamos capacetes e os atiramos para o ar!"

"Quando é mesmo?"

"No sábado que vem. Você tem que vir, querida, porque a Mavis vai estar com a Julie e o Michael e todos os netos."

"Então posso levar as crianças?"

Uma leve pausa se fez. "Claro que sim, querida, essa é exatamente a ideia, mas..."

"'Mas' o quê?"

"Nada, nada, querida. Não se esqueça de fazer a Mabel usar o vestido que eu mandei, certo?"

Suspirei. Sempre tento convencer a Mabel a usar roupas bacanas da H&M Kids, shortinhos e botas de motoqueiro, ou os vestidos de festa da minha mãe, mas ela tem suas próprias ideias a respeito do que vestir, e geralmente opta por um visual que mistura o estilo escocês com personagens da Disney e inclui uma camiseta com glitter na frente, *legging* e uma saia de babados que vai até a canela. Parece que sou realmente de outra geração, que não entende o gosto dos mais jovens.

"Bridget!", minha mãe disse, talvez compreensivelmente exasperada. "Você precisa vir, querida, não tem problema se eles se comportarem mal."

"Eles não se comportam mal!"

"Bom, os outros netos são mais velhos porque você teve filhos tarde... mas, bom, é claro que quando se é sozinha fica mais difícil..."

"Não sei se posso no sábado que vem."

"Todo mundo vai estar com os filhos e netos lá e é muito difícil para mim ficar sozinha."

"Ah, tudo bem. Mãe. Preciso ir."

"Eu contei sobre os problemas que estamos tendo?", ela começou a tagarelar, como sempre faz quando digo que preciso desligar. "Tem um homem aqui que fica entrando em todos os quartos. Kenneth Garside. Ele deita na cama de todas as mulheres."

"Você gosta de Kenneth Garside, mãe?", pergunto, toda inocente.

"Ah, não seja boba, querida. Você não vai querer saber de homem quando chegar à minha idade. Eles só dão trabalho."

É interessante a teoria relativa à idade em que homens e mulheres desejam uns mais do que os outros:

Aos vinte: As mulheres estão no controle porque basicamente todo mundo quer ficar com elas, então elas têm muito poder. E homens na casa dos vinte são tarados, mas ainda não são bem-sucedidos.

Aos trinta: Os homens definitivamente estão no controle. A casa dos trinta anos é a pior época possível para uma mulher namorar, porque a coisa toda vai ficando horrivelmente pesada de um jeito bem injusto, por causa do relógio biológico: um relógio que, espero, em breve seja transformado pelo aperfeiçoamento do congelamento de óvulos, ao estilo da Jude, em um relógio digital silencioso que não precisa de despertador. Nesse ínterim, os homens são capazes de senti-lo feito tubarão farejando sangue e, ao mesmo tempo, avançam na carreira, assim a balança vai pendendo cada vez mais para o lado deles até...

Aos quarenta: Não sei bem, porque passei a maior parte do tempo com o Mark. Talvez seja mais ou menos igual. Se você tirar as crianças da equação. Ou talvez os homens se sintam por cima, porque acham que querem mulheres mais novas e as mulheres de mesma idade querem ficar com eles. Mas, na verdade, em segredo, as mulheres também querem homens mais novos. E os homens mais novos gostam das mulheres mais velhas, porque elas não olham para eles como alguém que vai sustentá-las e não pensam mais em bebês.

Aos cinquenta: Hum. Bom, esta costumava ser a idade da Mulher Invisível de Germaine Greer, em que elas eram tachadas de inviáveis, usadas como material para *sitcom* na pós-menopausa. Mas, agora, com a escola de repaginação da Talitha, da Kim Cattral, da Julianne Moore e da Demi Moore, tudo está começando a mudar!

Aos sessenta: O equilíbrio começa a se transformar totalmente, na medida em que os homens se dão conta de que já chegaram o mais longe possível na carreira e de que na verdade nunca fizeram amigos como as mulheres fazem, só ficaram falando de golfe e essas coisas. E as mulheres se cuidam mais — olhe só para a Helen Mirren e a Joanna Lumley!

Aos setenta: Com toda a certeza as mulheres é que dominam, e ainda se arrumam, cuidam bem da casa e cozinham e...

"Bridget, você ainda está aí?"

O resultado foi que concordei em levar as crianças à cerimônia de tirar os capacetes de segurança para comemorar a finalização do novo prédio da St. Oswald e ao evento de apresentação das fotos do cruzeiro, seguido de um chá em família no Chats. E ainda nem comecei a trabalhar no roteiro.

TERÇA-FEIRA, 15 DE JANEIRO DE 2013

23h55 Acabei de passar os últimos dois dias escrevendo, escrevendo, escrevendo, e acabei de mandar *As folhas no cabelo dele* por e-mail para a Talitha.

QUARTA-FEIRA, 16 DE JANEIRO DE 2013

61 kg (ruim: passando muito tempo com a bunda na cadeira). Por outro lado, 1 agente!

11h Acabei de receber um telefonema de um agente!! Infelizmente, minha boca estava cheia de queijo ralado, mas não teve importância, já que não pareceu fundamental que eu falasse alguma coisa.

"Brian Katzenberg vai falar com você", disse a assistente.

"Bom", disse o Brian Katzenberg, sem rodeios, "nós dois conhecemos o Sergei, e eu sei que ele quer que esse roteiro especulativo circule."

"Você leu?", perguntei, animada. "Gostou?"

"Achei fascinante e vou passá-lo para as pessoas apropriadas imediatamente. Você pode dizer isso ao Sergei. Foi um prazer conhecer você."

"Obrigada", gaguejei.

"Então você vai dizer ao Sergei que eu já fiz o que ele pediu?"

“Claro!”, eu disse. “Pode deixar!”

11h05 Acabei de ligar para a Talitha para agradecer.

“Você conta para o Sergei?”, pedi. “O agente pareceu ansioso para que o Sergei soubesse logo.”

“Ai, Deus. Claro, eu conto para o Sergei. Sei lá o que isso significa. Mas, querida, estou muito orgulhosa de você por ter terminado.”

Deixa nevar!

QUINTA-FEIRA, 17 DE JANEIRO DE 2013

12 mensagens sobre a neve, 13 tuítes sobre a neve, 0 flocos de neve.

20h Mensagem de texto da escola.

Caros pais. Há previsão de bastante neve para amanhã. Por favor, chequem suas mensagens de texto e não saiam de casa antes das 8h. Vamos mandar um recado para dizer se as aulas do dia foram canceladas.

20h15 Pura animação. Podemos sair todos juntos para andar de trenó! É claro que ninguém consegue dormir. Ficamos abrindo as cortinas para olhar lá fora e conferir se dá para ver a neve sob a luz dos postes.

20h30 Nada de neve ainda.

20h45 Continua sem neve. Já é hora de as crianças irem dormir.

21h Finalmente consegui convencê-los a dormir dizendo "Vão dormir, vão dormir, se não dormirem não vão poder aproveitar a DELÍCIA da neve!" sem parar como um papagaio. Uma mentira óbvia, afinal, com quem mais vou aproveitar a neve? Mas parece que deu certo.

21h45 Ainda sem neve. Talvez eu vá checar o Twitter.

21h46 @_Roxster está tuitando sobre a neve!

@_Roxster Tem mais alguém aí animado com a neve?

@JonesinhaBJ @_Roxster Eu. Mas cadê ela? "Ai, olhe para mim, eu sou a neve, mas eu não existo!"

22h Tuíte de @_Roxster!

@_Roxster @JonesinhaBJ Você está tuitando bêbada de novo? Ou gosta tanto de neve quanto eu?

22h15 Continuo paquerando @_Roxster.

@JonesinhaBJ @_Roxster Já se preparou e pegou sua cera?

@JonesinhaBJ @_Roxster Com certeza.

A Talitha entrou na conversa.

@Talithaluckybitch Muito engraçado, vocês dois. Agora, VÃO PARA A CAMA.

22h30 Hummm. Adoro o Twitter. Adoro sentir que tem mais alguém por aí que se importa com todas as coisinhas emocionantes com que você se emociona.

23h Nada de neve ainda.

SEXTA-FEIRA, 18 DE JANEIRO DE 2013

Número de vezes que fui ver se tinha neve: 12, 0 flocos de neve, 7 tuítes do @_Roxster, 6 tuítes que fingi serem para todos os seguidores mas que na verdade eram para o @_Roxster (um a menos do que ele, m.b.).

7h Acordei toda animada e corri para a janela. Nada de neve.

7h15 É uma tentação passar o dia de pijama com as crianças, apesar de não ter neve, mas me forcei a forçar todo mundo, inclusive a mim mesma, a trocar de roupa por garantia, caso a mensagem de texto sobre o Dia de Neve Sem Aula não chegue.

7h45 Nada de mensagem de texto. Talvez um tuíte de @Roxster.

7h59 A mensagem de texto da escola ainda não chegou. Não recebi nenhum tuíte de @_Roxster. Tentando dar conta da minha decepção e da de todo mundo, enfiei três linguicinhas enroladas em bacon na boca e perguntei, como se só tivesse pensado nisso depois: "Alguém quer uma?".

8h Nada de mensagem de texto da escola. É melhor irmos andando.

9h Deixei a Mabel e, chegando na escola do Billy, encontrei uma animação contagiante e o sr. Wallaker organizando fileiras de meninos que se agachavam atrás de muros de neve imaginários e atiravam bolas de neve imaginárias uns nos outros. Resisti à tentação de tuitar sobre a cena para @_Roxster, para ele não desanimar com o fato de que tenho filhos.

"Vai nevar hoje, sra. Darcy!", o sr. Wallaker disse, se aproximando súbita e ameaçadoramente de nós. "Vai subir em alguma árvore?"

"Eu sei! Passei a noite toda esperando por isso", respondi e ignorei a referência à árvore com toda a sutileza. "Mas onde está?"

"Está vindo do oeste. Já está nevando em Somerset. A senhora gosta de neve?"

"De neve pontual", respondi, mal-humorada.

"Talvez ela tenha ficado presa na estrada M4", ele disse. "Está fechada por causa da neve na altura do cruzamento 13."

"Ah, deve ser", respondi.

"Espera", o Billy disse, desconfiado. "Como é que a neve pode atrasar a neve?"

Havia um brilho zombeteiro nos olhos do sr. Wallaker, e aí o rosto do Billy se abriu em um sorriso. Foi muito irritante, como se eles estivessem compartilhando uma piada à minha custa.

"Tenha um bom dia!", eu disse, confusa, já que não estamos exatamente na Califórnia, e saí derrapando um pouco pelo gelo para voltar para casa e dar continuidade ao meu Twitter, quer dizer, roteiro. Por que coloquei botas de salto alto?

9h30 De novo em casa. Certo! *As folhas no cabelo dele.*

9h35 Tuitei rapidinho para @_Roxster, quer dizer, tuitei para os meus seguidores, a piada do sr. Wallaker.

9h45 **@JonesinhaBJ** Parece que a neve ficou presa por causa da neve na M4, mas logo chega.

10h Ai, Deus, cinco pessoas retuitaram meu tuíte! Mais doze seguidores apareceram.

10h15 Fica aparecendo "ALERTA DE NEVE!" na TV.

10h30 Começou a nevar!

11h Está nevando cada vez mais forte. Não consigo parar de ir até a janela olhar.

11h45 Só fico olhando para o milagre da neve. Parece que alguém desenhou lindas sombras brancas em todas as árvores. A mesa lá fora tem quatro centímetros de neve em cima — parece cobertura de bolo. Ou creme... Talvez não sejam quatro centímetros. Pensei em ir lá fora com uma régua para medir, mas logo vi como seria ridículo. Tenho um montão de coisas para fazer.

Meio-dia Ai, Deus, é um tuíte de @_Roxster.

@_Roxster @JonesinhaBJ Vamos dar o cano no trabalho, pegar a cera e sair para andar de trenó??

Fiquei olhando estupefata para o texto, em choque. Será que @_Roxster está mesmo me convidando para sair? Será que está falando sério? Mas estou parecendo uma louca completa com o cabelo todo arrepiado e... Mas posso lavar o cabelo! E vestir uma roupa de neve! Só se vive uma vez, e está nevando. Tuitei: **@JonesinhaBJ** @_Roxster Vamos! Você pode?

Bem quando terminei de tuitar, ouvi um ping!

jardim de infância e escola fundamental

Devido à neve, venham, por favor, buscar seus filhos o mais rápido possível para que possam levá-los em segurança para casa. A escola vai fechar às 13h30.

12h15 O que eu vou fazer? Não posso achar que um deus dos sonhos de vinte e nove anos de repente vá querer andar de trenó com duas crianças e uma mulher mais velha com cabelo de louca. A coisa toda de ser uma mulher mais velha é que você deve estar sempre arrumada, com meias sete oitavos pretas de seda, igual ao livro sobre as mães francesas e a Catherine Deneuve e a Charlotte Rampling. Preciso ir buscar as crianças, mas como vou dar o cano em @_Roxster? De acordo com as Regras do Namoro, é a mesma coisa que dançar quando você só deve ser conduzida, mas...

Outra mensagem:

Os alunos do Jardim de Infância e da Escola Fundamental serão reunidos no hall da escola. Por favor, venham buscar seus filhos o mais rápido possível.

É uma emergência de verdade!!

12h30 Desci a escada correndo para tirar o trenó do armário, limpar as teias de aranha etc.

12h50 Abri a porta e vi que a rua estava completamente coberta de neve. É uma nevasca e tanto, claramente uma situação muito séria e perigosa! Loucamente animada. Mas e @_Roxster? Preciso colocar as crianças em primeiro lugar.

13h Certo, agora estou toda vestida para esquiar, não sei se o capacete é necessário, mas os óculos são, com certeza. Joguei botas de neve, macacões, jaquetas e luvas, além de um kit de sobrevivência com pá, lanterna, água, chocolate e trenós no porta-malas do carro.

17h Finalmente cheguei à escola depois de um trajeto emocionante e escorregadio. Ainda assim, foi necessário tirar os óculos de esqui e colocar os de leitura para checar se havia tuítes de @_Roxster.

> **@_Roxster** @JonesinhaBJ Desculpe, Jonesinha. Fui imprudente, e eu não sou assim. Tenho emprego, não posso sair para brincar na neve. Diferentemente de você, com certeza.

Arrasada. Levei um bolo no meu encontro na neve.

Subi a ladeira chafurdando e entrei na escola, andando igual ao Lance Armstrong quando pousou na Lua — quer dizer, o Neil Armstrong — por causa da calça de esqui por cima do jeans e da jaqueta e tudo o mais, pensando: "Certo, agora não preciso responder a @_Roxster, porque ele, tecnicamente, me deu o cano no trenó. Assim, sigo perfeitamente as Regras do Namoro e..."

Irrompi hall adentro, onde estavam as crianças do Jardim e da Escola Fundamental, só para ver Nicorette, a Mãe Perfeita, vestida como uma espécie de Rainha das Neves: botas de neve brancas, cabelo perfeitamente penteado, bolsa de verniz preta enorme coberta de detalhes dourados e um casaco comprido branco com uma coisa de pele branca drapeada nas pontas, dando risadas coquetes com o sr. Wallaker. Que vagabundo: casado e flertando com a Nicorette. Ele se virou quando entrei e caiu na gargalhada.

O sr. Wallaker não ia dar risada se soubesse que eu tinha um possível encontro para andar de trenó com um garotão, não é mesmo? Está vendo? Sou a Catherine Deneuve ou a Charlotte Rampling.

"Mamãe!" O Billy e a Mabel correram na minha direção, com os olhos brilhando. "Podemos andar de trenó?"

"Claro! Está tudo no carro!", respondi e olhei toda cheia de mim para o sr. Wallaker, voltei a colocar os óculos de esqui e saí flanando misteriosamente — da melhor maneira possível, levando em conta a roupa — da escola.

22h Dia fantástico. Andar de trenó foi absolutamente espetacular. A Rebecca e as crianças também foram a Primrose Hill e foi completamente mágico, como num cartão de Natal. A neve estava funda e fofa e não tinha quase ninguém lá no começo, então deu para correr bastante. E @_Roxster tuitou no meio disso tudo:

@_Roxster @JonesinhaBJ Vamos andar de trenó mais tarde? Posso hoje à noite se você puder.

@_Roxster @JonesinhaBJ Embora eu me preocupe com você saindo de casa sob condições ameaçadoras. Será que outra noite é melhor?

Era difícil responder, já que os meus dedos estavam congelados e tive que colocar os óculos para ler os tuítes, além de me esquivar de trenós para evitar colisões etc., por isso simplesmente deixei para lá durante um tempo, saboreando a sensação de ter sido a última a receber uma mensagem e de @_Roxster querer sair comigo!

Quando foi ficando mais tarde, cada vez mais gente apareceu na colina, e começou a formar gelo e ficar perigoso, por isso voltamos para casa, tomamos chocolate quente, jantamos todos juntos e foi muito legal. Enquanto Rebecca cuidava de todas as crianças, escapei para olhar meu Twitter por cinco minutos. Olhei no espelho de relance e percebi que aquela realmente não seria uma boa noite para um encontro com um garotão.

No meio de todo o fluxo incoerente de tuítes sobre a neve e a estrada M4, havia um de @_Roxster.

@_Roxster @JonesinhaBJ Jonesinha? Você morreu na neve?

@JonesinhaBJ @_Roxster Quase. A neve selvagem estava fantástica. Outra noite seria ótimo.

@_Roxster @JonesinhaBJ Alguma noite específica?

Está vendo? Comunicação autêntica e direta! Assim que se faz. Tuitei a resposta.

@JonesinhaBJ @_Roxster Deixe-me consultar minha agenda extremamente cheia.

@_Roxster @JonesinhaBJ Está falando daquela coleção enorme de manuais de conselhos amorosos?

Ai, Deus. Será que o Roxster estava lendo meus tuítes na época do Cara-de-jaqueta-de-couro?

@JonesinhaBJ @_Roxster *ignorando com sutileza o jovem presunçoso e impertinente* Quando você estava pensando?

@_Roxster @JonesinhaBJ Terça?

Voltei radiante para a cozinha. Tudo está maravilhoso! Tenho um encontro com um garotão lindo, engraçado e gostoso de vinte e nove anos, e a casa está cheia de crianças com as bochechas rosadas e comida com um cheiro delicioso e trenós e pênis (quer dizer, tênis. De onde isso saiu?).

Não tuíte sobre um encontro durante o encontro

DOMINGO, 20 DE JANEIRO DE 2013

873 seguidores no Twitter, 7 tuítes do @_Roxster.

11h O Twitter está sensacional. Cada vez mais seguidores apareceram desde a coisa toda dos #TuítesBêbadosSobrePássaros. Não posso deixar de notar que o Roxster ficou bastante silencioso desde que combinamos nosso encontro. Mas talvez, por ser homem, ele sinta que um nível foi completado, como acontece com um video game, e não há mais necessidade de continuar nele.

11h02 Na verdade, é melhor apenas mandar um tuíte para informar a todo mundo o que está acontecendo.

> **@JonesinhaBJ** *toda emocionada e convencida, irritante, cheia da alegria primaveril, com um encontro marcado com um desconhecido misterioso que achei no Twitter* Bom diiiiia, pessoal!

11h05 Ai, Deus, perdi dois seguidores. Por quê? Por quê? Será que foi algo no meu *tom*? É melhor mandar outro.

> **@JonesinhaBJ** Desculpe por ter desestimulado vários seguidores com minha presunção matinal. Vai dar tudo errado no encontro e vou obviamente levar um cano.

11h15 Maravilha, perdi mais três seguidores. Preciso me lembrar de não exagerar nos tuítes pela manhã. Ou em qualquer horário, já que aparentemente eu consigo mais seguidores quando não tuíto do que quando tuíto.

Roxster mandou um tuíte! Está vendo, é a minha recompensa por ter um autocontrole épico.

@_Roxster @JonesinhaBJ *insultado, estarrecido* Dar cano em você, Jonesinha??

@JonesinhaBJ @_Roxster! Você voltou!

@JonesinhaBJ @_Roxster! Estava só tentando compensar o tom presunçoso do tuíte anterior que tinha afastado seguidores. Então, tudo certo?

@_Roxster @JonesinhaBJ Posso ser jovem, mas não sou imaturo nem charlatão.

E mais um:

@_Roxster @JonesinhaBJ Ok. Que tal a gente se encontrar na frente do metrô da Leicester Sq às 19h30? Daí podemos ir ao Nando's. Ou comer fish'n'chips.

21h45 Tive um ataque imediatamente. Metrô da Leicester Sq?? Metrô da Leicester Sq?? Mas está o maior frio. Aí me lembrei das Regras do Namoro.

CONCORDE COM QUALQUER COISA QUE ELE SUGERIR.

@JonesinhaBJ @_Roxster *ronrona* Nossa, mas seria ótimo!

@_Roxster @JonesinhaBJ *rosna* A gente se vê lá, linda.

Está vendo? Está vendo? Muito melhor do que tentar manipular a situação.

21h50 De repente, entrei em pânico com a ideia de encontrar um estranho que conheci no Twitter na Leicester Square, considerando que sou mãe solteira.

21h51 Acabei de ligar para o Tom, que vai passar aqui.

22h50 Infelizmente, tive que esperar para ouvir a opinião dele, já que o Tom estava tendo seu próprio ataque por causa de um arquiteto húngaro chamado Arkis. Ele insistiu em me mostrar todas as mensagens de texto do Arkis, as fotos do Arkis e as mensagens do Arkis no aplicativo *Scruff*, que o Tom tem no iPhone. "O Scruffs é bem melhor que o Grindr. O melhor mesmo era o Beary, mas acabou ficando cheio de barbudos da moda, com roupa apertada e óculos grande, mas não como o George Michael."

"Então, qual é o problema?", perguntei de uma maneira prática e profissional, como se eu fosse o psicólogo, não o Tom.

"Acho que o Arkis talvez seja o tipo que só manda mensagem e nunca tira as calças. Fica me mandando textos sugestivos e sensuais tarde da noite, mas não faz mais nada."

"Sei. E você já sugeriu um encontro?", perguntei.

"Eu disse que queria conhecê-lo melhor, mas mandei a mensagem à uma da manhã, porque estava inseguro, e aí fiquei ainda mais inseguro porque ele não respondeu por dois dias, e quando respondeu nem mencionou o que eu tinha dito e começou a falar da minha foto no *Scruff* de novo. E eu agora estou sentindo um aperto horrível, porque acho que ele acha..."

"Eu sei, eu sei", eu disse avidamente. "Foi exatamente assim com o Cara-da-jaqueta-de-couro. É como se a pessoa ganhasse todo esse poder – como se fosse um gigante te julgando, dono de todas as regras do namoro, prestes a te dar uma nota baixa por persegui-lo desesperadamente."

"É", disse o Tom, triste. "Mas pelo menos ele disse que queria ver *A hora mais escura*."

"Então! Vai! Dããã!", eu disse quase gritando. "Senão vocês vão ficar que nem duas crianças se olhando para ver quem pisca primeiro."

Quando Tom pareceu satisfeito com a estrutura psicológica do plano, desviei habilmente o assunto e falei da minha preocupação, ao que ele respondeu, direto:

"É claro que você deve encontrar o @_Roxster, contanto que seja num local público. A Talitha disse que ele é legal.

Qualquer coisa, você liga pra gente. E é perfeitamente normal e saudável conhecer alguém no ciberespaço."

Adoro o jeito como às vezes é o Tom que é o especialista em namoro, e às vezes sou eu, como se estivéssemos numa gangorra — embora claramente nem um nem outro tenha a menor ideia do que está falando. Às vezes, parece que o mundo é um mar de seres humanos com milhões de gangorras subindo e descendo o tempo todo. E todo mundo fica em um dos lado da gangorra, em algum momento.

23h Hoje os deuses estão me ajudando. O Roxster acaba de tuitar de novo.

@_Roxster @JonesinhaBJ Está o maior frio, Jonesinha. Vamos marcar no bar da Dean St. Townhouse?

Óóó. Ele ficou pensando sobre o assunto. Ele é lindo e fofo. Tuitei de volta:

@JonesinhaBJ @_Roxster Perfeito. A gente se vê lá.

@_Roxster @JonesinhaBJ Mal posso esperar, linda.

TERÇA-FEIRA, 22 DE JANEIRO DE 2013

60,5 kg (ainda!), 12 roupas experimentadas e atiradas no chão, 7 tuítes mandados em vez de me arrumar (muito idiota), 698 seguidores no Twitter, por outro lado (as vantagens de tuitar em tempo real precisam ser colocadas na balança com as desvantagens de se atrasar).

18h30 Certo. Quase pronta para sair. A Talitha, a Jude e o Tom sabem para onde eu vou e estão esperando para me salvar caso algo dê errado. Estou determinada a não cometer o mesmo erro do último encontro e chegar no horário. A única coisa é que não consigo me segurar para não tuitar enquanto me arrumo. É como se eu tivesse uma obrigação com todos os meus seguidores de informar o que estou fazendo o tempo todo.

@JonesinhaBJ O que é mais importante? Ficar bonita ou chegar na hora? Quer dizer, se for uma situação do tipo ou isto ou aquilo?

Uau... montes de respostas e menções com @.

@JamesAP27 Chegar na hora, é claro. Como você pode ser tão fútil? Isso é muito desanimador.

Humpf. Certo. Ele vai ver só uma coisa.

@JonesinhaBJ @JamesAP27 Não é vaidade, mas PREOCUPAÇÃO com os outros, quer dizer, para não assustar nem apavorar ninguém.

18h45 Merda merda! Coloquei rímel à prova d'água em vez de gloss na boca, porque a embalagem da Laura Mercier é igual, e agora o rímel não sai. Ai, Deus. Vou me atrasar e chegar com os lábios pretos.

19h15 Certo, agora estou no táxi, ainda esfregando os lábios. Tenho tempo para mais alguns tuítes.

@JonesinhaBJ Mulher de natureza calma e cheia de certeza — estou no táxi agora —, além de receptiva e responsável...

@JonesinhaBJ... deusa da alegria e do prazer e da luz! *dá bronca no taxista* Nããããão! Não pegue a p**** da Regent Street!

@JonesinhaBJ *prende o nariz, fala com voz de rádio de polícia* Entrando na Dean St. Townhouse. Na Townhouse.

@JonesinhaBJ Desejem-me sorte. Câmbio e desligo. Roger.

@JonesinhaBJ *suspira* Ele é FANTÁSTICO!

@JonesinhaBJ Há muito a se dizer sobre o homem mais novo, desde que não seja tão novo a ponto de ter idade para ser seu neto, de acordo com a lei.

@JonesinhaBJ Ele está sorrindo! Levantou feito um cavalheiro.

O Roxster era de fato lindo, ainda mais bonito do que na foto, mas, principalmente, parecia alegre. Ele estava com uma cara de quem podia cair na gargalhada a qualquer momento.

"Oláää." Quase estiquei o braço por instinto para pegar o meu telefone e tuitar "A voz dele é a maior delícia" quando o Roxster colocou a mão em cima da minha sobre o telefone...

"Nada de tuitar."

"Eu não...", comecei, insana.

"Jonesinha, você passou o caminho todo até aqui tuitando, eu li."

Encontro com o garotão

TERÇA-FEIRA, 22 DE JANEIRO DE 2013 (CONTINUAÇÃO)

Eu me encolhi, toda acanhada, dentro do casaco. O Roxster deu risada.

"Não faz mal. O que você quer beber?"

"Vinho branco, por favor", respondi, sem graça, estendendo o braço para pegar o telefone por instinto.

"Muito bem, vou ter que confiscar isto aqui até você se acalmar."

Ele pegou meu telefone, colocou no bolso e chamou a garçonete, tudo em um único movimento ininterrupto.

"Isso é para você poder me matar?", perguntei, olhando para o bolso dele com uma mistura de excitação e preocupação, pensando que, se eu precisasse chamar o Tom ou a Talitha, ia ter que derrubá-lo no chão e pegar o aparelho a força.

"Não, eu não preciso do telefone para poder matar você. Só não quero transmissão ao vivo para os twitterati que esperam ansiosos e arfantes."

Quando virou a cabeça, me deliciei com o espetáculo dos detalhes do perfil dele: nariz reto, boas bochechas e sobrancelhas. Os olhos avelã e brilhantes. Ele era tão... novo. Tinha uma pele de pêssego; os dentes muito brancos; o cabelo farto e brilhante, um pouco comprido demais para estar na moda, roçando a gola. E os lábios tinham aquela linha branca ao redor que só os jovens têm.

"Gostei dos seus óculos", ele disse, enquanto me entregava o vinho.

"Obrigada", eu disse tranquilamente. (São multifocais, para que eu possa ver de longe e ler também. Resolvi usá-los para que ele não notasse que eu era tão velha que precisava de óculos de leitura.)

"Posso tirar?", ele perguntou, de um jeito que me fez pensar que estava falando das minhas roupas.

"Pode", respondi. Ele tirou meus óculos e os colocou no balcão, roçando a minha mão suavemente e me olhando.

"Você é muito mais bonita do que na foto."

"Roxster, a minha foto é de um ovo", eu disse, dando um gole no vinho. Lembrei tarde demais de que eu devia me recostar e permitir que me observasse enquanto eu acariciava a haste da taça, para deixá-lo excitado.

"Eu sei."

"Você não tinha medo de que eu pudesse ser um cross-dresser de cem quilos?"

"Tinha. Oito dos meus colegas de apartamento estão plantados no bar para me proteger."

"Que medo", eu disse. "Providenciei um desfile de matadores de aluguel posicionados em todas as janelas do outro lado da rua para o caso de você tentar me matar e me devorar."

"Todos eles estão bem depilados?"

Bem nessa hora eu estava dando um gole no vinho e dei risada. Engasguei com o vinho ainda na boca e um vômito começou a subir pela garganta.

"Está tudo bem com você?"

Abanei a mão. Minha boca estava cheia de uma mistura de vômito e vinho. O Roxster me deu um monte de guardanapos de papel. Corri até o banheiro, com os guardanapos cobrindo a boca e, assim que entrei, cuspi o vômito e o vinho na pia, considerando se devia adicionar: "Não vomite no começo de um encontro" às Regras do Namoro.

Lavei a boca, lembrando com alívio que havia uma escova de dentes de criança em algum lugar no fundo da minha bolsa. Além de chiclete.

Quando saí, o Roxster tinha conseguido uma mesa e estava olhando para o celular.

"Achei que eu é que era obcecado por vômito", ele disse

sem erguer os olhos. "Só estou tuitando para os seus seguidores sobre tudo o que aconteceu."

"Ah, não."

"Nããããão." Ele me devolveu o telefone e começou a dar risada. "Você está bem?" Ele dava tanta risada que mal conseguia falar. "Desculpe, é só que eu não consigo acreditar que você vomitou no nosso primeiro encontro."

No meio das risadas, eu percebi que ele tinha dito "nosso primeiro encontro". E "primeiro" dava a entender com muita clareza que haveria outros, apesar do vômito.

"Será que agora você vai peidar e feder?", ele perguntou bem quando o garçom chegou com os cardápios.

"Cale a boca, Roxster", eu disse rindo. Quer dizer, sinceramente, ele tinha mesmo idade mental de sete anos, mas era engraçado, fazia com que eu me sentisse muito à vontade. E talvez ele fosse uma pessoa que não ficaria totalmente apavorada com as funções biológicas que eram exibidas na minha casa.

Quando abrimos os cardápios, percebi que eu não estava mais com os meus óculos. Olhei para as letras embaçadas e entrei em pânico. O Roxster não reparou. Parecia completamente absorto pela comida. "Humm. Humm. O que você vai querer, Jonesinha?"

Fiquei olhando para ele feito um coelho cegado por farol alto.

"Está tudo bem?"

"Perdi meus óculos", balbuciei, acanhada.

"A gente deve ter deixado eles no bar", ele disse e se levantou. Maravilhada com o físico impressionantemente jovem dele, fiquei observando enquanto foi até o lugar em que estávamos antes para dar uma olhada e perguntar ao barman.

"Não estão lá", ele disse ao voltar, parecendo preocupado. "São óculos caros?"

"Não, não, tudo bem", menti. (Eram óculos caros, e eu gostava muito deles.)

"Quer que eu leia o cardápio para você? Também posso cortar sua comida, se você quiser", ele começou a dar risada. "Precisa tomar cuidado com os dentes."

"Roxster, esta é uma linha de gozação muito desagradável."

"Eu sei, eu sei, desculpe."

Depois que ele leu o cardápio para mim, tentei me lembrar das Regras do Namoro. Fiquei esfregando o dedo com delicadeza para cima e para baixo na haste da taça de vinho, mas parecia não haver motivo para nada disso, porque o Roxster já estava com meu joelho entre suas coxas jovens e firmes. Percebi, mesmo no meio de toda aquela animação, que eu estava DETERMINADA a encontrar os óculos. É muito fácil deixar algo assim passar por distração sexual e acanhamento, mas são óculos muito, muito bacanas.

"Vou olhar embaixo da banqueta do bar", eu disse depois de fazermos o pedido.

"Mas os seus joelhos!"

"Pare com isso."

Acabamos os dois engatinhando embaixo das banquetas. Duas moças jovens que estavam sentadas no lugar que tínhamos ocupado antes foram muito desagradáveis conosco. De repente, eu me peguei morta de vergonha por estar em um encontro com um garotão, fazendo-o procurar meus óculos de leitura embaixo das pernas delas.

"Não tem óculos nenhum aqui", uma delas disse, então ficou olhando para mim com grosseria. O Roxster revirou os olhos, então mergulhou embaixo dos joelhos dela mais uma vez e falou "Enquanto eu estou aqui embaixo..." e ficou apalpando o chão. As moças não acharam a menor graça. O Roxster finalmente deu marcha a ré em triunfo e exibiu os óculos.

"Achei", ele disse e colocou-os no meu rosto. "Aqui estão, linda."

Ele me deu um beijo, olhou para as moças e me conduziu

de volta à mesa, enquanto eu tentava me recompor, torcendo para ele não ter sentido gosto de vômito.

A conversa parecia fluir sem muito esforço. O nome de verdade dele é Roxby McDuff, ele trabalha para uma organização de auxílio ecossustentável, conheceu a Talitha no programa e soube do meu Twitter por causa do Twitter dela. "Então você segue tigresas no Twitter?"

"Eu não gosto dessa expressão", ele disse. "Parece que você é a caçadora, e não... a caça."

Meu desconserto deve ter sido óbvio, porque ele acrescentou gentilmente: "Eu gosto de mulheres mais velhas. Elas sabem um pouco melhor o que estão fazendo. Têm mais a dizer a respeito de si mesmas. E você? O que está fazendo com um homem mais novo que arrumou no Twitter?"

"Só estou tentando ampliar meus horizontes", respondi despreocupada.

O Roxster olhou bem para mim, sem piscar: "Tenho certeza de que posso ajudar com isso".

Alegria misturada a vômito

TERÇA-FEIRA, 22 DE JANEIRO DE 2013 (CONTINUAÇÃO)

Quando chegou a hora de ir embora, ficamos parados, sem jeito, na rua.

"Como você vai voltar?", ele perguntou, e isso fez com que eu me sentisse imediatamente triste, porque é claro que ele não planejava me acompanhar, apesar de eu não ter intenção de convidá-lo. Obviamente.

"De táxi", respondi. Ele pareceu surpreso. Eu me dei conta de que só vou ao Soho com a Talitha, o Tom e a Jude e nós sempre dividimos um táxi para voltar para casa, mas, para uma pessoa jovem, aquilo parecia uma extravagância. Mas não havia nenhum táxi na rua.

"Quer que eu chame um helicóptero ou será que podemos pegar o metrô? Você sabe andar de metrô?"

"Claro que sei!", respondi. Mas, para ser sincera, não estava muito acostumada a estar no meio da multidão do Soho tarde da noite sem meus amigos. Mas foi excitante quando o Roxster me deu o braço e me levou à estação de Tottenham Court Rd.

"Eu acompanho você até lá embaixo", ele disse. Quando chegamos às catracas, lembrei que eu não tinha cartão de metrô. Tentei pagar nas máquinas, mas foi impossível.

"Venha aqui", ele disse, sacando seu cartão, passando comigo pela catraca e me levando até a plataforma certa. O metrô estava se aproximando.

"Me dê o número do seu celular", ele disse. "Já que eu não matei você."

Falei bem rápido e ele digitou. As portas estavam abrindo e as pessoas começaram a sair aos montes.

Então, bem de repente, como se fosse do nada, o Roxster me deu um beijo na boca.

"Humm, vômito", ele disse.

"Ai, não! Mas eu escovei os dentes."

"Você trouxe escova de dentes? Sempre vomita nos seus encontros?"

Ao ver minha expressão horrorizada, ele deu risada e disse: "Você não está com gosto de vômito". As pessoas estavam se enfiando no metrô. Ele me beijou mais uma vez, com suavidade, me fitando com aqueles olhos avelã sempre risonhos, e depois mais uma vez, agora com a boca um pouco aberta e procurando a minha língua com a dele com delicadeza. Era MUITO melhor do que o idiota do Cara-da-jaqueta-de-couro com sua ideia fixa de sexo...

"Rápido, as portas vão fechar!" Ele me empurrou na direção do trem e eu me espremi lá dentro. As portas se fecharam e, quando o trem partiu, fiquei olhando para ele, lá parado, sorrindo para si mesmo: que garotão lindo, lindo.

Saltei na Chalk Farm, louca de tão feliz e completamente excitada.

Meu telefone fez um ping para avisar que tinha chegado uma mensagem de texto. Era do Roxster.

Você já chegou em casa ou está andando em círculos, confusa?

Respondi a mensagem: Me ajude, estou em Stanmore. Já tirou o gosto de vômito dos seus dentes?

Sem resposta. Eu não devia ter escrito a coisa do vômito.

Outra mensagem!

Não, porque não consigo achar meus óculos de leitura. Você planeja voltar a usar a escova de dentes do vômito outra vez em breve?

Estou usando agora mesmo. Hummmmmmmmmmmmmmmmm mmmmmmmmmmmmmmmm.

23h40 Fui quase grosseira ao apressar a Chloe para ir embora, para poder continuar a trocar mensagens de texto.

Lá vem. Adoro estar de volta ao mundo da paquera. É tão romântico. Ah.

Adoro o gosto do seu vômito.

Respondi: Ah, Roxster. Você não anda lendo seus livros sobre relacionamentos, anda?

Longa pausa. Ai, não. Usei o tom errado. Não fui coquete. Fui professorinha de escola. Já estraguei tudo.

23h45 Acabei de subir para dar uma olhada nas crianças: o Billy está lindo, dormindo abraçado ao Cavalinho. A Mabel está toda enroscada com a Saliva, com o cabelo na cara. Tudo bem. Sou péssima em encontros, mas pelo menos mantenho as crianças vivas.

23h50 Corri de volta aqui para baixo, para checar o telefone. Nada.

Estou olhando para tudo isto da maneira errada. Sou uma mãe sozinha, não posso ser jogada para lá e para cá pelos caprichos de trocar mensagens de texto com um desconhecido completo que tem idade para ser meu filho, de acordo com a lei.

23h55 Acabou de chegar uma mensagem.

Você estava linda, o beijo foi ótimo e eu me diverti muito.

Arroubo de felicidade. Mas então percebi que ele não tinha sugerido outro encontro. Será que respondo ou deixo assim? Melhor deixar assim. A Jude diz que você nunca deve ser o último a escrever numa conversa por mensagem de texto.

23h57 Queria que ele estivesse aqui, queria que ele estivesse aqui. Mas é claro que eu nunca traria um brotinho para a casa cheia de crianças. Obviamente.

QUARTA-FEIRA, 23 DE JANEIRO DE 2013

5h15 Ainda bem que ele não está aqui. A Mabel acaba de irromper no meu quarto fazendo um barulhão. Só que, em vez de estar de pijama com os cabelos na cara, ela está totalmente vestida com o uniforme da escola. Coitadinha, acho que ficou tão obcecada com o fato de eu sempre dizer que estamos atrasados e agir como uma louca de manhã que resolveu se vestir toda com antecedência. Até entendo o que ela está fazendo, mas o negócio é que quando a Chloe leva as crianças para a escola, ela chega às sete toda reluzente e vestida, ajuda as crianças a se trocar, prepara o café da manhã, deixa que assistam TV sem ficar aleatoriamente enfurecida com os enredos e com os berros agudos e animados demais do Bob Esponja e faz com que saiam de casa às oito e estejam esperando na frente da escola quando a porta se abre.

Quer dizer, fiz tudo isso ontem e estávamos na frente do portão bizarramente às 8h05, e suponho que seja bom o bastante, não? De que adianta passar dez minutos esperando na frente de um portão? Deve servir para aprimorar a interação social com os outros pais.

Mas, bom, eu a abracei até que dormisse toda vestida, finalmente consegui voltar a dormir e depois deixei o despertador tocando e não levantei.

Como chegar ao segundo encontro

QUINTA-FEIRA, 24 DE JANEIRO DE 2013

21h15 As crianças estão dormindo. Quase quarenta e oito horas se passaram desde a última mensagem de texto do Roxster.

Estou determinada a não pedir conselhos dos amigos, porque, segundo as Regras do Namoro, se preciso que eles orquestrem todo o relacionamento, obviamente há algo de errado com ele.

21h20 Acabei de ligar para a Talitha e li para ela a última mensagem de texto do Roxster.

Você estava linda, o beijo foi ótimo e eu me diverti muito.

"E você deixou assim?"

"Deixei. Ele não sugeriu outro encontro nem nada. Parece estar dizendo que o encontro foi ótimo, mas tinha acabado."

"Ai, querida."

"O que foi?"

"O que eu faço com você? Há quanto tempo foi esta mensagem de texto?"

"Dois dias."

"DOIS DIAS? E ele mandou à noite, depois do encontro? Certo. Escreva o seguinte."

A mensagem de texto da Talitha chegou com um ping.

Finalmente me recuperei da vergonha de ter vomitado no nosso primeiro encontro. Também me diverti muito. E o beijo foi ótimo. O que você anda aprontando?

"Isto é realmente bom.... mas o que você anda aprontando? Não acha que é um pouco..."

"Não pense demais. Apenas envie a mensagem. Sinceramente, não vou falar mal dele se demorar três dias para responder, ressentido."

Mandei. Então me arrependi no mesmo segundo e fui até a geladeira. Bem quando peguei um saquinho de queijo ralado e a garrafa de vinho, uma mensagem de texto fez um ping.

Jonesinha! Estava preocupado que você tivesse se engasgado com o próprio vômito. Estou no hotel Holiday Inn de Wigan. Tenho uma reunião com uma pessoa do departamento de reciclagem distrital. O que você anda fazendo? Procurando os óculos?

Roxster, mas quanta bobagem. Se eu estivesse procurando meus óculos, não ia poder ler sua mensagem.

Talvez você tivesse uma cuidadora de idosos aí para ajudar. Seu fim de semana vai ser ocupado, Jonesinha?

O Roxster é fantástico. Nem preciso escrever para a Talitha nem conferir as Regras do Namoro para saber que isso é um convite. É, sim! É, sim, com certeza! Ah, não, mas este fim de semana é o evento de apresentação das fotos do cruzeiro da Casa St. Oswald, e a cerimônia de tirar os capacetes de segurança. E não posso contar ao Roxster que a minha mãe vive em uma casa de repouso porque a mãe dele talvez tenha a mesma idade que eu.

Ora, ora, vai ser incrivelmente agitado e glamoroso. *acanhada* Vou visitar minha mãe perto de Kettering...

Mas então lembrei que precisava facilitar para ele me convidar para um encontro, e acrescentei:

Mas vou estar livre no fim da semana que vem, e é imperativo que você seja castigado por sua impertinência.

Houve uma pausa preocupante.

Que tal na sexta à noite? Vou levar um livro comigo.

Vai ser um livro de autoajuda de paquera?

Cinquenta tons de ampliação de horizontes. Sexta está bom?

Sexta é perfeito.

Boa noite, Jonesinha. Preciso dormir para ficar bonito para a reunião.

Boa noite, Roxster.

Tirando os capacetes!

SÁBADO, 26 DE JANEIRO DE 2013

61 kg (temo que minha gradual volta à obesidade seja culpa da minha mãe), 42 mensagens do Roxster, 242 minutos passados imaginando um encontro com o Roxster, 0 babás que me permitam ter um encontro com o Roxster.

10h30 O dia da cerimônia de tirar os capacetes de segurança da Casa St. Oswald chegou. O telefone tocou bem quando eu tentava convencer a Mabel a tirar a camiseta com *glitter* e a *legging* roxa que ela tinha vestido, não sei como, enquanto eu estava no andar de cima (a Mabel se recusa a aceitar o fato de que *leggings* estão mais para o lado das meias-calças do que das calças e realmente exigem outra coisa para usar por cima), e fazer com que colocasse o vestido com casaquinho branco coberto de corações, saia volumosa e uma faixa grande e vermelha, amarrada atrás com um laço, que a minha mãe tinha mandado para ela — saído diretamente da década de 1950.

"Bridget, você não vai se atrasar, vai? É que Philip Hollobine e Nick Bowering vão fazer o discurso deles pontualmente, para podermos almoçar."

"Quem são Philip Hollobine e Nick Bowering?", perguntei, maravilhada com a capacidade da minha mãe de dizer nomes de quem nunca ninguém ouviu falar sem a menor preocupação, como se estivesse citando celebridades de Hollywood.

"Você conhece o Philip, querida. Ele é membro do Parlamento pelo distrito de Kettering! Sempre colabora com os eventos da St. Oswald, apesar de a Una dizer que é só porque ele sabe que vai sair no jornal, porque o Nick trabalha no *Kettering Examiner*."

"Quem é o Nick?", perguntei, sibilante. "Só EXPERIMENTE,

querida", eu disse a Mabel em um eco surreal daquele jeito que vai passando de geração em geração, igual a quando a minha mãe tentava me forçar a vestir conjuntinhos da Country Causals.

"Você conhece o Nick, querida. O Nick! Ele é o CEO da TGL". E se apressou em completar: "A Thornton Gracious Living! Também quero que você conheça", e a voz dela de repente caiu uma oitava, "Paul, o chef confeiteiro". Algo no jeito como ela disse "Pôle", com sotaque francês, fez com que eu farejasse perigo. "Você não vai usar preto, vai? Coloque algo bem bonito e alegre. Vermelho, em homenagem ao Dia dos Namorados que está chegando!"

11h Finalmente consegui desligar o telefone com a minha mãe e fazer a Mabel entrar no vestido vermelho e branco, que na verdade é uma gracinha.

"Eu costumava usar vestidos assim", disse, nostálgica.

"Você nasceu na ela vitoliana?", a Mabel perguntou.

"Não!", respondi, indignada.

"Ah. Foi no Lenascimento?"

Voltei meus pensamentos rapidinho para o Roxster. Eu até contei para ele sobre as crianças, e ele pareceu despreocupado. As mensagens de texto realmente dão um toque agradável em tudo, e percebo, com um sentimento de vergonha e de falta de responsabilidade com meus seguidores, que substituíram por completo minha obsessão pelo Twitter.

Também percebo que o Twitter tem péssimo efeito sobre meu caráter, porque me deixa obcecada com o número de seguidores que eu tenho, e também acanhada e arrependida assim que posto qualquer coisa, e culpada se não informo um acontecimento menor da minha vida para os seguidores, e isso faz com que alguns deles desapareçam imediatamente.

"Mamãe!", disse o Billy. "Por que você está olhando para o nada desse jeito?"

"Desculpe, desculpe", eu disse, e olhei, em pânico, para

o relógio. "Aaargh! Estamos atrasados!" Então comecei imediatamente a correr, grasnando ordens desconjuntadas como "Calcem os sapatos, calcem os sapatos", sendo que no meio de tudo isso recebi uma mensagem de texto da Chloe dizendo que, definitivamente mesmo, ela não poderia trabalhar na sexta-feira à noite.

A mensagem da Chloe representa um desastre total que faz com que a coisa toda de encontro romântico com o Roxster corra grave perigo. A Rebecca vai passar o fim de semana na casa dos "sogros" (embora ela não seja casada); o Tom estará em Sitges para uma festa de aniversário (ele conseguiu uma suíte com um terraço de quarenta metros quadrados e uma banheira com cromoterapia por duzentos e noventa e sete libras, mais as taxas); a Thalita não gosta muito de crianças; a Jude tem um segundo encontro, e isso é ótimo, mas o que eu faço?

Enquanto íamos a toda, já atrasados, para Kettering, tive de repente uma ideia genial: talvez eu pudesse pedir para minha mãe cuidar das crianças! Talvez ela pudesse levar o Billy e a Mabel para passar a noite na Casa St. Oswald!

O pênis da craca

SÁBADO, 26 DE JANEIRO DE 2013 (CONTINUAÇÃO)

Cheguei às 12h59 e vi que a Casa St. Oswald tinha sido transformada em uma mistura de conjunto habitacional com showroom de apartamento decorado e cerimônia real de plantio de árvore. Havia bandeiras vermelhas e brancas da Thornton Gracious Living por todos os lados, balões vermelhos, taças de vinho branco e garotas com terninhos engomados de Funcionária do Mês com pranchetas nas mãos, olhando ao redor em busca de gente nova que gostasse de se divertir, mas sofresse de leve incontinência urinária.

Corri pela lateral da casa, como tinha sido instruída, e saí no jardim italiano, onde a cerimônia já estava acontecendo. O Nick ou o Phil, com a ajuda de um sistema de som, estava falando a um público de pessoas de idade usando chapeuzinhos de festa imitando capacetes de segurança. Entreguei à Mabel a cesta com corações de chocolate de Dia dos Namorados que tínhamos trazido e ela imediatamente derrubou tudo no cascalho. Houve um momento de calmaria e então: a. o Billy pisou em cima dos chocolates; b. a Mabel explodiu em soluços absolutamente sentidos, tão altos que o Nick ou o Phil parou seu discurso e todos se viraram para olhar; c. o Billy explodiu em seus próprios soluços muito sentidos; d. a minha mãe e a Una atravessaram o gramado, furiosas, em nossa direção, com penteados loucamente bufantes e vestidos ao estilo da mãe da Kate Middleton, em tons pastel; e. a Mabel tentou recolher os corações de chocolate, mas estava tão perturbada e humilhada que me deixou de coração partido e eu a peguei no colo com aquela pose de Virgem Maria antes de perceber, tarde demais, que vários dos pedaços disformes de chocolate estavam prensados entre o vestidinho vermelho e branco estilo Shirley Temple da Mabel e o meu casaco Grace Kelly da J Crew, em tom pastel.

"Não faz mal", sussurrei enquanto todo o corpinho roliço da Mabel sacudia com os soluços. "Os corações eram só para se exibir, você é que conta", bem quando a minha mãe chegou e foi dizendo, irritada: "Ah, pelo amor de Deus, deixe que EU fico com ela".

"Mas...", comecei, só que já era tarde. O casaco azul da mãe da Kate Middleton agora também estava sujo de chocolate.

"Ai meu santo", minha mãe disse e colocou a Mabel no chão, toda mal-humorada, e isso fez com que a Mabel soltasse soluços ainda mais ruidosos, apertando seu corpinho todo melecado de chocolate contra minha calça creme enquanto o Billy começava a berrar: "Quero ir para caaaaaaaaaaaaaaaaaaaasa!".

Meu telefone fez ping. Roxster!

Jonesinha. Estou no Museu de História Natural. Você sabia que a craca tem o maior pênis em relação ao tamanho do corpo entre todas as criaturas do mundo natural?

Surpresa, derrubei o telefone e quase acertei a cabeça da Mabel. Minha mãe se abaixou para pegar o aparelho.

"O que é isto?", ela quis saber. "Essa é uma mensagem bastante estranha."

"Nada, nada", gaguejei e me lancei para cima do telefone. "É só... o peixeiro!!"

No fundo, o discurso do Nick ou do Phil estava atingindo uma espécie de crescendo e chegou ao clímax com um berro de "Tirem os capacetes!", que foi ecoado pelo grupo de residentes idosos. Todos eles jogaram os capacetes para cima, e isso fez com que o Billy derramasse ainda mais lágrimas e choramingasse: "Eu queria tirar o capacete". A Mabel berrou: "Droga!". E então o Billy, furioso e estressado, de um jeito que eu conhecia bastante bem, virou para mim e disse: "É tudo culpa sua, eu vou matar você!".

Antes de me dar conta do que estava acontecendo, eu

também tinha explodido de tanto estresse, feito uma chaleira que apita quando a água ferve, e retruquei: "Vou matar você primeiro!".

"Bridget!", minha mãe bronqueou, vermelha de cólera.

"Ele que começou!", retruquei.

"Não comecei nada. Você é que começou quando se atrasou!", o Billy disse.

Foi um completo pesadelo. Mas não tivemos folga. Todos nos retiramos para o banheiro feminino, na frente da Sala da Função, para nos limpar, e eu aproveitei a ocasião para fugir para o toalete e responder à mensagem de texto de Roxster sobre o pênis gigante da craca:

É mesmo? Uh! Em que estado?

Espere aí, vou ver se consigo excitar a craca.

Saí do banheiro feminino, agora com as manchas espalhadas depois de ter tentado limpar o chocolate, para um interlúdio livre de estresse enquanto a minha mãe ia se trocar e as crianças se entretinham por um momento com um palhaço que fazia bichos com balões. O palhaço estava claramente um pouco entediado, já que a Mabel e o Billy eram os únicos netos menores de trinta e cinco anos, tirando uns poucos bisnetos que ainda eram bebês. Mandei uma mensagem de texto para o Roxster falando do palhaço e dos balões e ele respondeu:

Pode pedir a ele para fazer uma craca com ereção?

Eu: Precisa respeitar a escala?

Hehehe. O mais fantástico a respeito das mensagens de texto é que assim você pode ter uma relação emocional instantânea e íntima com comentários contínuos a respeito da sua vida sem ocupar nenhum tempo nem precisar de encontros ou providências de qualquer tipo nem qualquer uma das coisas que acontecem no velho e chato mundo não cibernético. Tirando sexo, seria perfeitamente possível ter uma relação completa sem jamais encontrar a pessoa de fato, e isso implica mais proximidade e é mais saudável do que muitos casamentos tradicionais!

Talvez essa seja a solução do futuro. O esperma simplesmente vai ser doado, congelado pelo site de namoro que apresentou os dois. Mas daí, humm, as mulheres vão acabar fazendo como eu, tentando correr feito loucas entre uma criança que fez alguma coisa nojenta e complicada no banheiro e a outra que entalou entre a geladeira e a porta da geladeira. Talvez a solução do futuro seja ter filhos cibernéticos, parecidos com uma mistura daqueles bichinhos virtuais japoneses, que dão a impressão de que você está exercendo a maternidade durante uns dois dias, até você se encher deles, e daquele brinquedo todo peludo e fofinho. Mas, daí, a raça humana ia se extinguir e... aah, outra mensagem de texto do Roxster.

Acho que seria bem difícil respeitar a escala. Mas eu gostaria que ele usasse um balão rosa, cor da pele.

Eu: Cracas não são cor-de-rosa.

Roxster: O *Megabalanus coccopoma*, nativo da costa oeste da América, tem um tom de cor-de-rosa vívido. Mas tenho certeza de que o palhaço sabe muito bem disso.

"Bridget, você ainda está falando com o peixeiro?" Minha mãe agora estava vestida com outro vestido com casaquinho da mãe da Kate Middleton, só que desta vez em rosa-craca. "Por que você não vai ao supermercado Sainsbury's? Os peixes lá são ótimos! Mas, bom, venha comigo. Sabe que a Penny Bosworth agora está casada?" Ela foi tagarelando e me arrastou para longe das crianças e da cena dos balões.

"Ashley Green! Você se lembra da Ashley? Câncer no pâncreas. O Wyn mal tinha saído do crematório e a Penny já estava lá tocando a campainha com uma canja."

"Mãe, não acho que devo deixar as..."

"Elas vão ficar bem com os balões delas, querida. Mas, bom, a Penny estava dizendo que eu realmente devia apresentar você ao Kenneth Garside. Ele está sozinho. Você está sozinha. E..."

"Mãe", eu sibilei enquanto ela me arrastava para um lugar

com um nome de dar medo: a Sala da Função. "É o homem que ficava entrando no quarto de todo mundo no cruzeiro?"

"Bom, é sim, querida, é ele mesmo. Mas o negócio é que ele obviamente tem um ímpeto sexual MUITO elevado, por isso precisa de uma mulher mais nova, e..."

"MÃE??", berrei, bem quando uma mensagem de texto do Roxster fez um ping no meu telefone. Minha mãe tirou o aparelho da minha mão.

"É o peixeiro de novo", ela disse, irritada, me mostrando a seguinte mensagem:

Tem seis metros flácido, doze com ereção.

"Quem é esse peixeiro... ah, olhe, ali está o Kenneth!"

Kenneth Garside, vestido com calça social cinza e suéter rosa, deu um passinho dançado na nossa direção. E, por um segundo, foi como se eu estivesse vendo o tio Geoffrey. O tio Geoffrey, marido da Una e melhor amigo do meu pai, com suas calças, seus suéteres de quem joga golfe, seus passinhos dançados, sempre perguntando "Como anda sua vida amorosa?", "Quando é que você vai desencalhar?".

Comecei a entrar num turbilhão de tristeza, pensando no papai e no que ele ia achar disso. Então o Kenneth Garside me tirou do meu devaneio com um estalo ao mostrar um conjunto de enormes dentes falsos bem brancos no meio de um rosto laranja e dizendo num tom nojento: "Olá, mocinha linda. Sou Ken69. Essa é a minha idade, a minha preferência secreta e o meu nome no site de namoro na internet — mas talvez eu não precise mais disso agora que conheci você!".

Eeeca!, pensei, e imediatamente me apequenei perante minha própria hipocrisia quando minha mente se lançou numa aritmética mental para demonstrar, de modo pavoroso, que a diferença de idade entre o Roxster e mim era quatro anos mais do que entre Kenneth Garside e mim.

"Hahaha!", minha mãe disse. "Ah, ali está o Pôle, preciso conversar rapidinho com ele sobre os profiteroles", e mergulhou na direção de um homem com roupa de chef, me deixando com a dentadura estonteante do Kenneth Garside, bem quando a Una, que bênção, começou a bater em uma taça de vinho com uma colher. "Senhoras e senhores, a apresentação de fotos do cruzeiro está para começar!"

"Posso lhe oferecer o braço?", o Kenneth perguntou, agarrando meu braço, e saiu desfilando comigo para o salão de baile, onde cadeiras creme com acabamento dourado rebuscado enchiam a frente de um enorme telão que mostrava a foto de um navio de cruzeiro.

Quando nos sentamos, Kenneth Garside disse: "O que é isso na sua calça?", e começou a esfregar meu joelho com um lenço enquanto a Una subia à plataforma e começava a falar.

"Amigos! Familiares! O Cruzeiro St. Oswald marcou o ponto alto de um ano já grato — e gratificante."

"Pare com isso", sibilei por entre os dentes para Kenneth Garside.

"Agora é tudo computadorizado, então, sem mais delongas, vou falar por cima da apresentação de fotos do computador e alguns de nós vamos poder reviver as lembranças enquanto os outros poderão sonhar!"

A foto estática do navio se transformou em um mosaico de fotos, com zoom em uma imagem com a minha mãe e a Una embarcando e acenando.

"Os homens preferem as loiras!", a Una disse no microfone, o sinal para começar a tocar uma trilha sonora com Marilyn Monroe e Jane Russell cantando "Two Little Girls from Little Rock", enquanto na tela aparecia uma imagem da minha mãe e dela deitadas de barriga para baixo em uma cama de casal em uma cabine, olhando para a câmera, cada uma com uma perna erguida no ar, como no filme *Os homens preferem as loiras*.

"Ah, minha nossa", disse o Kenneth.

Então, de repente, a trilha sonora foi abafada por um toque eletrônico bem familiar e a apresentação de fotos foi substituída pelo desenho vívido de um dragão cuspindo fogo num feiticeiro caolho e roxo. Fiquei ali sentada, paralisada na cadeira, me dando conta de que aquilo era *Wizard 101*. Será que... Será que o Billy de algum jeito tinha entrado num computador e... De repente, a página do *Wizard 101* desapareceu e em seu lugar surgiu A INBOX DO MEU E-MAIL dizendo "Olá, Bridget" com uma lista de e-mails, sendo que o primeiro era do Tom e dizia "Pesadelo do Evento do Cruzeiro da St. Oswald". O que o Billy estava FAZENDO?

"Com licença, com licença", eu disse, em pânico, e fui abrindo caminho pela fileira de cadeiras, entre a consternação geral, tentando não olhar para a minha mãe.

Corri para o corredor e voltei para a sala dos balões. Encontrei o Billy, alheio a tudo, digitando com fúria em um MacBook Air que estava conectado a um monte de fios e entradas de rede em uma mesa lateral.

"Billy!".

"Espere! Só preciso terminar este nííííível! Não vi seus e-mails, só estava tentando achar minha senha."

"Saia já daí", vociferei. Consegui arrancá-lo dali a força, fechar as janelas do *Wizard 101* e do Yahoo e arrastá-lo de volta aos balões, bem quando um homem usando óculos com armação de ferro correu para o laptop com uma expressão horrorizada.

"Alguém tocou nisto?", ele perguntou, olhando ao redor com ar incrédulo. Olhei para o rosto do Billy, na esperança de que ele fosse ficar em silêncio ou mentir. Ele franziu o cenho, pensativo, e eu vi que estava lembrando todas as minhas malditas instruções a respeito da importância da honestidade e de dizer a verdade passando pelo rosto dele. "Agora não!", eu queria gritar. "Não tem problema mentir quando a mamãe precisa!"

"Fui eu", o Billy disse, arrasado. "Eu não queria entrar no e-mail da mamãe, é que eu esqueci minha senha."

21h15 Em casa. Na cama. Além de todo aquele desastre pavoroso, resta a questão do que vou fazer em relação à babá na sexta-feira. Tentei sugerir à minha mãe que ficasse com as crianças, depois que o furor arrefeceu, mas ela só me olhou com frieza e disse que tinha uma aula de aqua zumba.

21h30 Liguei para a Magda, mas ela vai viajar para Istambul com o Cosmo e a Woney.

"Lamento muito, Bridge", ela disse. "A gente sempre tinha a minha mãe quando precisava de uma babá de última hora, deve ser difícil ter tido filhos mais velha. É porque os meninos são novinhos demais para você ajudá-la e ela está velha demais para ajudar você?"

"Não", eu disse. "Ela tem aqua zumba."

Vou ter que ver com o Daniel.

22h45 Liguei para o Daniel.

"Com quem você anda transando, Jones?"

"Ninguém!"

"Exijo saber."

"Não estou transando com ninguém, é só..."

"Então vou castigar você."

"Eu só achei que você ia gostar se eles passassem uma noite aí."

"Jones. Você nunca teve a menor competência para mentir. Estou louco de ciúme sexual. Sinto-me trágico, um velho tolo ultrapassado."

"Daniel, não seja ridículo, você é incrivelmente atraente, viril, jovem, irresistível, sensual e..."

"Eu sei, Jones, eu sei, obrigado, obrigado."

Resultado, o Daniel vem buscar as crianças na sexta-feira às seis e meia para levá-las à casa dele.

Transar ou não transar?

QUARTA-FEIRA, 30 DE JANEIRO DE 2013

12 prós de transar com o Roxster, 3 contras de transar com o Roxster, 585% do tempo passado decidindo se devo ou não transar com o Roxster, me preparando para a possibilidade de transar com o Roxster e me imaginando transando com o Roxster, comparado ao tempo que provavelmente levaria para de fato transar com o Roxster.

21h30 Acabei de ligar para o Tom. "É LÓGICO QUE VOCÊ TEM QUE TRANSAR COM ELE. Você tem que perder essa virgindade que cresceu de novo ou ela vai se transformar num obstáculo cada vez maior. A Talitha disse que ele é um cara legal. E além disso, é um crime de oportunidade: quantas vezes você fica com a casa livre só para você?"

Liguei para a Talitha para ver se ela pensava a mesma coisa.

"Bridget, lembre-se do que eu disse sobre não ir para a cama com alguém cedo demais."

"Você disse para não ir se eu não me sentisse preparada, não falou em cedo demais", elucidei, e então reiterei o argumento do Tom para fortalecer o meu. "E já faz semanas que trocamos mensagens de texto. Quer dizer, é como se fosse a época da Jane Austen, em que as pessoas passavam meses e meses trocando cartas e depois se casavam imediatamente."

"Bridget. Ir para a cama com um cara de vinte e nove anos que você conheceu no Twitter no segundo encontro não é 'como se fosse a época da Jane Austen.'"

"Mas foi você que disse que eu preciso transar."

"É, tudo bem, eu sei. E o Roxster parece ser um ótimo sujeito. Aja de acordo com a sua intuição, querida. Mas não se coloque em perigo, mande notícias e veja se usa camisinha."

"Camisinha! Eu não vou para a cama com ele! O que a gente faz quando precisa ficar pelada?"

"Ah. Arranje uma camisolinha, querida."

"Como assim, uma camisolinha?"

"Vá à La Perla, não, não vá à La Perla, os preços são de chorar. Vá à Intimissimi ou à La Senza e compre umas camisolinhas pretas curtas de seda bem sexys. Acho que quando você fez isso da última vez o pessoal chamava de anágua. Ou quem sabe uma preta e outra branca. Com uma camisolinha, você pode exibir os braços, as pernas e o busto, que sempre são as últimas partes a cair, e disfarçar a parte central — que talvez a gente deva mesmo disfarçar. Certo?"

QUINTA-FEIRA, 31 DE JANEIRO DE 2013

10h Acabei de entrar no e-mail.

De: Brian Katzenberg

Assunto: Seu roteiro

10h01 Ebaa! O roteiro foi aceito!

10h02 Ah.

De: Brian Katzenberg

Assunto: Seu roteiro

Recebemos algumas respostas sobre o seu roteiro. Todos recusaram. O tema é fascinante, mas eles querem algo que tenha mais um clima de comédia romântica. Vou continuar tentando.

10h05 Mandei um e-mail falsamente alegre dizendo:

"Obrigada, Brian. Vou cruzar os dedos."

Mas agora estou arrasada. Sou um fracasso como roteirista. Vou sair para comprar a camisola.

Meio-dia Acabo de voltar da compra das camisolinhas, embora eu não vá transar com o Roxster. Obviamente.

14h Acabo de voltar da depilação das pernas e da virilha. Embora eu não vá transar com ele. Obviamente.

No salão de beleza, a Chardonnay disse que eu devia arrancar tudo, porque era isso que os jovens esperavam hoje em dia, e sugeriu que eu comprasse um pacote de depilação a laser.

Mas eu respondi: "E se a depilação total sair de moda e a moda voltar a ser ter um tufo enorme e cheio igual ao das francesas?".

Perante isso, a Chardonnay revelou que removeu todos os seus pelos a laser, por isso tinha ficado igual a um bebê. Mas, como ela disse, fica preocupada com a possibilidade de ir para a cama com alguém que não goste de depilação total. E admitiu que pensou em usar na região aqueles produtos que fazem o cabelo dos homens carecas voltar a crescer.

15h15 Quase morrendo de dor. Minha opção acabou sendo uma coisa conhecida como "pista de aterrissagem". Não há possibilidade de eu jamais transar com alguém depois disso, e não tem problema, já que não vou transar com ele mesmo. Obviamente.

SEXTA-FEIRA, 1º DE FEVEREIRO DE 2013

9h30 Fui sorrateira até a farmácia Boots depois de deixar as crianças na escola para comprar camisinhas, já que não podia fazer isso com meus filhos a reboque. Mas, por outro lado, a presença de crianças poderia ter passado a impressão de que a compra de camisinhas era sinal de uma atitude responsável em relação à superpopulação do mundo, e não de um comportamento promíscuo.

Estava na fila do caixa quando senti que havia alguém

olhando para a minha cesta. Ergui os olhos e vi o sr. Wallaker na fila ao lado, encarando adiante de forma resoluta, embora tenha certeza de que ele viu as camisinhas, pois estava tentando não rir.

Fingi ignorar completamente a situação, olhando para a frente também e dizendo:

"Que tempo horrível para o jogo de rúgbi hoje, não é mesmo?"

"Ah, não sei, às vezes é bem gostoso na lama", ele disse, apanhando sua cesta com uma risadinha. "Aproveite o fim de semana."

Humpf. Maldito sr. Wallaker. Aliás, o que ele estava fazendo na porcaria da farmácia às nove e meia de uma manhã no meio da semana? Por acaso não deveria estar na escola organizando um de seus golpes militares? Aposto que também estava comprando camisinha. Daquelas coloridas.

A caminho de casa, comecei a entrar em pânico com a ideia de deixar as crianças com o Daniel e liguei para ele.

"Jones, Jones, Jones, Jones, Jones. O que exatamente você está sugerindo? Os queridinhos vão ser tão bem cuidados que vai parecer até demais. Vou levá-los", ele disse com grandeza, "ao cinema."

"Que filme vocês vão ver?", perguntei, nervosa.

"*A hora mais escura*."

"O QUÊ?"

"Isto é o que os humanos chamam de 'piada' e depois dão risada, Jones. Comprei entradas para *Detona Ralph*. Bom, na verdade em breve vou ter comprado entradas para *Detona Ralph*, agora que você me lembrou desta ocasião esplêndida. E depois vou levá-los a um estabelecimento gastronômico refinado, como o McDonald's, e vou ler clássicos infantis até que eles caiam no sono, ronronando. E, se você mandar uma escova de cabelo, poderei usá-la para bater no bumbum deles caso se comportem mal. Então, bom. Com QUEM você anda transando?"

Foi bem aí que o celular fez ping: Roxster.

Então, está a fim de ver um filme hoje à noite? Que tal Os miseráveis?

FILME?? Entrei em parafuso. OS MISERÁVEIS??? Mas ele não SABE que estou fazendo malabarismos complicadíssimos para podermos ir para a cama? Camisolinhas, depilação da virilha, camisinhas, o Daniel, pensar na mala das crianças?

Lembrando as Regras do Namoro, respirei fundo algumas vezes para me acalmar e respondi à mensagem de texto: Eu adoraria. É uma comédia romântica?

Você está confundindo com Lay Mister Arbres, o maníaco encoxador de árvores franco-inglês?

E a troca de mensagens de texto prosseguiu com um tom cada vez mais sacana.

17h Preparativos pesadíssimos para as crianças passarem a noite na casa do Daniel, incluindo levar a Saliva, diversos coelhinhos, o Cavalinho, o Mario, os Puffles Um, Dois e Três, pijamas, escova e pasta de dentes, lápis de cor e livros de colorir e de atividades, uma caixa cheia de DVDs para o caso do Daniel ficar sem ter o que fazer com eles, livros apropriados para evitar que a historinha antes de dormir seja tirada da *Penthouse*, lista de telefones de emergência, um kit de primeiros-socorros completo acompanhado de manual e, o mais importante, escova de cabelo.

O Daniel apareceu em uma Mercedes conversível com a capota abaixada. Tive que me segurar para não pedir que ele subisse a capota. Será que não é perigoso andar por aí com crianças com a capota abaixada? E se uma tábua enorme cair da traseira de um caminhão em cima deles? Ou se passarem por baixo de uma ponte e alguém derrubar um bloco de concreto em cima deles?

"Será que subimos a capota?", o Daniel perguntou ao Billy ao ler a expressão no meu rosto, quando o Billy protestou, dizendo: "Nããããããão!".

"Deixe... eu guardar isto...", o Daniel disse e discretamente pegou algumas revistas do banco da frente, sendo que a de cima exibia uma manchete grande por cima de uma foto muito estranha, dizendo: "LAVA-RÁPIDO DE LÉSBICAS LATINAS!".

"Alguma hora eu vou ter que aprender", ele disse, todo alegre, entrou no carro e acomodou o Billy no banco da frente. "Certo, eu piso no freio e você cuida dos botões."

Com a mãe que estava tendo um ataque totalmente esquecida, as crianças soltaram gritinhos de animação. Até que a Mabel de repente pareceu preocupada e disse: "Tio Daniel, você se esqueceu de pôr o cinto".

Quando consegui convencer o Daniel a colocar o Billy no banco de trás, e depois de todos estarem de cinto, acenei enquanto disparavam pela rua sem nem olhar para trás.

E então a casa estava vazia. Escondi todos os ursinhos de pelúcia e dinossauros de plástico e os livros de autoajuda vergonhosos do meu quarto, depois comecei a tirar os vestígios infantis da sala, mas desisti, porque era uma tarefa monumental demais e ele provavelmente não vai vir aqui mesmo, porque eu não vou transar com ele. Depois preparei um banho de banheira bem quente e coloquei sais aromáticos na água e liguei uma música, lembrando a mim mesma que o mais importante era a. entrar em um clima sexual relaxado (coisa que não era problema) e b. estar no lugar certo, na hora certa.

Segundo encontro com o garotão

SEXTA-FEIRA, 1º DE FEVEREIRO DE 2013 (CONTINUAÇÃO)

Não faço a menor ideia do que acontece em *Os miseráveis* e realmente preciso ver o filme de novo um dia desses. Ouvi dizer que é muito bom. A única coisa em que eu conseguia pensar era em como me sentia excitada com o joelho do Roxster tão perto do meu. Ele estava com a mão na coxa, e eu também fiquei com a mão na coxa, para que fosse só uma questão de centímetros para que a dele tocasse a minha. Foi absolutamente excitante ficar imaginando se ele também se sentia excitado por mim, mas sem ter muita certeza. De repente, depois de um período bem longo, o Roxster estendeu o braço e pousou a mão na minha coxa direita como quem não quer nada e ficou com o polegar mexendo na seda do vestido azul que tocava minha pele nua. Foi um movimento de alta eficiência que, como achei, não estava sujeito a nenhuma interpretação errônea.

Enquanto as pessoas ficavam se atirando em barragens de águas, morrendo por causa de cortes de cabelo ruins e cantando na tela, dei uma espiada nele. O Roxster olhava calmamente para a tela, apenas um leve movimento dos olhos revelava o fato de que acontecia algo, além de estar assistindo à miséria operística. Então ele se inclinou para cima de mim e sussurrou:

"Vamos embora?"

Quando saímos do cinema, começamos a nos beijar loucamente, então nos compusemos e decidimos que deveríamos, pelo menos, ir a um restaurante. Mesmo no meio do ruído de restaurantes do Soho, um mais barulhento que o outro, todos lotados, conversar com o Roxster era divertido demais, essa é a magia dele. No final, depois de várias bebidas, muita conversa e risada, fomos parar no restaurante que ele tinha reservado para depois do filme.

Durante a refeição, ele pegou minha mão e ficou passando o polegar nos meus dedos. Então envolvi o polegar dele com os dedos e meio que fiquei acariciando para cima e para baixo, e a coisa quase ficou parecendo um anúncio de masturbação. Durante tudo isso, nenhum dos dois deu qualquer indício na conversa de que seríamos algo além de ótimos amigos. Foi louco de tão sexy. Fui ao banheiro quando estávamos saindo e liguei para a Talitha.

"Se você sentir que é a coisa certa a fazer, querida, vá em frente. Se tocar algum alarme, me ligue. Estou do lado do telefone."

Quando saímos — mais uma vez no Soho, agora numa sexta à noite — não havia nenhum táxi. Ele perguntou "Como você vai para casa? É uma da manhã. O metrô já parou."

Murchei. Depois de tanto preparo, dos carinhos com o polegar e de ligar para os meus amigos, nós realmente só éramos amigos. Que droga!

"Jonesinha", ele sorriu. "Você já pegou um ônibus noturno? Acho que vou precisar levar você em casa."

No ônibus, eu me sentia como se partes de outras pessoas penetrassem partes minhas que eu nem sabia existir. Sentia mais intimidade com a comunidade do ônibus noturno do que tinha tido com qualquer outra em toda a minha vida. O Roxster, no entanto, parecia preocupado, como se o ônibus noturno fosse culpa dele.

"Tudo bem?", ele perguntou sem emitir som.

Assenti, toda alegre, desejando estar amassada contra o Roxster e não contra a mulher esquisita com quem eu praticamente estava fazendo o sexo de lava-rápido lésbico da revista do Daniel.

O ônibus parou e as pessoas começaram a descer. O Roxster abriu espaço à força até um assento vazio e se sentou, o que me pareceu uma falta de cavalheirismo que não tinha a cara dele. Então, quando todo mundo se acomodou, ele se levantou e me instalou no lugar dele. Ergui o rosto e sorri para ele, orgulhosa de como ele era lindo e querido, mas vi que ele olhava para baixo com uma expressão de horror. Uma mulher vomitava silenciosamente em cima da minha bota.

Roxster agora tentava controlar a risada. Era a nossa parada e, quando descemos, ele me abraçou.

"Uma noite sem vômito é uma noite sem Jonesinha", ele disse. "Espere." Ele entrou em um supermercado que ficava aberto até tarde e saiu com uma garrafa de água Evian, um jornal e um punhado de guardanapos de papel.

"Preciso começar a carregar essas coisas comigo. Fique quietinha."

Ele derramou a água em cima da minha bota, se ajoelhou e começou a limpar o vômito. Foi muito romântico.

"Agora eu é que fiquei com cheiro de vômito", ele disse, arrasado.

"Podemos limpar em casa", eu disse com o coração batendo forte por haver uma desculpa para ele entrar, mesmo que fosse vômito.

Ao nos aproximarmos de casa, senti que ele olhava para todos os lados, tentando localizar onde estávamos e em que tipo de lugar eu morava. Eu estava muito nervosa quando chegamos à porta. Minhas mãos tremiam quando coloquei a chave na fechadura e não consegui abrir.

"Deixe que eu abro", ele disse.

"Entre", eu disse em um tom absurdamente formal, como se fosse a anfitriã de um coquetel da década de 70.

"Quer que eu vá para algum lugar até a babá sair?", ele sussurrou.

"Eles não estão aqui", sussurrei em resposta.

"Eles quem, você tem *duas* babás? E mesmo assim deixou as crianças sozinhas?"

"Não", respondi com uma risadinha. "Estão com os padrinhos", acrescentei, transformando Daniel em "padrinhos" para o caso de o Roxster pressentir, de algum modo, que o Daniel é um homem viável do ponto de vista sexual, pelo menos até que você o conheça bem.

"Então, temos a casa toda só para nós!", ele vociferou. "Posso ir lavar o vômito?"

Mostrei o banheiro a ele e então corri para a cozinha no andar de baixo, onde penteei o cabelo e passei mais blush. Diminuí as luzes e logo me dei conta de que o Roxster nunca tinha me visto à luz do dia.

De repente, achei que estava igual a uma daquelas mulheres mais velhas que fazem questão de passar o tempo todo dentro de casa com as cortinas fechadas, iluminadas apenas pelo fogo da lareira ou pela luz das velas, que passam o batom totalmente fora da boca quando alguém vai visitá-las.

Então vivi um momento terrível de culpa e pânico em relação ao Mark. Eu me sentia como se fosse infiel, como se estivesse prestes a pular em um precipício e como se estivesse muito, muito longe de tudo o que conhecia e era seguro. Eu me inclinei por cima da pia, sentido que ia... bom... como era adequado, suponho... vomitar, então, de repente, ouvi o Roxster tendo um ataque de riso. Eu me virei.

Ai, merda! Ele estava olhando a tabela da Chloe.

A Chloe chegou à conclusão de que as manhãs do Billy e da Mabel seriam muito melhores se eles tivessem ESTRUTURA e, por isso, ela fez uma tabela com as coisas que devem acontecer, mais ou menos momento a momento, antes de levar os dois para a escola. Era ótimo, mas a tabela era ridícula de tão extensa, e uma das anotações, que o Roxster agora lia em voz alta, dizia: "7h55-8h Beijos e abraços na mamãe!".

"Você por acaso sabe qual é o nome deles?", o Roxster perguntou. Então, ao ver meu rosto, deu risada e estendeu as mãos para eu cheirar.

"Estão perfeitas", eu disse. "Sem sinal de vômito. Quer uma taça de..." Mas o Roxster já estava me beijando. E não estava nem um pouco apressado. Foi muito suave, quase delicado, controlando a situação.

"Podemos subir?", ele sussurrou. "Quero beijos e abraços da mamãe."

No começo fiquei nervosa conforme eu subia as escadas, imaginando se minha bunda parecia gorda de trás e de baixo, mas percebi que, em vez disso, o Roxster estava concentrado em apagar as luzes na medida em que avançávamos. "Tsc, tsc, e a economia de energia, Jonesinha?" Ah, os jovens e sua preocupação com o planeta!

Quando abri a porta, o quarto estava lindo, iluminado apenas pela luz do corredor, e essa pelo menos o Roxster não apagou. Ele entrou e fechou a porta quase toda atrás de si. Tirou a camisa. Respirei fundo. Parecia uma propaganda. Parecia que o abdômen dele tinha sido criado no Photoshop. Não havia ninguém em casa, as luzes estavam fracas, ele era bom no que fazia, era seguro e inacreditavelmente bonito. Então ele disse: "Venha aqui, linda".

Deflorada

SÁBADO, 2 DE FEVEREIRO DE 2013

11h40 O Roxster acaba de sair porque as crianças devem chegar com o Daniel daqui a vinte minutos. Não resisti e coloquei "Mad About the Boy", da Dinah Washington, para tocar e fiquei dançando feito uma doida pela cozinha. Eu me sinto tão feliz e fantástica, como se nada mais fosse problema. Fico andando de um lado para o outro, pegando coisas e colocando de volta no lugar, em transe. Parece que fui banhada em alguma coisa, como raios de sol ou... leite, bom, leite não, mas... Momentos da noite passada voltam à minha mente: o Roxster deitado na cama, olhando para mim quando saí do banheiro com a minha camisolinha. Tirando a camisolinha. Dizendo que eu ficava melhor sem ela. A visão do rosto lindo dele em cima de mim, perdido no que estávamos fazendo, a leve abertura entre os dentes da frente dele. E então, de repente, a onda de choque da enfiada, o impacto e a emoção inesperada depois de tanto, tanto tempo sentindo ele todo dentro de mim, uma pausa de um momento para saborear e então começar a me mexer e lembrar o êxtase que dois corpos são capazes de criar juntos. Os corpos podem fazer coisas fantásticas. E então, quando eu gozei, cedo demais, o Roxster estava observando meu rosto com uma expressão de tesão e descrença, e eu senti quando ele começou a tremer de tanto rir.

"O que foi?", eu perguntei.

"Só estava imaginando quanto tempo isso ia durar."

O Roxster pegando meus pés por baixo do edredom e de repente me puxando até a beirada da cama e caindo na gargalhada. E daí começando tudo de novo na beirada da cama.

Eu tentando fingir que não estava tendo um orgasmo para que ele desse risada de mim mais uma vez.

Então, finalmente, horas e horas mais tarde, acariciando o cabelo escuro e farto dele, enquanto repousava um pouquinho no travesseiro, absorvendo cada detalhe de seus traços perfeitos, as linhas delicadas, o nariz, o maxilar, os lábios. Ai, Deus, a diversão, a proximidade, o êxtase de ser tocada por alguém depois de tanto tempo, alguém tão lindo, tão jovem e tão bom nisso. Pousar a cabeça no peito dele e conversar no escuro, e então o Roxster segurando os meus lábios entre os dedos e dizendo: "Shhhhhhhh", e eu tentando dizer por entre os dedos dele: "Mas eu não quero parar de conversar", e o Roxster sussurrando com gentileza, como se eu fosse criança ou doida: "Não é parar de conversar, é mais economizar a conversa até de manhã".

E daí... Ai, merda, a campainha.

Abri a porta, radiante, as crianças estavam caóticas, todas descabeladas, com o rosto sujo, mas felizes. O Daniel bateu o olho em mim e disse: "Jones, a noite deve ter sido muito boa mesmo, você parece vinte e cinco anos mais nova. Será que pode me dar o prazer de relatar os detalhes bem rapidinho, com cuidado e precisão, enquanto eles assistem ao *Bob Esponja*?".

DOMINGO, 3 DE FEVEREIRO DE 2013

21h15 O resto do fim de semana foi maravilhoso. As crianças estavam felizes porque eu estava feliz. Saímos e subimos em árvores, depois voltamos para casa e assistimos a *Britain's Got Talent*. O Roxster mandou uma mensagem de texto às duas da tarde e disse que tinha sido tudo maravilhoso, menos o vômito que ele achou na manga da jaqueta. E eu disse que tinha sido maravilhoso, menos a sujeira que ele fez nos lençóis. E nós dois concordamos que nossa idade mental é muito baixa e que temos demonstrado isso desde que começamos a trocar mensagens de texto.

Tenho tanta sorte, a esta altura da vida, por ter passado essa noite com um homem tão jovem e lindo. Me sinto tão grata.

21h30 Ai, Deus. De repente, por algum motivo, eu me lembrei de uma fala de *O último rei da Escócia,* em que alguém diz: "Prefiro ir para a cama com mulheres casadas. Elas ficam tão gratas". Acho que foi o Idi Amin.

De volta para o presente

Noite escura da alma

SÁBADO, 20 DE ABRIL DE 2013

0 mensagens do Roxster, número de vezes que vi se o Roxster tinha mandado mensagem: 4567, 6 piolhos encontrados no Billy, 0 piolhos encontrados na Mabel, 0 piolhos encontrados em mim, 395 minutos passados lembrando do Mark, na perda, na tristeza, na morte, na vida sem o Mark, em tentar ser uma mulher de novo, no Cara-da-jaqueta-de-couro, nos desastres do namoro, em como criar meus filhos e em todo o ano passado, 0 ideias para a reunião sobre o roteiro que tenho segunda-feira com o pessoal da produtora Greenligh, 0 minutos dormidos.

5h Mas não foi só aquela noite. O Roxster e eu nos demos superbem e uma semana se transformou em duas, e em seis, e agora já faz onze semanas e um dia.

O negócio é que, apesar de na teoria a prática ser difícil com o Roxster, também foi surpreendentemente fácil. Difícil porque o Roxster mora com três outros caras da mesma idade. Então obviamente não podíamos ir para a casa dele, para eu me meter em alguma situação do tipo Beavis e Butthead, tentando encarar lençóis ásperos e a pia cheia de resto de pasta de dente, ao mesmo tempo que finjo ser uma amiga da família da mãe do Roxster que chegou para se hospedar em sua cama de lençóis que arranham.

Do mesmo modo, eu não queria apresentar as crianças ao Roxster tão cedo, e certamente não queria que elas me encontrassem na cama com ele. Mas, graças à tranca da porta do quarto, foi uma delícia. Uma delícia ter vida adulta isolada e marcar encontros em bares e restaurantezinhos e ir ao cinema e caminhar no parque e transar fantasticamente, e ter alguém que se importa comigo. Apesar de ele não ter conhecido as crianças, elas se tornaram parte do nosso diálogo e parte das mensagens de texto que são o comentário contínuo da nossa vida, com tudo o que estamos fazendo, o que estamos comendo, que hora eu levei os dois à escola, o que o chefe do Roxster fez e, de novo, o que o Roxster está comendo.

Olhando para trás, acho que passei todo o tempo quase delirante, bêbada de tanto transar, em uma névoa de felicidade. E agora são seis da manhã de sábado, e eu passei a noite toda acordada, pensando em tudo isso; as crianças vão acordar daqui a uma hora, eu tenho a reunião do roteiro na segunda e ainda não preparei nada e provavelmente estou com piolho. E ainda não chegou nenhuma mensagem de texto do Roxster.

22h Ainda não recebi nenhuma mensagem de texto e voltei a ter um ataque. Deixei recados e mandei mensagens para a Jude, o Tom e a Talitha, mas parece que ninguém está disponível. A Jude saiu com o cara que adora dançar ou talvez com o que é médico ao mesmo tempo que deu o cano em Richard, o Vil, com a garota imaginária. Ah, telefone!!

Era a Talitha, que veio me salvar. Ela se recusou a escutar as minhas queixas de "É porque eu sou uma *mulher de meia--idade*!" e disse: "Bobagem, querida!". E me lembrou de *Homens são de Marte, mulheres são de Vênus*, e de como homens de *qualquer idade* às vezes precisam se recolher a suas cavernas.

"E além do mais, querida", ela completou, "você se encontrou com ele na quinta à noite. Não pode achar que vai se encontrar com o pobre garoto dia sim, dia não."

Então, bem quando fui para a cama, uma mensagem de texto fez ping. Pulei para ver de quem era, cheia de esperança.

Era a Talitha mais uma vez.

Agora, pare de se preocupar. É só um mau tempo na relação. Lembre-se de tudo o que você aprendeu. Você é uma marinheira e tanto, e garanto que vai navegar com sucesso por este pequeno percalço.

DOMINGO, 21 DE ABRIL DE 2013

62 kg (ai não, isso tem que parar), 2850 calorias (isso também, mas é culpa do Roxster), 452 minutos passados brincando com as crianças, 452 minutos passados me preocupando com o Roxster enquanto brincava com as crianças (espero que a assistente social não leia isso).

15h Ainda nada de mensagem de sexo. Quer dizer, mensagem de texto. Mas estou me sentindo bem mais inteira em relação ao Roxster hoje. Calma, budista, quase igual ao dalai-lama. Quando ele vem, recebemos com alegria; quando ele se vai, deixamos que vá.

15h05 FODA-SE O ROXSTER! QUE SE FODA! Fazer esta coisa de declarar a morte por mensagem de texto, depois de tudo aquilo, daquela PROXIMIDADE. Isso é desumano. Eu não gostava dele mesmo, só estava... USANDO O CORPO DELE PARA TRANSAR... igual a um... igual a um BRINQUEDINHO. E foi MESMO muito bom as crianças não terem conhecido ele — porque agora tudo acabou, então pelo menos não vai afetar os dois. Mas onde é que eu vou arrumar alguém com quem eu me dê bem daquele jeito e que seja tão divertido e querido e lindo e...

"Mamãe?", o Billy interrompeu. "Quantos elementos existem?"

"Quatro!", respondi alegre e, com um estalo, voltei à realidade daquela tarde confusa de domingo na cozinha. "Ar, fogo, madeira... e... hum..."

"MADEIRA não! Madeira não é um elemento."

Ah. De repente percebo que "madeira" veio de um livro que eu li sobre decoração elementar — em uma época que tive a fantasia de transformar a casa em um ambiente budista —, que dizia que a casa precisava ter água, madeira, terra e fogo. Pelo menos não tem problema nenhum com o último!

"Existem cinco elementos."

"Não existem, não!", eu disse, indignada. "São quatro."

"Não, são cinco elementos", o Billy disse. "Ar, terra, água, fogo e tecnologia. Cinco."

"Tecnologia não é um elemento."

"É, sim!"

"Não, não é!"

"É. Está no *Wii Skylanders*: água, ar, terra, fogo e tecnologia."

Fiquei olhando para ele, horrorizada. Será que a tecnologia tinha se transformado em outro elemento? Será que era isso? A tecnologia é o quinto elemento, e a minha geração simplesmente não entende, do mesmo jeito que os incas se esqueceram completamente de inventar a roda. Ou talvez eles tenham inventado a roda e foram os astecas que nunca tiveram essa ideia.

"Billy?", perguntei. "Quem inventou a roda? Os incas ou os astecas?"

"Mamããããão! Foi na Ásia, em 8000 a.C." o Billy disse sem olhar para cima.

De algum modo, ele tinha pegado o iPod sem que eu notasse.

"O que você está FAZENDO????", soltei. "Você já usou o iPod todo o tempo que podia. Agora só pode pegar de novo às quatro horas!"

"Mas eu não fiquei jogando *Skylanders* durante os quarenta e cinco minutos inteiros. Só joguei trinta e sete minutos porque estava carregando e VOCÊ disse que o tempo não contava quando eu ia ao banheiro."

Agarrei meu cabelo e puxei, tentando não pensar nas lêndeas. Simplesmente não sei o que fazer a respeito da tecnologia. É proibido usar durante a semana, e no fim de semana ele só pode no máximo duas horas e meia, no máximo quarenta e cinco minutos por vez e com pelo menos uma hora de intervalo, mas a coisa toda se transforma em um algoritmo complicado que envolve terminar níveis, e carregar, e ir ao banheiro, e jogar pela internet com alguém que mora do outro lado da rua, e a coisa toda simplesmente me deixa MALUCA porque isso os transforma em criaturas não presentes... e eu poderia muito bem ainda estar na CAMA.

"Billy", eu disse com minha melhor voz de secretária eletrônica. "Você já usou todo o seu tempo. Pode por favor me entregar o iPad, quer dizer, iPod?"

"Não é um iPod."

"Me dê aqui." Eu disse e olhei com cara de medusa para o objeto maléfico, preto e fino.

"É um Kindle."

"Eu disse que CHEGA DE TELA!"

"Mamãe. É o seu Kindle. É um livro."

Pisquei rápido, confusa. Era tecnológico, preto e fino e, portanto, do Mal, mas...

"Estou lendo *James e o pêssego gigante*, do Roald Dahl."

... também era um livro.

"Muito bem!", eu disse toda alegre, tentando retomar a dignidade. "Alguém quer um lanche?"

"Mamãe", o Billy disse. "Como você é boba."

"Certo, descuuuuulpe", eu disse, igual a uma adolescente amuada e dei um abraço nele que talvez tenha sido passional demais.

De repente, ouvi um ping. Mergulhei em cima do telefone. O Roxster! Era o Roxster!

Jonesinha, sinto muito por ter sumido. Deixei o telefone na mesa da cozinha quando viajei para Cardiff na sexta e não tenho o seu número anotado em nenhum outro lugar. Mandei um monte de tuítes e e-mails para você, feito um animal em fúria. Será que formigas invadiram seu computador?

Ai, Deus. É mesmo. O Roxster disse que ia a Cardiff assistir a um jogo de rúgbi nesse final de semana. Era por isso que ele queria me ver na noite de quinta, quando descobri que o Billy estava com piolho. A história do rúgbi em Cardiff era neste fim de semana!

Tivemos um deliciosa troca de mensagens que culminou em:

Devo passar aí hoje para a gente transar e fazer as pazes? Apesar de não termos brigado? De repente a gente pode fazer isso depois, que tal?

Vou dizer não. Tenho uma reunião amanhã e é muito importante estar preparada e descansada, e eu sou esse tipo de Mãe Executiva, que é profissional e sabe priorizar. Depois que as crianças dormirem, eu vou me preparar para a Reunião Executiva de amanhã.

23h55 Hummmm. Não há nada como sexo de reconciliação para ajudar você a perdoar o seu garotão por ter ido ver um jogo de rúgbi e esquecer o telefone.

Mãe executiva

SEGUNDA-FEIRA, 22 DE ABRIL DE 2013

60 kg (alguns quilos evaporaram devido ao sexo), 5 vezes, 0 minutos passados preparando ideias para a reunião, 0 ideias de coisas a dizer na reunião (ai, Deus).

11h30 Recepção da produtora.

Ai, Deus. O que eu tinha na cabeça quando resolvi passar a noite toda transando? Toda essa história de transar porque brigamos e transar porque fizemos as pazes fez com que eu e o Roxster ficássemos frenéticos, e nenhum dos dois conseguiu dormir. Cheguei a ficar de ponta-cabeça na beirada da cama com o Roxster segurando minhas pernas no ar enquanto metia entre elas e de repente...

"Mamããããe!" A maçaneta da porta começou a fazer barulho.

Ai, Deus, foi tão difícil de parar.

"Mamãããe!"

O Roxster recuou assustado, e eu caí com tudo de costas no chão...

"Mamãe! Que barulho foi esse?"

"Nada, querido!", estrilei, de ponta-cabeça, "Espero só mais um pouquiiiiinho" e, com isso, o Roxster sussurrou: "Você também".

Tentei me virar, em um momento nada digno de uma dama, com a bunda para cima, e o Roxster começou a dar risada enquanto me puxava de volta para cima da cama, sussurrando: "Por favor, não peide".

"Mamããe, cadê você? Por que a porta está trancada?"

Mergulhei por cima da cama, tentando arrumar a camisolinha enquanto o Roxster se escondia do outro lado. Virei a chave, abri uma fresta na porta, saí apressada e fechei atrás de mim.

"Está tudo bem, está tudo bem, Billy, a mamãe está aqui e tudo está bem. Qual é o problema?"

"Mamãe", o Billy disse, olhando de um jeito estranho para mim. "Por que seus peitos estão para fora?"

Depois que levei os dois na escola, a manhã foi um pesadelo total enquanto eu e a Chloe tentávamos organizar como ela devia fazer para buscá-los e como ia ser com os piolhos se eles fossem brincar na casa dos amiguinhos, ao mesmo tempo secando o cabelo, presumivelmente atirando lêndeas para todos os lados no banheiro, e localizar o vestido azul de seda no fundo do guarda-roupa, que tive que passar a ferro e limpar de manchas de chocolate. E agora estou aqui, esperando pela reunião, e não fiz nenhuma preparação mental.

O escritório da produtora é muito assustador. A recepção parece uma galeria de arte. O balcão parece uma enorme banheira de concreto no meio do nada e tem um homem deitado com a cara no chão — talvez outro aspirante a roteirista cuja "reunião exploratória de roteiro" foi um fracasso?

12h05 Mas era uma escultura, ou talvez uma *instalação.*

12h07 Calma e digna. Calma e digna. Está tudo bem. Só preciso lembrar do que está no roteiro.

12h10 Talvez eu ganhe um Bafta de Melhor Roteiro Adaptado. "Gostaria de agradecer à Talitha, ao Sergei, ao Billy, à Mabel, ao Roxster... mas chega de falar neles! Eu nasci há trinta e cinco anos e..."

12h12 Olhe, pare com isso. Preciso organizar meus pensamentos. O importante é que essa é uma versão atual de uma tragédia feminista. O principal fio condutor da narrativa é que a Hedda, em vez de ser independente como a Jude, se contenta com um acadêmico feio e chato, que gasta o que não tem para comprar uma casa para eles dois em Queen's Park. Hedda, desapontada com a lua de mel acadêmica em Florença, porque na verdade queria ir para Ibiza, e desapontada com o sexo ruim, porque na verdade queria se casar com seu amante gostoso e alcoólatra, volta e descobre que também está desapontada com a casa escura, úmida e horripilante em Queen's Park, e acaba se matando com um tiro e... Aargh!

17h Fui acordada dos meus devaneios por uma menina alta de cabelos pretos, toda vestida de preto. Um jovem mais baixo estava de pé atrás dela, de terno e com o cabelo curto de um lado e comprido do outro. Eles sorriram exageradamente, como se eu já tivesse feito alguma coisa errada e eles estivessem tentando me acalmar antes de me matar e me deixar como aquele homem no chão.

"Oi, eu sou a Imogen e este é o Damian."

Fez-se um momento de silêncio constrangedor enquanto nos apertávamos dentro do elevador de aço inoxidável, olhando uns para os outros com sorrisos intensos, pensando no que dizer.

"É um elevador muito bonito", eu disse, sem pensar. Imogen respondeu "É, não é?", e a porta se abriu direto para uma espetacular sala de reuniões com os telhados de Londres de vista.

"Quer beber alguma coisa?", a Imogen disse, apontando para um aparador baixo que continha uma gama de águas chiques, refrigerante zero, café, bolachas de chocolate, barras de cereal, cookies de aveia, uma fruteira e chocolatinhos e, estranhamente para aquela hora do dia, croissants.

Na hora em que eu estava pegando um café e um croissant, para ter a sensação agradável de que era uma executiva tomando um Café da Manhã Executivo, a porta se abriu com um estrondo e um homem alto e imponente, usando enormes óculos pretos e uma camisa imaculadamente bem passada, entrou, parecendo muito ocupado e importante.

"Desculpem", ele disse com uma voz grossa, sem olhar para ninguém. "Conference Call. Muito bem. Onde estamos?"

"Bridget, esse é o George, o chefe da Greenlight", disse a Imogen, no segundo em que minha bolsa começou a grasnar como um pato. Ai, Deus. O Billy obviamente fizera algo com o alerta de mensagem de texto.

"Desculpe", disse, rindo alegremente. "Vou desligar isso." Comecei a tatear por entre os pedaços de queijo que havia dentro da minha bolsa, tentando encontrar o telefone. Mas a questão é que os grasnos não eram um alerta de mensagem, mas uma espécie de alarme, que continuou a grasnar, e minha bolsa era tão cheia de tranqueira que demorei séculos para achar o aparelho. Todo mundo ficou me olhando.

"Bom...", disse o George, indicando a cadeira ao seu lado enquanto eu pegava o telefone, limpava um pouco de banana amassada que havia nele e desligava o alarme. "Nós gostamos do seu roteiro."

"Que bom!", eu disse, me sentando, deliciada, e colocando o telefone furtivamente sobre o joelho, para o caso de o Roxster, quer dizer, a Chloe ou a escola, mandar uma mensagem.

"Ele tem partes lindas", disse a Imogen.

"Obrigada!", eu disse, radiante. "Anotei algumas coisas para a nossa discussão e..."

O telefone vibrou. Era a Chloe.

> A mãe da Cosmata disse que não tem importância se a Mabel for brincar lá, já que a Cosmata e o Thelonius estão com piolho também, mas a mãe do Atticus disse que não quer que o Billy vá brincar lá com piolho. O Billy passou mal na escola e eles querem que alguém vá pegá-lo agora, mas eu não posso, e a mãe da Cosmata não quer que eu leve o vírus para a casa dela, por isso não posso levar o Billy para pegar a Mabel lá.

Fiquei zonza diante do imenso pântano que são os nomes das crianças hoje em dia, que mais parecem a declinação dos verbos latinos — Cosmo, Cosmas, Cosmata, Theo, Thea, Thelonius, Atticarse — e do terrível dilema de quem vai buscar quem com vírus, tentando imaginar o que as mães executivas fazem em situações parecidas.

"Basicamente, a gente acha que o tom dele e a atualização da história da Hedda são maravilhosos", continuou a Imogen.

"A história *do personagem*", disse o George rispidamente. A Imogen ficou um pouco vermelha, parecendo tomar isso como uma espécie de repreensão, e então continuou: "Nós achamos que a ideia de uma mulher insatisfeita com a vida e dividida entre um marido que é uma escolha sensata e um louco e criativo...".

"Exatamente, exatamente", eu disse, enquanto o telefone vibrava de novo. "Quero dizer, embora isso tenha sido há muito tempo, as mulheres ainda estão tomando decisões assim. E eu acho que Queen's Park tem exatamente o tipo de..."

Olhei furtivamente para a mensagem. Roxster!

O que você está vestindo e como está a reunião do roteiro?

"Certo, bom, o que a gente está pensando é: vamos passar a história para o Havaí", interrompeu o George.

"HAVAÍ?" eu disse.

"É."

Percebendo que aquele talvez fosse um momento crucial, me muni de coragem e disse, "Embora a ideia fosse ser mais norueguês. Pensei em novembro, com tudo escuro e tristíssimo, numa casa escura e deprimente em Queen's Park."

"Pode ser em Kauai", disse a Imogen num tom encorajador. "Lá chove o tempo todo."

"Então em vez de se passar, digamos, numa casa escura e deprimente, vai ser..."

"Num iate!", disse a Imogen. "A gente quer acrescentar um clima glamoroso estilo anos 60 ou 70."

"Que nem *A Pantera Cor-de-Rosa*", interrompeu o Damian.

"Quer dizer que vai ser um desenho animado?", eu disse, escrevendo furtivamente por baixo da mesa, O vestido de seda azul. Um pesadelo.

"Não, não, tipo *A Pantera Cor-de-Rosa* original, sabe? Com o David Niven e o Peter Sellers", disse a Imogen.

"Esses filmes não se passavam em Paris e Gstaad?"

"Bom, sim, mas é o *clima* deles que a gente quer. A atmosfera", disse a Imogen.

"Um iate no Havaí com um clima de Paris e Gstaad?"

"E chovendo", disse a Imogen.

"Com o céu cheio de nuvens negras", acrescentou o Damian.

Despenquei. O roteiro inteiro se baseava em como tudo era decepcionante e velho. Mas o mais importante, como dizia Brian, o Agente, é que, se você é um roteirista, não pode ser uma mala.

Meu telefone vibrou. Mensagem do Roxster.

GBA. É aquele vestido onde eu enfiei minha cabeça no último sábado?

"Bom...", disse o George. "A Hedda é a Kate Hudson."

"Claro, claro." Assenti, escrevendo "Kate Hudson" no meu bloco de notas do iPhone enquanto mandava uma mensagem para o Roxster dizendo <GA?> e tentava não pensar na cabeça dele enfiada no meu vestido.

"O marido chato é o Leonardo DiCaprio e o ex-alcoólatra é...?"

"O Heath Ledger", disse o Damian rapidamente.

"Mas ele morreu", disse a Imogen no instante em que o Roxster respondeu:

Grande Bife Acebolado. Digo, Grande Beijo e Abraço.

"É, é, é, é, é", disse o Damian. "Não o Heath Ledger, mas alguém *tipo* o Heath Ledger só que..."

"Vivo", disse a Imogen, olhando friamente para o Damian. "O Colin Farrell?"

"Isso", disse o George. "Já estou vendo. Consigo ver o Colin Farrell. Se ele estiver andando na linha, e eu acho que está. E quanto à outra menina?"

"A amiga? Aquela colega de escola da Hedda Gabler?", perguntou a Imogen. Meu telefone vibrou.

O Billy não está mais se sentindo mal, então eu posso buscar ele antes, mas a mãe da Cosmata ainda não quer que ele vá até a porta. Posso deixar ele no carro?

"Alicia Silverstone", disse o Damian. "O filme pode ser parecido com *As patricinhas de Beverly Hills*."

"Não", disse o George.

"Não", disse o Damian, discordando dele mesmo.

"Na verdade", disse o George com um ar pensativo, "a Hedda podia ser mais a Cameron Diaz. E que tal o Bradley Cooper para o marido chato?"

"Huum! Isso!", eu disse. "Mas o Bradley Cooper não é meio sex...?"

"Jude Law em *Anna Karenina*", concordou a Imogen com um sorriso que indicava que tinha entendido tudo. "Que tal colocar atores mais velhos em todos os papéis e colocar o George Clooney para fazer uma coisa diferente do normal dele?"

Eu me senti num mundo estranho, em outra dimensão, onde ficávamos citando nomes de pessoas incrivelmente famosas que não iam ter nenhum interesse em fazer o filme. Por que a mãe da Cosmata acha que piolhos e vírus conseguem pular da calçada para dentro da casa dela? E por que o George Clooney ia querer fazer uma versão atualizada de *Hedda Gabler* passada num iate no Havaí, num papel diferente daqueles que ele em geral fazia, escrita por mim?

"E se ela não morrer?", disse o George, se levantando e começando a andar de um lado para o outro. "Ela morre, não é? No livro?"

"Peça", disse a Imogen.

"Mas aí não tem sentido", eu disse.

"Tá, mas e se for uma comédia romântica?"

"Não é uma comédia romântica, é uma tragédia", eu disse, e imediatamente me arrependi da minha presunção.

Meu telefone vibrou de novo. Mensagem da Chloe:

Não dá para estacionar na rua da Cosmata. E a mãe dela não vai andar até a esquina por causa do bebê.

"Ela dá um tiro na cabeça", disse a Imogen.

"Um tiro na cabeça? *Na cabeça?*", disse o George. "Quem faz isso?"

"Você não pode perguntar 'quem faz isso' quando se trata de alguém que dá um tiro na cabeça", disse a Imogen.

"Mas é exatamente isso que eles dizem! Na peça original!", eu disse, tentando controlar minha irritação com a mãe da Cosmata. "Meu Deus! As pessoas não fazem esse tipo de coisa!"

Fez-se um silêncio. Eu vi que tinha dito a coisa mais errada do mundo.

A Imogen estava me olhando com uma cara horrível. Eu tinha que parar de olhar minhas mensagens de texto e me CONCENTRAR. Claramente estava no meio de uma disputa de poder supercomplexa, que não entendia direito, e ia ter que abandonar pelo menos um dos meus filhos e deixar de satisfazer a obsessão do Roxster por comida. A Imogen havia me apoiado no fato de que não se pode questionar se as pessoas dão tiros na cabeça ou não — porque claramente elas fazem isso, e às vezes não só em peças —, mas aí eu, em vez de apoiá-la nesse apoio, tinha apoiado o George, dizendo que o ponto de vista dele era apoiado nas opiniões de...

"Quer dizer, concordo com você, Imogen", eu disse. "As pessoas vivem dando tiros na cabeça. Não vivem, na verdade, mas elas às vezes dão tiros na cabeça. Tipo o... tipo o... hum..." Olhei freneticamente em torno, buscando inspiração e desejando poder buscar no Google "celebridades modernas que deram um tiro na cabeça". Mas, em vez de fazer isso, mandei rapidamente uma mensagem para a Chloe: Arrume uma máscara cirúrgica para o Billy.

"Bom", disse o George, se sentando de novo com um ar importante e profissional. "Então. A gente vai te dar umas duas semanas. Sem a Kate Hudson levando tiro. É uma comédia. É de comédia que a gente gosta."

Eu olhei para ele, aterrorizada. *As folhas no cabelo dele* não é uma comédia. É uma tragédia. Será que a tragédia que eu escrevi sem querer saiu cômica? O fato de que a Hedda Gabler dá um tiro na cabeça é fundamental. Mas, como disse o Brian: na indústria cinematográfica, a integridade artística tem que vir junto com o pragmatismo e... outra mensagem do Roxster!

> Que tal sugerir que eles façam um filme chamado *Piolhos!* numa animação estilo Pixar?

Na verdade, não era má ideia. De repente, o já mencionado conceito da Pantera Cor-de-Rosa, combinado com a ideia do Roxster de fazer uma animação chamada *Piolhos!* fez surgir uma ideia brilhante na minha mente.

"E *Tom e Jerry*?", eu disse sem pensar. O George, que já havia aberto a porta para sair, deu uma freada e olhou para trás.

"Digo, *Tom e Jerry* é uma comédia, mas coisas horríveis acontecem tanto com o Tom quanto com o Jerry. Quer dizer, mais com o Tom — ele é achatado, eletrocutado —, mas, de alguma maneira..."

"Ele sempre volta a viver!", disse a Imogen, sorrindo para mim.

"Você quer dizer que ela vai ressuscitar?", perguntou o George.

"É uma mistura de *Um amor de tesouro* com *ER* e *A paixão de Cristo*!", disse o Damian entusiasmado, acrescentando rapidamente, "mas sem a controvérsia com os judeus."

"Experimente, mande o roteiro reescrito na quarta-feira e

a gente vê como fica", disse o George com sua voz grave. "Bom, eu tenho que ir. Tenho um call."

O telefone vibrou. Roxster: Tem comida na reunião?.

Depois de uma despedida eufórica — "Você foi *muito* bem lá dentro! Amei seu vestido!" — e de uma troca de abraços durante a qual eu tentei manter minha cabeça num ângulo estranho por causa dos piolhos (e se eles entrassem no cabelo meio curto meio comprido do Damian?), eu me sentei na recepção e fui ler minhas mensagens de texto.

Chloe: O Billy está bem agora. Então vou deixar a mãe da Cosmata buscar a Mabel, busco o Billy e depois a Mabel.

Roxster: Saí do escritório para ir tomar um banho frio — por causa da comida é claro, não da fantasia com vestido/reunião. Me passe a lista completa.

Em vez de processar a reunião toda, ligar para o Brian e convencê-lo a convencê-los a me dar mais tempo, correr para casa para ver como o Billy estava e pensar seriamente em dizer à Chloe que ela tem que tomar decisões sozinha se eu estiver em reuniões importantes, respondi ao Roxster com uma lista de cada alimento que havia na reunião, acrescentando: Duvido que sua cabeça estaria enfiada no meu vestido.

Um piolho no meio do caminho

TERÇA-FEIRA, 23 DE ABRIL

0 minutos passados escrevendo o roteiro, 507 minutos passados lidando com os piolhos das pessoas em vez de trabalhar, 23 pessoas que eu e meus filhos talvez tenhamos infestado com piolhos (incluindo o Tom, a Jude, todos os caras com quem a Jude saiu recentemente, a Talitha, o Roxster, o Arkis, o Sergei, Grazina, a Faxineira, a Chloe, Brian, o Agente — mas só se piolhos passarem pelo telefone — e toda a equipe da Greenlight) (sem contar as pessoas que as pessoas acima podem ter infestado).

9h30 Bom. Este é meu primeiro dia oficialmente reescrevendo *As folhas no cabelo dele*. Estou orgulhosa e me sinto ótima! Quase como se antes fosse só um hobby, mas agora é sério.

10h05 Aff. Mas isso, na verdade, é bem difícil. Não quero dar uma de estrelinha, mas passar *Hedda Gabler* para um iate no Havaí é mudar um pouco o clima e o significado da história toda. Causa uma série de dificuldades que não existiam quando era numa casa com terraço em Queen's Park. Obaa, mensagem!

10h45 Era o Tom. Sua cabeça está coçando? Por que a minha está. Talvez seja psicossomático, mas por acaso nós não demos um superabraço quando nos despedimos na outra noite?

Entrei em pânico. Mandei a resposta: Com certeza é psicossomático. Eu não peguei. Mas, enquanto eu ainda estava escrevendo, minha cabeça começou a coçar.

O Tom de novo. Mas eu finalmente fui para a cama com o Arkis no sábado. Será que eu conto para ele?

Paroxismos de culpa. O Tom indo para a cama com o Arkis

é o produto de meses de discussão e estratégia, e posso ter estragado tudo!

11h Acabei de mandar para o Tom uma lista de pentes, produtos etc. contra piolho, e me ofereci para examinar a cabeça dele se quisesse vir aqui.

11h15 A Jude acabou de ligar, falando em tom trêmulo e sepulcral.

"O Richard, o Vil, bloqueou a Isabella."

"Quem é a Isabella?"

"A garota inventada no POF, lembra? Ela deu o cano nele no sábado, e agora..."

A Jude estava mesmo muito aborrecida.

"O quê?"

"Richard, o Vil, substituiu o perfil dele por uma mensagem dizendo que não está mais disponível porque conheceu uma pessoa. Só que eu estou me sentindo muito, muito magoada, Bridget. Como é que ele pôde conhecer alguém assim tão rápido?"

Tentei explicar à Jude que a Isabella não era real, e que o Richard, o Vil, obviamente não tinha conhecido ninguém, só estava tentando se vingar da Isabella por ter dado o cano dele, apesar de a Isabella não existir. Com isso, a Jude pareceu se animar e disse: "Mas o cara que eu conheci no sábado era legal, você sabe, aquele do AmantesDaDança. Mas ele odeia dançar".

Pelo menos ela não falou nada sobre piolhos.

Meio-dia Bom. Agora que a Jude está calma e feliz de novo, vou continuar a reescrever *As folhas no cabelo dele.*

O problema é que ninguém MORA em um iate, não é mesmo? Ou será que mora? Tipo as pessoas que moram em barcos no canal. Mas o tipo de gente que tem iate na verdade mora em uma casa grande e só passa as férias no iate, não? E, o que é mais importante, a lua de mel também.

12h15 Mandei uma mensagem de texto para a Talitha.

Alguém mora em iate?

A Talitha respondeu.

Não, só a tripulação ou quem lava dinheiro.

12h30 Outra mensagem de texto da Talitha.

Aliás, a sua cabeça está coçando? A minha está. Por acaso não peguei sua escova de cabelo emprestada da última vez que saímos? Levemente preocupada com o que isso vai causar aos meus apliques.

Ai, Deus. Os apliques da Talitha! Dá para passar pente fino em apliques?

Acabei de receber outra mensagem de texto da Jude.

Aliás, a sua cabeça está coçando? Porque a minha está.

16h15 Merda! Merda! Ouço o barulho, a confusão e as vozes de todo mundo chegando em casa.

17h Mabel irrompeu na sala com uma carta na mão. Ela se senta no sofá e soluça, com lágrimas enormes escorrendo pelas bochechas.

Para todos os pais da escola Florialis Branch

Descobrimos que uma criança da sala Briar-Rose...

Por que todos os nomes das classes na escola parecem nomes de pousadinhas do Cotswold Holiday Cottages que eu fico pesquisando no Google em vez de escrever *As folhas no cabelo dele*?

... está com a cabeça infestada de piolhos. Por favor, providenciem pente fino e produtos adequados contra piolhos e examinem seus filhos com cuidado antes de trazê-los para a escola.

"Sou eu", a Mabel soluçou. "Infestei a Briar-Rose com piolho. Sou uma criança da sala Briar-Rose."

"Não é você", eu disse e dei um abraço nela, provavelmente reinfestando-a, ou vice-versa, com piolho. "A Cosmata tem piolho. E nós não encontramos nenhum em você. Talvez eles tenham colocado 'uma criança', mas quiseram dizer um monte de gente."

QUARTA-FEIRA, 24 DE ABRIL DE 2013

80 kg (pelo menos é como eu me sinto), 29 unidades de Nicorette (o substituto do cigarro, não a Mãe Perfeita), 4 Cocas Zero, 5 Red Bulls (horrível, estou praticamente pulando até o teto), 2 pacotes de queijo ralado comidos, 8 fatias de pão integral comidas, 4897 calorias, 0 horas dormidas, 12 páginas escritas. Humpf.

12h30 Certo. Não há absolutamente nenhuma necessidade de entrar em pânico. Se uma história é sólida e traz temas relevantes à vida moderna, a ambientação em si deve ser irrelevante.

13h Essa coisa toda de a Hedda e o marido chato não saírem de lua de mel a bordo de um iate para depois voltar e ir morar em um iate parece totalmente sem sentido.

13h15 Queria muito que a minha cabeça parasse de coçar.

13h20 Quem sabe eles não participam de uma *road trip* pelo oeste americano? É, um carro com certeza seria uma bela mudança em relação a um iate.

16h30 Acho que vou ligar para o Brian, o Agente, para discutir a questão com ele. Quer dizer, é isso que a gente faz com agentes, certo?

17h Expliquei a história toda para o Brian, o Agente, ao mesmo tempo que coçava a cabeça feito uma maníaca.

"Então, o negócio é o seguinte", o Brian disse. "Parece que

a Greenlight alugou um iate no Havaí para um filme de maconheiro chamado *Puff, o dragão mágico*, mas o filme entrou pelo cano, então precisam de outra produção que use um iate havaiano."

"Ah", respondi, arrasada. Quer dizer, eu achava que a razão por que a Greenlight tinha gostado tanto de *As folhas no cabelo dele* era...

"Então, o que vamos fazer?", o Brian perguntou, todo alegre. "Vamos fazer com que a Hedda Gabbler funcione em um iate havaiano, certo?"

"Certo", respondi enquanto assentia com muita ênfase, apesar de o Brian não poder me ver assentir com muita ênfase, infestando a área imediatamente adjacente com piolhos, já que estávamos ao telefone. E isso foi bom, porque, de outro modo, eu também teria infestado o Brian Katzenberg.

QUINTA-FEIRA, 25 DE ABRIL DE 2013

5h Na cama, escrevendo feito uma louca. Rodeada por uma bagunça revoltante de pacotes de Nicorette, xícaras de café, páginas de roteiro espalhadas pelo chão, latas de Coca Zero e Red Bull etc. Me sinto completamente nojenta. Meu estômago é um bolo de queijo ralado, pão integral, Coca Zero e Red Bull, e minha cabeça não para de coçar. E ainda não terminei nenhuma página coerente, está tudo cheio de erros de digitação e o espaçamento está uma loucura etc. etc. Nem posso mandar uma mensagem de texto para o Roxster para me animar, porque ele está dormindo.

10h De algum modo, alimentada por uma descarga de adrenalina, terminei "dez páginas" e enviei por e-mail, e até incluí uma cena extra — reconhecidamente idiota — que escrevi em exatos vinte minutos, em que a Hedda se joga do barco no fim, e então o Lovegood, seu ex-amante alcoólatra, faz a mesma coisa, e os dois aparecem vestindo equipamento de mergulho no fundo do mar, igual acontece em *007 Somente para seus olhos*. Mas, ainda assim, vai passar a impressão agradável de que mais páginas foram escritas.

Agora vou voltar a dormir.

Reunião com poderosos e piolhos

SEXTA-FEIRA, 26 DE ABRIL DE 2013

12h30 Sala de reuniões da Greenlight. Meu Deus, a atmosfera ficou tensa quando cheguei. Estavam todos conversando e de repente pararam de falar.

"Bridget, olá! Entre e sente!", a Imogen disse. "Obrigada pelas páginas. Tem umas partes lindas." (Mais tarde, me dei conta de que "tem umas partes lindas" significa "está uma porcaria".)

O clima parecia insípido e cansado, bem diferente da animação da semana passada. Eu sentia uma vontade incontrolável de coçar a cabeça.

"Como é que uma viagem de carro pode ser boa ideia se essa gente gosta de iates?", o George interveio feito um rolo compressor.

"Foi exatamente o que pensei!", eu disse, e dei uma coçadinha rápida na cabeça como que para ilustrar o dilema, mas na verdade por coceira mesmo. "Se a Hedda vai voltar e ficar decepcionada com o iate novo, como é que pode ter passado a lua de mel nele?"

"É, mas eles não precisam fazer uma viagem de carro, eles podiam ir a... a..."

Meu telefone vibrou com uma mensagem de texto. Talitha.

> O salão não quer tirar meu aplique. Não querem infestar o lugar com piolhos.

"Las Vegas!", o Damian disse, ávido.

"Las Vegas, não", o George respondeu em tom de desprezo. "As pessoas se casam em Las Vegas, não passam a lua de mel lá."

"Que tal a Costa Rica?", o Damian propôs.

O telefone vibrou mais uma vez.

Era o Tom.

Piolho e chato são a mesma coisa?

"Ou a Riviera Maia?", a Imogen sugeriu.

"No México, não. Tem muito sequestro", o George respondeu.

"Mas faz diferença?", arrisquei, tentando não começar a pensar nas implicações horripilantes da mensagem de texto do Tom. "Porque nem vamos chegar a ver os dois na lua de mel, só quando voltarem."

Todo mundo ficou olhando fixo para mim, como se essa ideia fosse totalmente brilhante e original.

"Ela tem razão", o George disse. "Não precisamos ver a lua de mel."

De repente, tive a sensação esmagadora de que o George na verdade não estava interessado na qualidade da minha escrita, e sim nas locações da filmagem. Achei que devia mandar uma mensagem rapidinho para o Tom garantindo que existe diferença entre piolho e chato, apesar de eu não ter uma resposta definitiva. Ao mesmo tempo, também senti que precisava aproveitar minha vantagem e assumir o controle da reunião.

"Olhem", eu disse em um tom de voz que, já dava para ver, seria de professora chata, enquanto coçava a cabeça, e sentia um medo inquietante de que a razão por que o Roxster não tinha mandado nenhuma mensagem de texto era por também estar com piolho ou até...

"Acho que o iate é uma *ótima* ideia", eu disse entusiasmada, bem falsa, "mas suscita alguns problemas em termos de adaptação. É importante lembrar que *Os piolhos no cabelo dele* é um..."

"*Os piolhos no cabelo dele?*", a Imogen indagou e de repente levou a mão à cabeça.

"Eu quis dizer *As folhas no cabelo dele*", me apressei em

corrigir. O Damian agora estava coçando a cabeça, e o George, que é careca, olhava para nós como se fôssemos completamente loucos. O telefone vibrou com uma mensagem de texto. O Roxster! Não, era o Tom outra vez.

Será que piolhos podem se transformar em chatos... quer dizer, se eles... mudarem de lugar?

"O mais importante", prossegui, "é que é importante não perder de vista aquilo que é importante... Olhem", eu disse em um tom grandioso e abri meu laptop. "Fiz anotações a respeito dos temas mais importantes."

Todo mundo se reuniu em volta de mim para olhar a tela, apesar de manterem distância da minha cabeça. Bem quando eu ia dizendo "Sabem, acredito que esta seja uma peça essencialmente *feminista*...", a tela abriu com a *homepage* rosa e lilás do joguinho *The Princess Bride Dress Up*.

Aargh! Como é que a Mabel conseguiu entrar no meu laptop?

Comecei a procurar as anotações em todo lugar, e então o George disse, impaciente: "Olhe, enquanto você procura, por que não vamos logo lendo as páginas e pedimos comida para o almoço?".

"Ler as páginas?", perguntei com a cabeça girando a toda. "Mas vocês ainda não leram?"

Quer dizer, nós estávamos *discutindo* as páginas. De que adianta eu passar a noite toda acordada, bebendo Red Bull e mascando Nicorette, se eles nem leram as páginas e...

"A gente se vê depois do almoço," disse o George, e eles todos saíram da sala.

13h05 Humpf. Pelo menos agora posso coçar minha cabeça em paz, entrar no Google para pesquisar chatos e piolhos e tentar atingir pelo menos um pouco de paz emocional com o fato de que piolhos fizeram o Roxster desistir de mim, terminantemente.

13h15 Acabo de digitar "Piolhos são a mesma coisa que chatos?" no Ask.com e estava lendo a resposta...

Piolhos e chatos, também chamados de piolhos-do-púbis, são coisas diferentes.

Os piolhos comuns (geralmente encontrados na cabeça) têm o corpo mais comprido e mais fino do que os piolhos-do-púbis, que têm corpo mais robusto e maior.

Os piolhos comuns vivem apenas na cabeça e não podem sobreviver na região púbica.

Já os chatos vivem na região púbica.

Há ainda um terceiro tipo de piolho que vive nas regiões peludas do...

... quando a assistente do George apareceu atrás de mim com um cardápio antes que eu tivesse tempo de voltar a tela para *The Princess Bride Dress Up*.

Fechei o laptop bem rápido, pedi uma salada tailandesa de frango e, quando ela saiu — provavelmente para contar para a empresa toda que eu tinha piolho-do-púbis —, mandei por e-mail o link sobre piolhos e chatos para o Tom.

13h30 Ninguém voltou. Estou começando a entrar em pânico, porque tenho que buscar as crianças na escola hoje. Quer dizer, era razoável achar que uma reunião para falar de dez páginas não ia demorar tanto assim. Aah mensagem de texto. O Roxster!

Era o Tom.

Obrigado pelos links. Na verdade, nada disso está ajudando.

Aargh! O George, o Damian e a Imogen estão voltando.

14h45 A reunião terminou e eu não tenho tempo a perder se quiser chegar à escola antes das três e quinze. Felizmente, a reunião ficou um pouco mais *positiva* depois que eles leram as páginas e comeram um pouco (é exatamente a mesma coisa que acontece com o Billy e a Mabel!), só que eles querem que eu reescreva tudo que já reescrevi, porque o humor "não está saltando da página" e a única parte que o George na verdade quer deixar como está é o final ridículo estilo *007 Somente para seus olhos*, com o equipamento de mergulho.

Claro que, quando eles voltaram depois do almoço, eu *ainda* não estava com as anotações feministas na tela. Em vez disso, eles foram recebidos com:

"Piolhos e chatos, também chamados de piolhos-do-púbis, são coisas diferentes..."

Acho que consegui fazer a página desaparecer antes que alguém chegasse a ler, mas talvez tenham visto imagens dos dois tipos de piolho.

A discussão que se seguiu foi pontuada por mensagens de texto da Talitha, que, é claro, tinha encontrado uma Enfermeira Famosa Especializada em Piolhos em Notting Hill e estava me mandando comentários contínuos por mensagem de texto.

Ela ainda não encontrou nenhum.

Ai, Deus, estou com piolho. Mas pagando 130 libras para limpar a minha cabeça, não sei bem se acredito nela.

Fui educada demais para pedir à Talitha que parasse de mandar mensagens de texto, porque eu me sentia culpada e obviamente precisava dar apoio a ela.

As mensagens de texto foram ficando cada vez piores.

A Enfermeira Famosa Especializada em Piolhos não garante que minha cabeça está livre deles, porque podem ter feito ninho nas junções dos meus apliques.

O que vou fazer em relação ao meu vício em fazer escova? Preciso aparecer na TV! Não vou nem poder pedir para as garotas retocarem meu cabelo. E se o Sergei agora estiver com piolho?

O salão se recusa a tirar meus apliques por causa dos piolhos, então o único jeito é eu tirar sozinha com um pote de óleo para cabelo.

Ela deve estar mesmo em péssimo estado, porque nunca tomaria nenhuma atitude só para fazer alguém se sentir culpada. Acabei com a vida e a carreira da Talitha. E com o caráter dela também.

Achei que o mínimo que eu podia fazer era me oferecer para tirar os apliques, se ela fosse até a minha casa.

A Talitha então teve a ideia *brilhante* de que todos fôssemos à Enfermeira Famosa Especializada em Piolhos amanhã. "Assim, no mínimo, vai ser uma coisa a menos para você se preocupar! E vai ser um passeio bacana para todos nós! Vai ser divertido!"

23h Passei uma noite fantástica tirando os apliques do cabelo da Talitha. Foi incrivelmente desafiador, já que precisei esfregar óleo em todos os lugares com cola e puxar, depois inspecionar à procura de piolhos. Foi mais ou menos parecido com a Anne Hathaway morrendo por causa daquele corte de cabelo ruim em *Os miseráveis*, só que com mais gemidos e choro. Não chegamos a encontrar nenhum inseto de fato, porque a Enfermeira Famosa Especializada em Piolhos tinha pegado todos, mas achamos uma boa quantidade de pontos pretos no meio da cola.

O pior é que vai custar centenas de libras para colocar os apliques de novo.

"A culpa é toda minha. Eu pago", disse.

"Ah, não seja ridícula, querida", a Talitha disse. "Essa não é a questão. A questão é que não posso colocar de novo por uma semana, para o caso de termos deixado passar algum, por causa do ciclo dos piolhos. O que eu vou fazer?"

Ela parecia prestes a se descontrolar, olhando para si mesma com seu cabelo de verdade, todo besuntado de óleo. "Parece que eu tenho cem anos. O que o Sergei vai dizer? E preciso aparecer na TV. Ah, querida, sempre tive medo de que isso acontecesse. De ficar presa em uma ilha deserta sem especialista em aplique de cabelo nem aplicadora de botox e toda a minha produção se esvair."

Tentando não pensar na minha teoria sobre os homens de peruca empoada do século XVIII, observei que era bastante improvável isso acontecer, é só que ninguém fica muito bem com o cabelo melecado de óleo e piolho. Lavei o cabelo da Thalita e depois fiz uma escova. Na verdade, ela ficou fofa. Toda felpuda, igual a um cachorrinho.

"Quer dizer, o negócio das celebridades é que elas vivem mudando de visual!", eu disse para incentivar. "Olhe só para a Lady Gaga! Olhe para a Jessie J. Você podia usar... uma peruca cor-de-rosa!"

"Eu não sou a Jessie J!", a Talitha disse e, com isso, a Mabel, que estava assistindo a tudo com um ar solene, soltou "Kerching kerching! Berbling, berbling!" e olhou para nós cheia de expectativa, como se fôssemos dizer: "Não, VOCÊ é sim a Jessie J!". Então, arrasada, ela sussurrou: "Por que a Thalita tá tão tliste?".

A Talitha observou nossa expressão.

"Está tudo bem, queridas", ela disse, como se nós duas tivéssemos cinco anos. "Vou dar uma passada na Harrods e comprar umas perucas. Vão ser úteis mais para frente. Desde que não peguem piolho."

23h30 A Talitha acaba de mandar uma mensagem de texto: O Sergei adorou meu cabelo real. Está totalmente excitado. Ufa, sempre achei que ele fosse me detestar se estivéssemos presos em uma ilha deserta e ele visse meu "eu real". Essa é uma coisa bem sofisticada a se dizer, porque ela acabou completamente com qualquer indução à culpa passivo-agressiva, fazendo parecer que eu tinha feito um favor a ela.

A Talitha realmente é um ser humano sofisticado. Ela tem uma teoria a respeito das pessoas que estão em "estado primitivo", isto é, que não sabem se comportar.

Além disso, tenho certeza de que se a Talitha realmente achasse que a culpa era minha, isto é, que eu a tinha abraçado e me aconchegado nela de propósito, sabendo que eu estava com piolho, sem dizer a ela que eu sabia que podia estar com piolho, ela teria sido muito direta a respeito da situação.

O Tom mandou uma mensagem de texto: Piolhos com toda a certeza não são a mesma coisa que chatos, parece que eu não tenho nenhum dos dois e o Arkis achou engraçado: uma experiência para criar laços.

SÁBADO, 27 DE ABRIL DE 2013

32 piolhos e lêndeas extraídos, 8,59 libras gastas por piolho morto.

A expedição até a Enfermeira Famosa Especializada em Piolhos foi, como o Billy colocou, "a maior diversão", e todos se deleitaram com a experiência. Assistentes cuidadosos, inteiramente vestidos de branco, sugaram todo o nosso cabelo com um aspirador, disseram que não tinham encontrado nada e depois fizeram uma escova na gente com um secador quente até não poder mais. Foi mesmo "a maior diversão", mas só até chegar a conta — duzentas e setenta e cinco libras! Nós todos poderíamos ter ido à Euro Disney por esse preço — com a dose certa de buscas no Google feitas no momento exato.

"Como é que isso funciona exatamente?", perguntei. "Não dá para fazer em casa usando um aspiradorzinho e depois colocar o secador bem quente na nossa cabeça?"

"Ah, não", a Enfermeira Famosa Especializada em Piolhos disse, com ar despreocupado. "Tudo aqui foi reunido especialmente para isso. O aspirador foi importado de Atlanta e o Destruidor Quente é fabricado no Rio de Janeiro."

Fogo! Fogo!

QUARTA-FEIRA, 1º DE MAIO DE 2013

Caramba, hoje de manhã, em vez de ficar no quarto, quando desci para cuidar das crianças, o Roxster disse: "Acho que devo descer para tomar café da manhã".

"Certo", respondi contente, um pouco nervosa com a possibilidade de um banho de sangue com facas em riste e, ao mesmo tempo, imaginando se o Roxster tinha sido impulsionado por algum desejo de participar da vida em família ou pela simples ideia de que haveria comida. "Só vou arrumar as coisas, daí você pode descer!"

Estava tudo perfeito! O Billy e a Mabel estavam vestidos e sentados direitinho à mesa e eu resolvi preparar salsichas! Porque sei quanto o Roxster gosta de um café da manhã inglês completo!!

Quando o Roxster apareceu, de cara limpa e alegre, o Billy não teve reação nenhuma e a Mabel continuou comendo, enquanto olhava fixo e com solenidade para o Roxster, sem nunca tirar os olhos dele. "Oi Billy, oi Mabel. Eu sou o Roxster. Sobrou alguma coisa para mim?"

"A mamãe está fazendo salsicha", o Billy respondeu e deu uma olhada na direção do fogão. "Ah", ele disse e seus olhos se acenderam. "Está pegando fogo!"

"Tá pegano fogo! Tá pegano fogo!", a Mabel disse, toda alegre. Corri para o fogão, seguida pelas crianças.

"Não está pegando fogo", eu disse, indignada. "É só a gordura por baixo. As salsichas estão ótimas, elas..."

Foi bem aí que o alarme de incêndio disparou. Curiosamente, foi a primeira vez que o alarme de incêndio disparou. Era o barulho mais alto que eu já ouvi. Ensurdecedor.

"Eu... eu... vou tentar descobrir onde fica", disse.

"E se a gente apagasse o fogo primeiro?", o Roxster berrou e desligou o gás, removeu as salsichas e o papel-alumínio com um único movimento ágil e derrubou tudo na pia, berrando por cima do barulhão: "Onde fica o lixo reciclável?".

"Ali!", respondi enquanto examinava enlouquecida diversos papéis na prateleira de livros de receita para ver se encontrava o folheto de instruções do alarme de incêndio. Não tinha nada além das instruções do processador que nem temos mais. E, aliás, *de onde vinha* o barulho do alarme de incêndio? De repente, olhei ao redor e vi que todo mundo tinha desaparecido. Onde eles se enfiaram? Será que tomaram a decisão coletiva de que eu era um lixo e fugiram para morar com o Roxster e os amigos dele, onde iam poder jogar video game o dia inteiro, sem interrupção, e comer salsichas perfeitamente preparadas enquanto escutavam música pop atual, em vez de Cat Stevens cantando "Morning Has Broken"?

O alarme parou. O Roxster apareceu na parte baixa da escada, sorrindo.

"Por que parou?", perguntei.

"Eu desliguei. Tem um código na caixa do alarme. Seria ruim se fosse um ladrão, mas no caso de um garotão e salsichas queimando é bom."

"Cadê as crianças?"

"Acho que elas subiram. Venha aqui."

Ele me segurou contra seus ombros musculosos. "Não faz mal. Foi engraçado, só isso."

"Eu faço a maior confusão com tudo."

"Não, não faz", ele sussurrou. "Incêndios e pragas são coisas que podem acontecer com qualquer um." Começamos a nos beijar. "É melhor pararmos com isto", ele disse, "ou vamos ter mais salsichas em chamas para apagar."

Subimos para procurar as crianças e descobrimos que tinham ido calmamente para o quarto e estavam brincando com os dinossauros.

"Muito bem! Que tal irmos para a escola?", eu disse, toda alegre.

"Tudo bem", o Billy respondeu, como se nada fora do comum tivesse acontecido.

Então a turma da baderna formada por mim, o Billy, a Mabel e o Roxster saiu pela porta da frente e foi recebida pela senhora empertigada que mora mais para cima na rua, que olhou toda desconfiada e perguntou: "Teve um incêndio na sua casa?".

"Pode apostar que sim", o Roxster respondeu. "Tchau, Billy, tchau, Mabel", ele disse.

"Tchau, Roxster", os dois disseram alegres e, com isso, ele deu um tapa na minha bunda e se dirigiu para o metrô.

Mas, agora, talvez eu esteja tendo um ataque de pânico. Será que isto significa que as coisas estão passando para um nível mais sério? E, por precaução, com certeza não é aconselhável que o Roxster se apegue às crianças... Talvez eu mande uma mensagem de texto, para convidá-lo para a festa da Talitha!

10h35 Mandei uma mensagem impulsiva: A Talitha convidou você para a festa glamorosa dela de 60 anos no dia 24 de maio. Vai ser mt glam, com UM MONTE DE COMIDA! Quer ir? — mas me arrependi no mesmo instante.

10h36 Sem resposta. Não comentei que era o aniversário de trinta anos do Roxster naquela mesma noite (para ele não achar que eu só penso nele, como uma perseguidora louca), mas por que eu fui dizer que era um aniversário de sessenta anos? Por quê? Nada poderia ser mais desanimador. Por que não dá para deletar mensagens de texto enviadas?

10h40 O Roxster não respondeu. Aargh!! Telefone! Talvez o Roxster esteja ligando para terminar comigo por ter uma amiga de sessenta anos.

11h Era George da Greenlight. Tivemos uma conversa bem difícil, que pareceu durar alguns minutos, durante os quais ele foi de uma limusine a uma loja de presentes e a um avião enquanto ia me passando observações a respeito da nova versão do roteiro e dizia coisas como: "Não! Não precisa embrulhar para presente! Preciso pegar um avião. Pensando melhor, embrulhe, sim".

No final eu disse, bem impaciente, enquanto lia outra mensagem do Roxster: "George, na verdade está difícil achar sentido nas suas observações porque você parece estar pensando em outra coisa".

Mas não sei se ele escutou, porque a ligação caiu.

Iupi! A mensagem de texto dizia:

Não consigo pensar em jeito melhor de comemorar meus 30 anos do que junto com os 60 da Talitha, principalmente se você diz que a comida vai ser tão boa assim. Isso se pudermos comemorar meu aniversário apropriadamente no seu budoar depois.

E daí outra que dizia: Podemos jantar de novo em casa? Torta? Podemos, Roxster.

E outra:

Eu <3 torta.

Eu sei, Roxster, mandei por mensagem de texto com toda a paciência.

E mais uma:

Só para deixar bem claro, você está falando mesmo de dois jantares? Contando a festa?

O problema do verão

TERÇA-FEIRA, 7 DE MAIO DE 2013

62 kg (ai não, ai não, tragédia), 0 roupas adequadas para o verão, 1 roupa (vestido azul de seda) adequada para o mundo moderno.

9h31 O verão chegou! Finalmente o sol saiu, as árvores estão floridas e tudo está maravilhoso. Mas, ai, não! Meus braços não estão prontos.

9h32 Sinto aquele pânico tão conhecido meu de que preciso aproveitar ao máximo o dia, como se pudesse ser o único e último ensolarado do ano. Além disso, a temporada de verão está chegando, e todos irão a festivais usando roupas Chiques Sem Esforço como a Kate Moss ou vão a Ascot vestidos como a Kate Middleton e com chapéus Fascinator. Eu não tenho nenhum evento de verão pra ir, nem chapéu Fascinator...

9h33 Ah, ufa. Voltou a chover.

QUARTA-FEIRA, 8 DE MAIO DE 2013

9h30 A preparação para ir para a escola se tornou um obstáculo de roupas impossível. Estamos naquele momento confuso antes de o verão adquirir sua confiança, quando você sai de casa com suas peças de lã do inverno só para chegar lá fora e descobrir que está vinte e seis graus e o maior sol, ou escolhe um vestidinho de verão esvoaçante só para começar a chover granizo e você morrer de frio ao mesmo tempo que repara que o esmalte das unhas dos pés está horrível. Preciso prestar atenção nas roupas e nos cuidados pessoais. E também escrever.

QUINTA-FEIRA, 9 DE MAIO DE 2103

7h Aargh! Acabo de assistir ao *Boa sorte, Charlie!* no Disney Channel com a Mabel e percebi que a mãe do seriado usa roupas iguaizinhas às que eu usei o inverno todo, tirando o vestido de seda azul: jeans preto enfiado dentro das botas ou calça de moletom justa de boca larga em casa, camiseta branca com gola canoa e suéter com gola em V na parte de cima, em preto, cinza ou alguma outra cor sem graça. Será que, aos olhos da Mabel, aquilo que eu considerava meu modo de vestir monocromático e levemente ousado se transformou no equivalente do que a minha mãe e a Una consideram os conjuntinhos para usar no campo? Talvez seja bom eu tentar ser mais eclética, como a filha adolescente do *Boa sorte, Charlie!*.

SEGUNDA-FEIRA, 13 DE MAIO DE 2013

242 minutos passados em sites de roupas, 27 minutos passados lendo reportagens no Yahoo, 12 minutos passados discutindo com o sr. Wallaker, 32 minutos passados ouvindo a Jude, 52 minutos passados fazendo a tabela do dever de casa, 0 minutos passados fazendo qualquer forma de trabalho.

9h30 Certo. Agora preciso me dedicar seriamente à escrita, mas vou dar só uma olhadinha nos sites da River Island, da Zara, da Mango etc. para ter ideias de como atualizar minhas roupas de verão.

12h30 Certo. Trabalho! Só vou checar os e-mails.

12h45 Aah, reportagem no Yahoo!: "Biel decepciona com moletom nada sensual". Bah! Por acaso as mulheres agora são julgadas de acordo com a distância de seus moletons daquilo que é sexy? Relevante à atualização da Hedda. É vital ler.

13h Tenho um ataque de indignação. Quer dizer, sinceramente, os únicos modelos de conduta que as mulheres têm hoje em dia são essas... essas GAROTAS DO TAPETE VERMELHO que aparecem em eventos usando roupas que alguém emprestou para elas, e daí tiram fotos delas, que por sua vez aparecem em revistas como *Grazia*, depois vão para casa dormir até a hora do almoço e saem para ganhar mais roupas grátis. Não que Jessica Biel seja uma garota do tapete vermelho. Mas mesmo assim.

13h15 Eu queria ser uma garota do tapete vermelho.

14h15 Talvez eu saia para comprar uma revista *Grazia* para não decepcionar com uma roupa longe-de-ser-sexy da mãe de *Boa sorte, Charlie!* Não, é claro, que aquela mãe de *Boa sorte, Charlie!* esteja longe de ser sexy.

15h Acabo de voltar da banca de revistas com a *Grazia* nova. Percebo que todo o meu estilo está antiquado e errado e tenho que usar jeans *skinny*, sapatilhas, camisa abotoada até o colarinho e blazer para levar as crianças à escola, além de uma bolsa enorme e óculos de sol estilo celebridade no aeroporto. Aargh! Está na hora de pegar o Billy e a Mabel na escola.

17h Em casa. O Billy saiu da escola com carinha de traumatizado.

"Tirei a segunda pior nota no ditado."

"Que ditado?", perguntei, olhando para ele horrorizada enquanto os outros meninos desciam a escada da escola.

"Foi um fracasso", ele disse triste. "Até o Ethekiel Koutznestov tirou uma nota melhor que a minha."

Senti que era um grande desastre. Para mim, toda essa história de lição de casa é completamente incompreensível, uma mistura aleatória de folhas, ilustrações de deuses indianos com vários braços e receitas de torradas em livros diferentes.

O sr. Pitlochry Howard, o professor ansioso e míope do Billy, veio depressa falar conosco.

"Não precisa se preocupar com o ditado", ele disse ansiosamente, enquanto o sr. Wallaker se aproximava. "O Billy é um menino muito inteligente, ele só precisa de..."

"Ele precisa de mais organização em casa", disse o sr. Wallaker.

"Mas sabe o que é, sr. Wallaker", disse o sr. Pitlochry Howard, corando um pouco. "O Billy teve um problema muito..."

"Sim, eu sei o que aconteceu com o pai do Billy", disse o sr. Wallaker, muito sério.

"Então precisamos ser um pouco permissivos. Vai ficar tudo bem, sra. Darcy, a senhora não deve se preocupar", disse o sr. Pitlochry Howard. Ele saiu desajeitadamente e eu fiquei olhando com ódio para o sr. Wallaker.

"O Billy precisa de disciplina e de uma rotina bem estruturada", ele disse. "É isso que vai ajudá-lo."

"Ele tem disciplina. E do seu tipo de disciplina, ele já tem o suficiente na educação física. E na aula de xadrez."

"Você chama isso de disciplina? Espere só até ele ir para o colégio interno."

"Colégio interno?", eu disse, pensando em como o Mark me havia feito prometer jamais mandar os meninos para longe, como seus pais fizeram. "Ele não vai para o colégio interno."

"O que há de errado com o colégio interno? Meus filhos estão em um. Faz com que eles se esforcem ao máximo, ensina a ter coragem, bravura..."

"E quando as coisas dão errado? E quando eles perdem e precisam de alguém para escutá-los? E a diversão, o amor, o colinho?"

"Colinho?", repetiu ele incrédulo. "Colinho?"

"Isso", eu disse. "Eles são crianças, não são máquinas de produtividade. Precisam aprender o que fazer quando as coisas não dão certo."

"Cuidar da lição de casa é mais importante do que ir ao cabeleireiro."

"Fique sabendo", eu disse, me empertigando, "que sou uma mulher que trabalha. Estou escrevendo uma atualização de *Hedda Gabbler*, do Anton Tchékhov, que em breve será produzida para o cinema. Vamos, Billy", concluí, e fui arrastando o Billy até o portão da escola murmurando "Francamente, esse sr. Wallaker é tão grosseiro e mandão".

"Mas eu gosto do sr. Wallaker", disse o Billy, horrorizado.

"Sra. Darcy?"

Eu me virei, furiosa.

"A senhora disse Hedda Gabler?"

"Sim", confirmei, orgulhosa.

"Do Anton Tchékhov?"

"Sim."

"Essa peça é do Henrik Ibsen. E eu acredito que a senhora saiba que 'Gabler' se escreve e pronuncia com um 'b' só."

18h Merda. Acabei de procurar Hedda Gabler no Google, e é mesmo do Henrik Ibsen. Pra piorar, se escreve com um "b" só. Só que já tem "Hedda Gabbler, de Anton Tchékhov" na primeira página do roteiro de todo mundo. Deixa quieto. Como ninguém da Greenlight notou, não adianta nada contar agora. Qualquer coisa, posso fingir que foi uma ironia inteligente.

21h15 A mesa da cozinha está coberta de tabelas. São elas:

TABELA 1: O DIA EM QUE A LIÇÃO DE CASA É MANDADA

Ou seja: problemas de matemática e sufixos na segunda, deuses indianos para colorir e avaliações de trabalhos manuais na terça (pão, camundongos etc.).

TABELA 2: O DIA EM QUE O DEVER DE CASA DEVERÁ SER ENTREGUE

TABELA 3: TABELA POSSIVELMENTE REDUNDANTE, UMA TENTATIVA DE INCORPORAR ELEMENTOS TANTO DA TABELA 1 QUANTO DA TABELA 2 USANDO CORES DIFERENTES.

TABELA 4: QUE DEVER DE CASA DEVERÁ SER FEITO EM QUE DIA
Ou seja: segunda, desenhar e colorir o brasão para a família do sufixo "ico"; colorir e desenhar os braços do deus indiano.

Uuh, campainha.

23h Era a Jude, em um estado péssimo, cambaleando para dentro e se arrastando escada abaixo.

"Ele quer que eu peça a ele que lamba coisas", ela disse, chateada, desabando no meu sofá, agarrada ao telefone, olhando fixo para a frente, com ar mórbido.

Claro que precisei parar tudo e escutar. Acontece que o Cara-do-snowboard, com quem as coisas estavam indo bem já há três semanas, de repente revelou que gostava de... humilhação sexual.

"Bom! Não faz mal nenhum!", eu disse, tentando reconfortá-la, e fiz um espiral delicado na espuma do cappuccino Nespresso Ristretto descafeinado dela, como sempre me sentindo uma barista em Barcelona com a máquina de café que ganhei no Natal.

"Você pode dizer para ele lamber... você!", eu disse e lhe entreguei a bebida construída com tanta beleza.

"Não. Ele quer que eu diga coisas como: 'Lamba as solas dos meus sapatos, lamba a privada.' Não é higiênico."

"Você pode fazer com que ele faça coisas úteis, como limpar a casa. Talvez não a privada, mas a louça!", eu disse, tentando colocar a gravidade da situação dela acima dos meus próprios sentimentos magoados por não ter recebido elogios ou um mísero comentário pelo meu desenho na espuma do cappuccino.

“Não quero que ele lamba minha louça suja.”

“Ele poderia lamber para tirar o grosso e depois colocar na lava-louça, que tal?”

“Bridget. Ele quer ser sexualmente humilhado, não lavar a louça.”

Eu estava desesperada para animá-la, principalmente agora que as coisas estavam indo tão bem para mim.

“Não tem nada de humilhante de que você goste?”, perguntei, como se estivesse convencendo a Mabel a ir a uma festa infantil. “Que tal… vendas nos olhos?”

“Não, ele diz que não gosta daquelas coisas dos *Cinquenta tons*. Tem que ser, tipo, eu fazendo com que ele pareça nojento. Por exemplo, ele disse para eu falar que o pau dele é muito, muito pequeno. Não é normal.”

“Não”, precisei reconhecer. “Isso realmente não é normal.”

“Por que ele teve que estragar tudo? Todo mundo se conhece on-line hoje em dia. Descobrir que o cara é louco é o maior clichê.”

Ela jogou o iPhone na mesa irritada, e ele bateu no cappuccino e estragou completamente meu desenho na espuma.

“Este mundo virou um zoológico”, ela disse e olhou para o nada com uma expressão mórbida.

Direção!

TERÇA-FEIRA, 14 DE MAIO DE 2013

13h Acabo de dar uma passadinha na Oxford Street e fiquei feliz da vida ao descobrir que a Mango, a Topshop, a Oasis, a Cos, a Zara, a Aldo etc. tinham lido a mesma edição da *Grazia* que eu. Ver as roupas na vida real depois de passar tanto tempo olhando em sites foi quase como ver estrelas de cinema em carne e osso depois de ficar vendo fotos em revistas. Agora tenho minha roupa completa de celebridade-no-aeroporto, com jeans *skinny*, sapatilhas, camisa, blazer e óculos, apesar de não ter a bolsa enorme e caríssima que talvez seja pré-requisito.

QUARTA-FEIRA 15 DE MAIO DE 2013

297 minutos passados tentando parecer uma garota de tapete vermelho, 2 minutos passados colocando o vestido azul de seda de novo, número de vezes que usei o vestido azul de seda no último ano: 137, custo por utilização do vestido azul de seda desde que o comprei: menos de três libras a hora — portanto, o vestido azul de seda na verdade dá mais lucro do que eu. O que é bom, e também é budista.

10h Estou saindo para a reunião na Greenlight com minha roupa nova! *As folhas no cabelo dele* parece estar galopando a passos largos. Arrumaram um diretor! "Dougie!" A reunião, como sempre, foi "exploratória" — igual a quando você vai ao dentista quando já sabe que a broca vai entrar em ação.

10h15 Acabo de ver meu reflexo na vitrine de uma loja. Estou completamente ridícula. Quem é esta pessoa com a camisa abotoada até em cima e jeans skinny, que faz minhas coxas parecerem gordas? Vou voltar para casa e colocar o vestido de seda azul.

10h30 De volta em casa. Vou me atrasar.

11h10 Esbarrei com o George no corredor quando estava correndo histericamente com o vestido azul de seda. Parei cantando as solas dos sapatos, achando que ele tinha saído da reunião para me dar bronca por eu estar atrasada e sempre usar a mesma roupa, mas ele só disse: "Ah, a reunião do *Folhas*. Certo, certo, desculpe, tenho um call. Chego lá em dez ou quinze minutinhos".

11h30 Agora tudo está muito mais relaxado, com a Imogen e o Damian, e ficamos esperando na sala de reunião, bem felizes, pelo George e pelo Dougie, comendo croissants, maçãs e chocolates Mars. Tentei tocar na questão do jeans skinny, mas a Imogen começou a falar sobre se valia a pena ou não comprar as roupas da Net-a-Porter no embrulho bacana, porque era gostoso abrir o papel de seda preto, ou se era melhor escolher o pacote simples, porque assim era mais fácil devolver tudo e também salvar o planeta, e eu tentei participar, fingindo que realmente compro coisas na Net-a-Porter em vez de só olhar e depois ir à Zara, quando o George IRROMPEU pela porta, sem o Dougie, com a sua fala "Estou com pressa" de sempre, naquela voz profunda e poderosa, enquanto via seus e-mails.

O problema do George é que ele sempre parece estar em outro lugar, comecei a pensar, piedosa, ao mesmo tempo que senti a vibração de uma mensagem de texto chegando. Sempre está prestes a ir falar com outra pessoa, ou já está falando com outra pessoa, ou está mandando e-mail para outra pessoa, ou está saindo ou entrando de um avião. Olhei para baixo para abrir a mensagem de texto. “Por quê? Por quê? Por que o George simplesmente não fica onde está?”, pensei. “Ah, olhe só para mim, estou voando, sou um passarinho, por que não tomamos um café da manhã na China?”

A mensagem de texto era do Roxster.

Será que posso dar uma chegadinha depois que as crianças forem para a cama hoje à noite, para poder fazer mais um relato jogada a jogada do jogo de rúgbi de ontem à noite?

A coisa toda sobre a distração do George significa que você precisa encaixar tudo o que quer dizer a ele na extensão de um tuíte — e isso até que é bem apropriado. Mas, na verdade, talvez até seja bom assim, em alguns aspectos. Notei que, na medida em que os homens vão ficando enfezados e reclamões, as mulheres começam a falar demais e se repetir. E, como o dalai-lama diz, tudo é um presente, então, talvez, o fato de o George ser tão ocupado é uma maneira de me ensinar a não ficar tagarelando, mas...

“Olá?” O George se avultou bem na minha frente e me fez voltar para o momento presente de supetão.

“Olá”, respondi, confusa, rapidamente apertando “enviar” na minha mensagem para o Roxster: Chupada a chupada?. Por que o George estava dizendo “olá” se já tínhamos nos cumprimentado no corredor, dez minutos antes?

“Você está aí sentada assim”, o George disse e então fez exatamente a mesma imitação que o Billy faz de mim, com expressão vazia e boca aberta.

“Estou pensando”, respondi, desligando meu telefone, que emitiu um som de pato. Apressada, voltei a ligar. Ou a desligar.

“Bom, não faça isso”, ele disse. “Não pense. Certo. Precisamos andar logo, estou de saída para o Ladakh.”

Está vendo só? O Ladakh?

“Ah! Você está fazendo um filme no Ladakh?”, perguntei, toda inocente, enquanto o julgava de modo preconceituoso por ir a Ladakh SEM MOTIVO a não ser o de ir ao Ladakh, e olhando para baixo discretamente para ver de quem era a mensagem de texto.

"Não", o George disse, procurando alguma coisa nos bolsos com muita compenetração. "Não é Ladakh, é..." Um brilho de pânico passou por seus olhos. "Lahore. Volto em cinco minutos."

Ele saiu pela porta de trás, acho que para perguntar para a assistente dele para onde estava indo mesmo. A mensagem de texto era da Jude.

Ele acabou de me pedir para fazer xixi em cima dele.

Respondi rapidinho.

Todo mundo tem suas pequenas esquisitices. Quem sabe você não consegue produzir uma versão modificada de fazer com que ele se sinta péssimo, de vez em quando, como um agrado especial?

Jude: Tipo fazer xixi em cima dele?

Eu: Não. Diga: NÃO estou pronta para fazer xixi em cima de você, mas posso...

De repente, duas mensagens de texto chegaram. A primeira era a resposta da Jude:

... "pisar no seu saco"? Essa é uma das coisas que ele quer. Quer dizer, ia furar a pele.

Cliquei na outra mensagem de texto, pensando que talvez fosse do Roxster. Era do George.

Está minimamente interessada em conhecer seu novo diretor ou vai só ficar aí sentada, mandando mensagem de texto?

Ergui os olhos e quase engasguei. O George de algum modo tinha voltado para a sala de reunião sem eu notar e estava sentado na minha frente com um sujeito baixinho com jeito de moderno que vestia camisa preta, tinha barba por fazer grisalha e óculos redondos iguais aos de Steven Spielberg, mas o rosto meio enrugado, como o de um alcoólatra, diferente do de Steven Spielberg, que tem aquele brilho alegre de "Nunca fiz peeling facial, mas parece que fiz!".

Fiquei olhando estupefata para os dois, de repente me levantei de um salto e estendi a mão por cima da mesa da sala de reuniões com um sorriso histérico:

"Dougieeeeeeeee! Que prazer finalmente te conhecer. Ouvi falar TANTO de você! Como vai? Veio de muito longe?"

Por que eu me transformo numa mistura de chefe das bandeirantes com Sua Majestade, a Rainha, sempre que me sinto pouco à vontade?

Felizmente, nessa hora, a assistente do George entrou correndo na sala com um ar confuso e sussurrou "Não é Ladakh, é Le Touquet". Com isso, George saiu abruptamente, deixando que Dougie e eu passássemos um bom tempo "explorando", o que consistiu em eu — para variar! — poder falar adequadamente dos temas feministas em *Hedda Gabler*, enquanto a Imogen supervisionava tudo com um sorriso rígido.

O Dougie, por outro lado, parecia realmente entusiasmado. Ele ficava sacudindo a cabeça e dizendo: "É, você acertou em cheio". Quer dizer, realmente acho que o Dougie vai ser meu aliado para garantir que *Folhas* (como falamos agora, para simplificar) permaneça fiel a seu espírito.

No entanto, depois que o Dougie saiu, fazendo um gesto com a mão de telefone, como se fosse "A gente se fala", a conversa quase pareceu se voltar contra ele.

"Ele, tipo, precisa disto *muito mesmo*", disse o Damian em tom de desprezo.

"Precisa *demais*", a Imogen disse. "Olhe, Bridget, isto é absolutamente, sabe como é, confidencial, mas acho que temos uma atriz!"

"Uma atriz?", perguntei, toda animada.

"Ambergris Bilk", ela sussurrou.

"Ambergris Bilk?", perguntei, descrente. Ambergris Bilk quer fazer meu filme. Ai. Deus.

"Ela leu o roteiro?"

A Imogen me lançou um sorrisinho indulgente e alegre de

boca fechada, o mesmo tipo de sorriso que uso quando digo ao Billy que ele ganhou suas coroas do *Wizard 101* por ter esvaziado a lava-louça (mas, é claro, sem lamber os pratos).

"Ela adorou", a Imogen respondeu. "O único problema é que ela não tem cem por cento de certeza quanto ao Dougie."

O problema das roupas

QUINTA-FEIRA, 16 DE MAIO DE 2013

10h30 Hummm. Mais uma noite idílica com o Roxster. Tentei envolvê-lo em uma conversa relativa à questão do jeans skinny, mas ele não demonstrou o menor interesse pelo assunto e disse que gostava mais de mim sem roupa nenhuma.

11h30 Acabo de fazer um call com o George, a Imogen e o Damian, para conversar sobre uma reunião com a Ambergris Bilk, que estará em Londres. Adoro calls e a possibilidade que eles oferecem aos participantes de fazer gestos de cortar a garganta e de puxar a descarga sempre que alguém diz algo que incomoda.

"Então, o negócio é o seguinte", o George disse. Havia um terrível barulho mecânico no fundo.

"Acho que a ligação caiu", a Imogen disse. "Espere um pouco."

Só mais uma olhada na *Grazia*. O que está me faltando é um lenço para completar o visual do jeans skinny, claro. Um lenço descolado esvoaçante, com volta dupla ao redor do pescoço. Humm. Além disso, o que vou vestir na festa da Talitha? Talvez uma daquelas roupas brancas de primavera? Aargh! Estão de volta. O pessoal da Greenlight, digo. Não as roupas brancas de primavera.

"Certo", disse o George. "Queremos que você faça uma reunião com a Ambergris e..."

"O quê?", perguntei, com dificuldade de ouvir por causa do barulho de motor.

"Estou em um helicóptero. Queremos que você faça uma reunião com a Ambergris e faça..."

Ele sumiu de novo. O que estava para dizer? Querem que eu faça xixi nela?

12h30 A Imogen da Greenlight acaba de retornar a ligação para dizer que o George quer que eu faça uma reunião com a Ambergris Bilk sobre meu roteiro, mas para não "dizer nada negativo em relação ao Havaí porque a Ambergris gostou do Havaí". "E", a Imogen acrescentou, com bastante frieza, "ele quer que você fale bem do Dougie."

Iupi! Vou conhecer uma estrela de cinema de verdade. Usarei um lenço esvoaçante!

17h Acabei de buscar as crianças na escola. É verdade. Percebi que agora *todo mundo* usa lenços descolados em duas voltas no pescoço como se não fosse nada demais. Mas é estranho quando penso em todos os anos que minha mãe e a Una passaram tentando me fazer usar lenço e eu dispensei como se fosse um acessório antiquado, como os broches. Agora, parece que todo mundo leu a *Grazia* e disse, como se fossem zumbis doutrinados pelas garotas do tapete vermelho: "Preciso usar um lenço esvoaçante, preciso usar um lenço esvoaçante".

SEXTA-FEIRA, 17 DE MAIO DE 2013

75 minutos passados me arrumando para levar as crianças na escola.

5h45 Acordei uma hora mais cedo para me arrumar toda para levar as crianças à escola no estilo Stella McCartney, Claudia Schiffer ou similar. Acho que o meu visual está maravilhoso, ainda com o jeans *skinny* e as sapatilhas, mas agora com o lenço esvoaçante enrolado no pescoço.

7h Acordei o Billy e ajudei a Mabel a descer do beliche. Estava tirando as roupas deles do armário e percebi que os dois davam risada.

"O que foi?", perguntei e me virei para olhar para eles. "O quê?"

"Mamãe", o Billy disse. "Por que você amarrou um pano de prato no pescoço?"

21h30 Voltei da escola com a última edição da *Grazia*, e encontrei um artigo com a seguinte manchete: "Será o fim do jeans *skinny*?".

Vou voltar a me vestir igual à mãe de *Boa sorte, Charlie!*

Momentos cheios de glamour

SEGUNDA-FEIRA, 20 DE MAIO DE 2013

1 estrela do cinema conhecida, 1 viagem de fim de semana planejada, 1 festas com o Roxster, 2 passeios de carro chique, 5 elogios da estrela, 5476 calorias consumidas com a estrela, 3 calorias consumidas pela estrela.

14h30 As coisas não podiam estar melhores. Um *carro* vem me pegar daqui a pouco para me levar ao encontro com a Ambergris Bilk no hotel Savoy. A Talitha me ajudou a comprar alguns vestidos on-line no Net-a-Porter para usar na festa dela, e escolhi um bem bacana da J Crew que nem foi muito caro.

Além disso, daqui a duas semanas, o Roxster e eu vamos viajar no fim de semana. Um fim de semana! Só nós dois, durante toda a tarde de sábado, a noite de sábado e o domingo. Estou tão emocionada. Faz seis anos que não passo um fim de semana fora! Bom, preciso fazer as anotações para a reunião.

17h30 Estou dentro do carro, voltando da reunião. No começo, fiquei decepcionada quando a Ambergris chegou, porque estava esperando que ela irrompesse de jeans *skinny*, camisa abotoada até o pescoço, blazer, lenço esvoaçante e bolsa enorme caríssima, para eu poder ver como se faz, e todo mundo ia olhar para nos admirar. Em vez disso, mal a reconheci quando de repente sentou usando calça de moletom cinza e boné.

Houve uma espécie de prólogo de conexão — coisa à qual estou me acostumando — entre duas mulheres da indústria do cinema, que foi iniciado pela Ambergris ao elogiar minha roupa (o fato de que era apenas o vestido de seda azul aparentemente era irrelevante). Achei que tinha a obrigação de elogiar o moletom dela também.

"Essa calça é tão... esportiva!", soltei, como uma maluca, bem na hora que um chá da tarde absolutamente enorme chegou em um suporte de bolo de três andares. A Ambergris pegou um sanduíche minúsculo de salmão e ficou brincando com ele durante o resto da conversa. Nesse período consumi o andar de baixo inteiro de sanduíches, mais três bolinhos com geleia e coalhada, uma seleção de tortinhas e confeitos e as duas taças de champanhe que vieram.

A Ambergris expressou admiração e maravilhamento pelo meu roteiro, colocando a mão em cima da minha e dizendo: "Eu me sinto honrada".

Com o espírito elevadíssimo pela ideia de que minha voz realmente ficaria em primeiro plano, passei à fase de falar bem do Dougie: tratei das ansiedades, que a Ambergris obviamente compartilhava com o Damian e a Imogen, de que ele "precisava tanto daquilo" e que na verdade não tinha feito nada de que alguém tivesse ouvido falar.

"O Dougie entende a minha voz de verdade", eu disse, colocando calor reverencial na palavra "Dougie". "Você devia fazer uma reunião com o Dougie." (Super sei falar como as pessoas da indústria agora.)

Ficou acertado que a Ambergris faria uma reunião com o Dougie, e, rapidamente, estava na hora de ela ir embora. Senti que já éramos melhores amigas. Também senti que estava prestes a vomitar, depois de ter consumido um chá da tarde para dois inteiro mais as duas taças de champanhe.

17h45 Acabei de ligar para a Greenlight "do carro!" para me gabar do sucesso da reunião, e descobri que a Ambergris já ligou ("do carro dela!") para dizer que me achou inteligente e simpática!

A festa da Talitha

Era o dia mais quente do ano e o sol ainda ia alto no céu quando nos encontramos para ir à festa da Talitha. O Roxster estava lindo de morrer: de camiseta branca, um pouco bronzeado, barba por fazer delineando o maxilar. O convite dizia "traje de verão esporte fino". Eu estava um pouco preocupada com o meu vestido branco primaveril , apesar de a Talitha ter escolhido, mas quando o Roxster me viu, disse: "Ah, Jonesinha. Você está perfeita".

"Você também está perfeito", eu disse, entusiasmada, praticamente arfando de tesão e então completando: "Sua roupa está absolutamente *perfeita*". E, com isso, o Roxster, que obviamente nem tinha pensado no que vestiria, olhou para baixo, confuso, e disse: "É só um jeans e uma camiseta".

"Eu sei", respondi, dando risada por dentro com a ideia do torso musculoso do Roxster no meio de um mar de ternos e chapéus panamá.

"Você acha que vai ter um bufê completo ou só salgadinhos?"

"Roxster...", eu disse em tom de alerta. Ele me acariciou com o nariz e me deu um beijo. "Só vim por sua causa, linda. Você acha que vai ter comida quente ou só fria? Piadinha, piadinha, Jonesinha."

Caminhamos de mãos dadas por uma passagem estreita e antiga de tijolinho e saímos em um jardim oculto enorme: o sol batendo em uma piscina azul, espreguiçadeiras brancas e uma tenda — era o exemplo perfeito de festa inglesa de verão, mas com um toque de hotel chique no Marrocos.

"Posso pegar uma comida para nós, quer dizer, bebida?"

Fiquei lá perdida por um instante enquanto o Roxster se afastava em busca de comida, olhando, assustada, para a cena. Foi aquele momento típico em que você acaba de chegar num mar de gente, sua mente fica confusa e você não reconhece ninguém. De repente, sinto que estou com a roupa errada. Devia ter colocado o vestido de seda azul.

"Ah, Bridget!" O Cosmo e a Woney. "Chegou sozinha mais uma vez? Onde estão aqueles namorados de que tanto ouvimos falar, hein? Quem sabe achamos um para você hoje à noite?"

"É." A Woney concordou em tom conspiratório. "O Binko Carruthers."

Eles apontaram com a cabeça na direção do Binko, que olhava ao redor com sua expressão perturbada de sempre, o cabelo desgrenhado e o corpo gorducho espremido não no terno amassado de sempre, mas, horrivelmente, numa calça boca de sino azul-turquesa e numa camiseta psicodélica com babado na frente.

"Ele achou que o tema da festa era anos 60, e não que fosse um aniversário de sessenta anos" disse a Woney rindo.

"E disse que estava disposto a dar uma olhada em você", o Cosmo explicou. "É melhor agir rápido, antes que ele seja sugado por divorciadas desesperadas."

"Aqui está, linda". O Roxster apareceu ao meu lado com duas taças grandes de champanhe na mão.

"Este é Roxby McDuff", eu disse. "Roxby, estes são o Cosmo e a Woney."

Os olhos avelã do Roxster brilharam quando ele reconheceu os dois nomes. Ele me entregou a taça.

"Muito prazer", disse, todo alegre, e ergueu o copo para o Cosmo e a Woney.

"É seu sobrinho?", o Cosmo perguntou.

"Não", o Roxster respondeu e fez questão de me abraçar pela cintura. "Se eu fosse, esta seria uma relação muito esquisita."

O Cosmo ficou com uma cara de que tinham puxado de debaixo dos pés dele o tapete de toda a sua visão a respeito do contexto sociossexual mundial. O rosto dele se transformou em uma máquina de caça-níqueis, com várias ideias e emoções passando por seus olhos, sem conseguir encontrar uma combinação final para se fixar.

"Bom", o Cosmo finalmente disse. "Ela certamente parece radiante."

"Estou vendo por quê", a Woney disse enquanto olhava para o braço musculoso ao redor da minha cintura.

Foi bem aí que o Tom chegou, todo ansioso. "Este é o Roxster? Oi. Eu sou o Tom, feliz aniversário." E completou, para o Cosmo e a Woney: "Ele está fazendo trinta anos hoje! Aah, ali está o Arkis, preciso ir".

"Até já, Tom", o Roxster disse. "Estou faminto. Podemos ir pegar comida, querida?"

Quando nos viramos, ele colocou a mão na minha bunda e a manteve ali enquanto caminhávamos na direção do bufê.

O Tom deslizou até o nosso lado de novo, agora com o Arkis a reboque — que era tão lindo quanto as fotos do aplicativo *Scruffs*. Sorri para o Tom, feliz da vida.

"Eu sei, eu sei, eu vi", ele disse. "Você está tão convencida que é revoltante."

"As coisas têm sido difíceis", eu disse com a voz trêmula. "Será que não mereço um pouquinho de felicidade?"

"Só não fique convencida demais", ele disse. "O orgulho vem antes da queda."

"O mesmo vale para você", eu disse e apontei com a cabeça para o Arkis.

"Vamos só aproveitar, pode ser?", o Tom disse, e nós brindamos.

A noite foi estonteante: lânguida, úmida, com o sol ainda refletindo na piscina. As pessoas davam risada, bebiam e se estiravam nas espreguiçadeiras, onde ficavam comendo morangos cobertos de chocolate. Eu estava com o Roxster, o Tom estava com o Arkis, a Jude estava no terceiro encontro com um fotógrafo-da-vida-selvagem do site Guardian Soulmates, que na verdade parecia ser bem legal e de jeito nenhum uma pessoa que queria fazer xixi em cima dela, e a Talitha estava fantástica com um vestido pêssego de um ombro só que ia até o chão, carregando um cachorrinho — o Tom achou esse toque *absurdo* —, seguida por seu bilionário russo, que era um gatão de cabelos prateados. Ela se juntou a nós quando o Tom, a Jude e eu estávamos perto da piscina com nossos respectivos *amours*. O Tom quis fazer um carinho no pequeno chihuahua da Talitha — "Você comprou no Net-a-Porter, querida?" —, mas o cachorro tentou mordê-lo.

"Foi presente do Sergei", a Talitha disse, sem fôlego. "Petula! Não é um amor? Você não é um amor, queridinha? Não é? Não é? Você deve ser o Roxster. Feliz aniversário."

"Feliz aniversário para vocês dois", eu disse, sentindo lágrimas encherem meus olhos. Ali estávamos nós: o núcleo da Central do Namoro, o centro de comando das nossas dificuldades emocionais, todos, pelo menos desta vez, felizes e acompanhados.

"A festa está fantástica", o Roxster disse todo radiante e animado, em uma combinação de comida, champanhe e Red Bull com vodca. "Literalmente é a melhor festa a que já fui na vida. Literalmente. Nunca, nunca fui a uma festa melhor. Esta festa está absolutamente maravilhosa. E a comida é..."

A Talitha tocou no lábio dele com o indicador. "Você é adorável", ela disse. "Exijo a primeira dança para comemorar nosso aniversário."

Um dos planejadores de festa vestidos de preto pairava no segundo plano. Ele tocou no braço da Talitha e cochichou algo.

"Você pode segurar para mim um minuto, querida?", ela disse, e estendeu o cachorrinho para mim. "Preciso conversar com a banda."

Não me sinto muito segura em relação a cachorros desde que fui perseguida pelo labradoodle do Geoffrey e da Una quanto eu tinha seis anos. Além disso, e aqueles pit bulls que acabaram de comer um adolescente? De algum modo, essa ansiedade deve ter sido transmitida para a Petula, porque assim que eu a peguei, ela latiu, mordeu a minha mão e pulou do meu colo. Fiquei olhando fixo, estupefata, quando ela saiu voando pelo ar, se contorcendo toda, leve como uma pena, para cima, para cima, depois para baixo, para baixo, para dentro da piscina, onde desapareceu.

Houve uma fração de segundo de silêncio e então a Talitha berrou, estridente: "Bridget! O que você *fez*? Ela não sabe nadar!".

Todo mundo ficou olhando enquanto a cadelinha se esforçava para permanecer na superfície, no meio da piscina, soltando latidinhos, e desaparecia embaixo d'água mais uma vez. De repente, o Roxster tirou a camiseta, revelando a barriga tanquinho. Mergulhou de cabeça na piscina, um arco de água azul, espuma e músculos, e então voltou à tona, molhado e reluzente, na beirada, bem longe de onde estava a cadela, que deu uma última respirada e afundou. O Roxster fez uma cara confusa por um segundo e então mergulhou de novo, ermegindo com a Petula, que gania. Com os dentes brancos brilhando em um sorriso, ele colocou a cadelinha com cuidado aos pés da Talitha, se apoiou com as mãos na borda e se ergueu da água sem esforço nenhum.

"Jonesinha", o Roxster disse. "Não se joga cachorro na piscina."

"Ai, Deus", o Tom disse. "Ai, Deus."

A Talitha estava fazendo o maior drama com a Petula. "Minha querida. Minha queridinha, coitada. Está tudo bem agora, está tudo bem."

"Desculpe", eu disse. "Mas ela pulou do meu..."

"Não se desculpe", o Tom disse com os olhos grudados no meu namorado.

"Ah, querido", a Talitha agora voltou a atenção para o Roxster. "Meu queridinho, coitado e corajoso. Deixe que eu ajudo a tirar essa roupa molhada..."

"Não ouse colocar roupas secas nele", o Tom resmungou.

"Na verdade, acho que preciso de outro Red Bull", o Roxster sorriu. "Com vodca."

A Talitha começou a arrastá-lo para longe pelo meio da multidão, mas o Roxster agarrou minha mão e me puxou junto. O rosto que ficou comigo do meio daquele mar de queixos caídos foi o da Woney.

Quando a Talitha fez o Roxster entrar na casa, ela se virou para mim e murmurou: "É isso, minha cara, que eu chamo de repaginação".

Vestido com mais elegância agora, com uma das roupas imaculadas do coroa bonitão, o Roxster parecia alheio à repaginação e mais interessado nas celebridades que avistou no meio da multidão, sendo que eu nunca tinha ouvido falar da maior parte delas. A noite estava caindo e das lanternas saía uma luz suave e tremeluzente, os convidados ficavam cada vez mais bêbados, a banda tocava, as pessoas começavam a dançar. Apesar do orgulho, fiquei preocupada que houvesse algo levemente errado em usar o Roxster para me recriar. Embora eu não tenha feito isso de forma deliberada; simplesmente aconteceu. Na verdade, para ser sincera, eu estava era me apaix...

"Venha, vamos dançar, linda", o Roxster disse. "Vamos lá."

Ele pegou outra vodca com Red Bull e uma cerveja, virou tudo e pediu mais. O Roxster estava louco, estava exuberante. Vamos ser sinceros: ele estava caminhando para o coma alcoólico.

Saltitava pela pista de dança, onde todo mundo, de acordo com a geração a que pertencia, sacudia e balançava o quadril, e algumas mulheres ficavam paradas com a perna aberta, agitando os ombros em gestos de provocação. Eu nunca tinha visto o Roxster dançar de verdade. A banda estava tocando um sucesso do Supertramp e fiquei olhando, estupefata, enquanto o espaço ia se abrindo ao redor dele, e percebi que o estilo de dança escolhido por ele era o de *apontar*. O Roxster sabia a letra toda do Supertramp, cantava junto, rebolando igual ao John Travolta, apontando para todos os lados e então, aproveitando a deixa, logo antes do intervalo instrumental, apontou para o palco, como se estivesse regendo a banda. Ao reparar que eu dançava cheia de incerteza sem sair do lugar, ele pegou minha mão, me deu a bebida dele e fez um gesto ansioso para que eu virasse. Virei em um gole só e me juntei aos gestos de apontar, entregando-me ao fato de que o Roxster ia me rodar meio cambaleante, me dar um abraço de urso, me derrubar no chão e apalpar minha bunda, e depois apontar, com todo mundo olhando. Do que eu não poderia gostar nisso tudo?

Depois fui aos tropeções para o banheiro, com meus pés obviamente precisando de uma operação para tirar as bolhas. Quando voltei, encontrei a pista de dança vazia — ou pelo menos foi o que pensei. A Jude estava lá em pé, bêbada até não poder mais, olhando fixo para a pista com um sorriso cheio de orgulho nos lábios. O Roxster dançava bem feliz sozinho, com uma cerveja Kronenbourg numa das mãos e apontando todo alegre com a outra.

"Essa foi a melhor noite de toda a minha vida", ele disse à Talitha quando saímos, pegou a mão dela e deu um beijo. "Literalmente, a melhor comida de todos, todos, todos os tempos! E a festa, é claro. Foi a melhor, você é a melhor..."

"Fico tão feliz por você ter vindo, obrigada por ter salvado minha cadela", sussurrou a Talitha, feito uma duquesa cheia de graça. "Espero que ele ainda esteja disposto, querida", ela murmurou no meu ouvido.

Quando saímos para a rua e nos afastamos dos convidados que estavam indo embora, o Roxster parou à luz de um poste e segurou minhas mãos, sorriu e então me beijou.

"Jonesinha", ele sussurrou, olhando bem nos meus olhos. "Eu... Eu..." Ele se virou e fez uma dancinha. Estava tão bêbado. Virou para mim mais uma vez e, por um momento, pareceu triste, depois feliz, depois soltou: "Eu te amo. Nunca disse isso a mulher nenhuma. Eu queria ter uma máquina do tempo. Eu te amo".

Se Deus existe, tenho certeza de que Ele tem outras coisas para cuidar, como a crise no Oriente Médio e tudo o mais, em vez de ficar dando a viúvas trágicas noites perfeitas de sexo, mas realmente parecia que Deus tinha parado de pensar nos outros problemas naquela noite.

Na manhã seguinte, quando o Roxster tinha saído para seus jogos de rúgbi e as crianças tinham sido depositadas em suas respectivas festas de mágica e de futebol, voltei para a cama e fiquei lá mais uma hora, saboreando momentos da noite anterior, saboreando o Roxster saindo da piscina, o Roxster à luz do poste, dizendo: "Eu te amo".

Mas, às vezes, quando um monte de coisas acontecem ao mesmo tempo, sua mente fica tão confusa que você só consegue dissecar todas as partes da informação mais tarde.

"Eu queria ter uma máquina do tempo."

Aquilo borbulhou no meio de todas as outras palavras e das imagens da noite anterior. A tristeza nos olhos dele por uma fração de segundos, antes de dizer: "Eu te amo... Eu queria ter uma máquina do tempo."

Foi a primeira vez que ele mencionou a diferença de idade, tirando piadas sobre meus joelhos e dentes. Tínhamos nos deixado levar pela animação, pela exuberância de perceber que, no meio dos destroços do espaço cibernético, nós dois tínhamos encontrado alguém de quem realmente gostávamos e que não tinha sido só uma ficada de uma noite, nem uma ficada de três noites, mas uma conexão verdadeira, cheia de afeto e diversão. Mas o momento de alegria inebriada dele tinha sido uma revelação. Aquilo importava para ele e, com isso, o elefante estava na sala.

PARTE 3

Descida ao caos

Dia horrível, muito ruim, sem nada de bom

TERÇA-FEIRA, 4 DE JUNHO DE 2013

61 kg, 5822 calorias, 0 empregos, 0 garotões, 0 respeito da produtora, 0 respeito das escolas, 0 respeito da babá, 0 respeito das crianças, 2 pacotes de queijo comidos, 1 pacote de biscoitos de aveia comido, 1 vegetal grande (repolho) comido inteiro.

9h Humm. Mais uma noite altamente erótica com o Roxster. Mas, ao mesmo tempo, sinto uma ponta de incerteza. O Billy e a Mabel não estavam exatamente dormindo quando chegamos e desceram chorando porque o Billy disse que a Mabel tinha jogado a Saliva nele e deixado um olho dele "cego". Demorou um tempão para os dois dormirem.

Quando voltei para o andar de baixo, o Roxster, sem perceber que eu tinha chegado, parecia meio puto.

Eu disse "desculpe!" e ele ergueu os olhos e deu risada daquele jeito alegre dele. "É que eu não achava que ia passar a noite assim", disse.

Bom, assim que a comida foi providenciada, ele voltou ao normal. E foi um sonho. A cadeira e o espelho do banheiro ganharam vida própria. E nossa viagem é no fim de semana que vem! Vamos ficar numa pousada no interior, fazer caminhadas, transar, comer e tudo o mais! Chloe levou as crianças à escola, assim posso começar logo a trabalhar em *Folhas* — que agora está se tornando menos um sonho impossível e mais uma realidade maravilhosa: um filme escrito por mim, estrelado pela Ambergris Bilk! Então está tudo bem! Com certeza. Só preciso dar conta de reescrever o roteiro.

9h15 Hummmm. Fico tendo flashbacks da gente no banheiro na noite passada.

9h25 Acabo de mandar uma mensagem de texto para o Roxster, dizendo: Hummmm. Adorei que você dormiu aqui em casa.

9h45 Só que... por que ele não respondeu? "Eu queria ter uma máquina do tempo." Ai, Deus, por que tenho todas essas imagens de mim mesma que imediatamente surgem na minha cabeça? Acho que estou perseguindo o Roxster, ou que sou uma vovozinha trágica e sem noção saltitando desajeitada em uma discoteca de *legging* e blusa sem manga com os braços molengos, o cabelo crespo, uma barriga enorme e uma coroa de camelô.

9h47 Certo. Preciso me recompor, erguer a cabeça e seguir em frente. Não posso ficar andando pela casa de lingerie com um diálogo interno absolutamente desnecessário de me-empurra-que-eu-puxo-você sobre por que o garotão não respondeu à minha mensagem de texto, quando tenho um roteiro para escrever e filhos pelos quais sou responsável e cuja agenda preciso organizar.

Mas por que ele não respondeu à minha mensagem de texto?

9h50 Vou conferir o e-mail.

9h55 Nada. Só algumas mensagens encaminhadas do George da Greenlight. Quem sabe tem algo bacana?

10h Ai, Deus. Acabo de abrir o e-mail encaminhado. A bomba explodiu.

ENC: De: Ambergris Bilk
Para: George Katernis
Acabei de conversar com Dougie. Ele é tããããããão maravilho-

so. Agora estou totalmente dentro de *Folhas*. Fiquei feliz que ele concordou comigo sobre precisarmos de um roteirista de verdade.

Por alguns momentos, fiquei olhando fixo para a tela, sem enxergar nada.

"Um roteirista de verdade?"

UM ROTEIRISTA DE VERDADE?

Então peguei um quarto de repolho que a Chloe tinha deixado na mesa da cozinha por algum motivo (será que ela convenceu os dois a comer um pouco da receita de repolho do livro da Gwyneth Paltrow no café da manhã?) e comecei a enfiá-lo na boca, mordendo as folhas e caminhando com muita rapidez ao redor da mesa da cozinha, deixando cair pedacinhos na minha camisola e no chão. O telefone fez um ping, anunciando uma mensagem de texto: Roxster.

Foi mesmo, não foi? Mas agora estou muito confuso a respeito do nosso relacionamento. Muitíssimo, muitíssimo confuso, linda.

O telefone fez mais um ping: era a escola.

A Mabel está com uma infecção no dedo. A unha está quase caindo. Pela aparência, deve estar assim há vários dias.

10h15 Calma e composta. Vou abrir a geladeira, pegar a mussarela ralada e enfiar na boca, junto com o repolho.

10h16 Certo, agora tudo está dentro da boca. Vou só tomar um gole de Red Bull por cima disso. Ah! Telefone! Talvez seja o Roxster para dizer que se arrependeu da mensagem de texto.

11h Era a Imogen, da Greenlight. "Bridget. Cometemos um erro terrível. O George acabou de encaminhar um e-mail para você por engano. Será que dá para você deletar antes de... Bridget? Bridget??"

Não consegui responder devido ao conteúdo da minha

boca. Corri até a pia e cuspi o Red Bull, a mussarela e o repolho, bem quando a Chloe apareceu no alto da escada. Eu me virei e sorri para ela, com pedaços de repolho e mussarela caindo, igual a um vampiro que foi flagrado comendo uma pessoa.

"Bridget? Bridget?", a Imogen continuava repetindo ao telefone.

"Pois não?", respondi, acenando bem alegre para a Chloe enquanto tentava limpar a pia com a mangueirinha para mandar embora o queijo e o repolho.

"Está sabendo do dedo da Mabel?", a Chloe sussurrou. Assenti com calma e apontei para o telefone que estava debaixo do meu queixo. Enquanto escutava a Imogen repetindo a história a respeito do e-mail encaminhado pelo George sem querer, o jornal, que ainda estava dobrado no lugar em que o Roxster estava lendo, chamou minha atenção.

> *O DESTINO TRÁGICO DO GAROTÃO*
>
> *por Ellen Boschup*
>
> *De repente, há mais garotões por toda parte!! À medida que a ciência médica preserva a aparência da juventude e um número cada vez maior de mulheres dedica seu tempo e seus recursos a isso, mais e mais delas preferem "homens mais novos": Ellen Barkin, Madonna e Sam Taylor Wood são só alguns exemplos. Para essas mulheres mais velhas e predadoras, ou "tigresas", como são conhecidas de maneira bem apropriada, as vantagens são óbvias: sexo jovem, vigoroso, enérgico, constante, satisfatório e o tipo de ausência de histórico emocional que elas jamais encontrariam em seus correspondentes masculinos de meia-idade, flácidos e carecas, folgados e ensimesmados demais para lutar contra o avanço dos anos.*

"Bridget?", a Imogen continuava dizendo. "Está tudo bem com você? O que está acontecendo? Terra chamando Bridget! Bridget? Net-a-Porter? Chocolate Mars?"

"Não! Ótimo! Obrigada por me informar. Ligo para você mais tarde. Tchau!"

Desliguei o telefone e voltei a ler, aterrada com o artigo.

Para os jovens garotos indefesos — que são as presas delas —, pode parecer um negócio atraente. Estas mulheres, pelo menos no escuro, ficaram tão conservadas quanto picles. Não há pressão para ter filhos, nenhuma exigência de que o garotão seja bem-sucedido em sua carreira. Em vez disso, abre-se uma janela para um mundo glamoroso e sofisticado, onde seus sonhos mais malucos podem se concretizar. O benefício de uma amante experiente, que sabe o que quer na cama, eleva a reputação dele, um bilhete de entrada para a sociedade e um acesso a viagens de luxo. Qual é o lado negativo? Quando ele estiver saciado, pode simplesmente largar sua tigresa para que ela caia de boca em sua próxima presa desavisada. No entanto, à medida que números cada vez maiores desses infelizes descobrem...

"Tudo bem, Bridget?," perguntou a Chloe.

"Claro, ótimo. Você pode subir e arrumar as gavetas da Mabel, por favor?", eu disse com um tom nada natural de alegria e autoridade para a Chloe.

Quando ela saiu, peguei outro pedaço de repolho e continuei a ler enquanto enfiava na boca com um tablete de Nicorette.

... que, longe de cair fora na hora que bem escolherem e seguir em frente aprimorados, esses garotos violentados acabam desperdiçando a fase mais fundamental de sua carreira e a época de constituir família e acabam despedaçados e exaustos sexualmente, com a autoestima em frangalhos. Mas espere um minuto! Alguns desses jovens, é verdade, como Ashton Kutcher, usam sua Tigresa como mera ferramenta para avan-

çar em sua própria carreira e em seu perfil. No entanto, é muito mais comum eles serem abandonados e obrigados a voltar a seus apartamentos e quartos divididos, escarnecidos pelos amigos, familiares e colegas por terem se envolvido com mulheres de idade suficiente para ser sua avó e jogados de volta a seu mundo, que agora parece desprovido do glamour que nunca mais vão…

Eu me larguei na mesa com a cabeça apoiada nos braços. Maldita Ellen Boschup. Será que essas pessoas não percebem o mal que causam com suas generalizações sociais irrefletidas? Essa gente pega um fenômeno falso e constrói do nada, sem nenhum cuidado, uma teoria furada, durante uma reunião — "O que aconteceu com a sala de jantar?" e "De repente, há mais salas de jantar por toda parte!!" etc. etc. — e depois escreve um comentário social como se fosse a conclusão de anos de pesquisa aprofundada e não mil e duzentas palavras jogadas para cumprir um prazo de edição que arrasa com a vida e as relações de alguém com base em algo que ouviu da mesa ao lado em um bistrô e algumas fotos fora de foco na revista de fofoca *Heat*.

"Quer que eu busque a Mabel e leve ao médico?", a Chloe perguntou. "Está tudo bem com você, Bridget?"

"Não, não, eu… vou buscar", respondi. "Será que você pode mandar uma mensagem de texto para a escola e avisar que estou chegando?"

Fui com ar despreocupado para o banheiro e desabei, com a mente em disparada. Se pelo menos eu tivesse que lidar com apenas uma coisa por vez… Provavelmente seria capaz de lidar com a "confusão" do Roxster, aquele artigo horrível, o "roteirista de verdade" ou a vergonha do dedo inflamado separadamente, mas não ao mesmo tempo. É claro que o dedo inflamado tinha que receber prioridade, mas será que eu podia permitir que alguém me visse em tal estado de perturbação? Se eu fosse buscar a Mabel com olhos arregalados de louca para levá-la ao médico, será que ele ou a escola ia mandá-la para a tutela do Estado?

Eu precisava de equilíbrio. Precisava limpar a mente, porque, como está escrito em *Como manter a mente sã*, ela é moldável.

Respirei fundo algumas vezes e falei "Maaaaaaaaa" para orar para a mãe do universo.

Olhei meu reflexo no espelho. Realmente não estava nada bom. Lavei o rosto, ajeitei o cabelo, saí do banheiro e passei pela Chloe com um sorriso cheio de graça, do tipo dona da casa, para disfarçar o fato de que eu ainda estava vestida com uma camisolinha às onze horas da manhã, e era bem possível que ela tivesse escutado quando eu disse "Maaaaa" no banheiro.

13h A Mabel parecia bem animada em relação ao dedo. Para falar a verdade, não estava tão ruim quanto tinham feito parecer, mas, mesmo assim, era difícil ver como uma mãe responsável podia ter deixado aquilo passar, se é verdade que estava assim fazia tempo.

Na sala de espera do médico, fiquei parada na frente das duas recepcionistas durante quatro minutos enquanto continuavam digitando com toda a calma como se a. eu não estivesse ali e b. elas estivessem escrevendo poemas contemplativos. Nesse ínterim, a Mabel trotava alegremente pela sala de espera e pegava folhetos do suporte de plástico na parede.

"Eu vô lê!", ela disse e começou a fazer sua leitura: "Gu-no-ré-a".

"Muito bem, querida", eu disse e finalmente me sentei para checar em desespero se tinha alguma mensagem de texto da Greenlight ou do Roxster, ou se qualquer pessoa tinha algo a dizer que fosse fazer com que eu me sentisse melhor.

"Gu, no, nu, ô, ré, é, é, a."

"Que inteligente!", murmurei.

"Gonorrea!", ela berrou cheia de triunfo e abriu o folheto. "Ah, tem foto! Lê gonorrea pra mim?"

"Ah! Hahaha!", eu disse, peguei todos os folhetos e enfiei na bolsa. "Vamos ver se tem algum folheto mais legal." Olhei enlouquecida para uma ampla variedade de folhetos em diversas cores alegres: "Sífilis", "Uretrite não específica", "Camisinha masculina e feminina" e, um pouco tarde demais para poder ajudar, "Piolho pubiano".

"Vamos brincar com os joguinhos!", eu disse, alegre.

Quando finalmente entramos na sala do médico, eu disse: "Não acredito que não notei".

"Às vezes, aparece de repente", ele disse, em tom de solidariedade. "Ela só precisa tomar antibiótico e vai ficar tudo bem."

Depois do médico, fomos à farmácia e compramos band-aid das princesas da Disney, então a Mabel resolveu que queria voltar para a escola.

14h Acabei de chegar em casa, aliviada por ter o lugar só para mim, e me sentei... para que mesmo? Trabalhar? Mas fui demitida, não fui? Tudo parece escuro e sombrio.

Ah, espere, estou usando meus óculos escuros de novo.

15h15 Acabei de passar vinte minutos olhando para o nada, toda melodramática, tentando não pensar em me suicidar com um tiro igual à Hedda Gabler, depois comecei a procurar pendentes de caveira ou de adaga no Net-a-Porter. Então de repente me dei conta, com um sobressalto, que estava na hora de pegar a Mabel e o Billy na escola.

18h Eu estava completamente perturbada quando a Mabel e eu chegamos à escola de Billy, porque estávamos atrasadas e precisei passar primeiro na secretaria para falar sobre as aulas de fagote dele. "A senhora trouxe o formulário?", a Valerie, que é a secretária da escola, perguntou. Comecei a remexer na bagunça da bolsa e fui colocando papéis no balcão.

"Ah, olá, senhor Wallaker", a Valerie disse.

Ergui os olhos e lá estava ele, com aquele sorrisinho de sempre.

"Está tudo bem por aqui?", o sr. Wallaker perguntou, olhando para a bagunça. Segui o olhar dele. "Sífilis: cuide da sua saúde sexual." "Gonorreia: sinais e sintomas." "Saúde sexual direta: guia do usuário."

"Não são meus," eu disse.

"Certo, certo."

"São da Mabel."

"Da Mabel! Bom, nesse caso, tudo bem!" Ele estava se sacudindo de tanto rir por dentro. Peguei os folhetos e enfiei de volta na bolsa.

"Ei!", a Mabel disse. "Os folhetos são meus. Dá pra mim!"

A Mabel enfiou a mão na minha bolsa e tirou "Gonorreia: sinais e sintomas". Tentei, sem dignidade nenhuma, tirar o folheto dela, mas a Mabel não queria soltar.

"São *meus* folhetos", a Mabel disse em tom de acusação e completou, com grande efeito: "Que droga!".

"E são uns folhetos muito úteis", o sr. Wallaker disse e se abaixou. "Por que você não fica com o da sífilis e devolve o resto para a mamãe?"

"Obrigada, senhor Wallaker", eu disse com firmeza, mas em tom agradável, e então, com o nariz empinado, saí flanando com toda a graça na direção dos portões da escola, quase tropeçando na Mabel nos degraus, mas ainda assim fazendo uma retirada bem elegante.

"Bridget!", o sr. Wallaker vociferou de repente, como se eu fosse um dos meninos. Eu me virei, sobressaltada. Ele nunca tinha me chamado de Bridget.

"Será que não esqueceu nada?"

Fiquei olhando para ele sem entender nada.

"O Billy?" Ele se virou para o Billy, que olhava para ele e dava um sorrisinho conspiratório. Os dois olharam para mim com uma expressão marota.

"Às vezes ela até se esquece de acordar", o Billy disse.

"Aposto que sim", o sr. Wallaker respondeu.

"Venham, crianças!", eu disse, tentando recobrar minha dignidade.

"Sim, mamãe", a Mabel respondeu feito uma santinha, com um quê inconfundível de ironia que, sinceramente, foi muito irritante vindo de uma pessoa tão pequena.

"Obrigada, filha", eu disse, sem me abalar. "Vamos logo! Adeus, sr. Wallaker."

Quando chegamos em casa, o Billy e eu desabamos no sofá enquanto a Mabel brincava alegremente com seus folhetos sobre doenças venéreas.

"Tirei uma nota horrível na lição de casa", disse o Billy.

"E eu tirei uma nota horrível no meu roteiro."

Mostrei a ele o e-mail sobre o "roteirista de verdade". Billy me entregou seu caderno de artes com Ganesha, o deus-elefante que ele havia colorido e a anotação da professora:

"Gostei da mistura de amarelo, verde e vermelho que você fez na cabeça. Mas acho que as orelhas multicoloridas não ficaram muito boas."

Olhamos um para o outro, deprimidos, e aí os dois desataram a rir.

"Vamos comer um biscoito de aveia?", sugeri.

Comemos o pacote todo, mas é o mesmo que comer cereal, certo?

Vidas agitadas demais

QUARTA-FEIRA, 5 DE JUNHO DE 2013

61 kg, 24 horas no dia, 36 horas necessárias para fazer tudo que eu tenho que fazer em um dia, 4 horas passadas me preocupando com como encaixar todas as coisas que tenho que fazer no dia, 1 coisas que tinha que fazer e fiz (ir ao banheiro).

14h

LISTA DE TAREFAS

- Lavar roupa.
- Responder ao convite da festa com tema Apocalipse Zumbi.
- Ligar para o Brian Katzenberg a respeito do e-mail da Ambergris Bilk.
- Encher o pneu da bicicleta.
- Queijo ralado.
- Combinar o fim de semana: sábado à tarde, o Billy tem a Festa dos Tambores Africanos na casa do Atticus, mas a mãe do Bikram disse que pode levar e eu busco, ou o contrário. No domingo, a Mabel tem a Festa do Faça Seu Ursinho, no mesmo horário do futebol do Billy. Combinar com a mãe do Jeremiah e a mãe da Cosmata quem vai buscar as crianças em que lugar e também perguntar para a mãe do Jeremiah se ele quer ir ao futebol com o Billy.
- Ligar para a mamãe (minha mamãe).
- Ligar para a Grazina e ver se ela pode dar uma ajuda no fim de semana, e então ver os horários do trem para Eastbourne.
- Decidir o que fazer sobre o feriado com o Roxster.
- Achar o cartão do banco.
- Achar o controle remoto.
- Achar o telefone.
- Perder um quilo e meio.

- Responder ao monte de e-mails sobre os legumes do Dia dos Esportes.
- Descobrir se ainda tenho que ir à reunião na Greenlight amanhã.
- Foto/festa do mito romano ou grego.
- Depilar as pernas e a virilha, caso o feriado ainda esteja de pé.
- Desenhar brasão para a família do sufixo "ico".
- Postura.
- Preencher o formulário das aulas de fagote do Billy e levar para a escola.
- Achar o formulário das aulas de fagote.
- Lâmpada do banheiro.
- Malhar na bicicleta ergométrica (mas é claro que não vai rolar).
- Devolver o vestido da Net-a-Porter que não usei na festa da Thalita.
- Descobrir por que a geladeira está fazendo barulho.
- Encontrar e destruir os folhetos da Mabel sobre gonorreia.
- Encontrar a cena final, do mergulho, da décima segunda versão do roteiro.
- Dentes.

Ai, Deus. Não vou conseguir fazer tudo isso em uma hora, que agora se transformou em vinte minutos. Certo. Vou fazer o Quadrante como explicam em *Os sete hábitos das pessoas altamente eficazes* e encaixar as tarefas em quatro deles:

IMPORTANTE E URGENTE

- ~~Responder ao convite da festa com tema Apocalipse Zumbi.~~
- Ir ao banheiro
- ~~Ligar para o Brian Katzenberg a respeito do e-mail da Ambergris Bilk.~~
- Depilar as pernas e a virilha, caso o feriado ainda esteja de pé. Encher o pneu da bicicleta.
- Queijo ralado.
- Dentes.
- ~~Sobrancelhas~~
- ~~Queijo ralado.~~
- Decidir o que fazer sobre o feriado com o Roxster.
- Responder ao monte de e-mails das mães sobre o piquenique do Dia dos Esportes.
- Ligar para a Grazina e ver a que horas ela pode começar no sábado e aí procurar pousadinhas no Google.
- ~~Devolver o vestido da Net-a-Porter que não usei na festa da Thalita.~~
- Descobrir onde a Cosmata mora.

IMPORTANTE, MAS NÃO URGENTE

- Malhar na bicicleta ergométrica (mas é claro que não vai rolar).
- Preencher o formulário das aulas de fagote do Billy e levar para a escola.
- ~~Ligar para a mãe do Jeremiah.~~
- Ligar para a mamãe (a minha mamãe).
- Responder e-mails.
- ~~Devolver o vestido da Net-a-Porter que não usei na festa da Thalita.~~ Combinar com a mãe do Jeremiah e a mãe da Cosmata quem vai levar/buscar as crianças e perguntar à mãe do Jeremiah se ele quer ir ao futebol com o Billy.
- Queijo ralado.
- ~~Dentes.~~
- Sobrancelhas.
- Foto da festa do mito romano ou grego.

NÃO IMPORTANTE E URGENTE

- Responder ao convite da festa com tema Apocalipse Zumbi.
- Achar o controle remoto.
- ~~Achar o cartão Visa.~~
- Achar dentes.
- Achar o telefone.
- Perder um quilo e meio.
- Encontrar e destruir os folhetos sobre gonorreia da Mabel.
- ~~Combinar quem vai buscar as crianças em que lugar com a mãe do Spartacus e a mãe da Cosmata e perguntar à mãe do Jeremiah se o Bikram quer ir ao futebol com o Billy~~.
- Resolver a programação do fim de semana. (Sábado à tarde o Billy tem Festa dos Tambores Africanos na casa do Atticus, mas a mão do Bikram disse que ela pode levar e eu busco, ou o contrário. No domingo a Mabel tem a Festa do Faça Seu Ursinho, no mesmo horário do futebol do Billy.)
- Chaleira elétrica John Lewis.

NÃO IMPORTANTE NÃO URGENTE

- Descobrir se ainda tenho que ir à reunião da Greenlight amanhã.
- ~~Queijo ralado.~~
- Ligar para a mãe do Bikram.
- Botar roupa para lavar.
- Ligar para o Brian Katzenberg a respeito do e-mail da Ambergris Bilk.
- *Dance Fever*
- ~~Responder ao monte de e-mails das mães sobre o piquenique do Dia dos Esportes.~~
- Achar o formulário do fagote.
- Corrigir a postura.
- Marcar dentista para o Billy e a Mabel.
- Devolver o vestido da Net-a-Porter que não usei na festa da Talitha.
- Ir ao banheiro.

14h45 Está vendo só? Muito melhor assim!

14h50 Acho que vou ao banheiro. Pelo menos já é uma tarefa cumprida.

14h51 Acabei de voltar do banheiro.

14h55 Oooh! A campainha!

Mal abri a porta e a Rebecca, a vizinha, já foi invadindo o corredor, usando uma tiara e com o rímel escorrendo. Ela olhava para o nada, segurava uma lista e um saco plástico cheio de sanduíches de ovo.

"Quer um cigarro?", perguntou com uma voz estranha, como se viesse de outro planeta. "Não dá mais para mim."

Descemos e despencamos, olhando para o nada e fumando feito duas caminhoneiras.

"Peça de teatro na escola", ela disse com uma voz estranha e meio desconectada.

"Presentes dos professores", completei, sem nem pensar direito. "Apocalipse Zumbi." E aí me deu um ataque de tosse, porque era o primeiro cigarro que eu fumava em cinco anos, a não ser pelas duas baforadas naquele baseado na festa do Cara-da-jaqueta-de-couro.

"Acho que vou ter um treco de verdade e ninguém vai nem perceber", a Rebecca disse.

De repente, pulei do sofá e apaguei o cigarro, com um furor de inspiração.

"É tudo uma questão de botar as prioridades nos quadrantes. Olhe só!", falei, esfregando minha folhinha de quadrantes no nariz dela.

A Rebecca ficou olhando para a tabela e depois caiu numa gargalhada histérica. Parecia que tinha saído do hospício.

E de repente uma luz se acendeu no meu cérebro. "É um Estado de Emergência!", eu disse, empolgadíssima. "Um Estado de Emergência, está na cara! Quando o Estado de Emergência é declarado, os serviços normais são suspensos e você não precisa achar que vai dar tudo certo, só tem que fazer o que for necessário pra superar a situação."

"Maravilha!", a Rebecca disse. "Vamos tomar alguma coisa. Só uma bebidinha leve."

Foi só beber meio copinho e tudo realmente já parecia muito melhor, até que ela pulou do sofá e disse: "Puta que pariu! Era para eu ter ido buscar as crianças na escola". E então saiu correndo porta afora. Bem nesse segundo, o Roxster mandou uma mensagem de texto: Você anda muito quietinha, Jonesinha.

A Rebecca então reapareceu para buscar seus sanduíches, e eu lembrei que também deveria ter ido buscar as crianças na escola. Corri escada acima e escada abaixo procurando os biscoitos e, ao mesmo tempo, mandando uma mensagem para o Roxster: Só estou meio confusa com sua mensagem dizendo que está meio confuso.

15h30 Já no carro agora. Ah, que merda, esqueci os biscoitos.

Aaargh! Mensagem do Roxster.

> Só um ataque de pânico. Posso ligar hoje à noite para conversar, minha empadinha de milho?

ELE está tendo um ataque de pânico?

Acabei indo do carro até a escola num passo meio correndo, meio andando e nada gracioso, e na metade do caminho alguns turistas escandinavos escolheram — sabe-se Deus por que — pedir informação justamente para mim. Em pânico por estarem tentando roubar meu tempo, continuei a andar, determinada, enquanto gesticulava as informações. Ai, Deus. Decepcionei meu país sendo hostil com estrangeiros (embora a Escandinávia seja da União Europeia, não?). Mas onde o mundo vai parar se você tem mais medo que as pessoas na rua roubem seu tempo do que sua bolsa?

21h30 Nada de telefonema do Roxster.

Ai, meu Deus, ai, meu Deus, ele vai ligar e terminar comigo só porque não tenho uma máquina do tempo.

22h Odeio quando as pessoas ficam enrolando para telefonar porque você sabe que elas estão enrolando só porque vão falar uma coisa que você não quer ouvir. Se bem que o Roxster odeia telefonemas de qualquer jeito, porque começo a falar e só paro no dia seguinte. Ah, telefone! Roxster!

22h05 "Olá, querida" — minha mãe. "Sabia que a Penny Husbands Bosworth começou a mentir a idade? Ela diz que tem oitenta e quatro. É completamente ridículo. O Pôle, você sabe, o confeiteiro, disse que ela só está fazendo isso para todo mundo dizer como está jovem e..."

22h09 Consegui desligar, mas agora estou me sentindo culpada e também acho que o Roxster ligou enquanto ela estava... Uuuh! Mensagem de texto!

22h10 Era da Chloe.

> Só para confirmar os detalhes do fim de semana. Vou ficar aí no sábado de manhã até a Grazina chegar, aí ela vai ficar com a Mabel enquanto a mãe do Bikram leva o Billy para a festa dos tambores africanos e depois para a casa do Ezequiel, onde vai ter a festa Mitos da Antiguidade (você vai querer que ele tire uma foto de mito? Algum deus/fantasia em particular? Grego ou romano?). Aí a Grazina vai ficar direto até domingo às cinco, deixar o Billy no futebol e buscar a Mabel na festa do Faça Seu Ursinho da Cosmata. Entro às cinco da tarde no domingo... Só

que tenho que sair às seis para ir a um evento de tai chi com o Graham…

Aaaaaargh! Como é que cuidar de crianças foi virar um negócio tão… tão complicado? É como se você tivesse que mantê-las em um estado permanente de motivação e felicidade.

22h30 De repente, fiquei com raiva do Roxster, culpando-o pelo colapso de todo o sistema socioglobal de educação das crianças. "Roxster, SEU DESGRAÇADO! Eu e a Chloe tivemos que planejar toda essa complexa rede de percussionistas africanos, ursinhos e outras pessoas para cuidar das crianças por causa do Roxster e agora não tenho nenhum lugar para ir e ninguém com quem me encontrar só por causa dele. Vou ficar que nem um… que nem um… CUCO GIGANTE, completamente sozinha em casa, TUDO POR CAUSA DO ROXSTER! Pensei tudo isso convenientemente desconsiderando o fato de que, para começo de conversa, fui eu quem quis arrumar o esquema de babás para o fim de semana.

22h35 Por impulso, mandei uma mensagem francamente gélida para o Roxster, dizendo: Será que você poderia, por gentileza, dizer se quer ou não quer viajar no fim de semana? Tenho várias questões a resolver, caso ainda esteja disposto a ir. E, então, me arrependi imediatamente do meu tom neurótico, horrível, mesquinho e totalmente nada a ver com *Zen e a arte de se apaixonar*. Dava para entender por que o Roxster tinha tantas dúvidas, com vinte e um anos de diferença de idade entre nós e com ele ainda por cima tendo que ouvir esse tom neurótico.

22h45 O Roxster mandou de volta uma mensagem séria.

Poderia, sim, Jonesinha, mas estou um pouco preocupado com o que vai acontecer depois.

No impulso, respondi: Mas agora o fim de semana já está

todo planejado e é a primeira vez que vamos poder ficar juntos só nós dois e vai ser tão romântico e... tudo o mais.

Alguns minutos de espera. E, então, o barulhinho da mensagem de texto.

Ok, foda-se! Que se foda o ataque de pânico, linda, vamos nessa!

Uhuuu! Vamos viajar no fim de semana!

23h A Talitha acabou de ligar para saber o que estava acontecendo e disse: "Tome cuidado, querida. Quando começam a balançar assim, eles já não estão só curtindo o momento, estão pensando no longo prazo. E o Roxster é novinho demais para saber o tamanho do desastre."

Vontade de tapar os ouvidos com as mãos e dizer "La-la-la-lá, não tô nem aí. A gente só vive uma vez. E vamos viajar no fim de semana! Uhuuu!".

QUINTA-FEIRA, 6 DE JUNHO DE 2013

9h30 De volta da escola. Abri o e-mail para cuidar das coisas do Dia dos Esportes e dei de cara com:

De: Brian Katzenberg
Assunto: E-mail encaminhado

É isso mesmo, você está demitida. Mas eles ainda querem você para algumas coisas. Vão arranjar uma reunião com o novo roteirista. É a indústria do cinema!

Novo roteirista? Mas já? Como é que eles conseguiram arranjar alguém tão rápido assim? Ping de mensagem de texto.

Roxster: Ah, você pode reservar algum lugar para a gente ficar? Não consegui. Já está tudo lotado.

Fiquei que nem uma louca procurando pousadinhas no

LateRooms e descobri que absolutamente tudo estava lotado mesmo.

Estamos que nem Maria e José procurando um lugar para passar a noite, só que, em vez de estar para dar à luz o Filho de Deus, estou para tomar um pé na bunda do José.

10h Acabei de mandar uma mensagem para o Tom, que me respondeu cinco minutos depois:

No LateRooms.com tem uma casa na árvore com terraço na propriedade do Hotel Chewton Glen.

10h05 Ah. Acabei de dar uma olhada na casa na árvore. Custa oitocentos e setenta e cinco libras por noite.

10h15 Uhuu! Achei um quarto!

10h20 Oh, acabei de ligar lá. É a suíte nupcial. Mandei uma mensagem para o Roxster.

Achei um quarto pertinho do rio em Oxfordshire.

Você é demais, querida. Café da manhã completo incluso?

Sim. Só tem uma coisa.

O quê? É uma coisa ou outra? Bacon ou salsicha?

Não. Mas... vou ter que falar rápido. É a suíte nupcial.

Eu sabia. Era o que você queria desde o começo, não era? O café é incluso mesmo? Certeza?

suspiros Sim, Roxster.

Então é trem pra Oxford, casamento rápido e depois táxi para o hotelzinho?

É isso aí.

Vou comprar as alianças na hora do almoço, quando sair para comer meu sanduíche.

Shhhh. Estou no site da Net-a-Porter procurando vestido de noiva.

10h45 Sem resposta. Ai, meu Deus. Será que ele acha que estou falando sério? Perguntei:

Então, o que você acha?

Depois decidi oferecer uma rota de fuga, caso ele estivesse pensando mesmo só em um lugar relaxante para terminar comigo.

Ou a gente pode ir só para um lugar pertinho e voltar no mesmo dia, se você preferir.

Prendi a respiração...

Eu disse fim de semana inteiro, Jonesinha. Já estou imaginando coisas.

E eu estou nessas imaginações ou só a comida?

Procurando o cardápio no Google É claro que você está, meu franguinho com cogumelos.

11h Já me sentindo mais leve e feliz, reservei o quarto e mandei mais uma mensagem: Acabei de ligar lá e eles falaram que a gente precisa, sim, levar a certidão de casamento.

Um longo silêncio e então...

Você tá brincando, né?

Roxster, é tão fácil enganar você...

Viajar com o namorado! Ou terminar com o namorado?

SÁBADO, 8 DE JUNHO DE 2013

A troca de mensagens com Roxby McDuff estava mais alto-astral que nunca, cheia de planos para nossa viagem, então talvez tivesse sido apenas uma balançada por causa do artigo da Ellen Boschup sobre os garotões, mas agora ele estava vivendo o presente e tudo ia bem.

Em todo caso, melhor terminar de fazer as malas, senão vou perder o trem. Ooh! Mensagem do Roxster:

Jonesinha?

Será que ele queria cancelar?

Fala, Roxster. Respondi, nervosa.

de joelhos Você quer ser minha esposa?

Olhando fixo para o telefone. O que é que estava acontecendo?

Roxster, isso tem alguma coisa a ver com comida no acordo pré-nupcial?

Diz aqui que eu tenho direito a um café inglês completo, com ovos, bacon, cogumelos e salsichas flambadas todos os domingos. Quer se casar comigo?

Pensando com cuidado, suspeitando de uma pegadinha, respondi a mensagem:

O negócio é que, se a gente se casar, não vai, de certa forma, parecer que eu, de certa forma, estou levando as coisas muito a sério?

Sei lá. Eu estava só pensando na comida.

DOMINGO, 9 DE JUNHO DE 2013

1 fim de semana fora, 7 transas, 17 unidades alcoólicas, 15 892 calorias, 90 kg (incluindo o que me pareceu ser um animal de 30 kg).

O fim de semana foi o paraíso. Foi o Olimpo. Ficamos o tempo inteiro fazendo brincadeiras com a história do casamento. Estava um tempo ameno e ensolarado, e foi uma delícia ficar longe do barulho e das listas de afazeres. O Roxster estava mais alegre e engraçado que nunca. O hotel era pequenininho e ficava em um vale escondido perto de um riacho. A suíte nupcial ficava em um celeiro separado, pintado de branco, com o forro inclinado, vigas de madeira rústica e janelas para os dois lados, uma com vista para o riozinho, e, mais além, um campo alagadiço. Tentei evitar as memórias da suíte nupcial do meu casamento de verdade com o Mark. E comecei a rir quando o Roxster me pegou no colo para passar pela porta, fingindo cambalear sob meu peso e me jogando na cama.

As janelas estavam abertas e tudo o que se podia ouvir era o som da água, dos pássaros e das ovelhas ao longe. Transamos deliciosamente e dormimos um pouco. Depois, caminhamos à beira do rio e demos com uma capelinha antiga, onde fizemos de conta que nos casávamos e que as vacas eram nossas convidadas. Por fim, fomos a um pub, onde bebemos cerveja demais para saciar nossa sede e, depois, vinho. Não falamos nada sobre terminar. Mas contei ao Roxster que tinha sido dispensada do roteiro de *As folhas no cabelo dele* e ele foi muito fofo e disse que eles eram malucos, que não reconheciam minha rara genialidade e que ia dar porrada neles com seus braços musculosos, e aí nós comemos tanto que depois eu não conseguia nem me mexer. Sentia uma coisa enorme na barriga... parecia que estava grávida, grávida de uma estranha criatura, com braços e pernas muito protuberantes.

Saímos para andar um pouco e ver se esse mal-estar ia

embora. A Lua estava cheia e me peguei pensando em Mabel: "Olha a Lua. Ela tá me seguindo". Pensei no Mark e em todas as vezes em que a Lua nos seguira, e em todos aqueles anos em que tive certeza, certeza absoluta de que ele estaria sempre comigo e que diante de nós não havia desilusão, mas apenas muitos anos juntos.

"Você está legal, linda?", o Roxster perguntou.

"Estou com a sensação de que comi um Bambi." E dei risada para disfarçar.

"E eu estou com a sensação de que quero comer você", o Roxster rebateu e pôs o braço sobre meus ombros e aí tudo ficou bem de novo. Caminhamos um pouco à beira do rio, fomos parar em um pântano e decidimos que estava muito escuro e muito longe. Então voltamos para o pub e chamamos um táxi.

Quando entramos na suíte, as janelas estavam abertas e o quarto tinha sido tomado pelo aroma das flores e pelo suave murmúrio do rio. Mas, infelizmente, o Bambi estava tão grande que tudo o que consegui fazer foi vestir a camisola e deitar de bruços na cama, sentindo como se entre mim e o colchão houvesse uma enorme cavidade, com o Bambi dentro. Aí, de repente, um cachorro começou a latir, bem alto, bem perto da janela. Ele não ia parar tão cedo. E, então, o Bambi relaxou, leve e vergonhosamente, deixando escapar um peido imenso.

"Jonesinha!", o Roxster disse. "Isso foi um peido?"

"Talvez só um punzinho de Bambi bem pequenininho", respondi, toda encabulada.

"Punzinho bem pequenininho? Mais parecia um avião levantando voo. O cachorro até ficou quieto!"

E ficou mesmo. Mas aí o desgraçado do cachorro começou a latir de novo. Era como estar em um conjunto habitacional na periferia de Leeds.

"Vou fazer uma coisinha para você se distrair, linda", o Roxster disse.

Huuuuuuuummmmmmmmmmmmmmmm.

22h De volta a Londres agora. Feliz da vida. Cheguei em casa às seis da tarde, me sentindo uma nova mulher. As crianças pareciam satisfeitas e fiquei maravilhada ao revê-las. Estava tão cheia de *joie de vivre* e *bonhomie* que até mesmo o domingo à noite com o pânico da lição de casa esquecida passou com uma alegria gloriosa, ao estilo dos lares dos anos 50. Quer ser uma mãe mais calma? Transe bastante.

Ooh, mensagem de texto.

Roxster: A vida de casado até que não é ruim, você não acha, meu bem?

Hummm. Suspeita de pegadinha. Ainda desconfiada por causa daquele negócio todo de confusão e ataque de pânico.

Eu: *peidos* Não vai me pegar com essa de ser fofinho.

Roxster: *lágrimas e soluços*

Eu: *gargalhadas malévolas* Não curti nem um pouco o fim de semana, sério mesmo.

Roxster: Nem um pouquinho bem pouquinhozinho?

Eu: Bom, talvez um pouquinho bem pouquinhozinho.

Roxster: Então foi seu programa Jonesinha/Roxster menos favorito de todos os tempos...?

Eu: Se eu disser que não, você vai ter um ataque de pânico?

Roxster: Agora que estamos casados, meus ataques de pânico desapareceram completamente.

Eu: Viu só?

Roxster: Você acha que posso colocar no meu CV que trabalho com filantropia?

Eu: Porque se casou comigo, você quer dizer...

Roxster: É. Eu poderia dizer que estou cuidando de velhinhos.

Eu: Vá se ferrar.

Roxster: Oh, Jonesinha. Sonhe com os anjinhos, querida.

Eu: Durma com os anjinhos, Roxster.

Neve ou flores?

TERÇA-FEIRA, 11 DE JUNHO DE 2013

60 kg, 2 dias sem nenhum sinal do Roxster, 95% do dia preocupada com a falta de sinal do Roxster, 76 e-mails sobre os legumes cortados para o Dia dos Esportes, 104 spams, 9 minutos atrasada para a escola no total, número de lados de um pentágono: desconhecido.

14h Está fazendo um tempo muito esquisito: frio congelante com umas coisinhas brancas rodopiando pelos ares. Não pode ser neve, claro que não: estamos em junho. Será que são pétalas de flor? Mas são tantas...

14h05 O Roxster não me ligou nem mandou mensagem desde domingo à noite.

14h10 É neve. Mas não é uma neve legal, como no inverno. É uma neve estranha. Provavelmente o mundo vai acabar devido ao aquecimento global. Acho que vou dar um pulo no Starbucks.

Na verdade eu devia encontrar outro lugar que fizesse panini de presunto e queijo por causa daquela história de o Starbucks não pagar muitos impostos. Mas isso talvez seja irrelevante, já que o mundo está prestes a acabar.

14h30 Hummm. Bem mais feliz agora que estou em um mundo cheio de gente, café e panini de presunto e queijo, todos juntinho e aconchegados. Aquela neve esquisita e bizarra parou, e parece que tudo já voltou ao normal.

Sinceramente! Que história é essa de ficar preocupada com tudo? Acho que vou mandar uma mensagem para o Roxster. Eu também não mandei mensagem para ele desde a noite de domingo, mandei?

Você sabia que tem 493 calorias no panini de presunto e queijo?

Roxster: Muito ocupada esta manhã, linda?

Eu: *digitando* Os ombros musculosos do Roxster reluziam sob a implacável luz do sol como, como... ombros musculosos.

Roxster: Começou a escrever romances eróticos, meu tesouro?

Eu *ainda digitando, calmamente* Um imenso peido emerge de sua bunda, que estremece envolto em um aroma de flores...

O Roxster não respondeu. Ooh, mensagem.

Era a Jude.

Estou no sétimo encontro com o Fotógrafo-da-vida-selvagem. Isso significa que estamos namorando?

Respondi a mensagem com um Claro que sim! Você merece, amiga, de verdade! Arrasou!, que não é o tipo de expressão que normalmente uso, mas tudo bem.

14h55 O Roxster ainda não respondeu. Odeio isso. Estou tão confusa. E tenho que buscar as crianças em meia hora e estar toda animada. Certo, uns minutinhos para cuidar dos e-mails do Dia dos Esportes.

De: Nicolette Martinez

Assunto: Piquenique do Dia dos Esportes

Enviado pelo meu Sony Ericsson Xperia Mini Pro

Precisamos dos seguintes itens para o piquenique dos filhos/pais. Listei os pais que já se ofereceram para ajudar.

Sucos: Dagmar

Fatias de cenouras, rabanetes e pimentões (vermelhos e amarelos)?

Sanduíches: Natalia

Batatinhas fritas: Devora

Água:???

Frutas:??
Melões e morangos:?
Cookies (sem amêndoas, por favor!): Valencia
Sacos de lixo: Scheherazade

Por favor, nos diga o que você está pensando em levar. Obrigada.

Por favor, vamos todos levar toalhas de piquenique.

Obrigada
Nicolette

De: Vladlina Koutznestov
Assunto: Re: Piquenique do Dia dos Esportes

Vou levar frutas, provavelmente frutas vermelhas e melões cortados.

De: Anzhelika Sans Souci
Assunto: Re: Piquenique do Dia dos Esportes

Vou levar fatias de cenouras e rabanetes. Alguém pode levar pimentões vermelhos e amarelos?

Anzhelika

PS: E alguém poderia levar copos de plástico, não?

A Farzia, mãe do Bikram, acabou de me repassar o e-mail que, em um instante de loucura absoluta, ela tinha enviado para Nicolette.

De: Farzia Seth
Assunto: Re: Piquenique do Dia dos Esportes

Você acha que todo mundo precisa levar toalha de piquenique? Será que só algumas já não são suficientes?

E também a resposta que tinha recebido da Nicolette, com um comentário da Farzia: "Me mate, por favor!".

De: Nicolette Martinez
Assunto: Re: Piquenique do Dia dos Esportes

É claro que não. Todos temos que levar toalhas de piquenique. Com dois garotos na escola, eu sei bem do que estou falando!

Num gesto louco e ousado, mandei um e-mail para a Farzia, com as palavras: "dá uma olhada nisso" e então enviei outro:

De: Bridget mãeBilly
Assunto: Re: Piquenique do Dia dos Esportes

Vou levar a vodca. A gente bebe pura, combinado?

A resposta foi instantânea.

De: Nicolette Martinez
Assunto: Re: Piquenique do Dia dos Esportes.

Vodca não é uma boa ideia para o Dia dos Esportes, Bridget. Nem cigarros. Você conseguiria levar os pimentões vermelhos e verdes? Será que dá? Em tirinhas, para comer com os molhos? Organizar o Piquenique do Dia dos Esportes é uma tarefa realmente muito difícil.

Oh, que merda. E no meio de tudo isso, do nada, vi a mensagem da Imogen da Greenlight.

De: Imogen Faraday (Greenlight Produções)
Assunto: Sugestões da Ambergris

Cara Bridget,

Estou escrevendo só para saber se você recebeu as sugestões da Ambergris sobre o roteiro, para conversarmos amanhã na reunião com Saffron. Você poderia confirmar que vai poder comparecer à reunião para passar suas sugestões sobre as sugestões da Ambergris?

Espero que você não esteja prestes a cortar os pulsos, porque eu estou.

Imogen

Que reunião? Que sugestões? Quem é "Saffron"?

Vasculhei que nem uma louca um monte de e-mails sobre frutas e legumes do Dia dos Esportes, Apocalipse Zumbi, Ocado, ASOS, Net-a-Porter, surto de norovírus na escola, Viagra mexicano etc., e então percebi que estava na hora de buscar a Mabel.

16h30 A Mabel e o Billy vieram o caminho inteiro discutindo se um triátlon com cinco esportes se chamava quintátlon ou pentátlom.

"Chama!"

"Não chama!"

Tentei, inutilmente, lembrar quantos lados tinha o pentágono e relembrar como era "cinco" em latim, e acabei quase batendo o carro e gritando: "Dá para vocês calarem a boca?". Depois, tive espasmos de agonia quando eles começaram a discutir quais eram os cinco esportes, e a Mabel disse que "medição de fita" era um deles.

"Medição de fita?", o Billy questionou, incrédulo. E aí a Mabel irrompeu em lágrimas, dizendo: "Eles jogam medição de fita, sim, jogam, sim!".

21h15 Acabei de ler um artigo no jornal em que o David Cameron contou que recebe telefonemas de chefes de Estado com as crianças no banco de trás do carro e que têm que colocar a mão no fone para sussurrar furiosamente "Dá para vocês CALAREM A BOCA?" enquanto fala com o primeiro-ministro de Israel.

Então talvez não seja só eu.

Frenética

QUARTA-FEIRA, 12 DE JUNHO DE 2013

8h Tudo certo. A reunião na Greenlight é às nove, então pedi para a Chloe levar as crianças à escola, e, em troca, eu vou buscá-las.

8h10 Só preciso lavar o cabelo e me vestir.

8h15 Desastre. O vestido azul de seda está na lavadora e me esqueci de pedir para a Chloe aprontar o carregamento de pimentões vermelhos e amarelos para amanhã. E ainda tenho que lavar o cabelo.

8h45 No ônibus, quase chegando. Amarrada que nem frango nesse vestido de noite preto, que era a única roupa limpa e apropriada para a reunião que consegui encontrar. Parecia o.k. no espelho porque é do tipo espartilho que, quando você está de pé, deixa tudo no lugar, com formato de ampulheta. Tinha, admito, uma parte de renda em cima, mas botei um blazer estilo *Grazia* por cima, embora agora esteja derretendo, para dar um efeito eclético, tipo a filha de *Boa sorte, Charlie!*

Mas, olhando de relance no reflexo da vitrine de uma loja, me dei conta de que a roupa não faz o menor sentido. Agora que estou no ônibus, me lembrei de como esses vestidos de espartilho são torturantes quando você se senta. Os pneuzinhos ficam amassados que nem massa de pão no processador. Além disso, o efeito do look tinha algo de dominatrix, que era a última coisa que eu poderia evocar, porque meu estado mental estava mais para edredom, bolsa de água quente e desenho animado. E, ainda por cima, meu cabelo ficou esquisito, meio quadrado, no estilo da minha mãe e da Una, como se eu estivesse usando chapéu.

Consegui encontrar e ler as sugestões da Ambergris Bilk durante a madrugada, mas fiquei confusa porque, ao que parece, na cabeça da Ambergris, o enredo de *As folhas no cabelo dele* agora se passa em Estocolmo. Será que ela sabe que o George está enrolado com esse iate no Havaí por causa do filme de maconheiro que não deu certo? E será que o George vai pensar que eu estava tentando mandar a Ambergris de volta para a Noruega e ela disfarçou e botou Suécia? Aliás, vou pedir para a Chloe comprar também uma garrafa de Pimms, porque não vai dar para aguentar o Dia dos Esportes com essas temperaturas glaciais. Aaargh! Mensagem de texto do Roxster.

O jantar de hoje está de pé?

Jantar de hoje? A gente combinou de jantar hoje? Oh, que merda, agora vou ter que arrumar uma babá e... melhor ir para a reunião.

15h A reunião foi um pesadelo. "Saffron", no fim das contas, era a nova roteirista, que, é claro, tem vinte e seis anos e acabou de escrever o piloto de uma série que mistura *Girls* com *Game of Thrones* para a HBO e que está para ser "selecionada" (antes que dê errado, pensei com uma esperança rancorosa, nada budista). Me senti um tanto constrangida, naquele vestido de noite com blazer e cabelo de chapéu, um elefante no meio da sala. Aí, sem querer, bati o pé da cadeira na minha bolsa, dentro da qual, sem eu saber, ainda estava um brinquedo bem barulhento que o Billy ganhara de lembrancinha da Festa dos Tambores Africanos, emitindo um tipo de arroto muito alto e prolongado. Ninguém riu. Só a Imogen.

A primeira coisa que a Saffron fez foi colocar o roteiro em cima da mesa diante dela e dizer, num tom convencido:

"Posso estar enganada, mas 'Hedda Gabler' não tem só um 'b'? E é do Ibsen, e não do Anton Tchékhov, certo?"

Todo mundo ficou me olhando e eu comecei a murmurar algo sobre ironia intelectual, ao mesmo tempo que pensava em como seria relaxante jantar com o Roxster e rir de tudo aquilo. Quase mandei uma mensagem para ele dizendo Não sabia que a gente tinha um jantar de pé hoje, mas achei que poderia soar um pouco petulante, e, então, em vez disso, assim que todos começaram a prestar atenção nas teorias nauseabundas de Saffron sobre como arruinar minha obra, escrevi, às escondidas: Torta de frango em casa?

Roxster: Hummmmmmmmmmmmmmmmmm. Lá pelas 20h30?

Fiquei imediatamente arrependida por ter falado "torta", porque não tinha nem torta, nem quaisquer meios de fazer uma. Minhas pernas também já deviam estar peludas, mas eu não tinha como conferir no meio da reunião. Estava fraca, depressiva e confusa demais com aquela bagunça de Estocolmo ou Havaí, então me limitei a falar que talvez devêssemos deixar a "Saffron" escrever um esboço e ver como ele "saltava da página". Aí, nessa hora, o George teve que sair correndo para pegar o avião para Albuquerque.

19h30 Argh. Cheguei correndo em casa, depois de ter conseguido arranjar um monte de pimentões vermelhos e verdes, já que não tinha amarelo, de ter comprado uma torta superfaturada em uma delicatéssen e de ter ido buscar as crianças na hora.

No caminho de volta para casa, o Billy disse: "Mamãe?".

"Fala, Billy", eu disse com um tom de voz bem vago, tentando desviar de um ciclista que tinha acabado de cruzar a rua na minha frente.

"Domingo é Dia dos Pais. A gente fez uns cartões."

"A gente também", a Mabel completou.

Assim que pude, parei o carro e desliguei o motor. Enxuguei o rosto com as duas mãos, esfreguei os olhos por um instante e só então me virei para olhar para eles.

"Posso ver os cartões?"

Eles começaram a vasculhar dentro das mochilas. No cartão da Mabel havia uma família com um Papai, uma Mamãe, uma menininha e um menininho. O do Billy tinha um coração, com um garoto brincando com o pai. Estava escrito "Papai".

"A gente pode mandar pro papai?", a Mabel perguntou.

Quando chegamos em casa, peguei todas as fotografias deles com o Mark: o Billy vestido com um terninho igual ao do pai, os dois juntos, a mesma expressão em seus rostos, exatamente a mesma pose, com uma das mãos no bolso. O Mark segurando a Mabel no colo quando ela nasceu, uma bonequinha em seu macacão de bebê. Conversamos sobre o Papai e eu disse que tinha certeza de que ele estava nos vendo e de que ainda nos amava muito. Aí saímos para colocar os cartões no correio.

A Mabel colocara no endereço: "Papai, Céu, Espaço". Em meio a todos os meus sentimentos de culpa a respeito de tudo, me senti culpada também por traumatizar o carteiro.

No caminho de volta para casa, o Billy disse: "Queria que a gente fosse uma família normal, que nem a da Rebecca".

"Não é uma família normal", eu disse. "Eles nunca..."

"O Finn vai ganhar um X-box!", o Billy cortou.

"A gente pode ver o *Bob Esponja* agora?", pediu a Mabel.

Eles estavam muito cansados. Dormiram logo depois do banho.

20h00 O Roxster vai chegar daqui a meia hora. Vou tomar banho, lavar o cabelo mais uma vez, me maquiar e tentar achar alguma coisa apropriada para vestir à noite com uma pessoa que, a qualquer momento, pode terminar comigo ou me dar um anel de noivado.

20h10 No banho agora. Aaargh! Telefone.

20h15 Saí correndo, me enrolei na toalha e peguei o telefone para ouvir a voz grave e poderosa do George da Greenlight.

"Certo. Acabamos de pousar em Denver. Então, as coisas foram bem hoje, e não queremos que você perca... Santa Fé."

"Mas é em Estocolmo!", rebati, de repente me lembrando de que não tinha colocado a torta no forno.

"Espere aí, estamos desembarcando... não queremos que você perca sua voz."

Mas do que ele estava falando? Eu não tinha perdido minha voz. Ou será que tinha?

"Estocolmo? Não, estou transferindo para Santa Fé." Ele estava falando comigo ou com a comissária de bordo?

"Então, nós queremos que você bote um pouco mais da Hedda em tudo isso."

"Um pouco mais da Hedda?" O que será que significava isso? Talvez ele estivesse falando com o piloto.

"Não, desculpe, é Albuquerque."

"George!", berrei de repente. "Você não quis dizer Albufeira?"

"Quê? QUÊ?"

A linha caiu.

20h20 Acabei de descer as escadas para botar a torta no forno e o telefone tocou de novo.

"Muito bem. O que era aquilo de Albufeira?" Era o George de novo.

"Só uma brincadeirinha", respondi, tentando abrir a embalagem da torta com os dentes. "Não consigo me concentrar no que você fala, porque você está sempre no avião ou em algum outro meio de transporte. Será que a gente não pode conversar com calma por DOIS minutos, sem você sair do lugar?", eu disse, prendendo o telefone com o queixo e abrindo o forno com uma das mãos e enfiando a torta lá dentro com a outra. "Não consigo TRABALHAR assim, preciso me concentrar!".

O George de repente começou a falar com uma voz suave, sensual, ronronando, uma voz que eu nunca tinha ouvido.

"Certo, certo. Nós achamos você genial. Quando essa viagem acabar, vou ficar no escritório o tempo todo, está bem? Você só precisa recolocar aquela voz especial da Hedda em todas as falas dela, aquela voz que nós tanto amamos, quando a Saffron tiver acabado de escrever. E você terá a minha mais calma e completa atenção."

"Tá bom", eu disse, frenética, calculando se daria para passar gema de ovo em cima da torta antes de secar o cabelo.

20h40 Ufa. Graças aos céus, o Roxster está um pouco atrasado. Tudo certo. O cabelo está normal. A torta já está no forno e, além disso, pincelada com ovos batidos em cima, deixando no ar um agradável aroma de cozinha caseira. Lá em baixo está tudo direitinho, à luz de velas, e acho que a camisa de seda está boa e não muito vulgar, já que a gente está junto há alguns meses e todas as outras roupas são muito desconfortáveis ou estão na máquina de lavar. Ai, meu Deus, estou tão cansada. Acho que vou dar uma cochilada no sofá, só uns minutinhos.

21h15 Aaargh! São nove e quinze e o Roxster ainda não chegou. Será que dormi e não ouvi a campainha? Mandei mensagem para ele.

> Acabei cochilando. Será que não ouvi a campainha?
>
> Jonesinha, me desculpe. Não tive como escapar e fui comer um curry com os colegas do trabalho, e agora o ônibus está demorando. Chego em uns dez minutos.

Fiquei olhando fixo para a mensagem, a cabeça girando. Um curry? Ônibus demorando? Colegas? O Roxster não fala "colegas". Mas e a torta? O que estava acontecendo?

21h45 O Roxster ainda não chegou. Mandei mensagem. Estimativa de chegada?

Roxster: Mais uns quinze minutos. Me desculpe, querida.

Dia dos esportes peidorrento

QUINTA-FEIRA, 13 DE JUNHO DE 2013

62 kg (droga da torta de frango, com gema de ovo por cima), 7 unidades alcoólicas (contando ontem à noite), 1 ressaca (cataclísmica), 32º C, 12 pimentões cortados, 35 bolinhas de melão consumidas, 45 rugas que surgiram ao longo do dia, 9 menções à palavra "peido" em mensagens para o Roxster (nada elegante).

Acordei assim que o dia nasceu com a sensação de que estava tudo bem, mas de repente avistei a ponta do icebergue do desastre completo que foi a noite passada. A campainha tocou às 22h, passei perfume e abri a porta vestindo mais ou menos só a camisa de seda branca.

O Roxster disse "Humm, você está bonita", começou a me beijar e foi me beijando escada abaixo. Comemos a torta e acabamos com a garrafa de vinho que ele tinha trazido. Então ele me mandou sentar no sofá e relaxar, enquanto ia lavar a louça. Fiquei ali olhando para ele, pensando em como tudo estava bem, mas ainda me perguntando como ele tinha conseguido comer o curry e depois uma torta sem ficar com a sensação de que tinha comido um Bambi. Aí ele chegou perto e se ajoelhou a meus pés.

"Tenho uma coisa para falar para você", ele disse.

"O que é?", perguntei, sorrindo para ele, sonolenta.

"Nunca falei isso para nenhuma mulher. Eu amo você, Jonesinha. Amo você, sério, de verdade."

"Oh", eu disse, olhando para ele com cara de maluca, um olho aberto e o outro fechado.

"E se não fosse pela nossa diferença de idade", ele continuou, "eu estaria de joelhos para outra coisa. Estaria mesmo. Você é a mulher mais incrível que já conheci. Amei cada minuto que passamos juntos. Mas é diferente para você, porque você tem seus filhos, e eu ainda não resolvi minha vida. Isso não está indo para lugar nenhum. Preciso encontrar alguém da minha idade, e não posso fazer isso a menos que esteja livre. Você entende?"

Se eu estivesse menos cansada, talvez tentasse conversar melhor, mas, em vez disso, entrei no modo chefe das bandeirantes e fiz aquele discurso todo alegrinho, dizendo que era *claro* que ele estava certo! E que ele *precisava* encontrar alguém da mesma idade! E que tudo tinha sido maravilhoso para nós dois e que aprendemos e crescemos muito!

O Roxster ficou me olhando com cara de assustado.

"Mas ainda podemos ser amigos?", ele perguntou.

"Claro que sim!", respondi, jorrando alegria.

"Você acha que a gente vai conseguir se ver sem arrancar a roupa um do outro?"

"Claro que sim!", eu disse, toda felizinha. "Enfim, está na hora de ir para a cama. Amanhã tem Dia dos Esportes!"

Eu o acompanhei até a porta com um sorriso firme e contente. Depois, em vez de fazer a coisa mais sensata e mandar uma mensagem pedindo para a Rebecca aparecer em casa, ou ligar para a Talitha, ou para o Tom, ou para a Jude, ou qualquer outra pessoa, fui para a cama e chorei literalmente por duas horas, até cair no sono. E agora, merda, são seis da manhã e as crianças vão acordar em menos de uma hora, e eu tenho que levar os pimentões para o Dia dos Esportes, com meia garrafa de vinho tinto e quatro horas de sono na cabeça, sob um sol escaldante.

18h Consegui colocar tudo e todos no carro no horário, dirigir até o centro esportivo e então tirar tudo e todos do carro, fingindo ser uma mistura de soldado em combate com dalai-lama. O Billy e a Mabel tinham se esquecido do trauma do Dia dos Pais, ficaram eufóricos assim que chegamos e imediatamente saíram correndo para brincar com os amiguinhos, graças aos céus esquecendo a mãe, que estava em meio a um colapso nervoso.

Mas, infelizmente, entre as tarefas de estender as toalhas de piquenique e arrumar os pimentões fatiados sobre elas, esta mãe em colapso nervoso foi de repente tomada por uma raiva antibudista do Roxster, por tê-la colocado naquele estado de calamidade, e enviou um esculacho via mensagem de texto mais ou menos assim:

> Roxster, foi uma atitude peidorrenta, manipuladora e egoísta fazer o que você fez ontem à noite, depois de ter brincado de casamento comigo e de ter comido minha torta com OVO, e você pode enfiar a torta, o café da manhã completo e o curry no rabo e sair peidando por aí sozinho, seu peidorrento egoísta.

Interrompi o raciocínio por um breve momento para graciosamente oferecer minha enorme garrafa de Pimms a Farzia e outras mães.

> Você nesse momento não pensa em mais nada além de seu ser PEIDORRENTO, e tudo o que eu posso dizer é: quando você tiver um filho com uma... com uma *Saffron* da vida, que provavelmente não vai ter dinheiro para pagar babás, vai tomar um belo susto. E se receber um esculacho via mensagem é ruim pra você, ótimo. Porque eu pra mim também é e estou nesse DIA DOS ESPORTES PEIDORRENTO!

Aí me virei alegremente para os demais, fazendo elogios ao delicioso piquenique, antes de retornar às mensagens com um sorriso apologético, indicando que eu era uma mulher de negócios muito ocupada e importante, e não alguém que ficava mandando mensagens com peidos para um garotão que me dera um pé na bunda inequívoco por ser velha demais.

O telefone vibrou.

Roxster: Em minha defesa, devo dizer que não peidei nenhuma vez ontem à noite, apesar de ter comido curry.

Eu: Bom, então vou mandar para você o PEIDO MAIS GIGANTE DO

MUNDO COM FEDOR EXTRA, diretamente da minha bunda, nesse Dia dos Esportes de merda. Se prepare.

Dei uma olhada rápida nas crianças — o Billy estava correndo loucamente com um grupo de meninos e a Mabel e outra menininha estavam alegremente trocando ofensas disfarçadas. Aí, voltei para minha troca de mensagens.

Roxster: Como você adiciona fedor extra a um peido? Comendo batata-doce bem rápido?

Eu: Passando a noite com UM PEIDORRENTO ESCROTO.

Roxster: Acabei de peidar dentro de um táxi e mandar o taxista seguir para o centro de esportes.

Eu: Bom, então já deve ter levantado voo agora, com a força do seu peido.

"Está gostando de assistir aos eventos esportivos?"

Era o sr. Wallaker, que estava olhando com uma cara de absoluto *desprezo* para meu iPhone. Eu estava tentando me levantar, mas, como estava sentada sobre os joelhos fazia tempo, tive que ficar de quatro antes. Enquanto eu fazia isso, deram a largada para a primeira corrida.

Naquele átimo de segundo, vi o sr. Wallaker congelar e levar a mão rapidamente ao quadril, como quem vai pegar uma arma. Vi aquele corpo forte tensionado debaixo da camiseta, os músculos do maxilar se contraindo, os olhos passando pelos campos onde as crianças jogavam. Os participantes da corrida do ovo na colher começaram a se mexer devagar e ele piscou, como quem lembra onde está, e olhou em volta envergonhado, para ver se alguém havia notado.

"Tudo bem?", eu disse, erguendo uma sobrancelha numa tentativa de imitar o jeito arrogante dele, que talvez não tenha sido bem-sucedida, devido ao fato de eu ainda estar de quatro.

"Perfeitamente", ele disse, com os olhos azuis e frios fitando os meus. "É só um probleminha que eu tenho com... colheres."

Ele então se virou e correu até a linha de chegada. Fiquei olhando, espantada. O que tinha sido aquilo? Será que ele era maluco, um cara insatisfeito com sua vidinha medíocre que achava que era o James Bond? Ou será que era o tipo de pessoa que se fantasia de Oliver Cromwell e encena batalhas nos fins de semana?

Conforme os eventos esportivos foram começando, guardei o iPhone e comecei a me concentrar. "Vamos lá, Mabel", eu disse. "O Billy vai fazer o salto em distância."

Quando eles mediram o salto do Billy, todos aplaudiram e ele deu um pulo para o alto.

"Eu falei, pô!", disse a Mabel.

"O quê?", perguntei.

"Eles jogam medição de fita no quintátlon, sim."

"É, é uma modalidade esportiva cada vez mais popular."

Era o sr. Wallaker, seguido por uma mulher estranha e meio deslocada que eu nunca tinha visto.

Ela estava usando um vestido de crochê branco que parecia bem caro e sapatos de salto alto com umas *coisas* douradas. Seu rosto tinha aquela expressão bem peculiar das pessoas que "deram um trato" e que, obviamente, ficam ótimas quando estão se olhando no espelho, mas esquisitas assim que mexem o rosto.

"Posso dar um golinho nessa Pimm's, meu bem?", ela perguntou.

"MEU BEM"? Será possível que essa era a ESPOSA do sr. Wallaker? Como é que uma coisa dessas foi acontecer?

O sr. Wallaker parecia desconcertado, o que não era comum.

"Bridget, esta é... esta é... Sarah. Não se preocupe, eu pego a Pimm's, vá falar com o Billy", ele disse bem baixinho.

"Vamos, Mabel", eu disse, e o Billy veio galopando como um cachorrinho exuberante, a camiseta e a faixa voando ao vento, e enterrou a cabeça em meu vestido.

Quando começamos a guardar as coisas para ir ver a cerimônia da entrega dos prêmios, aquela mulher esquisita e bêbada do sr. Wallaker veio cambaleando até nós de novo.

"Será que eu poderia pegar um pouco mais de Pimm's?", ela balbuciou. Comecei a perceber que estava gostando dela, de verdade. É sempre bom conhecer alguém que se comporta pior que você.

E aí ela disse "Brigada", me perscrutando com um olhar de surpresa. "Não é sempre que encontro alguém da sua idade que ainda tenha uma cara de verdade."

"Alguém que ainda tenha uma cara de verdade"? Durante a cerimônia de premiação, eu não conseguia parar de regurgitar a frase. "Alguém da sua idade que ainda tenha uma cara de verdade?" O que ela queria dizer com isso? Que eu estava ousando sair por aí sem ter injetado botox? Ai, Deus. Ai, Deus. Talvez a Talitha tenha razão. Será que eu ia morrer sozinha porque tenho a cara toda enrugada? Não é a toa que o Roxster me deu um pé na bunda.

Assim que a cerimônia acabou e o Billy e a Mabel ficaram absortos brincando com os amiguinhos, fui direto para a sede do clube me recompor e fiquei horrorizada ao ver um cartaz no quadro de avisos.

EXCURSÃO DOS MAIORES DE 50 PARA HASTINGS.

E outro:

CLUBE DOS MAIORES DE 50.
TODA SEGUNDA-FEIRA, 9H30-12H30.
BINGO
REFRESCOS
RIFAS
EXCURSÕES
ALMOÇO DE NATAL
CHÁ DANÇANTE

APOIO E ACONSELHAMENTO

Digitei furtivamente o número de telefone do Apoio e Aconselhamento no meu iPhone e fui vagando até o banheiro feminino, onde me examinei sob a luz dura e implacável de uma lâmpada. Vi que a mulher do sr. Wallaker tinha razão. Era como se a pele em volta dos meus olhos estivesse juntando, naquele exato momento, um monte de rugas; o queixo e as bochechas estavam flácidas, meu pescoço igual ao de um peru, eu tinha um bigode chinês da boca até o queixo, parecia a Angela Merkel. Encarando meu próprio rosto, quase conseguia ver meus cabelos ficando grisalhos. Finalmente, tinha acontecido. Eu era uma velha.

Congelante

TERÇA-FEIRA, 18 DE JUNHO DE 2013

62 kg (500 g de botulismo).

Quer dizer, um monte de gente faz botox, sabia? Não é que nem fazer *facelift*. "Exatamente", disse Talitha quando me passou o telefone da clínica. "É praticamente como ir ao dentista!"

Desci para um porão na Harley Street com a sensação de que estava entrando em uma clínica de aborto clandestina.

"Não quero ficar com aquela cara esquisita", eu disse, tentando substituir a imagem da cara da mulher do sr. Wallaker pelo rosto da Talitha.

"Não", disse o médico de botox, um homem estranho, com sotaque estrangeiro. "Muita gente palece esquisita."

Senti uma picadinha na testa.

"Agooola, a gente faiz boca. Vai ficar pla cima. A gente não faiz boca, o losto fica pla baixo e você palece tliiiste. Que nem a Lainha."

Fiquei pensando nisso. Acho que ele tinha razão. A Rainha muitas vezes parece triste ou contrariada, o que provavelmente não é verdade. Será que ela não deveria fazer botox também?!

Saí, piscando forte sob a luminosidade da Harley Street e fazendo caretas, como o médico tinha mandado.

"Bridget!"

Com o susto, olhei para o outro lado da rua. Era a Woney, esposa do Cosmo.

Ela atravessou a rua e continuei piscando forte. A Woney estava tão... diferente. Será possível que ela tinha feito... megahair? Seu cabelo estava uns quinze centímetros mais comprido do que na festa da Talitha, castanho-escuro, e não grisalho. Em vez do habitual vestido de duquesa com gola alta, ela usava um vestido, cor de pêssego justo e com um belo decote que valorizava sua cintura, além do sapato de salto alto.

"Você está linda", eu disse.

Ela sorriu.

"Obrigada. É que... bom, o que você disse ano passado na festa da Magda... e aí depois da festa da Talitha, eu fiquei pensando... e a Talitha me indicou um lugar para fazer o cabelo e... um pouco de botox, mas não conte para o Cosmo. E aí, como estão as coisas com seu rapaz? Fiquei sentada ao lado de um moço no almoço beneficente. Não é uma delícia paquerar um pouquinho?"

O que podia dizer? Contar que ele tinha me chutado porque eu era velha demais seria como falar para os soldados nas trincheiras da Primeira Guerra Mundial que os alemães estavam vencendo a batalha.

"Os homens mais novos são *tudo* de bom", respondi. "Mas você está maravilhosa."

E ela foi embora, rindo, cambaleando um pouco e (eu podia jurar) meio altinha, às duas da tarde.

Bom, pelo menos uma coisa boa no meio de tudo isso, murmurei comigo mesma. E se o botox dela tinha ficado ótimo, talvez o meu também ficasse!

SEXTA-FEIRA, 21 DE JUNHO DE 2013

0 consoantes que ainda consigo pronunciar.

14h30 Ai, meu Deus, ai, meu Deus. Está acontecendo alguma coisa muito estranha com a minha boca... está toda inchada por dentro.

14h35 Acabei de olhar no espelho. Os lábios estão pulando para fora. A boca está inchada e meio paralisada.

14h40 A escola do Billy acabou de ligar para saber das aulas de fagote e não consegui falar direito. Não consigo falar as letras "p" nem "b" nem "t" naturalmente. O que é que eu vou fazer? Vou ter que ficar assim pelos próximos três meses?

14h50 Comecei a babar. Não consigo controlar minha boca, então a baba está saindo pelos cantos, estou parecendo uma vítima de AVC num asilo — o que é bem irônico, já que o objetivo era parecer mais jovem. Tenho que ficar enxugando com um lenço toda hora.

14h55 Liguei para a Talitha e tentei exblifcar.

"Mas não era para ficar assim. Você tem que voltar lá. Alguma coisa deve ter dado errado. Provavelmente foi uma reação alérgica. Já vai passar."

15h15 Tenho que buscar as crianças na escola. Vai dar tudo certo. Vou só enrolar um cachecol na cabeça. As pessoas não reparam em detalhes nos outros. Elas só veem o todo.

15h30 Busquei a Mabel, com o cachecol enrolado em cima da boca, igual ao Cavaleiro Mascarado. Aliviada, tirei o cachecol já dentro do carro e me virei para o habitual contorcionismo de prender o cinto de segurança naquele negócio. Pelo menos a Mabel não notou nada, ficou comendo o lanche, toda alegrinha.

15h45 Ugh! O trânsito está terrível. Por que as pessoas têm esses utilitários enormes em Londres? Parece que, quando estão dirigindo esses trecos, acham que estão dentro de um tanque e que todo mundo tem que sair da frente e...

"Mamãe?"

"Fala, Mabel."

"Sua boca tá esquisita."

"Oh", respondi, evitando as consoantes, com sucesso.

"Por que sua boca tá esquisita?"

Tentei dizer "porque", mas saiu um som assoprado: "Psofque..."

"Mamãe, por que você tá falando esquisito?"

"Tá tusdof bem, Masfbel. Só minhafs bosfca que tá umsf pousfco..."

"O que você disse, mamãe?"

"Tudo bom", consegui pronunciar. Está vendo? Se eu conseguir falar só vogais e consoantes guturais e sibilantes, vai dar tudo cersfto!

16h Enrolei o cachecol de novo, peguei a preocupada Mabel pela mãozinha e fomos buscar o Billy.

Ele estava jogando futebol. Tentei gritar para chamá-lo, mas como é que eu ia conseguir falar Bisflly?

"Ei!", tentei gritar. "Illy!" O Billy virou a cabeça por um segundo e continuou jogando. "Illy!"

Como é que eu ia conseguir tirá-lo daquele parquinho? Eles estavam se divertindo tanto correndo para lá e para cá, mas eu tinha apenas cinco minutos, porque o carro estava estacionado em uma área de carga e descarga.

"illyyyyyy!", gritei de novo.

"Está tudo bem?"

Eu me virei. Era o sr. Wallaker. "Cachecol? Você está com frio? Acho que não está tão frio assim", ele disse, esfregando as mãos, como se estivesse verificando a temperatura atmosférica. Vestia uma camisa azul de executivo, dava para sentir seu corpo em forma e irritantemente musculoso através do tecido.

"Dentisftasf."

"Desculpe-me, não entendi."

Tirei o cachecol bem rápido para dizer "Dentistasf" e cobri a boca mais uma vez. Notei um brevíssimo brilho divertido em seus olhos.

"A boca da mamãe tá esquisita", a Mabel disse.

"Coitadinha da mamãe", o sr. Wallaker respondeu, se curvando para perto da Mabel. "Mas o que aconteceu com os seus sapatos? Você calçou ao contrário?"

Oh, meu Deus. Estava tão preocupada com o botox que nem percebi. O sr. Wallaker foi muito eficiente e a ajudou a destrocar.

"O Billy não quer vir", a Mabel disse com sua voz grave e impaciente, olhando para ele muito séria.

"É mesmo?", disse o sr. Wallaker se levantando. "Billy!", ele disse, num tom autoritário. O Billy olhou na nossa direção, assustado.

O sr. Wallaker apenas fez um gesto com a cabeça para chamá-lo e, nisso, o Billy veio correndo, obediente, passando pelo portão até onde nós estávamos.

"Sua mãe está esperando você. E você sabia, não sabia? Da próxima vez que ela estiver esperando, venha correndo, entendeu?"

"Sim, sr. Wallaker."

Ele se virou para mim. "Tudo bem?"

De repente, para meu horror, senti meus olhos se encherem de lágrimas.

"Billy. Mabel. Sua mãe foi ao dentista e não está se sentindo muito bem. Então, quero que vocês se comportem como um pequeno cavalheiro e uma pequena dama."

"Sim, sr. Wallaker", eles disseram como robozinhos.

"Muito bem. Sra. Darcy?"

"Sim, sr. Wallaker."

"Se eu fosse a senhora, não faria isso de novo. A senhora estava muito bonita antes."

Quando chegamos à nossa rua, percebi que estava dirigindo no piloto automático e tinha ido até em casa sem prestar atenção em nada.

"Mamãe?"

"O que foi?", perguntei pensando "Eles sabem, sabem que

estamos numa situação terrível e que a mãe deles é uma idiota botocada metida a tigresa que vai bater o carro e não tem ideia do que está fazendo, do que devia fazer ou de como fazer as coisas, e a assistente social vai levar os dois para a adoção e..."

"Os dinossauros têm sangue frio?"

"Têmsf. Quer dizersf, não", eu disse, tentando estacionar o carro. Será que têm? "Têm mesfmosf? Elesf são répsfteis ou que nemsf golsfinhosf?"

"Mamãe, até quando você vai ficar falando assim?"

"A gente pode comer macarrão com carninha?", a Mabel quis saber.

"Sfim", respondi, parando o carro na frente de casa.

Quando entramos, a casa estava bem quentinha e aconchegante, logo o espaguete à bolonhesa (congelado e provavelmente contendo carne de cavalo, mas tudo bem) estava borbulhando no fogão. Eles ficaram no sofá, vendo aqueles irritantes desenhos-animados-americanos-em-que-os-atores-falam-com-voz-fininha-e-histérica-, mas ficam fofos. Deixei o espaguete de cavalo de lado, sentei com eles e apertei-os em um abraço de urso, então enfiei meu rosto gelado nos cabelos bagunçados e nos pescoços fofinhos dos dois, sentindo seus corações pequeninos batendo contra o meu e pensando em como eu era sortuda por ter meus filhos.

Depois de um tempo, o Billy levantou a cabeça. "Mamãe", ele sussurrou docemente, com um olhar distante em seus olhos.

"Mbffff?", murmurei, o coração transbordando de amor.

"O macarrão tá pegando fogo."

Ai, meu Deus. Tinha deixado o espaguete na panela com as pontas secas apoiadas na borda, inclinadas em ângulo agudo, com a intenção de deslizar tudo para dentro quando a outra ponta estivesse cozida, mas não sei como elas tinham virado e agora estavam pegando fogo.

"Vou pegar o extintor de incêndio", a Mabel disse, muito

calmamente, como se fosse um fato corriqueiro. É claro que não era.

"Nãããooo!", eu disse, enlouquecida, puxando o pano de prato e o jogando em cima da panela, e nisso o pano de prato também começou a pegar fogo, o que fez o alarme de incêndio disparar.

De repente, senti um espirro de água gelada. Eu me virei e vi o Billy jogando uma caneca de água em cima de toda aquela bagunça, acabando com as chamas e deixando apenas uma zona enfumaçada, mas apagada, em cima do fogão. Ele sorria, feliz. "A gente pode comer o macarrão agora?"

A Mabel também parecia animada. "A gente pode tostar uns marshmallows também?"

E (assim que o Billy desligou o alarme de incêndio) nós tostamos marshmellows. No fogo. E foi uma das nossas melhores noites juntos.

Amigo é para essas coisas

SÁBADO, 22 DE JUNHO DE 2013

62 kg, 3844 calorias, 2 pacotes de queijo consumidos, 0 namorados, 0 possibilidade de namorados, 47 unidades alcoólicas consumidas por mim e meus amigos.

"Bom, pelo menos você não é mais virgem de novo", o Tom disse. "Bem ao contrário, aliás. Tá mais para uma ninfomaníaca recauchutada. Com a cara congelada. Acabou o vinho?"

"Tem mais na geladeira, eu acho", disse, me levantando. "Mas a questão é..."

"Tom, fique quieto, querido", a Talitha o repreendeu. "O rosto dela está ótimo, agora que ela parou de babar."

"O essencial é superar aquele garotão", completou a Jude, que AINDA estava saindo com o Fotógrafo-da-vida-selvagem.

"Não é que... é só que..." Tentei entrar na conversa.

"É o ego. É o ego que está em jogo aqui", disse o Tom, fingindo ser profissional, mas completamente bêbado. "Não é rejeição. Uma pessoa que vai de um extremo a outro, como ele fez, não está rejeitando você. Ele só não sabe se segue o coração ou a cabeça. E..."

"Bridget, eu avisei que você NUNCA deve se apaixonar por um garotão", interrompeu a Talitha. "Você tem que estar no controle da situação, senão toda a dinâmica vira um desastre absoluto. Proíbo você de voltar com ele. Tom, querido, você pode, por favor, me servir um golinho de vodca com um monte de gelo e um dedinho de soda?"

"Ele não vai querer voltar. Mandei uma mensagem esculachando, com um monte de peido", eu disse.

"Em primeiro lugar", a Talitha disse, "ele vai, sim, querer voltar, porque o término foi uma explosão, não um suspiro. E, em segundo lugar, não, você NÃO vai voltar com ele, senão vai ser um suspiro. Aceitar de volta um homem que chutou você é sinal de baixa autoestima e desespero, e TUDO o que ele fizer com você vai ser só para sacanear."

"Mas o Mark me aceitou de volta e..."

"O Roxster", o Tom disse, "não é o Mark."

E, nesse momento, desatei a chorar baixinho e a soluçar.

"Ai, meu Deus", a Jude disse. "A gente tem que achar outra pessoa para ela, e rápido. Vou fazer um perfil no OkCupid. Que idade eu ponho?"

"Não... não", eu disse, chorando. "Tenho que aceitar o golpe, como diz em *Zen e a arte de se apaixonar*. Tenho que ser punida. Não cuido bem das crianças e..."

"Você está louca? Eles estão ótimos! Onde você botou suas fotos digitais?"

"Jude", o Tom disse. "Dá um tempo para ela. Deixe comigo. Eu. Sou profissssional. Eu. Sou profissssional de ssicologia."

Por um instante, todos ficaram quietos. "Brigado", disse o Tom. "Você tem que lidar com seis coisas num relacionamento. A fantasia deles a respeito de você, a fantasia deles a respeito do relacionamento, sua fantasia a respeito do relacionamento, sua fantasia a respeito deles, a fantasia deles a respeito da sua fantasia a respeito deles e... quantas já foram? Ah... a fantasia deles a respeito... deles!"

E, então, o Tom se levantou decidido, foi até a geladeira com vagar e certa instabilidade, e voltou com um pacote de bombons e uma garrafa de Chardonnay, e ainda tirou do bolso um maço de Silk Cut.

"Algumas coisas não mudam jamais!", ele disse. "Agoras abra a boca e tome seuss remedinhoss. Isssso, minha garota..."

Quando acordei no dia seguinte, estava enterrada embaixo de uma coleção de bichinhos de pelúcia, uma cópia de *Thelma e Louise* e um bilhete assinado pelos três, com as palavras: "Amamos você para sempre".

Mas, quando peguei o celular, li mais um bilhete: uma mensagem da Jude com um login e uma senha do site OkCupid.

O vazio primordial

SEGUNDA-FEIRA, 24 DE JUNHO DE 2013

61,5 kg, 0 mensagens de texto do Roxster, 0 tuítes do Roxster, 0 e-mails do Roxster, 0 mensagens de voz do Roxster, 0 contato do Roxster.

21h15 As crianças estão dormindo. AI, MEU DEUS, ESTOU ME SENTINDO TÃO SOZINHA. Sinto falta do Roxster. Agora que a bolha estourou e percebi que o Mark continua longe de mim, as crianças continuam sem pai e todas aquelas outras coisas complicadas continuam sem solução, eu, muito simples e francamente, sinto falta do Roxster. É tão estranho sair da total intimidade para... o nada. Vácuo absoluto do ciberespaço. As mensagens de texto pararam. Nada de e-mails. Ele não tuíta mais. Não consigo entrar no Facebook dele porque, para fazer isso, teria que criar uma conta no Facebook para mim (e eu sei que isso seria suicídio emocional) e depois pedir para ser amiga e ver um monte de fotos dele aos beijos com meninas de trinta anos. Já reli as mensagens e e-mails antigos, e agora não sobrou mais nada do Roxby McDuff, nada mesmo.

Nunca tinha parado para pensar em quanto o Roxster significava para mim porque eu estava vivendo o momento, sendo budista de verdade. Não tinha me dado conta de que estávamos construindo um pequeno mundinho juntos: os peidos, os vômitos, as piadas com comida e nossos pubs favoritos, o pênis da craca. Toda vez que alguma coisa engraçada acontece, tenho vontade de mandar uma mensagem para o Roxster. E aí me lembro, com uma recordação fria e brusca, de que ele não quer mais ouvir essas gracinhas, porque agora ele com certeza está ouvindo histórias engraçadas da vida de alguém que tem vinte e três anos e gosta da Lady Gaga.

22h Acabei de deitar na cama. Cama chata, fria e vazia. Quando é que vou transar de novo ou acordar ao lado de alguém tão jovem e lindo como o Roxsterrrrrrr?

22h05 Ele que vá se foder com aquela merda de curry! Não estou nem aí para o Roxster, nem um pouco. Eca! Ele não passava de um comedor de curry... Gigolozinho de merda! Deletei o nome dele dos contatos e não vou falar, nem encontrar, nem pedir para encontrar com ele nunca, nunca mais. Ele está deletado.

22h06 Mas eu amooooooooo ele.

TERÇA-FEIRA, 25 DE JUNHO DE 2013

33 mensagens cruéis redigidas mentalmente para enviar para o Roxster caso ele me mande uma mensagem.

21h15 AI, MEU DEUS, ESTOU ME SENTINDO TÃO SOZINHA. Fico imaginando que o Roxster vai mandar uma mensagem dizendo que a gente devia se encontrar, e aí fico inventando respostas arrogantes.

Desculpe, quem está falando?

Desculpe, mas temo que isso possa me impedir de conhecer pessoas que estejam à altura da minha maturidade emocional, da minha vida social glamorosa e das minhas roupas de estilista.

Ou então:

Mas e se passar uma garota de trinta anos que goste de peidar e vomitar?

QUARTA-FEIRA, 26 DE JUNHO DE 2013

21h15 AI, MEU DEUS, ESTOU ME SENTINDO TÃO SOZINHA.

21h16 Tive uma ideia brilhante! Vou mandar uma mensagem para o Cara-da-jaqueta-de-couro!

21h30 A troca de mensagens foi mais ou menos assim:

Eu: Olá! E aí? Faz tempo que a gente não se vê. Quer fazer alguma coisa?

22h Cara-da-jaqueta-de-couro: Oi. Legal que você apareceu. Muitas novidades por aqui. Para começar: vou casar daqui a duas semanas! Mas quem sabe a gente não se vê antes?

QUINTA-FEIRA, 27 DE JUNHO DE 2013

21h15 AI, MEU DEUS, ESTOU ME SENTINDO TÃO SOZINHA. Acho que vou ligar para o Daniel e ver se ele não quer sair comigo para me animar!

23h O Daniel não atendeu. Ele não costuma fazer isso. Talvez esteja se casando neste exato momento.

SEXTA-FEIRA, 28 DE JUNHO DE 2013

3h O Billy acabou de subir na minha cama, chorando. Acho que teve um pesadelo. Ele me abraçou e me apertou, todo quente e suado. "Preciso de você, mamãe."

E precisa mesmo. Os dois precisam. E não tem mais ninguém que possa fazer isso por eles. Não posso me dar ao luxo de ficar na fossa assim, tentando preencher um vácuo com homens estúpidos. Vamos lá, levante a cabeça!

7h Acordei com sono e olhei para o Billy, quentinho e incrivelmente lindo no meu travesseiro. Comecei a rir, me lembrando daquela choradeira autocomiserada por causa do Roxster: "Quando é que eu vou acordar de novo ao lado de alguém tão jovem e lindo?".

Está vendo só? Simples assim. Ainda mais jovem e *muito* mais lindo.

Eles são assim mesmo

SEXTA-FEIRA, 28 DE JUNHO DE 2013 (CONTINUAÇÃO)

10h Começando a ficar preocupada com o Daniel, porque, mesmo com todo o... bom, o danielismo, desde que o Mark morreu, ele sempre retornou de imediato minhas ligações. Ooh! Telefone.

10h30 Tinha me esquecido do call com o George da Greenlight, a Imogen e o Damian.

"Bom, acho que você vai gostar de saber que estamos todos aqui no escritório", o George começou. "O negócio é o seguinte." Dava para ouvir um barulho de água ao fundo. "Se você falar com a Saffron a respeito do roteiro, não pode dar a menor impressão de que não está cem por cento animada com Estocol..."

"George?", perguntei, desconfiada. "Onde vocês estão e que barulho de água é esse?"

"Estamos no escritório, esse barulho é só... café", ele respondeu. "Bom. A Ambergris gostou da ideia de Estocolmo, então não..."

Ouvi um ruído estranho de borracha sendo esfregada e depois uma enorme explosão, sério, como se um volume gigantesco tivesse caído em uma vasta superfície de água. Um grito abafado e, em seguida, silêncio.

"Muito bem!", disse a Imogen. "Não é melhor ver o que aconteceu por lá e ligar de novo mais tarde?"

11h Acabei de ligar para a Talitha, para saber se ela tinha falado com o Daniel esses dias.

"Oh, meu Deus", ela disse. "Você não ficou sabendo?"

O fato é que o Daniel sempre teve uma inclinação para o vício, e isso só piorou com o passar dos anos. Houve um período em que todo mundo andava falando "Ah, estou tão preocupado com o Daniel", com um tom de censura na voz, enquanto ele continuava a se comportar de um jeito cada vez mais ultrajante nos jantares nas casas das pessoas. Várias mulheres glamorosas tentavam "dar um jeito" nele, até que, por fim, ele foi mandado para uma "unidade de tratamento" no Arizona e voltou de lá limpo e com um ar levemente envergonhado. Pelo que sabíamos, ele estava bem. Mas parece que o Daniel terminou com a última mulher glamorosa e se lançou numa estonteante bebedeira, acabando com todo o conteúdo de seu lindo bar dos anos 30 em um único fim de semana. A faxineira o encontrou, num estado deplorável, na manhã de segunda-feira. Ela ligou para a emergência e agora ele está na ala para dependentes de álcool e drogas do mesmo hospital da minha clínica de obesidade.

Ai, Deus, ai, Deus, e eu deixei as crianças passarem a noite com ele.

11h30 A Imogen acabou de ligar de novo. Ao que parece, o George, em vez de estar no escritório tomando café, conforme afirmou, estava, na verdade, em um bote no rio Irauádi, pois tivera que sair de seu barco de luxo estilo indígena para captar o sinal do celular. Seja como for, as ondas provocadas pela lancha de algum executivo viraram o bote, pegando o George desprevenido e catapultando-o nas águas lodosas do Irauádi com seu iPhone.

O George ficou bem, mas a perda do iPhone foi catastrófica. Decidi deixar a Greenlight cuidar disso e saí correndo para ver o Daniel.

14h Acabei de voltar. Foi assustador. O hospital St. Catherine é uma inquietante mistura arquitetônica de prisão vitoriana, consultório médico dos anos 60 e o Iêmen. Fiquei andando meio perdida até encontrar o bloco certo. Na lojinha de presentes, comprei uns jornais para o Daniel e um cartão com um pato e os dizeres "Aguente firme", acrescentando "seu filho da mãe" à caneta. E aí, por impulso, escrevi do lado de dentro: "Aonde quer que você vá, o que quer que você faça, vou te amar para sempre". É claro que eu não queria que ele se sentisse INCENTIVADO a continuar daquele jeito, mas dava para imaginar que todos os outros já iam entrar ali e dar uma bronca nele.

Ele estava numa ala fechada. Apertei o botão verde. Depois de uma eternidade, apareceu uma mulher de burca que abriu a porta.

"Gostaria de visitar Daniel Cleaver."

Ela não parecia reconhecer o nome, era só mais um em sua prancheta.

"Lá no fundo à esquerda. Primeira cama depois da cortina."

Reconheci a mala e o casaco do Daniel, mas a cama estava vazia. Será que ele tinha fugido? Comecei a arrumar as coisas e, então, apareceu uma figura estranha e esfarrapada, vestindo o pijama do hospital, com a barba por fazer, cabelos desgrenhados e um olho roxo.

"Quem é você?", ele quis saber, desconfiado.

"Sou eu, a Bridget!"

"Jones!", ele disse, como se uma luz tivesse se acendido em sua cabeça. Mas logo depois a luz se apagou e ele foi cambaleando para a cama. "Você pelo menos podia ter dito que vinha. Eu teria me arrumado um pouco."

Ele se deitou e fechou os olhos.

"Idiota", eu disse.

Ele tentou alcançar minha mão. Estava fazendo um barulho muito estranho.

"O que aconteceu? Por que você não está conseguindo respirar?"

Uma centelha passou por seus olhos, lampejo do velho Daniel.

"Bom, o negócio é o seguinte, Jones", ele disse, me puxando para perto. "Dei uma misturada geral, para falar a verdade. Bebi de tudo. Aí peguei, deliciado, uma garrafa que parecia Crème de Menthe, você sabe, aquela parada verde, botei tudo para dentro." Nisso, seu rosto mostrou aquele sorriso de arrependimento bem familiar. "Mas acontece que era desinfetante."

Caímos na gargalhada. É claro que eu sabia que a situação era séria, mas era bem engraçada também. Só que aí o Daniel começou a engasgar, emitindo um chiado, e bolinhas apareceram no canto da boca dele. Dava para entender exatamente o que tinha acontecido: a mesma coisa que acontece quando você fica sem tabletes da máquina de lavar louça e acha que seria uma ótima ideia botar desinfetante no lugar, e aí fica tudo espumando lá dentro.

A enfermeira veio correndo ajudar. Então o Daniel pegou o cartão e abriu. Por um segundo, pareceu que ia chorar, depois o jogou em cima da mesinha, bem na hora em que uma loira glamorosa e pernuda apareceu.

"Daniel", disse a loira, de um jeito que me deu vontade de balançar meus cabelos para lhe passar uns piolhos. "Olhe só para você! Devia se envergonhar. Não dá para continuar assim."

Ela pegou o cartão. "O que é isso? É seu?", ela quis saber, já me acusando. "Está vendo só? Esse é o maior problema dele. Os malditos amigos. 'Oh, Daniel, meu velho amigo.' Só ficam incentivando o pobre coitado a fazer coisa errada."

"Bom, então já vou indo...", eu disse, me levantando.

"Não, Jones, não", o Daniel pediu.

"Oh, *faça-me o favor*", a garota bufou, no mesmo instante que a Talitha apareceu, carregando uma cesta cheia de guloseimas, com um arco imenso, coberta de celofane.

"Está vendo? Está vendo só?", disse a garota glamorosa. "É exatamente disso que eu estou falando."

"E o que você quer dizer com isso... meu bem?", a Talitha perguntou. "QUEM é você e O QUE isso tem a ver com você? Conheço o Daniel há vinte anos e transei com ele quase esse tempo todo…"

Quase exclamei "Como é que é???". Será que a Talitha estava saindo com o Daniel na mesma época que eu estava saindo com ele? Mas aí pensei: "E daí?".

Pedi licença e fui embora, pensando que as pessoas, depois de certa idade, têm que fazer o que querem mesmo, e ou você as aceita como são ou não. Mas acho que não vou mais deixar as crianças com o Daniel, pelo menos não até que ele volte ao centro de reabilitação, ou que consiga distinguir, com segurança, um garfo de um pente.

No chá dançante

SÁBADO, 29 DE JUNHO DE 2013

Acabamos de sair para ir ao Hampstead Heath e tivemos que voltar, pois parecia que alguém estava jogando um imenso balde d'água sobre nossas cabeças. O tempo está péssimo neste verão. Chuva, chuva, chuva e frio congelante, como se o calor nem EXISTISSE. É simplesmente intolerável.

DOMINGO, 30 DE JUNHO DE 2013

Aargh! Subitamente, está um calor infernal. Não tenho protetor solar nem chapéus, e está quente demais para ficar do lado de fora. Como é que a gente pode viver nesse calor insuportável? É simplesmente intolerável.

SEGUNDA-FEIRA, 1º DE JULHO DE 2013

18h É isso aí! Vou parar de ficar com peninha de mim, para não acabar bebendo desinfetante por engano. O fim do ano escolar está quase chegando, com seu incessante manancial de peças infantis, viagens escolares, dias do pijama, e-mails sobre os presentes para os professores (um deles bastante rigoroso, enviado por Nicolette, a Mãe Perfeita, exigindo que todos seguissem com a ideia de contribuir com um vale-presente na John Lewis, e não comprassem velas da Jo Malone sozinhos). E, além de tudo isso e gerando o volume de e-mails mais inviável de todos os tempos, tinha ainda o concerto de verão do Billy. Ele vai tocar "I'd do anything", do musical *Oliver!* num solo de fagote. O concerto foi organizado pelo sr. Wallaker — que aparentemente incluiu metade do departamento de música sob o seu comando militar — e vai ser realizado ao pôr do sol nos jardins da Casa Capthorpe, uma mansão antiga na estrada A11.

Imagino que o sr. Wallaker vá se vestir como o Oliver Cromwell e que sua mulher ("Não é sempre que encontro alguém da sua idade que ainda tenha uma cara de verdade") vai botar uns quatro litros de preenchimento no rosto para a ocasião. Oops, olha o veneno! Preciso ler mais umas páginas de *O pequeno livro do budismo*:

"Não possuímos nossa casa, nossos filhos, nem mesmo nosso corpo. Eles nos foram concedidos por um curto período de tempo, para que deles cuidemos com carinho e respeito."

Ai, não. Ainda não marquei o dentista para o Billy e a Mabel. Quanto mais demoro, mais difícil fica, porque claramente os dentes deles já estão cheios de cáries a essa altura e eles vão acabar ficando como os figurantes de *Piratas do Caribe* e vai ser tudo culpa minha.

Mas pelo menos estou cuidando do meu próprio corpo como um templo e indo para a zumba.

20h Acabei de voltar. Normalmente, adoro a zumba, com aquela dupla de jovens espanhóis de cabelos longos e bem morenos se revezando para ensinar os "passinhos", jogando o cabelo para lá e para cá e batendo os pés feito cavalos bravos, nos transportando para o mundo de Barcelona, ou talvez para as baladas das praias do País Basco, para um mundo de fogueiras e acampamentos ciganos de nacionalidade indefinida.

Mas, nessa semana, o duo sensacional foi substituído por uma mulherzinha chata e estridente, com uma franjinha loira, mais ou menos parecida com a Olivia Newton John em *Grease*. Os movimentos exóticos e sensuais da Zumba deram lugar a sorrisos forçados que pareciam dizer: "Suuuperlegal, isso aqui não tem nada de sacana nem de sensual".

E, ainda por cima, a mulher sorridente nos fez seguir uma coreografia "girando as mãozinhas" e, logo depois, para piorar, "fingindo que está sacudindo a água das mãos molhadas", isso para não falar nas "estrelinhas". Enquanto toda a fantasia da balada catalã desmoronava como um castelo de cartas, olhei ao redor e percebi que a aula estava cheia, mas não de jovens ciganos exóticos, e sim de um monte de mulheres que os membros de uma sociedade inculta, machista e patriarcal descreveriam como "de meia-idade".

Fiquei com a triste sensação de que o próprio conceito de zumba poderia estar relacionado à tentativa de reviver longínquos dias de possibilidades sexuais — como evidenciado na Casa St. Oswald, porque lá, até mesmo lá, a zumba havia substituído o conceito de "chá dançante".

Fui me arrastando escada acima e me deparei com a visão um tanto irritante de uma figura alta, magra-sem-precisar-de-zumba-nenhuma: a Chloe embalando as crianças como a Madonna de Leonardo da Vinci e lendo *O vento nos salgueiros*. As crianças levantaram a cabeça, animadas para ver o habitual espetáculo pós-zumba da mãe se arrastando pela escada com a cara vermelha e à beira de um ataque do coração.

Assim que a Chloe foi embora, o Billy e a Mabel dispensaram *O vento nos salgueiros* para se regozijar com a hilária brincadeira de jogar os itens do cesto de roupa suja escada abaixo. Quando finalmente consegui botar os dois para dormir, depois de ter limpado o vômito causado pela agitação geral, estava tão exausta que enfiei dois croquetes goela abaixo (frios) e uma fatia de sete centímetros de bolo de banana. Resolvi me inscrever assim que possível em uma aula de salsa ou merengue de verdade, porque, para ser sincera, é a coisa latina pura que me interessa. A dança merengue, quero dizer. Não o doce.

Ficando on-line

TERÇA-FEIRA, 2 DE JULHO DE 2013

60 kg (obrigada zumba/chá dançante), 13 sites de namoro investigados, 87 perfis lidos, 0 perfis atraentes lidos, 2 perfis criados, 17 namorados desastrosos encontrados pela Jude on-line, 1 namorado promissor encontrado pela Jude on-line (encorajador).

23h A Jude, que AINDA está saindo com o Fotógrafo-da-vida-selvagem, chegou logo depois que as crianças dormiram, determinada a me fazer entrar na internet.

Fiquei ali, só vendo a Jude clicar em sites de namoro e fazer listas com um furor messiânico: "Mergulhador. Gosta da Hôtel Costes. Leu *Cem anos de solidão*. Sei. Está vendo, Bridge, você tem que anotar as coisas, senão vai misturar todos os caras na hora de escrever para eles."

"E você nunca pensou em, sei lá, desistir?", perguntei.

"Não, senão teria acabado meus dias chupando pirulito com uma expressão perdida nos olhos."

Percebi, constrangida, que pegara um pirulito e estava enfiando e tirando aquilo da boca.

"O negócio é o seguinte, Bridge. É um jogo de percentagem."

É claro que a Jude, que havia "chegado ao topo" do mundo financeiro, ia ver as coisas nesses termos.

"Você não pode se dar ao luxo de achar que é pessoal. Você vai levar foras, vai ver um monte de gente de duzentos quilos que usa fotos de outras pessoas. Mas, com um pouco de experiência e alguma habilidade, vai saber separar o joio do trigo."

E, então, começamos a repassar todo o joio que a Jude já tinha conseguido separar do trigo até encontrar seu Fotógrafo-da-vida-selvagem: o Cara-da-humilhação-sexual, é claro!

O Cara-casado-e-pai-de-um-bebê, que tinha convidado a Jude para sair, dado um beijo nela e depois a incluído entre os destinatários de uma mensagem de texto que dizia que sua mulher tinha dado à luz um lindo bebê. O Designer-que-gosta-de-skydiving, que era mesmo designer gráfico, mas que também era, como depois se constatou, muçulmano devoto que não acreditava em sexo antes do casamento e, muito estranhamente, adorava passar quase todos os fins de semana dançando quadrilha.

"E, em algum lugar lá fora", a Jude disse, "lá fora, em algum lugar, vai bastar um clique, e vai dar tudo certo para você."

"Mas quem é que vai querer uma mãe solteira de cinquenta e poucos com dois filhos pequenos?"

"Olhe só", ela disse, me inscrevendo para um teste gratuito do PaisSolteiros.com. "São pessoas normais, como você e eu. Não são gente bizarra. Vou colocar que você tem quarenta e nove."

Foi só ela falar isso que apareceu uma coluna de fotos de uns caras esquisitos, com óculos horrorosos e camisas listradas de gola que mal escondiam as dobras da barriga.

"Parece um catálogo de psicopatas", eu disse. "Como é que podem ser pais solteiros? Vai ver assassinaram as mães."

"É, bom... talvez não tenha sido uma das melhores buscas", a Jude rebateu rápido. "E esse aqui?"

Ela abriu o perfil que tinha feito para mim no OkCupid.

Quando dei uma olhada, vi que tinha uns caras bem gatinhos. Mas, ah, quanta solidão, aqueles perfis deixando entrever meses ou talvez anos de desilusões, arrependimentos e humilhações.

Um deles tinha como nome de usuário "Seráquetemalguémaí?" e seu perfil dizia:

Sou um cara legal e normal que só quer uma mulher legal e normal. Se a sua foto é de quinze anos atrás, pare de ler. Se você é maluca, casada, desesperada, passivo-agressiva, não é mulher, é uma interesseira sem vergonha, é uma sádica emocional, é superficial, obcecada consigo mesma, analfabeta, só quer sexo sem compromisso, só quer trocar mensagens de texto intermináveis e nunca me encontrar, só quer conseguir um encontro para massagear seu ego mas depois não vai aparecer porque não está nem aí, PARE DE LER!

E havia os perfis de homens casados dizendo abertamente que queriam sexo sem compromisso.

"Por que eles não vão direto para o PulandoaCerca.com?", resmungou a Jude.

QUARTA-FEIRA, 3 DE JULHO DE 2013

8h30 A revista em quadrinhos sobre futebol do Billy acabou de chegar pelo correio, e eu a levei lá para baixo dizendo: "Billy! Chegou sua Match.com!".

Força na peruca

QUARTA-FEIRA, 3 DE JULHO DE 2013 (CONTINUAÇÃO)

60 kg, 5 milhões de pensamentos negativos, 0 pensamentos positivos, 0 garrafas de desinfetante bebidas (viu? Podia ser pior).

21h15 Certo. Ótimo! O concerto da escola é amanhã e vai dar tudo certo. A Mabel vai ficar na casa da Rebecca, para eu não ter que me preocupar em controlar eles dois ao mesmo tempo. Certamente muitos dos pais vão estar viajando a trabalho, ou talvez ocupados digitando coisas no PulandoaCerca.com! E, mesmo se o Roxster e eu ainda estivéssemos juntos, ele não iria ao concerto da escola comigo, iria? Ele se sentiria ridículo com toda aquela gente com filhos e muito mais velha que ele.

21h30 Acabei de ver as notícias on-line. Todo esse frenesi com o bebê real não está ajudando: um jovem casal perfeito, da idade do Roxster, começando a vida, fazendo tudo de um jeito perfeito, no momento perfeito.

21h45 Subi para ver se estava tudo bem com o Billy e a Mabel.

"Mamãe", disse o Billy, "o papai vai saber que vou tocar no concerto?"

"Acho que sim", sussurrei.

"Eu vou fazer tudo certo?"

"Vai."

Fiquei segurando sua mãozinha até ele dormir. Era Lua cheia de novo, e eu fiquei olhando-a por cima dos telhados das casas. E se eu estivesse indo ao concerto de verão com o Mark? Ele teria se debruçado sobre o meu ombro como sempre fazia, lido rapidinho todos os e-mails sobre o piquenique, deletado-os e respondido simplesmente "vou levar homus e sacos de lixo".

Eu estaria cem por cento louca para ir. Seria uma coisa cem por cento maravilhosa. Ah, vamos lá. Coragem. FORÇA NA PERUCA.

O concerto de verão

QUINTA-FEIRA, 4 DE JULHO DE 2013

Nós passamos zunindo pelo jardim. Estávamos atrasados, porque o Billy havia tentado encontrar o caminho no mapa do iPhone e pegamos a saída errada. Saímos do carro e logo sentimos o cheiro de grama cortada, as folhas verdes e pesadas da castanheira, a luz do sol ficando dourada.

Cambaleando sob o peso do estojo do fagote, da toalha, da minha bolsa, da cesta de piquenique e de uma sacola com Cocas Zero e biscoitos de aveia que não haviam cabido na cesta, o Billy e eu pegamos o caminho indicado pela placa "CONCERTO POR AQUI".

Pouco depois, saímos para o campo aberto e suspiramos. Parecia uma pintura: uma graciosa casa coberta de glicínias, com uma antiga varanda de pedra e gramados que desciam até um lago. No terraço, havia sido montado um palco, com estantes para partitura, um piano de cauda e fileiras de cadeiras em frente. O Billy segurou minha mão com força e nós ficamos ali, sem saber muito bem para onde ir.

Os meninos corriam de um lado para o outro, arrumando os instrumentos e as partituras, animadíssimos. O Jeremiah e o Bikram gritaram "Billy!" e ele me olhou, ansioso. "Pode ir", eu disse. "Eu levo as coisas."

Ao vê-lo se afastando, vi os pais arrumando seus piqueniques no gramado perto do lago. Ninguém estava sozinho. Estavam todos em lindos casais, que presumo não terem sido formados no Match.com, no POF ou no Twitter, mas na época em que as pessoas ainda se conheciam na vida real. Desastrosamente, comecei de novo a imaginar como seria estar ali com o Mark, chegar na hora, porque ele estaria dirigindo e mexendo no GPS, estar apenas com uma quantidade razoável de coisas, que ele teria escolhido antes de sairmos, todos de mãos dadas, o Billy e a Mabel entre nós dois. E estaríamos juntos, nós quatro, na toalha, em vez de...

"Trouxe a mesa da cozinha também?"

Eu me virei. O sr. Wallaker, que estava surpreendentemente elegante de calça social preta e camisa branca desabotoada em cima, olhando na direção da casa e arrumando as abotoaduras. "Quer que eu leve alguma coisa?"

"Não, não, tudo bem", eu disse, no instante em que um *tupperware* caiu da cesta, fazendo com que sanduíches de salada de ovo se espalhassem pelo gramado.

"Pode deixar", ele ordenou. "Me dê o fagote. Vou pedir para alguém carregar o resto. Você tem alguém com quem se sentar?"

"Por favor, não fale comigo como se eu fosse um dos seus alunos", eu disse. "Não sou uma criança tímida, não sou indefesa e posso perfeitamente carregar uma cesta de piquenique. Só porque você tem tudo sob controle e manda até em lagos e orquestras, não significa que..."

Ouviu-se o maior estrondo vindo do terraço. Uma seção inteira de estantes para partitura caiu e um violoncelo foi catapultado ladeira abaixo, e um grupo de meninos começou a gritar.

"É, eu tenho tudo sob controle", ele disse com uma risadinha, no momento em que um baixo acústico e uma tuba caíram também, levando mais estantes junto. "É melhor eu ir, me dê isso aqui." Ele pegou o fagote e foi na direção da casa. "Ah, aliás, seu vestido...", ele disse, por cima do ombro.

"O que tem ele?"

"Fica meio transparente com a luz do sol."

Olhei para o vestido. Merda, estava mesmo transparente.

"Causa um bom efeito", ele gritou, sem olhar para trás.

Fiquei olhando para o sr. Wallaker, indignada e confusa. Ele era um... um... machista. Estava me reduzindo a um *objeto sexual* indefeso e... e era casado e... um... um...

Estava me abaixando para pegar a cesta quando um homem de uniforme de garçom apareceu e disse "Pediram que eu carregasse isso para a senhora", e outra voz gritou "Bridget!". Era Farzia Seth, a mãe do Bikram. "Venha ficar com a gente."

Foi ótimo, porque os maridos ficaram todos sentados de um lado falando de negócios e nós mulheres pudemos fofocar, de vez em quando enfiando comida na boca de filhos superexcitados que surgiam como gaivotas mergulhando e depois saíam correndo de novo.

Quando chegou a hora do concerto, Nicolette, que naturalmente era a presidente do Comitê do Concerto, abriu os trabalhos com um discurso incrivelmente bajulador sobre o sr. Wallaker, falando coisas como "inspirador, revigorante etc. etc.".

"Excitante, ejaculatório. Ela mudou um pouco de tom desde que ele arrumou esta mansão", murmurou a Farzia.

"A casa é dele?", perguntei.

"Não sei. Mas foi ele que conseguiu. E a Nicolette anda pendurada no saco dele desde então. Não sei o que a esposa perua acha disso."

Quando a Nicolette finalmente parou de falar, o sr. Wallaker pulou no terraço e caminhou a passos largos até o local em frente à banda, silenciando os aplausos.

"Obrigado", ele disse com um leve sorriso. "Devo dizer que concordo com tudo o que foi dito. E, agora, o motivo pelo qual vocês estão aqui. Com vocês, seus filhos espetaculares!"

E com isso ele ergueu a batuta e a Big Band de Swing começou a tocar de forma entusiasmada, apesar de um pouco desafinada. Foi completamente mágico, para ser sincera, com a luz ficando mais suave e a música ecoando pelo jardim.

É verdade que a execução de "The Age of Aquarius" pelo conjunto de flauta doce deixou um pouco a desejar. Estávamos todos rindo sem parar, mas eu estava feliz por rir. O Billy era um dos menores, sentado bem na ponta, e quando chegou a hora de ele tocar eu já estava louca de nervosismo. Eu o vi se levantar e andar até o piano com a partitura, parecendo tão pequenino e assustado que eu queria subir no palco e pegá-lo nos braços. Mas então o sr. Wallaker se aproximou, sussurrou algo para o Billy e se sentou ao piano.

Eu não sabia que ele tocava. O sr. Wallaker começou a tocar uma introdução jazzística surpreendentemente profissional e assentiu, indicando que o Billy devia começar. E, embora não houvesse ninguém cantando, eu podia ouvir cada palavra de cada verso conforme o Billy ia soprando com dificuldade as notas de "Eu faria qualquer coisa por você", com o sr. Wallaker seguindo com delicadeza as notas erradas e os desafinos.

"Eu faria qualquer coisa por você, Billy", eu pensei, enquanto meus olhos se enchiam de lágrimas. Meu garoto e todas as suas lutas.

O público começou a aplaudir e o sr. Wallaker disse alguma coisa no ouvido do Billy e olhou para mim. O Billy parecia que ia explodir de orgulho.

Felizmente, o Eros e o Atticus já estavam subindo ao palco para apresentar sua versão do quinteto "A Truta" em suas flautas, agradecendo e se curvando de um jeito bem pretensioso, o que me tirou as lágrimas de autocongratulação e desespero existencial e me levou de volta à gargalhada reprimida. Depois acabou e o Billy veio depressa, radiante, me dar um abraço, e então saiu correndo com os amiguinhos.

Era uma noite quente e úmida, linda e romântica. Os outros pais se afastaram aos poucos, caminhando até o lago de mãos dadas. Fiquei sozinha, sentada na minha toalha durante um tempo, me perguntando o que devia fazer. Estava desesperada para tomar um drinque, mas ia ter que dirigir. Percebi que a sacola com as cocas zero e os biscoitos de aveia havia sido deixada para trás. Olhei para o Billy. Ele ainda estava brincando com sua turminha, todos berrando e trocando tapas na cabeça. Voltei para perto dos arbustos, encontrei a sacola e olhei para a cena atrás de mim.

Lentamente, uma enorme Lua cheia alaranjada surgia por trás das árvores. Os casais estavam rindo juntos, vestidos com suas lindas roupas de festa, abraçando os filhos, lembrando-se de todos aqueles anos que os haviam levado até ali, àquele momento.

Fui para o meio dos arbustos, onde ninguém podia me ver, e limpei uma lágrima, tomando um gole gigante da minha coca zero e desejando que fosse vodca pura. Eles estavam crescendo. Não eram mais bebês. Tudo estava passando tão rápido. Percebi que não estava só triste, mas com medo: com medo de tentar não me perder ao dirigir no escuro, com medo de todos os anos em que faria essas coisas sozinha: concertos, cerimônias de entrega de prêmios, natais, adolescências, problemas...

"Não dá nem para beber umas a mais, não é mesmo?"

A camisa do sr. Wallaker ficara muito branca à luz da Lua. O perfil dele, meio contra a luz, era quase aristocrático.

"Tudo bem?"

"Sim!", eu disse, indignada, passando o punho fechado nos olhos. "Por que você sempre aparece assim DO NADA? Por que sempre me pergunta se está tudo bem?".

"Sei quando uma mulher está soçobrando e finge não estar."

Ele deu um passo à frente. O ar estava pesado com o cheiro das rosas e dos jasmins.

Minha respiração estava entrecortada. A Lua parecia estar nos atraindo um para perto do outro. Ele esticou o braço, como se eu fosse uma criança ou um Bambi, e tocou meu cabelo.

"Não tem nenhum piolho aqui, tem?", perguntou.

Ergui o rosto, tonta com o cheiro dele, sentindo a aspereza de seu rosto contra o meu, seus lábios contra a minha pele... e, de repente, me lembrei de todos aqueles caras casados e bizarros dos sites e me revoltei.

"Mas o que o senhor está FAZENDO? Só porque estou sozinha não quer dizer que eu, que eu, que eu esteja DESESPERADA e DISPONÍVEL. O senhor é CASADO! 'Oh, oh, eu sou o sr. Wallaker. Sou todo casado e perfeito.' E o que o senhor quer dizer com 'SOÇOBRANDO?' Eu sei que sou um lixo de mãe solteira, mas o senhor não tem que vir aqui jogar tudo isso na minha cara e..."

"Billy!!!!!! Sua mãe tá beijando o sr. Wallaker!"

O Billy, o Bikram e o Jeremiah surgiram do meio dos arbustos.

"Ah, Billy!", o sr. Wallaker disse. "É que sua mãe... sua mãe... se machucou e..."

"Ela machucou a boca?", o Billy perguntou, com cara de quem não estava entendendo nada e, nisso, o Jeremiah, que tinha irmãos mais velhos, caiu na gargalhada.

"Ah! Sr. Wallaker. Eu estava procurando o senhor!"

Oh, MEU DEUS. Agora era a Nicolette.

"Eu estava pensando se a gente não deveria dizer algumas palavras para os pais e... Bridget! O que *você* está fazendo aqui?"

"Procurando biscoitos de aveia!", respondi, radiante.

"No meio dos arbustos? Que coisa mais esquisita."

"Eu quero! Eu quero!" Os meninos, misericordiosamente, começaram a gritar e puxar minha sacola, então eu pude me abaixar e esconder minha confusão.

"Então, acho que seria melhor ir meio que *encerrando*", disse a Nicolette. "As pessoas querem vê-lo, sr. Wallaker. E ouvi--lo. Acho o senhor *barbaramente* talentoso, muito mesmo."

"Sabe, não sei se um discurso seria o ideal agora. Quem sabe só descer para ver se está tudo bem? Você se importaria de fazer isso, sra. Martinez?"

"Não, claro que não me importaria", a Nicolette disse, com uma voz seca e me olhando de um jeito estranho. No mesmo segundo, o Atticus chegou e disse: "Mamãããeee, eu quero falar com meu psicóoologoooo!".

"Bem", o sr. Wallaker disse depois que a Nicolette e os meninos desapareceram. "Acho que a senhora foi bem clara. Peço desculpas. Vou voltar para lá, não para fazer um discurso, é claro."

Ele começou a se afastar, mas se virou de novo.

"E só para deixar registrado: se a senhora quebrar a redoma, vai ver que a vida das outras pessoas nem sempre é tão perfeita e bem-resolvida quanto parece."

O horror, o horror

SEXTA-FEIRA, 5 DE JULHO DE 2013

5 sites de namoro ativos, 0 piscadelas, 0 mensagens, 0 curtidas, 12 sites de compras acessados, 0 palavras da nova versão do roteiro escritas.

9h30 Humpf. Oh, meu Deus. Enfim. Humpf. Soçobrando? Aquele cafajeste. Marido infiel machista, desgraçado. Humpf. Bom. Tenho que mandar ver no trabalho com a Hedda — ou seja, tenho que encontrar todas as falas dela na nova versão do roteiro e colocá-las do jeito que estavam antes. O que, para falar a verdade, vai ser bem divertido!

9h31 O problema do namoro pela internet é que, no mesmo instante em que você começa a se sentir sozinha, confusa ou desesperada, basta clicar em um dos sites e aí é como estar em uma doceria! Há milhões de pessoas bastante viáveis, todas disponíveis, pelo menos em teoria. Fiquei imaginando os escritórios de todo o país cheios de gente fingindo trabalhar, mas na verdade navegando pelo Match.com e pelo OkCupid, tentando esquecer o tédio e a solidão do dia a dia. Certo, certo, tenho que trabalhar.

10h31 Oh, meu Deus. Mas o que é que ele estava FAZENDO, o sr. Wallaker? Será que ele faz isso sempre? É absolutamente antiprofissional. E o que ele quis dizer com "soçobrando"?

10h35 Acabei de procurar o que significa soçobrar: "perder-se, fracassar".

Humpf. Vou dar uma olhada na internet.

10h45 Acabei de acessar os sites:

0 pessoas piscaram para você. 0 pessoas marcaram você como favorita. 0 pessoas enviaram mensagem para você.

Maravilha.

11h Dá uma olhada nesses cafajestes. "Casado, em relacionamento aberto." Viu?

12h15 Os namoros de internet da Jude eram um pesadelo — as conversas com os desconhecidos de repente ficavam sem resposta. Não quero gente estranha aparecendo e sumindo da minha vida a toda hora. Melhor retomar *As folhas no cabelo dele*. Tenho que dar um jeito de fazer o iate e a lua de mel se encaixarem na Suécia, em vez do Havaí. No verão faz calor em Estocolmo, não faz? Uma daquelas meninas do Abba não morava numa ilha perto de Estocolmo?

12h30 Acho que vou dar uma olhadinha no Net-a-Porter para ver se tem alguma promoção.

12h45 Mas o que está acontecendo comigo? Botei três vestidos no meu carrinho de compras. Aí saí do site. Depois voltei e percebi que fiquei magoada porque nenhum dos vestidos piscou de volta para mim.

13h Acho que vou dar uma olhadinha nos gatinhos de trinta anos do Match.com, só um minutinho.

Hummm.

13h05 Estava vendo os perfis dos gatinhos de trinta anos e dei um berro.

Estava lá, na maior cara de pau, uma foto do... Roxster.

Colisão internética

SEXTA-FEIRA, 5 DE JULHO DE 2013 (CONTINUAÇÃO)

"Roxster30" sorria, feliz da vida, a mesma foto que ele tinha no Twitter. Ao que parecia, estava procurando mulheres entre 25 e 55 anos, então não foi porque eu era velha demais, foi só porque ele não... ele não... OH MEU DEUS. O perfil diz que ele tem "carinho especial por caminhadas no Hampstead Heath", "pessoas que me fazem dar risada" e "fins de semana em pousadinhas à beira do rio, com café da manhã inglês completo". E que gosta de skydiving. SKYDIVING?

Quer dizer, é legal, não é? Não é isso que as pessoas fazem? É bem divertido, é...

De repente, me contorci de dor na poltrona, em cima do laptop.

13h10 O Roxster está on-line agora! Mas então eu também estou on-line! Ai, meu Deus.

13h11 Desconectei rapidinho e comecei a andar para lá e para cá desvairadamente, tirando pedaços mordidos de queijo e barrinhas de cereal amassadas do fundo da bolsa e enfiando tudo na boca.

O que eu faço? Qual é a etiqueta nesses casos? Não posso conectar de novo e dar mais uma olhada no perfil do Roxster, senão ele vai achar que o estou perseguindo. Ou ainda pior (ou melhor?): que estou vendo fotos de gatinhos de trinta anos para tranquilamente substituí-lo por outro garotão.

13h15 Acabei de abrir minha caixa de e-mail, que, além de estar, é claro, transbordando de mensagens da Ocado, sobre "Presentes dos professores" e de vários hotéis em que já imaginei ficar com o Roxster, agora também está lotada de incontáveis e-mails do PaisSolteiros.com e do OkCupid e do Match.com dizendo: Uau! Você está bombando hoje! e Alguém acabou de ver seu perfil! e Jonesinha49, alguém acabou de piscar para você! .

Fiquei olhando firme para duas mensagens recentes do Match.com.

Uau, Jonesinha49! Alguém acabou de ver seu perfil!

13h17 Não consegui descobrir quem era porque não paguei para fazer o perfil no Match.com. Um deles tinha cinquenta e nove anos. E o outro, trinta anos. Tinha que ser o Roxster. Era muita coincidência.

13h20 Uau, Jonesinha49! Alguém acabou de piscar para você! Mais uma vez: trinta anos.

13h25 O Roxster sacou que eu olhei o perfil dele, com certeza. O que é que eu faço? Finjo que não aconteceu? Não, seria muito... aliás, tudo isso é muito... Você não pode fingir que uma coisa dessas não aconteceu, pode? Somos seres humanos e gostamos, sim, um do outro e... mensagem de texto do Roxster: Jonesinha49, quer dizer, Bridget, quer dizer, @JonesinhaBJ?

Fiquei olhando para o telefone, a cabeça rodando por todas as mensagens que eu tinha inventado para o caso de ele entrar em contato de novo:

Desculpe, quem está falando?

Veja bem, você fez suas escolhas e as expressou de um modo desnecessariamente brutal. Então cai fora.

Por impulso, respondi:

Roxster30, quer dizer, Roxby, quer dizer, @_Roxster? *risos nervosos* Só quero deixar absolutamente claro que não estava surfando pelo Match.com atrás de gatinhos de trinta anos. Estava fazendo uma importante pesquisa para *As folhas no cabelo dele*. Hahaha! Não sabia que você gostava tanto assim de skydiving. Ai, meu Deus *goles na garrafa de vinho*.

Silêncio. Depois, mais um ping de mensagem de texto.

Jonesinha?

Fala, Roxster.

Outra pausa. O que será que ele ia dizer? Algo fofo? Algo fofo e padronizado? Algo para se desculpar? Algo para me machucar?

Estou com saudades.

Fiquei olhando para a mensagem. Pensei em todas aquelas coisas cruéis que tinha planejado dizer. Meu dedo percorreu a tela do telefone. E, então, eu simplesmente respondi com a verdade:

Eu também.

E, aí, imediatamente pensei: Merda! Merda! Merda! Por que não escolhi uma mensagem menos cruel e ainda assim engraçadinha? Agora ele vai ficar com o ego todo inflado e desaparecer.

Mensagem de texto:

Jonesinha?

Mais uma:

BERRO JONESINHAAAA?

Eu: *tranquila, levemente distraída* Oi?

E lá fomos nós!

Roxster: Você ficou tão quietinha.

Eu: *alheia, indiferente* Bom, não chega a ser surpreendente, não é? Como você se atreve a falar da minha idade daquele jeito tão impertinente e desnecessário? "Oh, oh, olhe só para mim, eu sou tão jovem e você é tão velha!"

Roxster: "Oh, oh, olhe só para mim, estou toda orgulhosa de mim mesma porque ganhei o concurso de vamos-ver-quem-fica-mais-tempo-sem-mandar-mensagem."

Dei risada. Eu estava, de fato, toda orgulhosa de mim mesma. Senti uma alegria e um alívio tão grandes por aquela briguinha ter acabado e por nós termos voltado àquela sensação de segurança, de saber que alguém se importa com você e entende seu senso de humor, e tudo já não estava mais frio e vazio e acabado, nós estávamos ali de novo.

Mas, ao mesmo tempo, pairava a sombra do medo de passar por tudo aquilo mais uma vez.

Jonesinha?

Fala, Roxster.

Fiquei esperando. Mensagem de texto.

Mas eu ainda acho que você é bem velha.

ISSO É UM ABSURDO! É absolutamente contra as leis do... do... Vou chamar a polícia! Com certeza eles têm algum tipo de PROCURADOR-GERAL DO NAMORO que investiga esse tipo de coisa!

Mais uma mensagem de texto. Fiquei olhando para o telefone como se ele fosse um alienígena. Não sabia o que ele ia fazer. Podia ser que de repente se transformasse em um monstro, ou então que virasse um coelhinho fofo. Abri a mensagem:

Brincadeirinha, Jonesinha, brincadeirinha *se esconde*.

Tudo aquilo parecia muito estranho. Mais uma mensagem:

Estive pensando na noite do curry/torta, com certo arrependimento, por três semanas, seis dias e quinze horas, período que, se você consultar o *Old Moore's Almanac*, tecnicamente poderia ser descrito como um mês. Fiquei completamente confuso. E chapado. Por favor, me perdoe. De todas as mulheres que já conheci, você é a que tem a aparência mais jovem e o comportamento mais jovem (incluindo minha sobrinha que tem três aninhos). Sinto sua falta.

Mas o que ele estava dizendo? Que tinha repensado tudo e que queria ficar comigo? Mas será que eu queria ficar com ele?

Jonesinha?

Fala, Roxster.

Você pode pelo menos almoçar comigo?

Roxster: Ou jantar?

E de novo: Ou, preferencialmente, almoçar e jantar?

De repente me vieram lembranças de todos os deliciosos jantares com o Roxster e seus desdobramentos, e tive que me segurar com todas as forças do meu ser para não responder: "e café da manhã?".

Talvez o Tom estivesse certo. Talvez o Roxster não tivesse me jogado fora feito um saco de lixo. Escrevi: Silêncio, por favor. Estou olhando pela janela, vendo uns bilionários da internet com botas de escalada.

Vou aí dar um pau neles.

Preciso estar nesse almoço ou jantar, ou só a comida mesmo?

Podemos nos encontrar sem comida, se você preferir.

Essa era INÉDITA. Ele devia estar falando muito, muito sério. Eu precisava de um tempo para digerir tudo aquilo.

Outro som de mensagem de texto.

Se você precisar de um tempo para digerir isso, com o perdão do trocadilho, eu espero.

Mais um ping:

Quem sabe só um saco de batata frita?

Ia responder "com queijo e cebola?", mas talvez soasse como se eu estivesse sugerindo que estava sendo grudento e que a coisa ia acabar fedendo que nem cebola.

E, então, mais uma vez, apenas respondi com a verdade.

Eu: Adoraria. Contanto que você prometa não peidar.

Reacendendo a chama

QUINTA-FEIRA, 11 DE JULHO DE 2013

11 dias de sol contínuo, 0 gotas de chuva na minha cabeça (incrível).

14h Está um calor incrível. Ainda! Ninguém consegue acreditar em tamanha sorte. Está todo mundo na rua, matando o trabalho, bebendo, doido para fazer sexo e reclamando que está quente demais.

A troca de mensagens com o Roxster voltou com tudo e ele vinha sendo bem fofo, apesar das terríveis advertências da Talitha sobre aceitar de volta quem te deu um pé na bunda. E apesar das terríveis advertências do Tom sobre as pessoas que digitam muito e fazem pouco. E das advertências profissionais sobre "tudo o que você vai ter é uma vida de mensagens contraditórias" e "já parou para pensar no que *você* quer de verdade, além de mensagens infindas e esporádicas noites de sexo?".

O Roxster me explicou o curry e o atraso na noite do término, disse que não estava (como suspeitei desde o início) comendo curry com os "colegas", mas sozinho, enchendo a cara de frango korma, paparis e cerveja, porque de repente ficou muito confuso e sobrecarregado pela necessidade de ser um bom namorado e uma figura paterna. E, então, depois que ele fez seu discurso de término, eu parecia muito bem, quase aliviada e feliz por ter terminado, até aquele esculacho peidorrento por mensagem de celular. E, depois disso, ele não sabia o que fazer. E ele é alegre, doce e leve, e tão melhor que um casado cafajeste. Vamos nos encontrar no sábado. E dar uma volta no Hampstead Heath.

Caramba!

SÁBADO, 13 DE JULHO DE 2013

15h Em frenética preparação. Tive que lidar com minha mãe, que agora está levando a Mabel e o Billy para um chá na Fortnum & Mason's (boa sorte, mãe). "Oh, a Mabel está usando *leggings*? Onde você guarda o coador?"

Corri para depilar as pernas e fazer as unhas, depois lavei os cabelos e pus o vestido esvoaçante e transparente que usei no concerto de verão, então pensei que podia ter um carma ruim e troquei por um rosa não transparente. Aí recebi uma mensagem da Farzia querendo saber se o Billy e o Jeremiah iriam ao futebol no dia seguinte, porque o Bikram não queria ir se não fosse todo mundo, e então perdi minha rasteirinha e não podia usar a outra sandália, porque ia estragar o esmalte, e aí, finalmente, cheguei ao pub com dois minutos de antecedência e corri para o banheiro para me assegurar de que não tinha passado muita maquiagem e não estava com a cara da Barbara Cartland. Por fim, me sentei no jardim, onde batia um sol delicioso, como uma deusa da luz, calma e pontual, e aí, assim que o Roxster apareceu, uma gaivota fez cocô no meu ombro.

Foi tão bom ver o Roxster, lindo de camisa polo azul-clara, e ficar rindo da gaivota e me divertindo simplesmente, como se fôssemos duas crianças brincando, só que mais sexy. Tomamos umas cervejas e o Roxster comeu e ficou tentando tirar o cocô da gaivota do meu peito e eu estava tão... feliz!

Aí saímos para dar uma volta e o Heath estava cheio de gente feliz com o sol e reclamando dele, e de casais abraçados, e agora eu fazia parte de um casal também, de mãos dadas com o Roxster. Chegamos a uma clareira salpicada de sol e nos sentamos no banco em que já havíamos nos sentado muitas vezes.

E, depois de terminar de rir dos pontos vermelhos nas minhas pernas, causados pela depilação, o Roxster ficou sério. E começou a falar que tinha pensado muito e que, embora quisesse muito, muito ter seus próprios filhos, e achasse, de verdade, de verdade mesmo, que deveria estar com alguém da sua idade e não soubesse ao certo o que seus amigos iam dizer, nem o que sua mãe ia dizer, ele só sentia que nunca ia se dar tão bem com alguém quanto a gente se dava. E ele queria tudo, o pacote completo mesmo, subir nas árvores do Heath e ser um bom pai para o Billy e a Mabel.

Fiquei olhando firme para ele. Eu realmente amava o Roxster. Amava porque ele era lindo e jovem e sexy, mas, muito mais que isso, amava quem ele era e o que ele representava. Ele era engraçado e companheiro e leve e gentil e prático e sentimental, mas de um jeito contido. Mas ele também tinha nascido quando eu tinha vinte e um anos. E, se nós tivéssemos nascido no mesmo ano, quem sabe o que poderia ter acontecido? Enquanto olhava para o Roxster, a única coisa que eu sabia era que não queria arruinar a vida dele. Ter filhos foi, sem sombra de dúvida, a melhor coisa que aconteceu na minha vida. Eu não queria privá-lo disso.

Mas, acima de tudo, eu desconfiava de que o Roxster simplesmente não ia conseguir cumprir tudo aquilo, mesmo que quisesse muito. Ele ia tentar, mas, então, em algum momento, uma semana, ou seis semanas, ou seis meses depois, ele ficaria cheio de incertezas de novo, entraria em curto-circuito. E, quando você passa dos trinta e cinco, não quer mais toda aquela montanha-russa emocional, incerteza ou dor. Eu simplesmente não conseguiria suportar.

Além disso, eu NÃO queria ser como a Judi Dench e o Daniel Craig no final de *007 Operação Skyfall,* cuja diferença de idade deve ser igual à nossa. Quando você para e pensa, vê que, na verdade, a Judi Dench era a Bond Girl do *Skyfall,* e não a velha de cabelos arrepiados e sem nenhum caráter que decide (em uma reviravolta esquisita e bem antifeminista, não é mesmo?) que queria ser só a secretária do agente secreto. A Judi Dench era a mulher que o Daniel Craig realmente amava e que acabou morrendo em seus braços. Mas será que o Daniel Craig ia mesmo transar com a Judi Dench? Quer dizer, se ela não tivesse morrido? Seria fantástico se eles tivessem gravado uma cena de sexo bem linda e bem iluminada com a Judi Dench maravilhosa em uma lingerie preta da La Perla. Isso sim seria uma reviravolta feminista...

"Jonesinha, você está fingindo que não está tendo um orgasmo de novo?"

Olhei para ele, espantada, porque o Roxster agora estava de joelhos. Como pude ser tão insensível de ficar olhando para o nada por tanto tempo quando... meu Deus, ele estava tão, tão, tão, mas tão lindo, só que...

"Roxster!", disparei. "Você não vai fazer isso, vai? Você não vai conseguir."

Roxby McDuff ficou pensativo por um momento, depois abriu um sorriso triste, se levantou e balançou a cabeça.

"Não, Jonesinha, você tem razão. Eu não vou conseguir."

Aí nós nos abraçamos, ainda com tesão e felicidade e tristeza e ternura. Mas, dessa vez, eu sabia que o jogo tinha chegado ao fim. Estava acabado, de verdade.

Quando nos soltamos, abri os olhos e, por cima dos ombros do Roxster, vi o sr. Wallaker, parado, chocado, olhando fixo para nós.

Trocamos um olhar, e ele, impassível, como de costume, não disse nada, simplesmente foi embora.

No caminho de volta para casa, no meio da confusão, da tristeza, do arrependimento, do calor e do choque pelo sr. Wallaker ter visto o que parecia um noivado, mas na verdade era um término, senti aquela coisa avassaladora que as pessoas sentem quando... senti que eu... mais uma vez, no momento da despedida, não tinha... você não pode deixar de falar para as pessoas que... e, nesse mesmo instante, espantosamente, chegou uma mensagem de texto.

Jonesinha?

Fala, Roxster.

Roxster: Só queria dizer que sempre vou... A vc.

Eu: M?

Roxster: A.

Eu: R....

Roxster: VC

Eu: E.

Roxster: U.?

Eu: TB.

Roxster: G.

Roxster: B.

Roxster: A.

Eu: Bj.

Sempre vou Amar você. Eu TamBém. Grande Beijo e Abraço. (Ou, talvez, Grande Bife Acebolado).

Fiquei esperando. Será possível que ele ia me deixar com a última linha do último capítulo? Ouvi um ping.

Eu quis dizer peidar, e não amar, você entendeu.

Mais um ping:

Brincadeira. E vou mesmo. Para sempre. Não responda mais. Bjs.

Roxby McDuff: cavalheiro até o fim.

Entregando os pontos

SÁBADO, 13 DE JULHO DE 2013 (CONTINUAÇÃO)

Cheguei em casa uma hora antes do horário em que minha mãe deveria trazer as crianças de volta. Sentei na poltrona, com uma xícara de chá nas mãos. E simplesmente desisti, desisti de tudo. Apenas aceitei. Estava tudo realmente acabado com o fofo e lindo do Roxster. E eu estava triste, mas era isso. Não dava para equilibrar todos aqueles pratos no ar ao mesmo tempo. Eu não conseguiria reescrever um roteiro sobre uma Hedda Gabler dos novos tempos em um iate no Havaí e depois em Estocolmo, com cinco outros autores. Não conseguiria namorar caras estranhos da internet. Não conseguiria guardar na cabeça aquela loucura de horários e Apocalipses Zumbi e festas do Faça Seu Ursinho e lidar com quase-beijos-desconcertantes-de-professores-casados na escola e usar roupas da Grazia e tentar ter um namorado e trabalhar e ser mãe. Tentei parar de pensar que precisava fazer todas essas coisas. Ler os e-mails. Dançar zumba. Entrar no OkCupid. Revisar a versão mais recente e insana de *As folhas no iate dele*.

Fiquei sentada na poltrona, pensando: tem que ser só isso. Eu. As crianças. Simplesmente tocar a vida. Não estava triste. Na verdade, não conseguia me lembrar da sensação de não ter que cumprir a próxima tarefa da lista. De não ter que espremer o dia até o último segundo. E de não ter que descobrir por que a geladeira estava fazendo tanto barulho.

E eu adoraria dizer que alguma coisa maravilhosa aconteceu naquele momento. Mas não. Minha bunda provavelmente ficou um pouco maior, ou algo do tipo. Mas senti, sim, uma espécie de clareza mental. A sensação de que tudo o que eu precisava fazer agora era encontrar um pouco de paz.

Preciso ser delicada, pensei, piscando bem rápido. É um

tempo de delicadeza. Não me importar com mais ninguém, só nós: eu, o Billy e a Mabel. Só sentir o vento nos nossos cabelos e a chuva em nossos rostos. Só curtir os dois crescendo. Logo logo eles já iriam embora.

Fiquei sentada, olhando dramaticamente para o nada, pensando que estava sozinha, mas pelo menos era corajosa. Aí percebi que, em algum lugar, o celular estava apitando com uma mensagem de texto. Onde ele estava?

Quando finalmente consegui achar o telefone no banheiro do andar de baixo, dei um pulo de susto ao ler uma sequência de mensagens da Chloe.

Acabei de receber uma ligação da sua mãe. Seu telefone está desligado? Eles foram expulsos da Fortnum.

Sua mãe quer voltar para casa, a Mabel está chorando, mas ela esqueceu a chave.

Ela está tentando encontrar a Hamley's, mas está perdida.

Você está recebendo minhas mensagens?

Falei para ela pegar um táxi e vou encontrá-la na sua casa com a chave.

Nesse exato instante, a campainha tocou. Abri a porta e vi mamãe com o Billy e a Mabel — ambos calorentos, suados, chorando e sujos de bolo.

Levei todo mundo lá para baixo, liguei a TV e o computador e deixei a mamãe com uma xícara de chá. E, então, a campainha tocou de novo.

Era a Chloe, chorando, o que era, no mínimo, atípico.

"Chloe, me desculpe!", eu disse. "Fiquei longe do celular só um minutinho para... para resolver umas coisas e não vi suas..."

"Não é isso!", ela choramingou. "É o Graham."

Acontece que a Chloe e o Graham, namorado dela, tinham combinado um passeio de barco pelo lago Serpentine, para o qual a Chloe preparara uma cesta de piquenique impecável, com louças e talheres, mas o Graham dissera que "tinha que falar uma coisa".

A Chloe, é claro, ficou imaginando que o Graham ia pedi-la em casamento. E, então, ele anunciou que havia conhecido uma pessoa em Houston pelo Jovem SolteiroeLivre.com e estava pedindo transferência para ir morar com ela.

"Ele disse que eu era perfeita demais", ela falava e soluçava. "Eu não sou perfeita. Só sinto que preciso fingir que sou perfeita. E você também não gosta de mim porque acha que eu sou perfeita demais."

"Oh, Chloe, não! Você não é perfeita nada!", eu disse, passando meus braços em volta dela.

"Não sou?", ela perguntou, me olhando com uma fagulha de esperança no fundo dos olhos.

"Não... é sim", gaguejei. "Quer dizer, você não é perfeita, mas é ótima. E...", de repente me emocionei, "eu sei que as mães de classe média que trabalham sempre dizem essas coisas, mas eu não sei o que seria de mim sem você para me ajudar, sem você sendo tão perf... quer dizer, tão ótima. O que quero dizer é que fico aliviada em saber que nem tudo na sua vida é totalmente perfeito, mas é claro que sinto muito por aquele babaca ter sido tão BABACA a ponto de..."

"Mas eu achava que você só ia gostar de mim se eu fosse perfeita."

"Não, eu estava com MEDO de você porque você era perfeita e fazia eu me sentir tão imperfeita..."

"Mas sempre achei VOCÊ perfeita!"

"Mamãe, a gente pode subir? A vovó tá esquisita", o Billy pediu depois de aparecer na escada.

"A vovó tem rabo", a Mabel disse.

"Billy, Mabel!", a Chloe disse, toda animada. "Posso levar os dois lá para cima?", ela pediu.

"Isso, ótimo. Vou ver a vovó. Ver se o rabo dela cresceu mais", eu disse, olhando severa para a Mabel e depois me virando para a Chloe, com um olhar tranquilizador. "Você não é perfeita."

"Não sou? Tem certeza?"

"Não mesmo, não é perfeita, definitivamente não."

"Ah, muito obrigada!", ela disse. "Você também não!" E subiu as escadas com as crianças. Ela parecia perfeita, era absolutamente perfeita.

Desci para ver minha mãe (que, se tinha mesmo um rabo, conseguia escondê-lo muito bem debaixo do vestido), abrindo todos os armários e dizendo: "Mas onde é que ela guarda o coador de chá?"

"Eu uso chá de saquinho", murmurei, irritada.

"Chá de saquinho? Cruzes! Você não podia ter saído de perto do celular! É o mínimo que se faz quando você tem filhos que não sabem se comportar. Mas o que é isso no seu ombro? Você saiu com esse vestido desse jeito? O problema com o rosa é que ele deixa a gente muito pálida, não é mesmo?"

Caí no choro, bem na cara dela.

"Vamos, Bridget, você tem que levantar a cabeça. Você tem que batalhar, você não pode... você não pode... você não pode... você não pode... você não pode..."

Achei que ela nunca mais ia parar de falar "você não pode", literalmente, mas aí, de repente, minha mãe caiu no choro também.

"Você não está ajudando muito", eu disse, soluçando. "Você acha que eu sou um lixo. Sempre fica tentando me mudar e dizendo que faço tudo errado e querendo que eu use roupas... de CORES diferentes", choraminguei.

Minha mãe de repente engoliu o choro e me olhou nos olhos.

"Oh, Bridget, me desculpe", ela disse, quase num sussurro. "Eu sinto muito, muito."

Ela veio cambaleando e, de um jeito bem desajeitado, conseguiu se ajoelhar na minha frente, me envolveu em seus braços e me puxou para perto. "Minha menina."

Era a primeira vez que eu sentia o penteado da minha

mãe. Era seco, quase sólido. Ela não parecia se importar em amassá-lo enquanto me abraçava. E eu adorei. Queria que ela me fizesse uma garrafa inteira de leite bem quentinho ou algo do tipo.

"Foi tão horrível. Tão horrível o que aconteceu com o Mark. Não consigo nem lembrar. Você está tão... Oh, Bridget. Sinto falta do papai. Sinto tanta falta, tanta falta. Mas você... tem... tem que seguir em frente, não tem? O mais importante é lutar."

"Não", choraminguei. "Isso é só tapar o sol com a peneira."

"Eu devia ter... O papai SEMPRE dizia... ele dizia... 'Por que você não deixa a menina ser como ela é?' Esse foi meu problema. Nunca consegui deixar nada ser do jeito que é. Tudo tinha que ser perfeito e... NÃO é assim." Ela também choramingou. "Mas não quero dizer que você... você... quero dizer, você está se saindo tão bem... Oh, onde deixei meu batom? E Pôle', você conhece o Pôle', o chefe confeiteiro lá da St. Oswald, eu sempre achei que, você sabe, ele sempre me dava uns profiteroles deliciosos... me levava até a cozinha. Mas acontece que ele é... é um desses..."

Comecei a rir. "Oh, mãe! Percebi que o 'Pôle' era gay só de bater o olho nele."

"Mas não existe esse negócio de ser gay, querida. É só PREGUIÇA e..."

O Billy apareceu na escada. "Mamãe, a Chloe tá chorando lá em cima. Ih." Ele olhou para nós duas. "Por que tá todo mundo chorando?"

Enquanto a Chloe, eu e minha mãe fazíamos uma espécie de reunião do AA na mesa da cozinha, o Billy jogava video game e a Mabel ia e voltava para nos trazer a família de *fodas* dela, e folhas do jardim, batendo de levinho nas nossas costas. A campainha tocou de novo. Era o Daniel. Parecia desesperado e segurava uma mochila nas mãos.

"Jones, minha querida, acabei de sair do castigo da reabilitação. Voltei para o apartamento, mas... Eu não quero ficar sozinho, Jones. Será que posso entrar por um minuto, só para", sua voz falhou, "ter algum tipo de companhia humana de quem eu sei que não vou tentar dar em cima?"

"Tudo bem", eu disse, tentando ignorar o insulto naquele momento tão delicado. "Mas você tem que PROMETER que não vai tentar dar em cima da Chloe."

Foi uma noite estranha no quesito interação social, mas acho que todo mundo gostou. Depois de um tempo com o Daniel, a Chloe estava achando que era a Charlize Theron e que o Graham não merecia tocar nem na bainha da saia dela (e ele não merece mesmo, quem quer que ele seja). E minha mãe, aninhando a Mabel, comendo bombons com ela, virando vinho tinto e ficando toda suja, estava quase mudando de ideia a respeito de Kenneth Garside. "Quer dizer, ele é incrivelmente charmoso, esse Kenneth, mas é que ele só pensa em sexo."

O Daniel, que nem levantou a cabeça para dizer "E o que há de ERRADO nisso, sra. Jones?", revelou-se um ótimo jogador de video game. Mas, no fim da noite, ele estragou tudo ao enfiar a mão na saia da Chloe, subindo até a calcinha.

PARTE 4

A grande árvore

Verão divertido

SÁBADO, 31 DE AGOSTO DE 2013

60 kg (ainda! Milagre), 0 namorados, 2 filhos (lindos), amigos aos montes, 3 feriados (contando um fim de semana), 0 empregos de roteirista, pouca probabilidade de arrumar emprego como roteirista, 1 dia até o começo das aulas, 1 grande choque.

Foi um verão incrível. Liguei para o Brian, o Agente, e pedi que ele me tirasse de *As folhas no cabelo dele*. O Brian deu risada e disse: "Até que enfim! Por que demorou tanto?". Ele acha que devemos tentar minha nova ideia de roteiro: *O tempo parou aqui*, uma releitura de *Rumo ao farol*, da Virginia Woolf, só que com um pouco mais de *estrutura*, ambientado em um antigo farol transformado em casa de campo que vi em um folheto no site Rural Retreats. Na trama, a sra. Ramsay tem um caso com um dos amigos do filho Max.

A Magda e o Jeremy nos convidaram para passar uma semana em Paxos, onde havia muitos amigos com filhos, e a Woney, que agora fez lipoaspiração, ficou desfilando em maiôs e cangas coloridas, jogando os cabelos com aplique para lá e para cá e amedrontando o Cosmo. E embora a Rebecca e os filhos dela estivessem acompanhando o Jake numa turnê, eu e as crianças fomos brincar com o Jeremiah e a mãe, com a Farzia e o Bikram, com a Cosmata e o Thelonius. E tentamos fazer alguma coisa com o jardim, o que basicamente consistiu em plantar três begônias.

Viajamos para um pequeno chalé à beira-mar em Devon por três noites com a minha mãe e foi ótimo. Ela tem nos visitado muito, só para cozinhar e brincar com o Billy e a Mabel, não critica mais meu jeito de cuidar da casa ou das crianças, e a gente sempre gosta quando ela está aqui. E as crianças às vezes passam a noite lá com ela e adoram, embora já não sirva mais para nada, porque agora não tenho com quem transar na casa vazia.

Mas tento ser uma grande árvore, aguentar o golpe do Roxster ("o amor que não era para seeeeeer", apelido dramático que o Tom e o Arkis deram) e só ficar feliz porque, mesmo se ninguém nunca mais me amar nem transar comigo, pelo menos eu sei que isso não está assim tão fora de questão.

Agora, porém, estou tentando lidar com a crescente sensação de alarme devido à volta às aulas, com as diferentes tarefas de casa que provavelmente estarão além das minhas capacidades, com os diferentes dias de "mostre e explique" e caneleiras de futebol. E, o que é mais alarmante ainda, não consigo parar de relembrar todos os meus encontros com o sr. Wallaker — na árvore, na neve, no Dia dos Esportes, no dia do botox, no concerto —, em todas as vezes que ele tentou ser gentil comigo, e me sinto fútil e fico pensando que talvez ele não estivesse só tentando fazer com que eu me sentisse idiota. Talvez se importasse de verdade, mas ELE ERA CASADO, CACETE ainda que fosse com uma bêbada ultraplastificada. Ele tem filhos. Então, o que estava fazendo quando quase me beijou e me deixou confusa? E eu falei um monte pra ele, e ele me viu com o Roxster, e acha que eu sou uma tigresa que compra camisinhas, tem sífilis e é superficial, e nós vamos ter que nos ver todos os dias na escola.

16h Acabei de ir na casa da Rebecca, que voltou da turnê, e saí falando sobre toda a confusão com o sr. Wallaker, o concerto da escola e o dia em Hampstead Heath.

"Hum", ela disse. "Nada disso faz sentido. Ele não faz sentido. Você tem uma foto dele? Mais alguma informação?"

Procurei no telefone e encontrei uma foto do concerto que mostrava o sr. Wallaker acompanhando o Billy.

Fiquei observando enquanto a Rebecca via a foto com o

cenho um pouco franzido. Ela passou mais algumas fotos no telefone.

"Essa é a Casa Capthorpe, não é? Onde eles fazem uns festivais de música e coisas do tipo?"

"É."

"Eu sei exatamente quem é esse cara. Ele não é professor."

Olhei para ela, consternada. Então ele *era* maluco.

"Ele toca jazz no piano?"

Assenti.

Ela foi até o armário, tirando um pouco do lugar a trepadeira de plástico que tinha no cabelo, e pegou uma garrafa de vinho tinto.

"Ele se chama Scott. Fez faculdade com o Jake."

"Ele é músico?"

"Não. Sim. Não." Ela me olhou. "Ele toca por hobby. Ele foi do SAS."

O Serviço Aéreo Especial! Ele era mesmo o James Bond! Isso explicava tudo. Os meninos marchando na escola, aquele jeito de fazer o Billy rolar ao pular da árvore. O reflexo de pegar a arma no Dia dos Esportes. James Bond.

"Quando ele começou a trabalhar na escola?"

"Em dezembro do ano passado."

"Aposto que é ele. Ele estudou na Real Academia Militar e depois ficou um tempo fora do país, mas eles mantiveram contato daquele jeito dos homens, ou seja, sem muita frequência. O Jake encontrou com ele há alguns meses. Ele serviu no Afeganistão. Aconteceu alguma coisa ruim lá. Ele disse que estava de volta e tentando 'levar uma vida mais simples.'" A Rebecca riu. "Ele acha que dar aulas numa escola particular de Londres é 'levar uma vida mais simples'? Ele já viu seus quadrantes de atividades?"

"E ele é casado?"

"Se for mesmo ele, não. Ele tem dois filhos no colégio interno. Era casado, mas não é mais. Ela era um pesadelo."

"É uma mulher que fez um monte de plástica?"

"Isso. Ela gastava os tubos: roupas, leilões, todas essas besteiras. A rainha da cirurgia plástica. Quando ele saiu do país, ela começou a transar com o *personal trainer*, pediu o divórcio e tentou levar todo o dinheiro dele. Aquela casa é herança de família. Acho que ela deve ter tentado voltar com ele agora que está parecendo a noiva do Frankenstein. Vou perguntar para o Jake. Da próxima vez que eu o vir."

Volta às aulas

SEXTA-FEIRA, 13 DE SETEMBRO DE 2013

0 minutos atrasada para pegar as crianças na escola (mas só porque estou tentando impressionar o sr. Wallaker), 0 conversas com o sr. Wallaker, 0 segundos de contato visual com o sr. Wallaker.

21h15 Parece que a Rebecca tinha razão. E, embora eu não tenha contado nada para ninguém (exceto, é claro, a Talitha, a Jude e o Tom), todo mundo já sabe que o sr. Wallaker não é casado. Ele é divorciado. E isso é horrível, porque agora há um frenesi em volta dele. Todo mundo querendo arrumá-lo para alguma amiga solteira. A Farzia chegou a sugerir empurrá-lo para mim, mas é inútil. Embora agora meu coração dê um salto quando eu o vejo na escada, o sr. Wallaker não vem mais implicar comigo. Ele não me encontra mais por acaso no Heath. Acabou a magia. E é tudo culpa minha.

Ele está se encarregando de cada vez mais coisas na escola: educação física, xadrez, música, coral natalino. Ele é como o Russell Crowe em *Gladiador* — quando ele era escravo e organizou todos os outros escravos, formou um exército e derrotou os gregos ou os romanos. É como as formigas em qualquer situação: elas sempre agem como formigas. Do mesmo modo, se você coloca um cara tranquilo e capaz em qualquer lugar, ele sempre vai ser tranquilo e capaz. E será empurrado para todas as mulheres solteiras do mundo, exceto para mim.

SEXTA-FEIRA, 27 DE SETEMBRO DE 2013

21h45 "É você que ele ama", o Tom disse, tomando seu quarto mojito no pub York & Albany.

"Olha, será que a gente não podia parar de falar na porra do sr. Wallaker?", murmurei. "Aceitei minha vida agora. Está bom assim. Nós três. Estamos bem. Não me sinto mais solitária. Sou uma grande árvore."

"E o roteiro de *As folhas no cabelo dele* saiu do papel!", a Jude tentou me animar.

"É... o que sobrou do roteiro", eu disse com um tom sombrio.

"Mas pelo menos você vai à estreia, querida", o Tom rebateu. "Vai que conhece alguém lá."

"Se eu for convidada."

"Se ele não liga para você, se ele não manda mensagem para você, é porque ele não está tão a fim de você", a Jude disse, sem ajudar muito.

"Mas o sr. Wallaker nunca ligou nem mandou mensagem para ela", disse o Tom, que já estava começando a ficar meio alto. "De quem a gente está falando aqui?"

"Vamos parar de falar no sr. Wallaker, por favor? Eu nem gosto dele e ele não gosta de mim."

"Bom, foi você quem deu um puxão de orelha nele, querida", a Talitha disse.

"E havia tanta profundidade no que vocês estavam construindo", completou o Tom.

"Quem quer quer; quem não quer não quer", a Jude concluiu.

"Por que você não pede para a Rebecca arrumar um jeito de juntar vocês dois?"

22h Acabei de voltar da casa da Rebecca. Ela balançou a cabeça. "Esse tipo de coisa nunca dá certo. Eles sentem o cheiro a um quilômetro de distância. Deixa rolar."

Aqui na selva

SEXTA-FEIRA, 18 DE OUTUBRO DE 2013

Número de vezes que escutei a música de O rei leão*: 45 (e ainda não acabou).*

As audições do coral recomeçaram. O Billy está deitado na cama cantando “Hoje à noite, aqui na selva, quem dorme é o leão...” e depois fazendo “Eeeeeeeeeeeeoheeeeoheeeeoh” com uma voz aguda, enquanto a Mabel grita: “Cala a boca, Billy, cala a boooooooooca!”.

Este ano, estamos tentando emitir notas específicas. Na verdade, eu me empolguei hoje à noite, ensinando a eles “Dó ré mi” e imitando a Noviça Rebelde. (Na verdade, eu sei de cor todas as falas desse filme.)

“Mamãe?”, disse o Billy.

“Fala.”

“Você pode parar, por favor?”

SEGUNDA-FEIRA, 21 DE OUTUBRO DE 2013

Número de vezes que treinamos a música de O rei leão *antes da aula: 24,7 horas passadas me preocupando se o Billy vai entrar no coral, 5 trocas de roupa para ir buscar o Billy na audição do coral, 7 minutos adiantada para ir buscar o Billy (bom, tirando os motivos que me levaram a fazer isso: impressionar meu amor sem--esperança).*

15h30 Estou prestes a ir buscar o Billy na audição do coral. Nervos à flor da pele.

18h Antes mesmo de o Billy sair, eu já estava esperando dentro da escola, que nem uma louca. Vi o sr. Wallaker surgir nas escadas e lançar um olhar ao redor, mas ele me ignorou. Fiquei na fossa, pensando que, agora que estava oficialmente solteiro, ele devia achar que as mulheres iam atacar como piranhas.

"Mamãe!", o Billy tinha um sorriso de orelha a orelha, parecia que seu rosto ia explodir. "Consegui! Consegui! Entrei no coral!"

Num delírio de alegria eu o envolvi em meus braços. Ele se contorceu e resmungou um "sai fora!", feito um adolescente, olhando nervoso para os amigos.

"Vamos comemorar", eu disse. "Estou tão orgulhosa de você! Vamos no... no McDonald's!"

"Parabéns, Billy." Era o sr. Wallaker. "Você continuou tentando e conseguiu. Valeu o esforço."

"Hum...", eu disse, pensando que esse talvez fosse o momento em que poderia pedir desculpas e me explicar, mas ele simplesmente foi embora e me deixou olhando para o seu traseiro empinado.

Acabei de comer dois Big Macs com batatas fritas, um milk-shake de chocolate e uma rosquinha com calda de açúcar.

Quem quer quer; quem não quer não quer. Mas pelo menos, sempre é possível comer.

Reunião de pais

TERÇA-FEIRA, 5 DE NOVEMBRO DE 2013

21h. Hummm. Talvez ele queira um pouco. Quer dizer, talvez *não* não queira totalmente. Cheguei à reunião de pais um pouco atrasada, é verdade, e a maioria dos pais se preparando para ir embora e o professor do Billy, o sr. Pitlochry-Howard, olhando para o relógio.

O sr. Wallaker passou com um maço de relatórios nas mãos. "Ah, sra. Darcy", ele disse. "Antes tarde do que nunca, não é mesmo?"

"Eu estava em uma reunião", disse com um ar petulante (apesar do fato de, até agora, inexplicavelmente, ninguém ter me chamado para reunião nenhuma sobre *O tempo parou aqui*, minha releitura de *Rumo ao farol*) e me sentei, com um sorriso simpático, em frente ao sr. Pitlochry-Howard.

"Como está o Billy?", ele perguntou num tom gentil. Sempre acho estranho quando as pessoas falam assim. Às vezes parece legal, porque você tem a impressão de que elas se preocupam de verdade, mas eu pensei de modo paranoico que ele queria dizer que alguma coisa não estava bem com o Billy.

"Ele está bem", respondi, irritada. "Como ele está indo, o senhor sabe, na escola?"

"Parece bem feliz", ele respondeu.

"Ele está se dando bem com os outros meninos?", perguntei, ansiosa.

"Sim, sim, é querido pelos amigos, muito alegre. Às vezes fica rindo muito durante as aulas."

"Certo, certo", respondi e de repente me lembrei de uma carta que minha mãe recebera da diretora sugerindo que eu sofria de algum *problema* patológico por causa das minhas risadas. Felizmente, papai foi lá e brigou com ela, mas talvez fosse uma doença genética mesmo.

"Creio que não precisamos nos preocupar muito com as risadas", o sr. Wallaker interrompeu. "Qual era mesmo o problema que você disse que havia com o inglês?"

"Bom, a ortografia...", o sr. Pitlochry-Howard começou a falar.

"Ainda??", disse o sr. Wallaker.

"Ah, sim, o senhor sabe", me lancei em defesa de Billy. "Ele ainda é pequeno. E, além disso, como *escritora*, eu acredito que a linguagem é uma coisa flutuante e em constante evolução, e comunicar o que você quer dizer é muito mais importante que ortografia ou pontuação..." Parei por um instante, lembrando que a Imogen da Greenlight sempre me acusava de sair botando pontos e vírgulas estranhas aqui e acolá quando eu achava que ficava bonito.

"Quer dizer, e aquelas palavras que se escreviam com 'z' e agora se escrevem com 's', por causa da americanização da língua? Notei que vocês também estão aceitando a grafia, porque agora os computadores exigem que seja assim!", conclui, triunfante.

"Sim, explicação maravilhosa", o sr. Wallaker disse. "Mas, no presente momento, o Billy ainda precisa passar nas provas de ortografia, senão ele vai se sentir burro. Então, talvez a senhora pudesse treinar com ele, quando vocês dois estiverem correndo de manhã, pouco depois de o sinal tocar."

"Certo", respondi, de cara fechada. "Mas como está a escrita de verdade? Quer dizer, a escrita criativa?"

"Bom", começou o sr. Pitlochry-Howard, vasculhando seus papéis. "Ah, aqui está. Pedimos para os alunos escreverem sobre alguma coisa estranha."

"Deixe-me ver", pediu o sr. Wallaker, colocando os óculos. Ai, Deus. Ia ser tão legal se nós dois pudéssemos colocar nossos óculos de leitura num encontro sem constrangimento.

"Alguma coisa estranha, o senhor diz?"

Ele tossiu para limpar a garganta.

"Mamãe"

De manhã quando a mamãe acorda o cabelo dela fica bem maluco. Eeeeeiita! Explode tudo! Aí ela fala que a gente é do exército e tem que pegar o equipamento, "Um, dois, feijão com arroz!". Mas aí — DESASTRE TOTAL*! — ela põe granola na máquina de lavar e dá sabão pra a gente comer. A Mabel estava atrasada pra escola. A Bela Adormecida ficou toda apatralhada.* DESASTRE TOTAL NÚMERO *2!!! Ela fala Attend! que nem se fosse um poliçial francês por causa do livro de autoajuda para pais e agora a Mabel fala isso pra Saliva e também fala "mas que droga!".* DESASTRE TOTAL NÚMERO *3!!! Quando a mamãe está trabalhando ela digita e fala no telefone e masca Nicorette ao mesmo tempo. Quando eu não consigui entrar no coral ano passado ela disse que não era desastre total e sim um não sei quê e ano que vem tem mais! E aí ela achava que Puffle 2 era um video game de guerra e ela me abraçou pra dormir. Mas aí quando eu desci de noite ela estava dansando sozinha... "Killer Queen". Eeeeeita! Araaaaagh!!! Uma coisa estranha, muito estranha.*

Eu me afundei na cadeira, consternada. Então era assim que meus filhos me viam?

O sr. Pitlochry-Howard fingia que procurava algo em seus papéis, com o rosto vermelho.

"Bom!", disse o sr. Wallaker. "Como podemos ver, o texto comunica muito bem aquilo que está querendo dizer. Uma imagem muito vívida de... alguma coisa estranha."

Olhei em seus olhos, firme. Para ele era fácil, não era? Ele tinha aprendido a dar ordens na escola e havia enviado os filhos para o colégio interno, e podia usar as férias para simplesmente aperfeiçoar as incríveis habilidades musicais e esportivas deles ao mesmo tempo que corrigia a grafia de palavras como "desesperançosa".

"E quanto ao resto?", ele perguntou.

"Tudo bem. Ele... as notas estão muito boas, exceto em ortografia. A lição de casa ainda é bastante desorganizada."

"Vamos dar uma olhada", disse o sr. Wallaker, folheando a pasta de ciências e pegando uma lição sobre os planetas. "Escreva cinco frases, cada uma com um fato a respeito de Urano."

Ele se deteve. De repente me deu vontade de rir.

"Só tem uma frase. Será que ele sentiu alguma dificuldade com a pergunta?"

"Acho que a dificuldade foi de inventar esse monte de fatos sobre uma região galáctica tão inexpressiva", eu disse, tentando me controlar.

"Oh, é mesmo? A senhora acha que Urano é um planeta inexpressivo?" E então eu vi claramente o sr. Wallaker tentando evitar uma risada.

"Sim", consegui dizer. "Se ainda fosse Marte, o famoso planeta vermelho, com suas recentes expedições robóticas, ou até mesmo Saturno e seus muitos anéis..."

"E Marte ainda tem luas gêmeas", completou o sr. Wallaker, juro, dando uma conferida nos meus peitos antes de baixar os olhos para os papéis.

"Exatamente", emendei com uma voz esganada.

"Mas, sra. Darcy", o sr. Pitlochry-Howard se revoltou, com um ar de orgulho ferido. "Pessoalmente, sou muito mais fascinado por Urano do que..."

"Então está explicado!" Não consegui me segurar e caí em uma risada incontida.

"Sr. Pitlochry-Howard", disse o sr. Wallaker, tentando retomar a compostura. "Creio que estamos entendidos. E", murmurou baixinho, "posso ver de onde vêm as risadinhas do Billy. Mais alguma preocupação no que diz respeito ao desempenho dele?"

"Não, não, as notas estão muito boas, ele se dá bem com os colegas, é muito alegre, um rapazinho adorável".

"Bom, tudo isso graças a você, sr. Pitlochry-Howard!", eu disse de um jeito meio esquisito. "A todas as suas aulas. Muito, *muito* obrigada!"

E, então, não me atrevendo a olhar para o sr. Wallaker, eu me levantei e escapuli da sala.

Mas, uma vez lá fora, fiquei sentada no carro tomando coca zero e pensando que precisava entrar de novo e fazer mais perguntas ao sr. Pitlochry-Howard sobre a lição de casa. Ou, quem sabe, se o sr. Pitlochry-Howard estivesse, por acaso, muito ocupado, ao sr. Wallaker!

Quando entrei de novo na sala, eles estavam conversando com a Nicolette e seu marido lindo, que mantinha uma das mãos nas costas da esposa, em sinal de apoio e solidariedade.

Não é de bom-tom escutar as conversas dos outros pais, mas Nicolette estava falando tão alto que era impossível não ouvir.

"Só estou aventando a possibilidade de que o Atticus talvez esteja um pouco sobrecarregado", o sr. Pitlochry-Howard murmurava. "Ele parece ter tantas atividades extracurriculares, tantas tardes de brincadeiras com os amiguinhos... Às vezes parece um pouco ansioso. Fica aflito se sente que não é o melhor."

"E que posição ele ocupa no ranking da sala?", a Nicolette quis saber. "Ele está muito longe de ser o melhor?"

Ela esticou os olhos sobre as anotações, mas o sr. Pitlochry-Howard as cobriu com o braço. Ela então começou a mexer nos cabelos, furiosa. "Por que não temos um quadro comparativo com os desempenhos de cada um? Qual é o ranking da sala?"

"Nós não fazemos rankings das salas, sra. Martinez", informou o sr. Pitlochry-Howard.

"Por que não?", ela quis saber, com aquele tipo de curiosidade casual e simpática de quem esconde um espadachim atrás da cortina.

"O importante é que cada um faça o seu melhor", disse o sr. Pitlochry-Howard.

"Deixe-me explicar uma coisa", a Nicolette disse. "Eu era CEO de uma grande cadeia de academias e spas que se expandiu por todo o Reino Unido e a América do Norte. Agora sou CEO de uma família. Meus filhos são o produto mais importante, complexo e vibrante que já desenvolvi. Preciso ter os meios para avaliar seu progresso em relação a seus pares, com o intuito de ajustar seu desenvolvimento."

O sr. Wallaker assistia a tudo em silêncio.

"A competição saudável deve fazer parte do processo, mas quando a obsessão com o ranking substitui o prazer da realização e o verdadeiro objetivo...", o sr. Pitlochry-Howard começou a dizer, nervoso.

"E o senhor ainda diz que as atividades extracurriculares estão estressando o garoto?", rebateu a Nicolette.

O marido colocou a mão em seu braço:

"Querida..."

"Esses garotos precisam ser lapidados. Precisam de flautas, aulas de esgrima. Além do mais, eu não encaro esses compromissos sociais como 'tardes de brincadeiras com os amiguinhos'. Vejo como dinâmicas de grupo."

"ELES SÃO SÓ CRIANÇAS!", o sr. Wallaker vociferou de repente. "Não são produtos de empresas! Não precisam sempre ter o ego massageado, e sim de autoconfiança, diversão, afeição, amor e de algum senso de autoestima. Eles precisam compreender, agora, que sempre, sempre, haverá alguém melhor e alguém pior que eles, precisam compreender que a autoestima se baseia em seu contentamento por serem quem são, por fazerem o que fazem e por fazê-lo cada vez melhor."

"Como é que é?", disse a Nicolette. "Não adianta tentar melhorar? Entendi. Bom, então talvez devêssemos nos preocupar com nossos políticos em Westminster."

"Devemos nos preocupar com quem eles vão ser quando crescer", o sr. Wallaker prosseguiu. "O mundo lá fora não é nada fácil. A medida do sucesso na vida adulta não é conseguir vencer sempre, mas saber lidar com as derrotas. A capacidade de uma criança de se levantar quando cai e de manter o otimismo e algum senso de si é um indicador muito mais importante para o sucesso no futuro do que sua posição no ranking da classe no ensino fundamental."

Caramba. De repente parecia que o sr. Wallaker tinha lido o *Pequeno manual de instruções de Buda.*

"O mundo fica bem mais fácil quando você sabe como vencer", ronronou a Nicolette. "Qual é a classificação geral do Atticus, por favor?"

"Nós não temos classificação geral", o sr. Wallaker disse, já se levantando. "Mais alguma coisa?"

"Sim, as aulas de francês", a Nicolette respondeu, impávida. E aí eles se sentaram de novo.

22h Talvez o sr. Wallaker tenha razão ao dizer que sempre haverá "alguém melhor e alguém pior" em tudo. Eu estava voltando para casa de carro quando uma mãe elegante e com cara de esgotada, que estava tentando domar três criancinhas bem vestidas, subitamente disse: "Clemency, sua escrotinha filha da p***!".

Cinquenta tons de velha

SEXTA-FEIRA, 22 DE NOVEMBRO DE 2013

62 kg (a volta inevitável para a obesidade), 3384 calorias, 7 Cocas zero, 3 Red Bulls, 2 paninis de presunto e queijo, 0 exercício, 2 meses sem retocar as raízes, 5 semanas sem depilar as pernas, 6 semanas sem fazer o pé, 5 meses sem transar (virgem de novo de novo).

Não estou cuidando nada de mim: não me depilo, não tiro a sobrancelha, não faço esfoliação corporal, não pinto as unhas, não medito, não retoco as raízes, não seco o cabelo, não me visto (e, o que é pior, não tem ninguém para me despir) e estou ingerindo baldes de comida para compensar. Algo precisa ser feito.

SÁBADO, 23 DE NOVEMBRO DE 2013

15h Acabei de sair do salão, onde minhas raízes voltaram a parecer jovens e gloriosas. Imediatamente dei de cara com um cartaz no ponto de ônibus da Sharon Osbourne e sua filha Kelly: a Sharon Osbourne de cabelo ruivo e a Kelly de *cabelo grisalho*.

Estou tão confusa. Será que ficar com cara de velha é o novo lenço esvoaçante? Será que vou ter que voltar, pedir que me devolvam minhas raízes grisalhas e pedir que o homem do botox me dê algumas rugas?

Estava refletindo sobre isso quando alguém disse “Olá”.

“Sr. Wallaker!”, eu disse, mexendo nos meus novos cabelos de um jeito coquete.

“Olá!” Ele estava usando uma jaqueta quente e sexy e um cachecol, e me olhava daquele jeito de antes, com a sombra de um sorriso no canto da boca.

"Olha", eu disse. "Eu só queria dizer que sinto muito por ter dito tudo aquilo no concerto da escola e por ter sido tão grossa naquelas vezes, quando o senhor só estava sendo gentil. Mas achei que o senhor era casado. E a questão é que eu sei de tudo. Quer dizer, não *tudo*. Mas sei que você esteve no SAS e..."

A expressão dele mudou.

"O que você disse?"

"O Jake e a Rebecca são meus vizinhos e ..."

Ele estava evitando meu olhar, olhando para a rua, o músculo da mandíbula se mexendo.

"Tudo bem, eu não contei para ninguém. E você entende, eu sei bem como é quando alguma coisa ruim acontece."

"Eu não quero falar nisso", ele disse, ríspido.

"Eu sei que o senhor acha que sou péssima mãe e que passo o tempo todo no salão, ou comprando camisinha, mas não sou assim. Aqueles folhetos sobre gonorreia, foi a Mabel que pegou no consultório do médico. Eu não tenho gonorreia nem sífilis."

"Estou interrompendo?"

Uma menina linda havia acabado de sair do Starbucks com dois cafés.

"Oi", ela entregou um dos cafés para ele e sorriu para mim.

"Essa é a Miranda", disse o sr. Wallaker, meio constrangido.

A Miranda era linda, jovem, esguia, com cabelos negros e sedosos sobre os quais estava um gorrinho de lã supermoderno. As pernas dela pareciam longas no jeans e ela usava *botas de cano curto*.

"Miranda, essa é a sra. Darcy, mãe de um dos meninos da escola."

"Bridget!", disse uma voz. O menino que havia acabado de retocar minhas raízes estava correndo rua acima. "Você esqueceu sua carteira no salão. Ficou ótima a cor! Nada de tons de cinza para você neste Natal!"

"Ficou lindo, obrigada. Feliz Natal", eu disse, como uma

vovó-robô traumatizada. "Feliz Natal, sr. Wallaker. Feliz Natal, Miranda." Eu disse, embora não fosse Natal.

Eles ficaram me olhando de um jeito estranho enquanto eu me afastava apressada.

21h15 As crianças estão dormindo e eu sou uma velha solitária. Ninguém mais vai me querer, nunca, nunca, nunca. O sr. Wallaker está transando com a Miranda neste exato momento. A vida de todo mundo é perfeita, menos a minha.

O som da redoma se quebrando

SEGUNDA-FEIRA, 25 DE NOVEMBRO DE 2013

62 kg, 22 kg a mais do que a "Miranda".

9h15 Bom. Já estou acostumada agora. Sei o que fazer. A gente não chafurda. A gente não fica pensando que é uma porcaria no quesito homem. A gente não pensa que a vida de todo mundo é perfeita, menos a nossa, a não ser a vida da maldita "Miranda". A gente se concentra na nossa grande árvore interior e vai para a ioga.

13h Comecei a fazer ioga, mas aí percebi que tinha tomado muita coca zero de novo e... bom, basta dizer que não me saí muito bem na postura da pomba.

Então fui para a meditação na sala ao lado e pode-se dizer que foi desperdício de dinheiro, porque tive que pagar *quinze* libras e tudo o que a gente fez foi ficar sentado de pernas cruzadas nos tapetinhos por uma hora tentando manter a mente vazia. Me peguei espiando os outros alunos, pensando no sr. Wallaker e na Miranda, e de repente quase peidei de susto.

Não o reconheci de primeira, mas ali, sentado sobre um tapete roxo e vestido com uma roupa cinza frouxa, de olhos fechados e com as palmas das mãos estendidas sobre os joelhos, estava ninguém mais ninguém menos que o George da Greenlight. Pelo menos eu achava que era ele, mas era difícil dizer. Aí vi os óculos enormes e o iPhone ao lado do tapete roxo e tive certeza.

Na saída, não sabia se devia ou não falar um oi, mas pensei que tínhamos vivido um tipo de comunhão subliminar durante toda a última hora e disse: "George?"

Ele colocou os óculos, me olhando desconfiado, como se eu fosse entregar um roteiro especulativo à força para ele bem ali.

"Sou eu! Lembra? *As folhas no cabelo dele*?"

"Quê? Ah, sim. Oi!"

"Não sabia que você gostava de meditação."

"Pois é. Larguei a indústria do cinema. Só querem saber de filmes de estúdio. Não têm nenhum respeito pela arte. É tudo sem sentido. Vazio. Um ninho de cobras. Eu estava desmoronando. Estou indo para... oh, só um segundo." Ele conferiu o iPhone. "Me desculpe. Tenho que pegar um voo. Vou passar três meses em um *ashram* em Lahore. Bom te ver."

"Desculpe", arrisquei.

Ele se virou para mim, impaciente.

"Tem certeza de que o *ashram* não é em Le Touquet?"

Ele deu risada, e provavelmente só se lembrou de quem eu era depois disso. Me deu um abraço, o que foi um pouco assustador, disse "Namastê", com sua voz grave de produtor de cinema e uma expressão irônica no rosto, e depois saiu correndo de novo, olhando para a tela do iPhone. E eu percebi que, apesar de tudo, gostava muito do George da Greenlight.

TERÇA-FEIRA, 26 DE NOVEMBRO DE 2013

61 kg, 21 a mais do que a "Miranda" (melhorou), 4826 calorias, 2 paninis de presunto e queijo, 1,5 pizza, e potes de frozen yogurt da Häagen-Dazs, 6 unidades alcoólicas (estou me comportando muito mal).

9h Acabei de deixar as crianças na escola. Me sinto gorda. Acho que vou comer um panini de presunto e queijo.

10h30 Estava em pé na fila e de repente notei que a Nicolette estava lá também, aguardando seu pedido. Ela usava um casaco de pele branco (falso) e óculos escuros, e carregava uma bolsa enorme. Parecia a Kate Moss chegando a uma festa de gala, só que eram nove da manhã. Fiquei tentada a fugir dali, mas já estava esperando fazia um tempão e, então, quando a Nicolette finalmente se virou e me viu, falei "Olá!".

Em vez do comprimento gélido que eu estava esperando, ela só ficou olhando para mim com o copo de papel na mão.

"Ganhei uma bolsa nova. É da Hermès", ela disse, levantando um pouco a bolsa. Aí seus ombros começaram a tremer.

"SkinnyVentiDescafeinadoPodeFicarComOTroco", disparei, jogando uma nota de cinco libras para a moça do caixa e pensando que se a Nicolette tivesse um treco seria o fim. Caso encerrado. Todo mundo, à esquerda, à direita, acima e abaixo, era uma zona de redomas quebradas.

"Vamos lá para baixo", eu disse para a Nicolette, dando tapinhas nas costas dela de um jeito estranho. Por sorte, não tinha mais ninguém lá.

"Ganhei uma bolsa nova", ela disse. "E aqui está a nota da compra."

Fiquei olhando para a nota sem entender nada.

"Meu marido comprou para mim, no aeroporto de Frankfurt."

"É? Que legal. É linda", menti. A bolsa era um horror. Nada combinava com nada, fivelas, tirinhas e alças saindo para todos os lados que nem loucas.

"Olhe a nota", ela disse, apontando para o papel. "Tem duas bolsas aí."

Fiquei olhando para o recibo. Parecia que tinha mesmo duas bolsas lá. Mas e daí?

"É só um engano, não?", eu disse. "Ligue para lá e peça seu dinheiro de volta."

Ela balançou a cabeça.

"Eu sei quem é. Liguei para ela. Já está rolando há oito meses. Ele comprou uma bolsa idêntica para ela." O rosto da Nicolette se retorceu. “Era um presente. E ele comprou a mesma coisa para ela.”

Cheguei em casa e abri meus e-mails:

De: Nicolette Martinez

Assunto: A porra do concerto da escola

Só pra falar que eu estou cagando e andando pra quem vai levar rabanada ou vinho quente este ano, e vocês podem aparecer na PORRA do horário que quiserem, porque eu não estou NEM AÍ PARA TODA ESSA MERDA.

Nicorette

Preciso de um.

Acho que vou dar uma ligada para a Nicolette.

23h Tivemos uma noite mágica na nossa casa, com a Nicolette, os três meninos jogando video game e a Mabel e a caçula da Nicolette assistindo ao *Bob Esponja* enquanto a gente comia e bebia vinho, pizza, queijo, coca zero, Red Bull, bombons de chocolate da Cadburys, balinhas de chocolate com caramelo e sorvete Häagen-Dazs. A Nicolette entrou no OkCupid e ficou berrando “Seus desgraçados! Babacas!”.

No meio disso o Tom apareceu, trêbado, falando de uma nova pesquisa: “Ela prova que a qualidade dos relacionamentos de uma pessoa é o maior indicador da saúde emocional a longo prazo da pessoa — não tanto o ‘relacionamento amoroso’, pois a medida da felicidade não é seu marido ou namorado, mas os outros relacionamentos que você tem ao seu redor. Bom, achei que devia lhe contar. Tenho que ir encontrar o Arkis”.

Nicolette está dormindo na minha cama agora, e todas as cinco crianças estão espremidas nos beliches.

Viu? A gente não precisa de homem mesmo.

Um herói surgirá

SEXTA-FEIRA, 29 DE NOVEMBRO DE 2013

Foi assim que tudo aconteceu. O Billy teve um jogo de futebol em outra escola, East Finchley, a alguns quilômetros da dele. Fomos avisado de que devíamos estacionar na rua para apanhar as crianças, pois carros não podiam entrar na propriedade. A escola era um prédio alto de tijolinhos vermelhos com um pequeno pátio de concreto diante dos portões. À esquerda, havia uma quadra rebaixada mais de um metro, com uma grande cerca de arame em volta.

Os meninos estavam correndo pela quadra chutando a bola e as mães tagarelavam na arquibancada. Subitamente, uma BMW preta veio zunindo até o portão, dirigida por um dos pais, um homem metido, com ar de idiota, que estava falando no celular.

O sr. Wallaker foi até o carro. “Com licença.”

O homem o ignorou e continuou a falar no celular com o motor ainda ligado. O sr. Wallaker bateu na janela. “Não pode entrar carro na escola. Estacione na rua, por favor.”

A janela foi aberta. “Tempo é dinheiro para algumas pessoas, meu amigo.”

“É uma questão de segurança.”

“Pfft. Segurança. Vão ser só dois minutos.”

O sr. Wallaker deu aquela olhada para ele. “Tire. Esse. Carro. Daqui.”

Ainda com o celular na orelha, o homem deu a ré com toda força, sem olhar, virou o volante cantando pneu e foi até a quadra, batendo direto no grosso poste de aço que sustentava a cerca.

Todo mundo se virou para olhar e o homem, com o rosto vermelho, enfiou o pé no acelerador, esquecendo de tirar a ré, e bateu no poste de novo. Ouviu-se um estalo horrível e o poste começou a cair.

"Meninos!", gritou o sr. Wallaker. "Saiam de perto da cerca! Agora!"

Tudo pareceu acontecer em câmera lenta. Os meninos saíram correndo e o poste vacilou e caiu sobre a quadra, levando a cerca junto, fazendo um estrondo aterrador. Ao mesmo tempo, o carro deslizou para trás com as rodas da frente ainda no pátio de concreto e as de trás metade dentro da quadra rebaixada.

Todo mundo ficou congelado, atônito, menos o sr. Wallaker, que pulou na quadra, gritando: "Liguem para a emergência! Coloquem peso na parte da frente do carro! Meninos! Façam fila ali do outro lado!".

Inacreditavelmente, o homem da BMW estava abrindo a porta para sair.

"Você! Fique parado aí!", gritou o sr. Wallaker, mas o carro já estava deslizando mais para trás, com as rodas inteiras dentro da quadra agora.

Olhei para os meninos do outro lado da quadra. Billy! Onde estava o Billy?

"Pegue a Mabel!", eu disse para a Nicolette e corri até a lateral da quadra.

O sr. Wallaker estava na minha frente, calmo, olhando rapidamente a cena toda. Eu me forcei a olhar também.

Aquele poste enorme estava numa diagonal, com uma ponta contra o muro da quadra e outra no chão. A cerca havia tombado e estava sendo erguida pelo poste como uma tenda. Encolhidos no pequeno buraco embaixo do poste, com a cerca caída prendendo-os ali, estavam o Billy, o Bikram e o Jeremiah, com os rostinhos apavorados olhando para o sr. Wallaker. O muro estava atrás deles, a cerca na frente e nas laterais, e a parte de trás daquele carro grande pendurada acima.

Soltei uma exclamação e pulei dentro da quadra.

"Vai dar tudo certo", disse o sr. Wallaker baixinho. "Eu cuido disso."

Ele se agachou. "Muito bem, super-heróis, essa é sua grande chance. Se arrastem de volta para a parede e se enrosquem ali. Posição de defesa."

Parecendo mais animados do que assustados agora, os meninos rastejaram para trás e se enroscaram com os braços acima das cabeças.

"Muito bem, soldados", disse o sr. Wallaker, começando a erguer aquela cerca pesada. "Agora..."

De repente, com um barulho horrível de metal raspando no concreto, a BMW escorregou mais para trás, deslocando pedaços de concreto que haviam se soltado e ficando com a parte traseira balançando perigosamente no ar.

As mães lá em cima gritaram e eu ouvi sirenes soando.

"Fiquem parados aí na parede, meninos!", disse o sr. Wallaker, sem se abalar. "Vai ficar tudo bem!".

Ele se agachou embaixo do carro, pisando com cuidado sobre a cerca caída. Então ergueu os braços e empurrou-o pela parte de baixo com toda a força. Dava para ver os músculos tensionados nos braços, no pescoço, embaixo da camisa.

"COLOQUEM PESO NA FRENTE DO CARRO!", gritou ele para o pátio, com o suor brotando da testa. "SENHORAS! ENFIEM OS COTOVELOS NO CAPÔ!"

Olhei para cima e vi as professoras e mães acordando do choque num estalo e se atirando sobre o capô como um bando de galinhas assustadas. Devagar, conforme o sr. Wallaker empurrava, a parte de trás do carro subiu.

"Muito bem, meninos", ele disse, ainda empurrando. "Fiquem perto da parede. Rastejem para a direita, para longe do carro. E saiam de debaixo dessa cerca."

Corri para a ponta da cerca caída e mais pais e professores vieram. Nós todos conseguimos, com esforço, erguer a cerca, e os meninos se espremeram mais para perto de nós, o Billy por último.

Os bombeiros chegaram, ergueram a cerca, puxaram o Bikram para fora, com o metal rasgando sua camiseta, depois o Jeremiah. O Billy ainda estava ali embaixo. O Jeremiah saiu e eu estiquei os braços e coloquei-os debaixo do Billy, sentindo que tinha a força de dez homens, e puxei-o, aos soluços. O Billy saiu e os bombeiros nos tiraram da quadra.

"Era o último! Andem logo!", gritou o sr. Wallaker, ainda tremendo sob o peso do carro. Os bombeiros pularam ali debaixo para ajudá-lo, pisando em cima da cerca, com seu peso esmagando-a sobre o espaço onde, segundos antes, os meninos estavam encolhidos.

"Cadê a Mabel?", gritou o Billy, dramático. "A gente tem que salvar a Mabel!"

Os três meninos saíram correndo por entre a multidão no pátio com ar de super-homens. Eu fui atrás e encontrei a Mabel calmamente parada ao lado de uma ofegante Nicolette.

O Billy abraçou a Mabel, gritando: "Eu te salvei! Eu salvei a minha irmã! Você está bem, irmã?".

"Tudo", ela disse com um ar grave. "Mas o sr. Waleque é mandão."

Incrivelmente, no meio do pandemônio, o homem da BMW abriu a porta e saltou do carro, e com isso ele começou a deslizar para trás.

"VAI CAIR!", gritou o sr. Wallaker. "SAIAM TODOS!".

Corremos para a frente e vimos o sr. Wallaker e os bombeiros pulando para fora enquanto a BMW caía sobre o poste de aço, quicava e rolava para o lado, amassando o metal, quebrando as janelas e jogando destroços por cima dos assentos de couro creme.

"Meu carro!", gritou o homem.

"Tempo é dinheiro, imbecil", retorquiu o sr. Wallaker, sorrindo satisfeito.

Enquanto os paramédicos o examinavam, o Billy explicava: "A gente não conseguia se mexer, mamãe. Não queríamos correr, porque o poste estava mexendo bem em cima da gente. Mas fomos super-heróis, porque...".

Enquanto isso, o caos se instaurava à nossa volta, com pais e mães correndo em círculos. Havia apliques de cabelo voando e sacolas enormes sendo esquecidas pelo chão.

O sr. Wallaker pulou sobre a arquibancada.

"Silêncio!", ele gritou. "Todo mundo parado! Muito bem, meninos. Num instante, vocês vão fazer uma fila para serem examinados e contados. Mas primeiro ouçam. Vocês acabaram de viver uma aventura de verdade. Ninguém se machucou. Vocês foram corajosos, foram calmos, e três de vocês, o Bikram, o Jeremiah e o Billy, foram absolutos super-heróis. Hoje, vocês podem comemorar quando chegarem em casa, porque provaram que, quando coisas assustadoras acontecem — e elas vão acontecer —, vocês sabem ser corajosos e calmos."

Os meninos e os pais deram vivas. "Ai, meu Deus, me leve", disse a Farzia, "me leve agora", ecoando os meus próprios sentimentos. Quando o sr. Wallaker passou por mim, ele me lançou um olhar orgulhoso que me fez sentir uma onda de ternura, parecia com os olhares do Billy.

"Um dia normal para você, certo?", perguntei.

"Já vi piores", ele disse alegre. "E pelo menos seu cabelo não explodiu."

Depois que contamos os meninos para ver se estavam todos lá, o Bikram, o Billy e o Jeremiah foram cercados pelos outros. Os três tiveram que ir ao hospital fazer exames. Quando entraram na ambulância, seguidos por suas mães traumatizadas, tinham o ar de meninos que haviam acabado de ganhar o *Britain's Got Talent*.

A Mabel dormiu na ambulância e continuou dormindo durante os exames. Os meninos estavam ótimos, apenas com alguns arranhões. Os pais do Bikram e do Jeremiah apareceram no hospital. Alguns minutos depois, o sr. Wallaker chegou sorrindo, trazendo comida do McDonald's e reviveu cada detalhe do que acontecera com os meninos, respondendo a todas as perguntas e explicando exatamente como e por que eles haviam sido super-heróis.

O Jeremiah e o Bikram foram embora com os pais e o sr. Wallaker me entregou as chaves do carro.

"Tudo bem?" Ele olhou para a minha expressão e no mesmo segundo disse: "Eu levo vocês em casa".

"Não! Eu estou perfeitamente bem", menti.

"Olha", ele disse com um sorrisinho, "deixar alguém te ajudar não vai fazer de você menos feminista profissional."

Em casa, coloquei os dois no sofá e o sr. Wallaker perguntou baixinho: "Você precisa de alguma coisa?".

"Dos brinquedinhos deles. Estão lá em cima, no beliche."

"O Puffle Dois?"

"Isso. E o Um, o Três, o Mario, o Cavalinho e a Saliva."

"*Saliva*?"

"É a boneca dela."

Ele voltou com os brinquedos e eu estava tentando ligar a TV, olhando fixo para os controles. "Quer que eu tente?"

O Bob Esponja surgiu na tela e ele me levou para trás do sofá.

Comecei a soluçar em silêncio.

"Psiu. Psiu", ele sussurrou, me abraçando com seus braços fortes. "Ninguém se machucou. Eu sabia que não ia acontecer nada."

Eu me aninhei nele, soluçando e fungando.

"Você está se saindo bem, Bridget", ele disse, docemente. "Você é uma boa mãe. E pai. Melhor do que certas pessoas que têm uma equipe de oito empregados e um apartamento em Monte Carlo. Apesar de ter sujado minha camisa de meleca."

E foi como quando você sai de férias e a porta do avião

abre e deixa entrar uma lufada de ar quente. Foi como sentar pra descansar no fim do dia.

Então a Mabel gritou: "Mamãäee, o Bob Esponja acabou!". E, simultaneamente, a campainha tocou.

Era a Rebecca. "Acabamos de saber o que aconteceu na escola", ela disse, fazendo a maior algazarra ao descer a escada e usando luzinhas de Natal no cabelo. "Como foi? Ah!", disse, ao ver o sr. Wallaker. "Oi, Scott."

"Oi", ele disse. "Que bom ver você. Seu cabelo está normal demais, mas... mesmo assim."

O Finn, a Oleander e o Jake vieram nos visitar também, e a casa ficou repleta de barulhos, chocolate, coelhinhos e video games, com todo mundo correndo de um lado para o outro. Eu ficava tentando conversar com o Billy e ajudá-lo a processar o que havia acontecido, mas ele só disse: "Mamãããeee! Eu sou um super-herói! Tá?".

Fiquei observando o sr. Wallaker conversando com o Jake, os dois altos, bonitos, velhos amigos, pais. A Rebecca olhou para o Scott e ergueu as sobrancelhas para mim, mas aí o celular dele tocou e eu tive certeza de que ele estava falando com a Miranda.

"Tenho que ir", disse o sr. Wallaker abruptamente, desligando o celular. "Vocês cuidam deles hoje, não é, Jake?"

Com o coração apertado, fui levá-lo na porta e disse: "Obrigada, muito obrigada. Você que são o super-herói. Digo, é. Digo, são".

"É", ele disse. "E o prazer foi meu."

Ele desceu as escadas e se virou, dizendo delicadamente "... super-heroína". Foi em direção à rua principal, aos táxis e a alguma menina que parece ter saído de uma revista. Fiquei vendo-o ir embora triste, pensando "Super-heroína? Eu ainda gostaria de ter alguém com quem dormir".

Temporada de festas

SEGUNDA-FEIRA, 2 DE DEZEMBRO DE 2013

Está tudo bem. Levei o Billy ao psicólogo infantil e ele disse que "a experiência de aprendizado foi assimilada de forma saudável". Quando tentei levá-lo pela segunda vez, o Billy disse: "Mamãããeee! Você é que tem que ir num!".

O Billy, o Bikram e o Jeremiah viraram celebridades na escola, e estão até dando autógrafo. Mas o sr. Wallaker virou uma celebridade muito maior.

E ele é simpático comigo agora, e eu com ele. Mas para por aí.

TERÇA-FEIRA, 3 DE DEZEMBRO DE 2013

15h30 Óóóó. A Mabel acabou de chegar da escola cantando:

Pinheirinho, que alegria,
Lalalalala la la la la.
Sinos tocam noite e dia...

É mesmo uma época de alegria. Vou ser alegre este ano. E grata.

QUARTA-FEIRA, 4 DE DEZEMBRO DE 2013

16h30 Ah. A Mabel agora mudou a letra para:

Billy chora noite e dia.

QUINTA-FEIRA, 5 DE DEZEMBRO DE 2013

10h A mãe do Thelonius me parou na saída da escola hoje de manhã.

"Bridget", ela disse, "você pode, por favor, pedir para sua filha parar de chatear o Thelonius?"

"Quê? Por quê?", perguntei, confusa.

Acontece que a Mabel estava dando voltas no parquinho cantando:

Pinheirinho, que alegria
Lalalalala la la la la
Thelonius chora noite e dia...

14h "Isso é para você aprender a nunca mais ensinar musiquinhas de Natal sem graça para sua filha", disse a Rebecca. "Como vai o Scott? Quer dizer, sr. Wallaker?"

"Está bem. Ele é legal comigo, mas você sabe... Só legal..."

"Bom, e você é só *legal* com ele? Ele SABE?"

"Ele está com a Miranda."

"Um homem daqueles tem necessidades. Não quer dizer que vai ficar com ela para sempre."

Balancei a cabeça. "Ele não está interessado. Acha que sou uma pessoa legal, mas só isso."

É triste. Mas estou feliz a maior parte do tempo. Basta quase acontecer uma coisa muito ruim para você entender o valor daquilo que já tem.

14h05 Maldita Miranda.

14h10 Odeio a Miranda. "ai, olhe para mim, eu sou jovem e alta e magra e perfeita". Provavelmente ela está saindo com o Roxster também. Humpf.

O concerto de Natal

QUARTA-FEIRA, 11 DE DEZEMBRO DE 2013

O concerto de Natal já estava mais uma vez diante de nós, e tanto o Billy quanto a Mabel iam dormir fora, na casa de amiguinhos, então havia no ar uma empolgação louca, somada à extrema histeria de tentar preparar mochilas com roupas para dois dias e fazer com que a Mabel e eu parecêssemos decentes e bem arrumadas o bastante para ir ao concerto de Natal e chegar lá antes de acabar.

Eu estava tentando manter a cara mais normal do mundo, pois sem dúvida a Miranda ia estar na igreja para aplaudir seu namorado. A Mabel estava usando um casaco de pele e uma saia rodada vermelha que comprei na promoção da ILoveGorgeous, e eu um casaco branco novinho (inspirado pela Nicolette, que, no momento, se encontra nas Ilhas Maldivas, onde o seu marido sexualmente incontinente está implorando pelo perdão dela, enquanto ela o tortura em um bangalô de luxo, no fim de um longo deque de madeira suspenso sobre o mar, com tubarões nadando ao redor.). Fiz uma escova nos cabelos, mas as mochilas do Mário e das Princesas da Disney não ajudavam muito na composição do look. Além do mais, com certeza a Miranda ia estar com um visual sexy-sem-esforço, tão fashion que mesmo a Mabel não vai entender.

Quando saímos da estação de metrô, o "vilarejo" (como nós, um tanto pretensiosos, chamávamos a cidadezinha de Hampstead) parecia incrivelmente mágico: luzes delicadas lançavam sombras nas árvores. As lojas estavam todas iluminadas. Uma fanfarra tocava "O bom rei Venceslau". O açougue tradicional havia pendurado perus na vitrine. E tínhamos chegado cedo.

Em um instante de empolgação, achando que eu era mesmo o bom rei Venceslau, corri até o açougueiro e comprei quatro salsichas de Cumberland (caso um pedinte aparecesse de repente), acrescentando uma sacola de carne àquelas mochilas escabrosas que estavam quase arruinando meu look de festa. Aí a Mabel quis um chocolate quente, o que parecia uma ideia genial, mas de repente já eram 17h45, hora em que deveríamos estar sentadas, então tivemos que correr para a igreja e a Mabel tropeçou e todo o chocolate quente veio parar no meu casaco. Ela caiu no choro. "Seu casaco, mamãe, seu casaco novo."

"Não tem problema, meu anjo", eu disse. "Não tem problema, é só um casaco. Tome aqui, pegue o meu chocolate quente." Enquanto pensava comigo mesma: "Puta que pariu. Quando acho que vou fazer tudo certo, vou lá e estrago tudo de novo".

Mas a praça onde ficava a igreja estava linda, cercada por casas no estilo georgiano com árvores de Natal brilhando nas janelas e guirlandas na porta. Todas as janelas da igreja tinham um brilho alaranjado, já dava para ouvir a música do órgão e o abeto que ficava em frente tinha sido decorado com luzinhas de Natal.

E ainda havia alguns assentos vagos, bem perto da frente. Nem sinal da Miranda. Meu coração deu um pulo enorme quando o sr. Wallaker apareceu, alegre, porém viril de casaco preto e camisa azul.

"Olha lá o Billy", disse a Mabel, conforme o coral e os músicos iam entrando. Nós havíamos recebido instruções severas para não ficar dando tchauzinho para o coral. Mas a Mabel deu um tchauzinho e não aguentei e dei também. O sr. Wallaker fitou o Billy, que girou os olhos e sorriu.

Então todos se sentaram e o padre entrou para dar a benção. O Billy continuava olhando para nós e sorrindo. Estava muito orgulhoso de si mesmo por fazer parte do coral. Aí chegou o momento da primeira canção e todos se levantaram. Spartacus cantava o solo, como sempre, e quando aquela voz pequenina, pura e perfeita ecoou pela igreja...

Certa vez, na cidade real de Davi,
havia uma estrebaria afastada,
Onde uma mãe deitou seu bebê
na manjedoura e dela fez sua cama.

... percebi que ia chorar.

O órgão soprou mais forte e os fiéis começaram a cantar o segundo verso:

Ele desceu dos céus à terra,
ele que é Deus e Senhor de tudo.
E seu abrigo foi um estábulo.
E seu berço foi um cocho.

E todos os meus natais do passado vieram à tona: o Natal em que eu era pequena, sentadinha entre a mamãe e o papai na igreja de Grafton Underwood, esperando o Papai Noel; o Natal em que eu era adolescente, o papai e eu segurando a risada enquanto a mamãe e a Una gorjeavam desafinadas feito sopranos ridículas; o Natal dos meus trinta anos, quando estava solteira e muito triste porque achava que nunca ia ter um filho meu para colocá-lo na manjedoura, ou, mais precisamente, em um carrinho de bebê da Bugaboo; o Natal passado, na neve, quando mandava tuítes para o Roxster, que, naquele momento, provavelmente estava dançando numa festa na casa de alguém com uma garota chamada Natalie. Ou Saffron. Ou Miranda. O último Natal do papai, quando ele saiu cambaleando do hospital para ir à Missa do Galo em Grafton Underwood; o primeiro Natal do Billy, quando o Mark e eu o levamos à igreja vestido de Papai Noel; o Natal em que o Billy participou de sua primeira peça natalina na escola; o primeiro Natal depois da morte horrível e brutal do Mark, quando não consegui acreditar que um Natal poderia ser tão cruel a ponto de realmente querer acontecer apesar de tudo.

"Não chora, mamãe, *por favor*, não chora." A Mabel segurava firme na minha mão. O Billy estava olhando para cima. Enxuguei as lágrimas com o punho, levantei a cabeça e me juntei ao canto:

E ele sentiu nossa tristeza,
e ele partilhou de nossa alegria.

... e vi que o sr. Wallaker estava olhando diretamente para mim. A igreja toda continuava cantando:

E nossos olhos finalmente vão enxergá-lo.

Mas o sr. Wallaker tinha parado de cantar e estava só olhando para mim. E eu olhei para ele, com a cara coberta de rímel e o casaco coberto de chocolate quente. E, então, o sr. Wallaker sorriu, o sorriso mais sutil e amável do mundo, o sorriso que compreendia tudo, por sobre as cabeças de todos aqueles meninos que ele tinha ensinado a cantar músicas de Natal. E então eu compreendi que amava o sr. Wallaker.

Já estava nevando quando saímos da igreja: flocos graúdos girando e caindo sobre os casacos de festa e as árvores de Natal. Tinha um braseiro aceso no meio do átrio da igreja, onde os garotos mais velhos distribuíam vinho quente, castanhas assadas e chocolate quente.

"Posso jogar um pouco mais no seu casaco?"

Eu me virei e ali estava ele, carregando uma bandeja com dois copos de chocolate e dois de vinho.

"Esse aqui é para você, Mabel", o sr. Wallaker disse, colocando a bandeja no chão e dando a ela o chocolate quente.

A Mabel balançou a cabeça. "Eu derramei o meu no casaco da mamãe, não tá vendo?"

"Mas, Mabel", ele disse, solenemente, "se a mamãe estivesse de casaco branco sem chocolate, você acha que seria mesmo a mamãe?"

Ela olhou para ele com seus olhos enormes e graves, balançou a cabeça e pegou o chocolate quente. E aí, quem diria? A Mabel apoiou o copo e de repente lançou seus bracinhos em volta dele, enterrou o rostinho em seu ombro e deu um beijo, achocolatado, em sua camisa.

"Agora, sim", ele disse. "Por que você não joga mais um pouquinho no casaco da mamãe? Afinal, é Natal!"

Ele se levantou e fez que ia se desequilibrar e cair sobre mim com o vinho quente.

"Feliz Natal", ele disse. Brindamos com os copos de papel e nossos olhos se encontraram mais uma vez. Mesmo com toda aquela bagunça de crianças e pais se acotovelando à nossa volta, nenhum de nós conseguiu desviar o olhar.

"Mamãe!", era o Billy. "Mamãe, você me viu?"

"Billy chora noite e dia!", a Mabel cantou.

"Mabel", disse o sr. Wallaker. "Pare com isso." E ela parou. "É claro que ela viu, Billy, ela estava dando tchauzinhos para você, exatamente como foi instruída a não fazer. Aqui, pegue seu chocolate quente." Ele colocou a mão no ombro do Billy. "Você estava ótimo."

O Billy abriu um sorriso de orelha a orelha, com os olhos brilhando, o velho sorriso do Billy. Eu vi o olhar do sr. Wallaker enquanto nós dois lembrávamos quão próximo o Billy chegara da... "Mamãe!", interrompeu o Billy. "O que você fez com o seu casaco?! Ah, olha lá o Bikram! Você trouxe a minha mochila? Posso ir?"

"Eu também, eu também!", disse a Mabel.

"Para onde?", perguntou o sr. Wallaker.

"Vou dormir na casa do meu amigo", disse o Billy.

"Eu também, eu também!", a Mabel emendou, toda orgulhosa. "Vou dormir na Cosmata!"

"Bom, parece que vai ser bem divertido", o sr. Wallaker disse. "E a mamãe vai dormir na casa da amiguinha também?"

"Não", a Mabel respondeu. "Ela fica sozinha."

"Como sempre!", disse o Billy.

"Interessante."

"Sr. Wallaker." Era a Valerie, a secretária da escola. "Tem um fagote perdido lá dentro da igreja. O que a gente faz? Não podemos deixar na igreja e é absolutamente enorm..."

"Ai, meu Deus. Me desculpem. É do Billy", eu disse. "Já vou buscar."

"Deixe que eu pego", disse o sr. Wallaker. "Só um minutinho."

"Não! Pode deixar! Eu..."

O sr. Wallaker pegou firme no meu braço. "Eu pego."

Piscando sem parar, com a cabeça girando em uma confusão de pensamentos e emoções, vi o sr. Wallaker se afastar para buscar o fagote. Coloquei as mochilas nos ombros da Mabel e do Billy e fiquei ao lado do braseiro, vendo meus filhos partindo com o Bikram e a Cosmata e seus pais. Depois de alguns minutos, todas as outras famílias já estavam indo embora e eu começava a me sentir meio boba.

Talvez o sr. Wallaker nem tivesse dito que ia voltar. Não o vi em lugar nenhum. Quer dizer, talvez o "só um minutinho" fosse apenas o tipo de coisa que as pessoas falam quando ficam circulando nos eventos sociais, embora ele tenha saído para buscar o fagote, mas talvez ele o tenha guardado no armário até a próxima aula e ido encontrar a Miranda. E talvez ele só tenha me olhado daquele jeito na igreja porque estava com pena de mim porque eu estava me acabando de chorar durante a música. E talvez ele só tenha trazido o chocolate quente porque eu era uma viúva com crianças que tragicamente perderam o pai e...

Virei o resto do vinho quente, joguei o copinho no lixo, sujando meu casaco de vermelho, para combinar com o chocolate, e saí rumo à praça, seguindo as últimas pessoas que deixavam o lugar.

"Espere!"

Ele vinha em minha direção, segurando o enorme fagote.

Os outros se viraram para olhar a cena. “Está tudo certo”, ele disse. “Vamos ver um coral de Natal”, ele disse, murmurando ao chegar perto de mim. “Vamos ao pub?”

O pub era aconchegante, todo antigo e natalino, com chão de ladrilhos, lareiras crepitantes e vigas rústicas decoradas com ramos de azevinho, embora também estivesse cheio de pais que nos olharam com profundo interesse. O sr. Wallaker ignorou alegremente todos os outros e arranjou uma mesa nos fundos só para nós dois, onde ninguém podia nos ver, me ofereceu um lugar, colocou o fagote perto da minha cadeira, dizendo “Tente não perdê-lo”, e foi buscar algo para a gente beber.

“Então”, ele disse, sentando na minha frente e colocando os copos na mesa.

“Sr. Wallaker!”, disse a mãe de um dos alunos do sexto ano, enfiando a cara perto de nós. “Só queria dizer que foi maravilhoso o...”

“Muito obrigado, sra. Pavlihko”, ele disse, levantando. “Fico muito feliz com sua felicidade. Espero que tenha um ótimo Natal. Adeus.” E ela saiu, após ser educadamente despachada.

“Bom”, ele disse, sentando de novo.

“Bom”, eu disse. “Só queria agradecer mais uma vez por...”

“E aquele garotão? Aquele que eu vi com você no Heath?”

“E a Miranda?”, retruquei, calmamente ignorando a impertinência dele.

“Miranda? MIRANDA?” Ele olhou para mim sem acreditar. “Bridget, ela tem VINTE E DOIS anos! Ela é filha da mulher do meu irmão.”

Olhei para baixo, piscando rápido, tentando absorver tudo aquilo. “Então você está saindo com a sua sobrinha?”

“Não! A gente se encontrou por acaso quando ela estava comprando sapatos. É você que está noiva de uma criança.”

“Não estou!”

“Está sim!”, ele disse rindo.

"Não estou!"

"Então pare de implicar e se explique."

Contei a ele toda a história. Bom, não a história toda: uma versão só com os pontos principais.

"Quantos anos ele tinha exatamente?"

"Vinte e nove. Bom, na verdade, ele já tinha trinta quando..."

"Bom, nesse caso", ele disse, como um ar pensativo, "ele é praticamente um coroa."

"Você esteve solteiro durante esse tempo todo?"

"Bom, não vou dizer que vivi como um monge..."

O sr. Wallaker girou o uísque no copo. Ai, Deus, aqueles olhos.

"Mas o negócio é o seguinte", ele se inclinou com um ar confidente, "você não pode namorar uma pessoa quando está ap..."

"Sr. Wallaker!" Era a Anzhelika Sans Souci. Ela nos olhou com a boca aberta. "Desculpe!", disse, e desapareceu.

Eu estava olhando fixo para o sr. Wallaker, tentando acreditar no que ele quase tinha dito.

"Bom, chega das mães da escola", ele disse. "Se eu te levar para casa, você dança 'Killer Queen'?"

Eu ainda estava zonza quando passamos por entre os pais e seus elogios de "performances maravilhosas", "muito bem-executado", "muito impressionados", e aí, quase no fim, vimos a Valerie. "Desejo uma boa noite para vocês dois", ela disse e deu uma piscadela.

Na rua, ainda nevava, olhei, cheia de desejo, para o sr. Wallaker. Ele era tão alto, tão lindo: o maxilar bonito e bruto por cima do cachecol, o leve vislumbre do peito peludo por baixo do colarinho da camisa, as pernas compridas dentro da calça escura...

"Merda! O fagote", eu, por algum motivo, de repente me lembrei, e comecei a voltar para dentro do bar.

Ele me deteve, mais uma vez, com um toque suave no meu braço: "Eu pego".

Fiquei esperando, ofegante, sentindo a neve nas bochechas, então ele reapareceu com o fagote e o saco com as linguiças.

"As suas linguiças", ele disse e me entregou.

"Sim! As linguiças! O bom rei Venceslau! O açougueiro!", balbuciei, toda nervosa.

Estávamos bem pertinho um do outro.

"Olhe!", disse e apontou para cima. "Não é azevinho?"

"Acho que é um elmo sem folhas", continuei balbuciando sem erguer os olhos. "Quer dizer, provavelmente só parece azevinho por causa da neve e..."

"Bridget", ele estendeu a mão e traçou de leve o contorno da minha bochecha com o dedo, seus olhos azuis frios queimando nos meus, marotos, ternos, famintos. "Isto aqui não é aula de biologia." Ele ergueu a minha boca para a dele e me deu um beijo, de leve; depois deu outro, mais urgente, e completou: "... Ainda".

Ai, Deus. Ele foi tão dominador, tão HOMEM! E daí estávamos nos beijando de verdade e pareceu, mais uma vez, que tudo estava uma loucura dentro de mim, flashes e pulsações, e como se eu estivesse dirigindo um carro a toda velocidade usando salto alto, mais uma vez, só que agora estava tudo bem, porque quem estava na direção era...

"Sr. Wallaker", engoli em seco.

"Ah, desculpe", ele murmurou. "Esbarrei em você com o fagote?"

Concordamos que deveríamos levar o fagote de volta para a casa dele. Era um apartamento enorme em uma das ruelas antigas perto da High Street. Tinha piso de madeira antiga, uma lareira acesa, um tapete felpudo logo à frente e um cheiro gostoso vindo do fogão. Uma senhora filipina miúda e sorridente circulava pela cozinha.

"Martha!", ele disse. "Muito obrigado. Está tudo ótimo. Pode ir agora, muito obrigado."

"Aah, o sr. Wallaker está com pressa", ela disse, sorrindo. "Vou indo. Como foi o concerto?"

"Foi ótimo", respondi.

"Sim, foi ótimo", ele disse, colocando a senhorinha para fora, dando um beijo no alto da cabeça dela. "A fanfarra estava um pouco fora do tom, mas, no geral, foi muito bom."

"Cuide bem dele", ela disse antes de sair. "Ele é o melhor, o sr. Wallaker, o melhor de todos."

"Eu sei", disse.

Quando a porta se fechou, ficamos lá feito crianças sozinhas em uma loja de doces.

"Olhe só para este casaco", ele murmurou. "Você está toda suja, é por isso que eu..."

E então ele começou a desabotoar o casaco bem devagar e o fez deslizar pelos meus ombros. Por um momento, achei que talvez esta fosse uma rotina em que ele tivesse prática, talvez tenha sido por isso que Martha estava tão apressada em sair, mas aí ele disse: "É em parte por isso que...".

Ele me puxou mais para perto, com a mão nas minhas costas, começando a abrir o zíper bem devagar: "Eu me... ap... eu me...".

Senti os meus olhos se enchendo de lágrimas e, por um segundo, pude jurar que estava acontecendo o mesmo com ele. Mas daí ele retomou os modos dominadores, e eu pousei a cabeça no ombro dele. "Vou beijar você até as suas lágrimas secarem", ele grunhiu. "Depois que eu der um jeito em você."

Aí ele continuou abrindo o zíper, que ia até embaixo, e o vestido caiu no chão, me deixando só de botas e — presente de Natal da Talitha! — lingerie preta da La Perla.

Quando estávamos os dois sem roupa, não pude acreditar em quão perfeita e sexy era a combinação do rosto bonito do sr.

Wallaker, que eu já conhecia dos portões da escola, com aquele corpo incrivelmente musculoso.

"Sr. Wallaker!", exclamei de novo.

"Você quer parar de me chamar de sr. Wallaker?"

"Sim, sr. Wallaker."

"Certo. Esta é uma advertência nua e crua, que inevitavelmente vai levar a...", ele me pegou no colo, como se eu fosse tão leve quanto uma pena, coisa que eu não sou, a menos que fosse uma pena muito pesada, talvez de algum tipo de pássaro dinossáurico, ou... "... uma reprimenda", ele disse e me pousou com gentileza ao lado da lareira.

Beijou o meu pescoço, descendo de um jeito delicioso, bem devagar. "Ô-ôu", eu engoli em seco. "Você aprendeu isso no serviço militar?"

"Naturalmente", ele disse, levantando e olhando para baixo com uma expressão de surpresa. "As Forças Especiais Britânicas fornecem o melhor treinamento do mundo. Mas, em última instância..."

Ele estava se apertando contra mim agora, de um jeito delicioso, com gentileza no começo, mas foi ficando cada vez mais insistente, até eu estar me derretendo feito uma... feito uma... "Em última instância, o negócio é só...", engoli em seco, "... a pistola."

Aí tudo enlouqueceu completamente. Era como estar no céu, ou em outro paraíso parecido. Eu gozei e gozei e gozei, repetidamente, em homenagem a Sua Majestade e o treinamento de Seus exércitos, até ele finalmente dizer: "Acho que eu não aguento mais segurar".

"Então, goze", eu consegui dizer e, finalmente, nós dois — em uma explosão perfeita, milagrosa e simultânea de meses de desejo ao portão da escola — gozamos.

Depois, ficamos deitados, ofegantes, exaustos. E dormimos nos braços um do outro, acordamos e transamos de novo, e de novo, a noite toda.

Às cinco da manhã, tomamos um pouco da sopa da Martha. Ficamos aconchegados perto da lareira, conversando. Ele me disse o que aconteceu no Afeganistão: um acidente, um ataque feito por engano, mulheres e crianças mortas, ele vendo tudo depois. Como ele decidiu que já tinha cumprido seu dever, deixou o Exército. E dessa vez foi ele que pousou a cabeça no meu peito, e eu acariciei seus cabelos e o enlacei.

"Você tem razão", ele murmurou.

"Sobre o quê?"

"Colinho. É bom mesmo."

Conversamos mais. Ele contou como foi começar a trabalhar na escola. Queria se afastar da violência, levar uma vida mais simples, estar perto das crianças, fazer coisas boas. Mas não estava preparado para as mães, a competitividade, as complicações. "Mas, aí, uma delas", ele sorriu, "fez a gentileza de me mostrar a calcinha quando estava presa numa árvore. E eu achei que a vida talvez pudesse ser mais divertida."

"E você está gostando agora?", sussurrei.

"Sim." Ele ia beijando várias partes de mim entre as palavras. "Eu... de verdade... definitivamente... de maneira conclusiva... estou gostando disto agora."

Basta dizer que, quando peguei o Billy e a Mabel na casa do Bikram e da Cosmata no dia seguinte, estava caminhando com extrema dificuldade.

"Por que você ainda está usando o casaco com chocolate?", Mabel perguntou.

"Conto quando você crescer", respondi.

A coruja

QUINTA-FEIRA, 12 DE DEZEMBRO DE 2013

21h Acabei de colocar os dois na cama. A Mabel estava olhando pela janela. "A Lua ainda tá seguindo a gente."

"Bom, na verdade, o negócio da Lua é o seguinte...", comecei a explicar.

"E a coruja também", a Mabel interrompeu.

Olhei pela janela. A Lua estava branca e cheia sobre o jardim coberto de neve. E, em cima do muro do jardim, a coruja estava de volta. Ela ficou olhando para mim, calma e impassível. E, então, dessa vez, abriu as asas, me olhou por um último instante e levantou voo. Suas asas batiam quase ao ritmo do meu coração, e ela voou para a noite de inverno, para a escuridão e seus mistérios.

Progresso do ano

TERÇA-FEIRA, 31 DE DEZEMBRO DE 2013

- Quilos perdidos: 8
- Quilos ganhos: 9
- Seguidores no Twitter: 797
- Seguidores no Twitter perdidos: 793
- Seguidores no Twitter ganhos: 794
- Empregos ganhos: 1
- Empregos perdidos: 1
- Mensagens de texto enviadas: 24 383
- Mensagens de texto recebidas: 24 284 (bom)
- Palavras escritas no roteiro: 18 000
- Palavras reescritas no roteiro: 17 984
- Palavras do roteiro que foram recolocadas nele: 16 822
- Palavras escritas em mensagens de textos: 104 569
- Pessoas infestadas por piolhos: 5
- Piolhos extraídos no total: 152
- Preço por piolho extraído profissionalmente: 8,95 libras
- Namorados perdidos: 1
- Namorados ganhos: 2
- Incêndios na casa: 4
- Crianças existentes mantidas intactas: 2
- Crianças perdidas: 7 (contando todas as ocasiões)
- Crianças encontradas: 7
- Crianças totais: 4

O resultado

O sr. Wallaker, ou Scott, como às vezes eu o chamo, e eu não nos casamos, porque nenhum de nós queria casar de novo. Mas nos demos conta de que nunca tínhamos batizado as crianças, então decidimos que essa seria uma boa desculpa para fazer uma festa naquela casa de campo enorme. Assim, elas ficariam cobertas por um tipo de seguro de vida, caso o Deus cristão fosse mesmo o Deus Verdadeiro, embora tanto o sr. Wallaker quanto eu sejamos um pouco budistas.

A cerimônia foi realizada na capela. O coral da escola cantou. Os filhos do Scott, Matt e Fred — que não estão mais no colégio interno, mas no Ensino Médio comum —, tocaram "Someone to Watch Over Me" no clarinete e no piano. Chorei quase o tempo todo. A Greenlight Produções mandou um buquê de rosas do tamanho de uma ovelha. A Rebecca tinha feito um penteado afro com uma tiara de neon dizendo "Motel" e uma seta apontando para sua cabeça. O Daniel ficou bêbado e tentou ficar com a Talitha, fazendo com que o Sergei tivesse um gigantesco acesso de cólera e fosse embora de raiva. A Jude, que, obviamente, se cansara de toda a devoção do Fotógrafo-da-vida-selvagem, foi embora com o sr. Pitlochry-Howard e depois teve uma tremenda dificuldade para se livrar dele. O Tom e o Arkis emburraram porque não tínhamos convidado a Gwyneth Paltrow (mesmo que o Jake tivesse tocado uma vez com Chris Martin) e ficaram escandalosamente dando em cima dos rapazes mais velhos da banda. Mamãe ainda estava um pouco contrariada por eu não ter escolhido algo mais colorido, mas logo superou quando viu que seu vestido era nitidamente melhor que o da Una, e o sr. Wallaker, para deixá-la feliz, flerta com ela de forma desavergonhada e lhe dá broncas quando ela abusa um pouco, o que a faz exclamar. O Roxster (que tinha me enviado uma mensagem de texto muito legal falando que estava com o coração partido com a perda de sua tigresa vomitadora, mas que certamente havia um Deus dos Relacionamentos, porque sua nova namorada tinha acordado com enjoo) me mandou mais uma mensagem no dia, para dizer que ela não estava grávida, que o enjoo era só porque ele a tinha forçado a comer muito e que ela era muito chata. Adorei.

E meu coração sabia que, em algum lugar lá em cima, o Mark estaria feliz. Que ele não queria, de verdade, de verdade mesmo, que eu ficasse sozinha e confusa. E que, se tivesse que haver alguém, ele gostaria que fosse o sr. Wallaker.

E agora eu não tenho apenas dois, mas quatro filhos. E o Billy tem irmãos mais velhos com quem jogar video game e desliga o jogo sem nenhuma discussão sobre chegar à próxima fase só de o sr. Wallaker olhar para ele. Passamos os fins de semana com o Jake e a Rebecca, e todo mundo tem com quem brincar. E a Mabel, pela primeira vez desde que era uma nenezinha pequena demais para saber qualquer coisa, tem um pai que está neste mundo (e não no próximo) e que a mima tanto que toda hora eu tenho que dar uma advertência para ela. E eu não me sinto mais sozinha. Agora me sinto segura e querida. E nós às vezes vamos à Casa Capthorpe nos fins de semana e revivemos a cena nos arbustos quando as crianças estão na cama, só que com um final melhor.

E agora todos moramos juntos em uma casa nova e bagunçada perto do Hampstead Heath. E, como dá para ir andando para a escola, decidimos que teríamos mesmo um carro só! O que facilita MUITO o lance de estacionar, embora a gente ainda se atrase todas as manhãs. Ah, e atenção para *As folhas no cabelo dele* (agora com novo título: *O iate do próximo*), um lançamento direto em DVD, em breve perto da sua casa!!! As crianças finalmente foram ao dentista e não há nada de errado com os dentes delas. E, a propósito, no momento nós seis estamos com piolho.

Agradecimentos

Inicialmente, pensei que os agradecimentos deveriam ser dispostos em ordem *hierárquica*: há algumas pessoas sem as quais eu jamais teria começado o livro, ou que forneceram uma quantidade enorme de material, ou só uma linha, ou editaram a coisa toda. Mas seria um campo minado de possíveis gafes, como organizar a distribuição dos lugares em uma festa de casamento em uma família cheia de gente que se casou uma segunda vez.

Experimentei um sistema complexo de atribuição de estrelinhas, mas isso pareceu, de algum modo... estranho.

Então achei que era como uma cerimônia de premiação, em que todo mundo fica entediado com os agradecimentos, e as únicas pessoas que prestam atenção são aquelas que os recebem. Por fim, resolvi simplesmente colocar em ordem alfabética e espero que fique tudo bem assim.

Mas vocês sabem quem são e onde realmente deveriam estar na ordem hierárquica (em primeiro lugar). E eu realmente aprecio a ajuda e o compartilhamento generoso de vivências divertidas, de experiência e de apoio moral. E eu, mesmo... de verdade... (me desmanchando em lágrimas)... agradeço a vocês.

Gillon Aitken, Sunetra Atkinson, Simon Bell, Maria Benitez, Grazina Bilunskiene, Paul Bogaards, Helena Bonham Carter, Bob Bookman, Alex Bowler, Billy Burton, Nell Burton, Susan Campos, Paulina Castelli, Beth Coates, Richard Coles, Dash Curran, Kevin Curran, Romy Curran, Scarlett Curtis, Kevin Douglas, Eric Fellner e todo mundo da Working Title, Richard, Sal, Freddie and Billie Fielding, minha mãe, Nellie Fielding (que não é parente da Bridget), a família Fielding inteira, Colin Firth, Carrie Fisher, Paula Fletcher, Dan Franklin, Mariella Frostrup, a família Glazer, Hugh Grant, a família Hallatt Wells, Lisa Halpern, James Hoff, Jenny Jackson, Tina Jenkins, Christian Lewis, Jonathan Lonner, Tracey MacLeod, Karon Maskill, Amy Matthews, Jason McCue, Sonny Mehta, Maile Meloy, Daphne Merkin, Lucasta Miller, Leslee Newman, Catherine Olim, Imogen Pelham, Rachel Penfold, Iain Pickles, Gail Rebuck, Bethan Rees, Sally Riley, Renata Rokicki, Mike Rudell, Darryl Samaraweera, Brian Siberell, Steve Vincent, Andrew Walliker, Jane Wellesley, Kate Williamson, Daniel Wood.

ESTE LIVRO FOI COMPOSTO NAS FONTES UTOPIA
E HAND OF SEAN E IMPRESSO PELA GEOGRÁFICA
SOBRE PAPEL PÓLEN SOFT EM OUTUBRO DE 2013